杜甫语言律与诗律、诗体

李乃珍　著

山东大学出版社
SHANDONG UNIVERSITY PRESS
·济南·

图书在版编目（CIP）数据

杜甫语言律与诗律、诗体 / 李乃珍著. -- 济南：山东大学出版社，2024. 10. -- （中国诗歌研究与创作丛书）. -- ISBN 978-7-5607-8102-0

I. I207. 227. 423

中国国家版本馆 CIP 数据核字第 2024F16M81 号

责任编辑　刘森文
封面设计　蓝海文化

杜甫语言律与诗律、诗体
DUFU YUYANLÜ YU SHILÜ SHITI

出版发行　山东大学出版社
社　　址　山东省济南市山大南路 20 号
邮政编码　250100
发行热线　（0531）88363008
经　　销　新华书店
印　　刷　山东蓝海文化科技有限公司
规　　格　710 毫米 × 1000 毫米　1/16
　　　　　23. 25 印张　366 千字
版　　次　2024 年 10 月第 1 版
印　　次　2024 年 10 月第 1 次印刷
定　　价　88. 00 元

序

人有异禀，触类旁通，黾勉以求，必有所成。

有李乃珍先生者，素未谋面，辗转相询，请我为其大著作序。不识其人，何能作序？遂于网上一查，吃惊非小。他原是教授级高级工程师，曾任国企总工程师，并有专业著述。自述退休后，稍有余暇，遂对中国古典诗词产生浓烈的兴趣，遍览诗词典籍，一发而不可收，转而从事诗词理论的研究，先后出版了《实用诗词曲韵典》《注声近体诗古今七百家》《拗体唐诗与仄韵唐诗》《说诗解律》《新编注声唐诗三百首》《词律与词谱简论》《经典词谱》等著作。而在诗律、词律研究的基础上，在阅读唐宋诗词的过程中，在多遍阅读杜诗之后，及至回首个人某些成书，发觉欲说明白诗律、词律、诗体，离不开杜诗，唯杜甫堪称宗师，遂产生写作《杜甫语言律与诗律、诗体》的冲动与欲望。通过写作实践，从而对杜诗语言、诗律、诗体的认识进一步提高与深化。

余观其书稿，不禁拍案而喜，喜其不落俗套，颇有新意。他将王力先生关于近体诗平仄格律简化为“二四字恒定理论”，进而认为“二四字是近体律与拗律的分水岭”，在二四字平仄次序安排上二者相背而行。拗律也是语言客观存在之律。从而对拗、拗句、拗联、拗律、拗体诗给以重新定义。认为拗律的本质是近体律的相悖律，近体律二四字平仄恒定，拗律必然撬动此二字位的牢固根基，重新造成拗句二四字平仄恒定的另一种局面。拗的原理是造成句中二四字同平或同仄，破坏律句的平仄相间律。这种拗才是真拗，它是建立拗律的出发点与基准点。只有针对二四字建立拗字、拗句的狭义概念，才可能把握拗律的实质。近体诗不存在所谓“失对”“失黏”问题，所谓“失对”实质上就是拗对，“失黏”实质上就是拗黏，是作者有意用律的一种自觉选择，主动认真地去拗，也是炼字、炼句的正常过程。

而杜甫正是从拗句的声律开始，筑起拗句、拗联、拗律、拗体的大厦，确凿证实近体律句与拗句是汉语语言律的两个表现方面，共生共存，任何一面都不可或缺。杜诗是五七言律句的宝库，也是五七言拗句的宝库。如果没有杜诗，很难得到这个意义非凡的结论。杜甫以五七言律诗树立起他在诗坛至高的地位，使用的五七言律联变化联式之众令人难以设想。杜甫付出极大心血开创七言拗体律诗，以极大热情与高昂斗志写出许多优秀的七古诗篇，所用拗联的变化联式应有尽有。杜甫一生极少写作仄韵近体诗，但与其他唐代著名诗人相比，还是他最善于写作仄韵拗体五律并开创仄韵拗体七律体式。杜诗中仄韵古体长诗尤多，使用大量仄韵律联，为后世仄韵律诗的发展以及宋词的形成提供了足够的物质条件。

作者认为杜甫是随意使用律句常规变声句式的，将其视为家常便饭。他又喜欢使用变格句式，且具有令人难比的胆量与勇气。杜甫五律对变格句式的使用堪为典范，能够给人一种自然而然、乐于接受的感觉。杜甫的七言律绝用句表明，既不主张全都使用标准句式，也不主张对一三五六字中的任何一字固定字声，而是有度使用第六字变格句式，并不抱歧视态度，一首诗中不会集中使用，有的一句未用，有的仅用一两句。杜甫在夔州所写世称用律最为严谨、艺术水平最高的七律组诗，实在是教人学习使用七言第五字常规变声与第六字变格句式的活教材。无论近体律还是拗律，杜甫都了然于胸，运用起来灵活自如，他的诗也是诗律纵横交错运用、诗体转圜变化的教科书。作者强调指出，杜甫以创作实践表明，他开创七言格律诗新局面，并不止于近体七律，同时也包括拗体七律、七绝在内。

对杜甫强戏为的“吴体”，作者也给出了自己的解释，并缕述了自“吴均体”至晚唐皮日休、陆龟蒙以及宋以后黄庭坚、陆游、方回、黄仲昭等历代“吴体”创作的演变轨迹，认为八成“吴体”诗皆是律联、拗联共用，完全符合拗体诗的要求，而以杜甫的《愁》诗最为晓畅，无晦涩之感，说明杜甫对拗律的运用最为娴熟。

作者认为在诗体的创新方面，杜甫可为代表，他身在近体诗中、放眼近体诗外，既是遵守近体诗诗律的模范，又是勇于突破、走得离近体诗诗律最远的闯将，无论是近体诗律，还是拗体诗律、仄韵诗律，他都得心应手，运用到了炉火纯青的程度。

作者关于诗体、诗律的这些新的论述，虽然还不够完备周密，所标平仄诗韵亦有可商之处，但这种勇于探索的精神和孜孜以求的毅力，无疑是值得肯定和赞扬的，而他的某些新颖见解也是值得学界重视和借鉴的。

余自1978年随先师萧涤非先生从事《杜甫全集校注》的编撰工作，属稿将半，先师溘然长逝，2009年重新启动校注工作，学校命我为全书终审统稿人，又经五个春秋，终克告竣，这是师生三代人历经三十六载艰辛努力结出的硕果，深得学界好评。通过杜集的编撰，深感杜甫人格的伟大，杜诗的博大精深，转而嗜杜成癖，近于痴迷，遂自号"读杜翁"，嗜读而已，非敢言专。今乃珍先生虽理工出身，退而不休，壮心不已，转而研究古典诗词，独钟情于杜甫，佩服得五体投地，可谓"杜粉"，而且是"铁粉"，使我感佩不已。因杜成知音，遂欣然应命作序如上云。

张忠纲

写于公元二〇一九年元旦之前二日

前　言

闻一多先生援引明代吕坤语云："史在天地，如形之景。人皆思其高曾也，皆愿睹其景。""我们要追念，追念的对象在哪里？要仰慕，仰慕的目标是什么？要崇拜，向谁施礼？"心中的追念者、仰慕者、崇拜者，乃杜甫也！先生曰：杜甫"成为中国有史以来第一个大诗人。四千年文化中最庄严、最瑰丽、最永久的一道光彩"。① 日本著名汉学家铃木修次曰："杜甫，虽然是古人，但他的作品，已超越时间，不断地给读者以新的刺激与感动。""杜甫经营语言之苦心、观察事物之精细，令人吃惊。杜甫是超越时间、具有永恒价值的诗人。"② 美国当代著名汉学家斯蒂芬·欧文（宇文所安）曰："在中国诗歌传统中，杜甫几乎超越了评判，因为正像莎士比亚在我们自己的传统中，他的文学成就本身已成为文学标准的历史构成的一个重要部分。杜甫的伟大特质在于超出了文学史的有限范围。"③ 美国前国务卿、世界著名外交家基辛格 1998 年游览成都草堂，在茅屋、大雅堂两个景点，两次用相同的一句话留言道："产生如此伟大诗人的民族，必将拥有辉煌的未来。"④ "杜甫"是民族的，是中国的，也是世界的；"杜学"固有的价值，中国需要、世界也需要，现代需要、未来也需要。

---

① 闻一多：《古诗神韵》，北京：中国青年出版社，2008 年，第 176、177 页。

② ［日］铃木修次：《杜甫》，东京：清水书院，1980 年。

③ ［美］宇文所安：《盛唐诗》，贾晋华译，北京：生活·读书·新知三联书店，2004 年，第 209 页。

④ 周维扬：《从杜甫的诗复原了他的茅屋故居后，从此再没人问茅屋在哪了》，《成都商报》2021 年 4 月 24 日。

潘德舆云："少陵一勺水，亦可知大海味矣！"① 不知有多少名人学士欲品大海味争饮少陵水，然所感苦咸浓淡各有不同。如黄裳所言："工于书者必言羲之，工于诗者必取杜甫。盖彼无所不有，则感之者各中其所好故也。"②

杜学博大精深，读杜常生困惑，古人为师，多有高论。苏轼《记董传论诗》载："予尝云：杜子美不免有凡语，'已知仙客意相亲，更觉良工心独苦'，岂非凡语耶！传笑曰'此句殆为君发'。凡人用意深处，人罕能识，此所以为独苦，岂独画哉。"③ 董轻轻点化，苏轼顿悟，不曾"独苦"焉知"仙客"。苏轼读孔平仲集杜诗，《次韵孔毅父集古人句见赠五首》云"天下几人学杜甫，谁得其皮与其骨"，后来演变成读杜的指导理论。南宋杨万里《予因集杜句、跋杜诗呈监试谢昌国察院，谢丈复集杜句见赠，予以百家衣报之》紧相呼应，"天下几人学杜甫，千江隔兮万山阻。画地为饼未必似，更觉良工心独苦"，刻画出学杜的难境与苦境。清浦起龙曰："文章有神交有道，谁得其皮与其骨。"④ 清叶燮曰："诗家之规则不一端，而曰体格，曰声调，恒为先务"，"诗家之能事不一端，而曰苍老，曰波澜，目为到家，评诗者所为造诣境也"，"然而此数者，其实皆诗之文也，非诗之质也，所以相诗之皮也，非所以相诗之体也"。⑤

古人读杜心态端正，仁者见仁，智者见智。有望难而劝退者，朱熹曰："杜甫夔州以前诗佳，夔州以后自出规模，不可学。""杜子美晚年

---

① （清）潘德舆撰：《养一斋诗话》卷六，中国古籍基本库，清道光十六年徐宝善刻本。

② 黄进德编纂：《黄裳诗话》，吴文治主编：《宋诗话全编》（贰），南京：江苏古籍出版社，1998年，第930页。

③ 徐中玉、朱桦编纂：《苏轼诗话》，吴文治主编：《宋诗话全编》（壹），南京：江苏古籍出版社，1998年，第803页。

④ （清）浦起龙撰：《读杜心解》卷首上，中国古籍基本库，清雍正二至三年浦氏宁我斋刻本。

⑤ （清）叶燮撰：《原诗·外篇》，中国古籍基本库，清道光吴江沈氏世楷堂刻昭代丛书合刻本。

诗都不可晓，吕居仁尝言诗字字要响，其晚年诗都哑了，不知是如何以为好否。”“今人只见鲁直说好便都说好，如矮人看戏耳。”① 方回曰：“独老杜‘吴体’之所谓拗，则才小者不能为之矣。”② 有知难而鼓进者，叶燮曰：“将以杜为不可学邪，置其孅之可，而不能学因置其瑕之不可，而不敢学仅自居于调停之中，道其志已陋，其才已卑，为风雅中无是无非之乡愿可哀也。”“在杜则可在他人则不可之言，舍此两端无有是处……妄以古人为可不可之论，不亦大过乎。”③ 有善为引路指点、予警予戒者，谢榛曰：“今之学子美者，处富有而言穷愁，遇承平而言干戈，不老曰老，无病曰病，此摹拟太甚，殊非性情之真也。”④ 王世懋曰：“诗有古人所不忌，而今人以为病者，摘瑕者，因而酷病之，将并古人无所容非也。”⑤ 杨伦曰：“昔之杜诗乱于伪注，今之杜诗汩于谬解，多有诗义本明因解而晦，所谓万丈光焰化作百重云雾者，自非摧陷廓清，不见庐山真面目。”⑥ 冯班曰：“子美解闷、戏为诸绝句，不知当今学杜者何以都不读。”“今人读书自有通病，好以近代议论裁量古人也。”⑦ 有以己之宝贵体验而教人者，黄生曰：“评其细而遗其大，评其一字一句而失其全篇，则公之真精神汩没于俗评者实多。”“入杜诗如入一处大山水，读杜律如读一篇长古文。其用意之深，取境之远，制格之奇，出语之厚，非设身处地，若与公周旋于花溪、草阁之间，亲陪其

---

① （宋）黎靖德编，王星贤点校：《朱子语类》卷第一四〇，北京：中华书局，第 3324、3326 页。

② （元）方回撰：《瀛奎律髓》卷二五，中国古籍基本库，清康熙五十一年吴宝芝黄叶村庄刻本。

③ （清）叶燮撰：《原诗·外篇》，中国古籍基本库，清道光吴江沈氏世楷堂刻昭代丛书合刻本。

④ （明）谢榛撰：《四溟全集》卷二二，中国古籍基本库，明万历二十四年赵府冰玉堂刻本。

⑤ （明）王世懋撰：《艺圃撷余》，中国古籍基本库，明万历间绣水沈氏尚白斋刻宝颜堂秘笈本。

⑥ （清）杨伦撰：《杜诗镜铨·序》，中国古籍基本库，清同治十一年重刻本。

⑦ （清）冯班撰：《钝吟杂录》卷三，中国基本古籍库，清嘉庆十一至十七年虞山张氏刻借月山房汇钞增修本。

杖屦，熟闻其謦欬，则作者之精神不出，阅者之心孔亦不开。噫，难言之矣！”“兹余所评所注，不敢自谓得杜之真，惟存之以俟后世博雅君子，采择折衷焉尔。”①

“春水船如天上坐，老年花似雾中看。”（杜甫《小寒食舟中作》）有学者概括各代的读杜特点，谓宋人重情、明人重体、清人重法。尤以明清两代学者为著，触及杜甫诗体、诗律、诗法、句法，多真知灼见，但不敢说已经穷尽，至今尚存诸多疑点。杜甫诗学理论是一个完整的科学体系，如果将其比作一位美人，则体式（近体、拗体、古体）若“其皮”，诗律（近体律、拗律）若“其骨”，语言律若“其血脉”矣！“拗”，历来是遮挡人们洞察其骨、摸清其脉络的最大障碍，不破“拗”就难以领略到美人气质与风采的全部。本书欲借先人余光，以探明语言律为先导，以克“拗”为突破口，忠于杜诗实践，求杜“千变万化”之路数，觅杜“神秘莫测”之形影，证杜“诗律细、浑漫与”之实情，存正纠偏，以期迈入格律诗的繁花绿野，敞亮呼吸、自由行走。

第一篇所论杜甫语言律，是指利用王力“二四字声恒定理论”从杜甫诗文求出的一种语言学观，阐释汉语句子声韵结构模式，推绎每一个标准格式句子的变化规律。确立狭义的拗字定义，导出律句、拗句两个独立句式体系，给出4—7言律句、拗句各自拥有的64个变化句式，最终可以得到结论：语言律是天生之律、自然之律、独立运行之律，句子变化有形、有位、有量，可以预测；诸句式非律即拗，没有例外；律句与拗句同生共存，地位平等，呈对立统一关系。结合杜甫语言律，设专节分析清代赵执信的语言认知观，阐述杜甫的句式艺术，论证“忌孤平说”实为律外的人治行为。杜甫首先是伟大的语言学家，他对语言学的伟大贡献不亚于诗歌创作本身，对汉语语言学、训诂学研究不无积极意义。

---

① （清）黄生撰：《杜诗说·杜诗概说》，诸伟奇主编：《黄生全集》（贰），合肥：安徽大学出版社，2009年，第22、20、22页。

第二篇论述诗律。诗律与语言律不同，它是人为规定的一种作诗法规。诗律分近体诗律（以下简称“近体律”）与拗体诗律（以下简称“拗律”）。诗律首先改变语言律中句子的单一状态，以联式这种大句、整句的方式，作为格律诗这一特殊文体的独立语言单位。联式有律、拗之分，平、仄之界，变化有致，定形、定量、定位，可以预测。完全可以得到结论：平韵与仄韵五言律联各拥有256个变化联式，是一种固有形态；七言律联理论量是五言的4倍。律联只有律句正对一个结构模式。拗联具有律句拗对、律拗句混用与纯拗句组成3个模式，下含6个组成途径、28个标准格式。惯常所言“近体诗必须纯粹使用律句”，将其表述为“必须纯粹使用律联”才能更加体现诗律的本质。诗律应该建在联上，因为：近体律始于律联组成，取决于正对；终于律联定序，取决于正黏；对仗实为联式艺术的竞比；诗律不是无可捉摸的抽象概念，它无时无刻不以联式为依附体。客观地说，近体诗律是对语言律的一种割裂，它强力改变人们律拗句任情使用的语言习惯，但其取得了惊世成就，成功实现了从律句到律联亦即从语言律到诗律的根本性转变；它集语言之一律，极尽语言精华之能事，构建出宏大的近体诗体系；这是应用语言学的一场革命，也是诗歌文学体裁的一次巨大飞跃。不言而喻，无论是近体律还是拗律，皆是以语言律为基础而另行构筑的更高层次的独立运行之律。律句在联式面前，必须接受正对或拗对的驱使；律联在诗体面前，必须接受正黏或拗黏的驱使；正对与拗对是在一联之内连接两个律句的两种性质相反的规矩，正黏与拗黏是两个律联之间黏结密合形式的两种性质相反的规矩；所谓“失对”“失黏”实属对诗律的一时误读。结合诗律，专节简述杜甫的组联艺术，论证“拗救说”只是诗人进行的一种既定联式选择。

第三篇论述格律诗体。诗律是诗体的支撑，是界定诗体性质唯一可靠的理论依据。格律诗按律质分近、古、拗三体，按韵式分平仄两域，按外形分律绝两格。不同诗体各具自己的结构模式。近体诗只有“律联正黏”一种模式，凡律联按正黏排列的都可定义为近体诗。拗体诗则有律联拗黏与律拗联混用两个模式。大体而言，近体是一律（近体律）之诗，拗体是两律（近体律与拗律）之诗，古体是无律之诗或曰纯拗联之诗。由此可以得到一个简单易行的辨体方法：纯用律联且保持正黏的是近体诗；纯用律联且至少存在一处拗黏的是律联拗黏模式拗体诗；律联与拗联混用的是拗体诗；不用律联、只用拗联的是古体诗。设专节列明古人的诗体观，演示“七律—拗体七律—七言古律”之间从量变到质变的过程。“语言律—诗律—诗体”是杜甫格律理论架构的三大节点，有其内在的生命力。有论者云“好诗未必中律”，但“好诗”必为律中佳品，没有谁能够写出不用律、不成体的上好格律诗来。

第四篇专论杜甫七言诗体创新，将其创新历程分为四个时期，追踪索解。杜甫对六朝以及初唐多有借鉴与继承。初唐应制诗催生出七律与拗体七律一对孪生诗体，为七律体式的兴起行了奠基礼，形成众体竞比的格局。杜甫推崇初唐、维系盛唐，精心培育七律两体，创新始于入蜀之前、成于草堂、毕功于夔州；拗体七绝创新则始于草堂、毕功于夔州。总览杜甫拗体七律，按刘明华高见建立“拗度等级”[①] 概念，总结杜甫“拗联组合格式”理论，详析拗体七律的律质特征。杜甫拗体七绝创新，原理与拗体七律相同，是拗体七律的伴生诗体，可以刷新古来论者“非正体”“不可读”“不可学”的旧有观念。

第五篇以辨析“吴体”为重心，阐释杜诗的永恒价值与现实意义。杜甫以一首《愁强戏为吴体》诗引起千古论争，实为中外诗坛罕见之胜事、幸事。故尽己所能，搜集历代诗人自己标明“吴体”的诗篇，以古今学者所论为镜鉴，以《愁》诗为比较基准，以杜甫诗律、语言律为准绳，全面进行“吴体”论证。笔者认为，杜甫本意是暂借“吴体”之名推行拗体七律新体；此举在中唐寂寂百年、无人问津，直到晚唐皮日休、陆龟蒙跃起，才引起关注。“吴体”创作贯穿宋元明清各

① 刘明华：《完善与破弃——对杜甫“拗体”的思考》，《杜甫研究学刊》1997年第2期。

代，至今尚零星可见；并延伸至诗学理论的多个领域，由单纯的“吴体”创作发展成为一场持久的拗体七律复兴运动。之所以将其视为“运动”，是因为它具有运动的特征，有可以辨识的四个阶段及主导人物。标志性成果是拗体七律得以复兴，杜甫诗学理论得到承认与应用；伴生成果是七言古律得到显著发展。第二章简述杜诗对中晚唐诗人以及宋词的影响，探讨当今诗坛对杜诗的借鉴可能性。

杜诗爱用数词“一”“百”“千”“万”，令人思想无尽。“万里悲秋常作客，百年多病独登台”（《登高》），不失“会当凌绝顶，一览众山小”（《望岳》）的青年气概，瘦躯硬骨、神清志远。“文章千古事，得失寸心知”（《偶题》），至高无我境界，经国大业自在心中。杜甫离世的前一年，喟叹“百年歌自苦，未见有知音”（《南征》），无“知音”善解自己，其“苦”何极！“千秋万岁名，寂寞身后事”（《梦李白二首》其二），一个凄凉而又沉重的话题，不只是替李白设想，何尝不是他自己文学事业的精神支柱！杜甫生前恐没有料到，身后不过两三百年，宋人争唱其诗，且被尊为“诗祖”；当年卜居的草堂与丞相祠毗邻，千载之后交相辉映，诗人与良相齐名，人们从世界各地涌来，去仰慕、去攀识自己心目中的杜甫。杜诗多涕泪，难得见笑颜，《闻官军收河南河北》“白日放歌须纵酒，青春作伴好还乡”是他快乐本性的一次盛大绽放，张狂飞舞、痛快潇洒。假若杜甫能够感知故国的今天，会当一改“歌自苦”的愁容，翻唱“不患无知音”的新声，漫卷诗书青春作伴，来看望他所眷恋、所怀念的故乡，亲热他所挚爱、所忧思的黎民百姓们。

本书所引杜甫文字均依《杜甫全集校注》[1]；为表达简明化，运用了数据统计与表格方式；采用《平水韵》注声，使用符号表达式，以○、△分别代表句中平声、仄声字，以●、▲、▼分别代表平韵、仄韵、入声韵字。故当使用其他韵书对照时，可能会有对个别字声的不同判定。

① 萧涤非主编：《杜甫全集校注》，北京：人民文学出版社，2014年。

本书写作得益于中国杜甫研究会老会长、山东大学张忠纲教授的亲切关怀，令我终生难忘！张教授是我久为敬慕的师长，可惜年轻时无缘拜师，七十古稀欲登门求教，几经打探，方知他现居国外，只好通过他的弟子将初稿（电子版）发出，他并未因我的莽撞失礼而拒之门外。张教授学富而不笑贫、居高而不鄙下，尽显学者与名师风范。他像给学生批改作文一样亲阅初稿、亲手纠错，反复叮嘱一定要“一字不假”“一个标点符号也不要用错”；教给我如何查四库读古书，告知新的杜学研究动态，传送国内外重要文献；提出补写与改写建议，“‘吴体’辨析”与“初盛唐七言格律诗分布格局”两个章节，就是遵照他的指教增写的。最让我感激不已的是张教授抽暇审阅二稿后欣然赐序，使我备受鼓舞，经数度修改而得以完成。张教授是我平生难得难求的严师，对于书稿中出现的牵强与错讹之处没有宽容，责问之余又施以改正之法，有一段刻骨铭心的文字，是先生自己的座右铭，也应成为我等一众读杜者们共同的座右铭，特录于此：“冯沅君先生教我做学问的八字箴言：‘功夫要死，心眼要活。’所谓‘功夫要死’，就是要肯下苦功，博览穷搜，精严审慎，来不得半点马虎。对知识的掌握要做到博、深、透、熟。所谓‘心眼要活’，就是要肯动脑子，善于思考，有所创见、不能因袭成说。对知识的运用要做到活、新、真、准。这八字箴言是我做学问的座右铭。我始终遵循这一教导，不敢懈怠。”

“陶冶性灵在底物”（杜甫《解闷十二首》其七），“不知明月为谁好”（杜甫《秋风二首》其二）。余本非诗词圈中人，只因爱好诗词童心未泯，出于对杜甫的内心崇敬，才斗胆和古人对话，聆听教训，期以洗空胸次开启心智，获得那种千金难求般的老来愉悦之感。虽蒙名师指点，唯虑冥顽不化难成器也。一己之见，难免谬误，诚盼学界专家、学者与读者诸君不吝赐教，批评指正。

李乃珍

二〇二二年六月十六日于石家庄

目　录

第一篇　杜甫语言律要义

第二篇　杜甫诗律诠释

第三篇　杜诗的体式

第四篇　杜甫的诗体创新

第五篇　杜诗的永恒价值

第一篇

杜甫语言律要义

第一章　汉语句子的声韵结构

读诗第一眼所见必是诗句，启功曰：“就汉语诗歌的发展情况而言，一言、二言、三言及四言，都不是主流形式，六言也是如此。”“七言和五言抑扬是主要形式。”[1] 杜甫就是只用五言与七言写格律诗，引雅士俊赏英雄折腰。王世懋曰：“少陵故多变态，其诗有深句，有雄句，有老句，有秀句，有丽句，有险句，有拙句，有累句。后世别为大家，特高于盛唐者，以其有深句、雄句、老句也；而终不失为盛唐者，以其有秀句、丽句也；轻浅子弟往往有薄之者，则以其有险句、拙句、累句也。不知其愈险愈老，正是此老独得处，故不足难之。独拙、累之句，吾不能为掩瑕”，“老杜结构自为一家言，盛唐散漫无宗，人各自以意象声响得之”。[2] 其兄王世贞曰：“子美晚年诗，信口冲出，啼笑雅俗，皆中音律，更不宜以清空流丽风韵姿态求之。但后人效颦，便学为一种生涩险拗之体，所谓不画人物而画鬼魅者矣。”[3]“深雄秀丽”满溢颂扬之情，“老险拙累稚及不成语者”当含究诘之意。同为杜甫之语，质地之感何以有如此天壤之别？如此称谓的句子，又该如何加以区分？王世懋强调“多变态”，王世贞顾虑效颦反成“鬼魅”；但皆指出与“声响”“音律”有关。如果能够确证杜甫语言遵“声”“律”之规，而不是毫无头绪的，此等究诘自然可得到化解。

汉语语言学是一个囊括范围很广的议题，从各种不同的认识角度可以得到各种不同的语言变化规律。本章立足于格律诗语言，建立狭义的拗字

① 启功：《诗文声律论稿》，北京：中华书局，2009 年，第 165 页。

② （明）王世懋撰：《艺圃撷余》，中国古籍基本库，明万历间绣水沈氏尚白斋刻宝颜堂秘笈本。

③ （清）仇兆鳌辑注：《杜诗详注》卷一，中国古籍基本库，清康熙五十二年刻本。

概念，根据汉字的声韵特征，探索句子的声韵结构原理，求得4—7言律句、拗句的标准格式。

第一节　二四字声恒定理论

在诗人有意探索语言律质的萌芽与培育阶段，譬如汉魏六朝，不便完全以律论句；但至唐代律已成熟，就该耐心去论句子之律了。在较长一个时期，诗人们忙于创作，学理归纳较少，语言律的认识过程比较迟缓。陈平原说："放眼世界，'本国文学研究'做得好的话，是可以出原理、出思想、出精神的"，主张要有"自家的语言及评价标准"。[①] 郭绍虞认为研究中国文学语言的目的，是要"找出文学与语言文字之规律性"，"文学的基础总是建筑在语言文字的特性上的"。[②] 从表象来看，文字组成句子，句子就是语言，解透句子便会进入语言律的大门。

工欲善其事，必先利其器。前人通过种种努力，找到了入门法宝。明代徐师曾曰："按律诗平帖稳妥者，每句皆以第二字为主。"[③] 王力加以发扬光大，讲得较多较细，认定"五言第二字'分明'是对的，至于五言第四字、七言第六字，就不一定'分明'"，五言"只能以后联出句第二字的平仄与前联对句第二字的平仄相同作为黏的标准。当然，如果是七言，第四字也要黏"，"可以拿每句的第二字作为衡量黏对的标准"[④]，指出五言第二字、七言第二四字平仄具有不可动摇的地位，是最具实质性、代表性的语言律与诗律观点，它来源于唐诗与杜诗，具有理论高度，也是解开杜甫

① 陈平原：《北大中国文学研究丛书·序》，葛晓音：《杜诗艺术与辨体》，北京：北京大学出版社，2018年，第1、2页。

② 郭绍虞：《照隅室古典文学论集》，上海：上海古籍出版社，1983年，第341、497页。

③ 徐师曾：《文体明辨·序说》，转引自朱子南主编：《中国文体学辞典》"拗体"条，长沙：湖南教育出版社，1988年，第30页。

④ 王力：《诗词格律》，北京：中华书局，2009年，第47页。

格律理论无可替代的利器。[1] 笔者将其称为“王力的二四字声恒定理论”。王先生生前并未有此等明确叫法，是笔者从他系列著作中提炼的精华。个中缘由清楚，汉语句子的节奏感，体现在吟诵时短暂的节奏点上，一般落在双音步的后一个音节，也即五言二四字位、七言二四六字位，二四字的重要性是一三五字所不能取代的。

常见诗词格律著作所称律句，与该理论相符，以二四字平仄排序确定，凡二四字呈平仄或仄平相间排列的句子皆称为近体律的律句，简称律句，这种排序方式亦即惯称的平仄相间律。反之，凡二四字呈平平或仄仄相递排列的句子皆为拗律的律句，简称拗句，这种排序方式即拗句的平仄相递律。人们对于前者相当明了，对于后者恐感陌生，这是由“拗”的定义至今也未统一认识所造成的，甚至从字典、词典、教科书也难以查到确凿到位的解释。二四字声恒定理论是解“拗”的密码，是打开杜甫语言律之门的钥匙，是近体律与拗律的分水岭，形同灵丹妙药。它是杜甫格律理论体系的支撑，人们也只有用它才能剖视这个体系的真谛，复原如初之貌。[2]

第二节 狭义的“拗”字定义

平时言谈交流，无论话语长短，字声变化，没有人去挑剔合不合律。但话语一旦入诗，就得讲究律了，哪几个字可以变声，哪几个字不能变声，是不可忽略的。

从元初方回开始使用“拗”字解释句子，本意是针对律句，采用广义的“拗”字定义，一直沿用至今。王力曰：“不管二四六或一三五，任何地位，不合平仄的都叫做拗。”[3] 含此等拗字的句子一律被称为拗句；较多或全部使用拗句的格律诗叫作“拗体诗”。显然，这种定义既容易模糊句子律质，也容易发生诗体界定错误，比如，近体诗中这样的拗句比比皆

① 王力：《诗词格律概要 诗词格律十讲》，北京：世界图书出版公司，2008 年，第 27、104 页。

② 李乃珍：《说诗解律》，济南：齐鲁书社，2013 年，第 35 页。

③ 王力：《汉语诗律学》，上海：上海教育出版社，1958 年，第 90 页。

是，如都将其视为拗体诗，剩下的近体诗就没有几篇了。因而，持此论者不得不给“拗”做出分级或附加说明，于是便有了大拗、小拗、中等拗、特拗、A种拗、B种拗等性质相当含混的说法。王力以杜甫《将赴草堂途中有作》“锦官城西生事微，乌皮几在还思归”为例，指出“二四六正当节奏点，本不应用拗。但是，有两种特殊形式是可以用拗的”[①]。孙霄兵将句子分正统与不正统、绝对“拗”与相对“拗”，他说：“从地位上看，拗句的重要性、正统性还是不如律句”，“平仄不相间的句子是特殊的，是少量的”，“有的拗句是绝对的拗句，是不遵循平仄相间的规则的”。[②] 如果一直坚持这种认识状态，就等于把拗字、拗句随意化了，会渐渐模糊语言声韵规律的本质与存在。“拗”是一种语言理论，应该有一个确切的概念，需要更新“拗”字定义。

运用“二四字声恒定理论”可以顺利实现“拗”字从广义概念到狭义概念的转化，使句子律质特征整体地而非零碎地浮出水面。拗律与近体律相悖，律句二四字平仄恒定，拗律必然撬动此二字位的根基，重新造成拗句二四字平仄恒定的另一种局面。狭义的拗字定义是：第二字拗，造成二四字同平或同仄，这种拗才是“真拗”。比照四五六七言律句，第二字当平用仄或当仄用平时，该字即为拗字；对七言句，“拗”只针对二四字，不针对一三五字；对五言句，只针对第二字；这是“拗”字广义与狭义定义的原理性区别。

这种狭义定义适用于律句，也适用于拗句。如果将拗句第二字再拗回去，便可恢复为原来的律句。律句与拗句皆在声律之中，此为杜甫语言律的精髓，也是杜甫拗体律绝与七古中最为精彩之处。有的论者往往对此抱有偏见，给律、拗分好坏，感情上不乐意接受，以为拗句是偏房生的。郭绍虞认为声律成文字之美，气势显语言之长，“就文学观点而言，声律本是一种客观存在的语言现象，无所谓好与坏”，“借助声律是可以写成好的

---

① 王力：《汉语诗律学》，上海：上海教育出版社，1958年，第90页。

② 孙霄兵：《汉语词律学》，上海：华东师范大学出版社，2011年，第287页。

作品，同时也可以写成坏的作品”。[①] 孙霄兵曰：“所谓拗句，是一种宽松的格律的要求，而不是故意制造的特殊的格律形式”，“拗句的平仄要求，实际上是违反律句以后的格律补偿机制”。[②] 拗句“不是故意制造的”，说对了，但未必“宽松”。律句、拗句律质对立，但没有任何理由给它们划分好坏，王世懋所云“多变态”大概就指这种情况。

至于一三五字的变声，不涉律质变化，仅为枝叶之变，从定义而言就不能再称作“拗”了。王力将各言句子一三五字变声叫作常规变声，变声后依然是律句；所提变格概念更具理论意义，他说：“讲诗律必须区别一般和特殊，正格和变格。如果过于强调特殊，以例外乱正规，那就简直无诗律可言。如果只讲正格，不讲变格，那又不够全面，会引起读者许多疑问。”[③] “五言出句二、四字同平，七言出句四、六字同平”是“最常用的变格”，“变格是律诗所容许的格式”。[④] 将五言第四字、七言第六字以及六言第五字变声叫作变格，这种句子称为“变格句”，有时也称其为准律句、似律句、近律句。变格句在诗中用量少于常规变声句，仍视为律句，常规变声句与变格的道理也适用于拗句，变声、变格后仍为拗句。

第三节　汉字的声韵特征

汉字具有形、音、义三个要素；音，应包括声调在内，诗词不是按发音而是按声调押韵。平上去入四声起于南朝沈约，合四声为平仄始定于唐。各代有各代的韵书，隋有《切韵》、唐有《唐韵》、宋有《广韵》、清有《佩文诗韵》、今有《中华新韵》。南宋末至金初问世的《平水韵》，是关于唐诗用字声调的集大成之作，王力曰：“唐人用韵，实际上用的是平

---

① 郭绍虞：《照隅室古典文学论集》，上海：上海古籍出版社，1983 年，第 255 页。

② 孙霄兵：《汉语词律学》，上海：华东师范大学出版社，2011 年，第 429、441 页。

③ 王力：《诗词格律》，北京：中华书局，2009 年，第 204 页。

④ 王力：《诗词格律概要　诗词格律十讲》，北京：世界图书出版公司，2008 年，第 105、108 页。

水韵。”[1] 尽管不同地域、不同人群、不同时代，有些字的音声会有变化，但字义却经久不变或变化不大，平仄律质依然。声韵成为汉字的第一性征，牢牢存活于民族文化的血液与生命之中。

许多学者论述过讲求平仄与押韵的重要意义。闻一多曰：“大概平仄中定有一个天然律，与人的听觉适合，所以厌应人的感觉的企望而生愉快。但这是一个什么律，他是怎样合于听觉的，尚待研究。”[2] 叶嘉莹曰：“中国文字之特色，是单形体单音节，无论赞成与反对，这个特色原来就适宜于讲求平仄及对偶，乃是一种必然的趋势所形成的事实。”[3] 启功曰：“平仄即扬抑，是语音声调中最概括、最起码的单位，平仄的排序是诗文声律最基本的法则”，“只论平仄，不论四声”。谈诗的发展要看“诗歌构成要素”的变化，“有一点是不变的，那就是都有韵辙”，“押韵和适当地讲究平仄，是汉语诗歌怎么也不放过的要素”。[4] 句末声字叫韵脚，表示句子的终结，一首诗押平韵或仄韵全凭它断定；用在句中则讲求平仄排序，体现律质、常规变声及变格。沈德潜曰：“诗中韵脚如大厦之有柱石，此处不牢，倾折立见。”[5] 孙霄兵曰：“韵的独立的格律意义和作用是不能取代、不能置换的，也不从属于其他的格律因素。”[6] 例诗句“疑是地上霜”（李白《静夜思》）、“春风花草香”（杜甫《绝句》）、“客行悲故乡”（温庭筠《商山早行》）、“不须羡其强”（杜甫《遣兴五首》其五），四个韵字“霜、香、乡、强”皆取自七阳韵部，分别用于四首诗中，在每一首诗中都起到基石的作用，不允许改为它韵；至于句中其他四个字位的平仄并不要求相同。朱光潜论及韵字重要性及韵律时，曰：“句末一字是中文诗句必顿的一个字，所以，它是全诗音节最着重的地方。如果最着重的一个

---

① 王力：《诗词格律概要　诗词格律十讲》，北京：世界图书出版公司，2008 年，第 5 页。

② 闻一多：《古诗神韵》，北京：中国青年出版社，2008 年，第 232 页。

③ 叶嘉莹：《杜甫秋兴八首集说》，石家庄：河北教育出版社，1997 年，第 24 页。

④ 启功：《诗文声律论稿》，北京：中华书局，2009 年，第 11、176 页。

⑤ （清）沈德潜撰：《说诗晬语》卷上，中国古籍基本库，清光绪二至七年仁和葛氏刻啸园丛书本。

⑥ 孙霄兵：《汉语词律学》，上海：华东师范大学出版社，2011 年，第 364 页。

音，没有一点规律，音节就不免杂乱无章，前后便不能贯串成一个完整的曲调了。”起初，古诗用韵方式相当自由，有多种用韵方式，“齐梁声律风气盛行以后，诗人遂逐渐向窄路上走，以至于隔句押韵、韵必平声。一章一韵到底，成为律诗的定律”。①

字不唯论声调平仄，还要论义。齐佩瑢曰：“语言的构成材料是声音，但仅有声音而无表意的作用也不能成为语言，声音有形而可以听见，意义却是无形的，非依附寄托于声音而不能存在，所以说：声音是语言的外形，意义是语言的内容，二者相依为命，不可须臾离也。这样看来，如果分析语言的成分而指出它表意的最小单位，应该是以音与意的配合作为基准了。换言之，意的单位和音的单位是完全相等的，合起来成为语言中的最小单位，这单位并非是指音节的单一而言，因为有时表意的单位需要一个以上的音节。”又曰：“词和字的本身在孤立时并没有生命，等它到句子里才有生命。无论那一个字一到在句子里，它的意义就具有临时性，和别的时候的意义不一定完全相同；又具有唯一性，和别的词义也绝不至相混。”② 例如“蟋蟀”是一个词，表一种动物，两字拆开来则无法表意；词与字的主要区别是：词多为单音节，但也有多音节的。郭在贻曰：“语音是词的物质外壳，文字则是词的书写形式”，“词的意义是靠语音手段来表现的”。③ 语言学和训诂学共同把词而不是把字定义为语言的最小单位。这样，与诗词句子以单字论平仄似乎存在一定距离。理论源于实际服务实际，语言学家与训诂学家给出了合情合理的解释。岑运强曰：“古代汉语单音节词占绝对优势，原则上是一个字标记一个词。”④ 郭在贻曰：“在中国的语言里，这单位说它是一个‘字’，大体上认为是对的。”⑤ 因之把字视为诗词句子的最小语言单位，更能凸显单音节优势，易于建立以声韵贯穿始终的汉语诗歌语言规律。

① 朱光潜：《诗论》，北京：北京出版社，2005 年，第 232、234 页。
② 齐佩瑢：《训诂学概论》，北京：中华书局，2015 年，第 76、120 页。
③ 郭在贻：《训诂学》（修订本），北京：中华书局，2019 年，第 111 页。
④ 岑运强：《语言学概论》，北京：中国人民大学出版社，2015 年，第 170 页。
⑤ 郭在贻：《训诂学》（修订本），北京：中华书局，2019 年，第 77 页。

第四节　句子的声韵结构模式

许威汉曰："语义和语言其他诸要素一样，是约定俗成的。"[①] 这种"约定俗成"带有天然性与原始性，是一种心照不宣、自觉遵守的共同规则。人类具有与生俱来的语言天赋，平常讲话、写作的行为和结果叫言语，言语是口头语言，把它记录下来就成为书面语言。语言有语音、语义、语法、词汇四个要素。书面语言通过文字把听觉符号变成视觉符号，视觉符号隐含句中各字的音、调。岑运强曰："语言符号的物质形式就是语音。"[②] 无论是口头语或书面语，都不是一口气可以说完的，而是以单个句子的形式表达。字不离句、句不离篇，字一入句，也就把它的声韵特征赋予了句子，句子也就具备了不失天然性与原始性的声韵结构，以及语法结构、语义、语调等诸多特质。人们通过吟咏或诵读书面语言，又将视觉符号还原为听觉符号，语调、节奏、韵味则溢于言表。齐佩瑢认为必须将一些词（字）或短语连接成句，才能表达一种意思；文法上句分主语、述语；诗歌上句以音节为主，必须句读齐同；句法有种种的词（字）顺序排列方式，词（字）的职务意义纯粹是在句中前后位置上表示出来；齐曰："我们研究语义的人，不仅应以'词'（按：字）为最小的单位，而且还该以'句'为本位，这句当然是文法上的句了"，"语义的最小单位是'词'，表示一个完全意思的本位（大单位）是'句'，研究文法应以句为本位，研究语义也应以句为本位，因为汉语词类必'依句辨品，离句则无品也'"。[③]

通常所言句法的句子结构模式，是指句子的成分功能与地位分析，如主语、谓语、宾语等等，目的是分析语义内容；本节所言句子的声韵结构模式，是指分析语音、声字、韵字的功能与地位，语义则是利用这种模式表达出来的，两者存在本质性区别，而且后者会在一定程度上影响原语法

---

① 许威汉：《训诂学教程》，北京大学出版社，2013 年，第 25、176 页。

② 岑运强：《语言学概论》，北京：中国人民大学出版社，2015 年，第 171 页。

③ 齐佩瑢：《训诂学概论》，北京：中华书局，2015 年，第 85 页。

意义上的句子成分布局。

声韵渗透政治、经济、文化与生活各个领域的语言之中，律句与拗句，文言与白话，乃至街头的标语口号，都是具有一定句子结构的。陈平原主张“出原理”，郭绍虞要求“规律性”，许威汉希望“勇于探索，不断揭示语言规律”。余以为汉语句子拥有的“声韵结构模式”是它的首要规律、根本规律，也即闻一多所言的天然之律，可以用一个总模式表达，即“第二字 + 第四字 + 韵字”。

由总模式派生出完全定型的两韵律句的声韵结构模式：

二字平 + 四字仄 + 平声韵字；平仄符号表达式为：○△○。
二字仄 + 四字平 + 平声韵字；平仄符号表达式为：△○○。
二字平 + 四字仄 + 仄声韵字；平仄符号表达式为：○△△。
二字仄 + 四字平 + 仄声韵字。平仄符号表达式为：△○△。

同理，派生出完全定型的两韵拗句的声韵结构模式：

二字平 + 四字平 + 平声韵字；平仄符号表达式为：○○○。
二字仄 + 四字仄 + 平声韵字；平仄符号表达式为：△△○。
二字平 + 四字平 + 仄声韵字；平仄符号表达式为：○○△。
二字仄 + 四字仄 + 仄声韵字。平仄符号表达式为：△△△。

声韵结构表达式的意义是：二四字是句子的结构支点，韵字标志结构的完成；4—7 言句所有的平韵、仄韵句式，所有的平仄规律变化俱在既定模式之中；既表句子的构成原理、组句过程，也表平仄变化规律及其结果；既表一定的声韵限制，也表句中字位平仄自由调节的空间。用它去解释语言律最直观、切实。需要指出的是，四言句的声韵结构模式，其第二字相当于七言句的第四字。

汉语句子诞生于民间语言，记录于书面语言，古人谓“天籁”“自然”就是这种意思，声韵结构原理亘古不变。如果有人问先有律句还是先有拗句？就如同提问先有男还是先有女一样，应该认为它们同时出现，都是与生俱来、天然形成的，都是老祖宗传下来的。莫问古昔但看当今，便可知晓这层道理。例如，四言句“天荒地老”、五言句“骑驴看唱本”、六言句“宁吃鲜桃一口”、七言句“老虎苍蝇一起打”都是律句；而四言句“一带一路”、五言句“社会主义好”、六言句“天有不测风云”、七言句“大水冲了龙王庙”都是拗句。“说者无心，听者有意”，说者先说而后快，不知有律不顾其律故而觉易，诗人需先顾律而后落笔故而觉难。事实上律句与拗句之间并无戳不透的隔膜，人们天天在说在用，离生活并不遥远，也不神秘。句子声韵结构古已有之，只是杜甫比别人更用心，发现了它、捕捉到它，并植根于诗文，欲习诗词、古文须先入此道。

模式数量是有限的，但模式中的具体句子是无限的，无须担心句式不敷使用。可以想见，数万个平仄声字的组合，数量多得无法计算，足以展现汉语的美轮美奂，诗人纵倾其一生也难用尽。启功曰：“汉字的字（词）不但在数目增减上有活跃性，而且在音调上也具有抑扬的灵活性。二者相乘，使得普通的表意的汉语和美化的艺用的汉语，平添了若干倍的功能。”① 齐佩瑢曰：“喉咙所发的音类固然有限，但许多声音相加相连起来就可有千万种不同的变化了。”②

第五节 句子的标准格式

利用句子的声韵结构模式，首先求出句子的标准格式，进而求出每一个标准格式所代表的系列变化句式，“声韵模式—标准格式—变化句式”是一个环环相扣不可折断的链条。于根元曰：“定性研究是对所研究的对象进行‘质’的分析，即对所研究的现象的本质、特征及其联系进行概括。定量研究通过量化，即利用数量、频率、比例的统计等来说明各种事实”，“预测是非常重要的，但是预测不是空想，它是有条件的”，“语言发

① 启功：《诗文声律论稿》，北京：中华书局，2009 年，第 161 页。

② 齐佩瑢：《训诂学概论》，北京：中华书局，2015 年，第 86 页。

展变化和使用是有规律的，有规律就是可以预测的”。① 无论句式、联式、诗体，均须论“质”，“质”即性质、质地。律质是稳态的、恒定的，律内允许的随机可动仅仅是形态的变化。

逐一将两韵声韵结构模式横向展开，求出它们拥有的句子标准格式，用符号表达式表达。以下列出平韵律句、仄韵律句各自拥有的 2 个模式，各自拥有的 14 个句子标准格式，其中四言 2 个、五六七言各 4 个。对于六言律句，论者往往偏重平仄两两相间的○○△△○○与△△○○△△2 个标准格式，对后两个△○与○△尾格式则有所忽略。

（一）律句，平韵，○△○模式

1. 四言句：△△○○
2. 言句：○○△△○
3. 六言句：○○△△○○
4. 七言句：○○△△△○○

（二）律句，平韵，△○○模式

1. 四言句：无
2. 五言句：△△△○○
3. 六言句：△△○○△○
4. 七言句：△△○○△△○

（三）律句，仄韵，○△△模式

1. 四言句：无
2. 五言句：○○○△△
3. 六言句：○○△△○△
4. 七言句：○○△△○○△

（四）律句，仄韵，△○△模式

1. 四言句：○○△△
2. 五言句：△△○○△

① 于根元：《应用语言学概论》，北京：商务印书馆，2003 年，第 69、84、87 页。

3. 六言句：△△○○△△

4. 七言句：△△○○○△△

（五）拗句，平韵，○○○模式

1. 四言句：△○○○

2. 五言句：△○△○○

3. 六言句：△○○○△○

4. 七言句：△○○○△△○

（六）拗句，平韵，△△○模式

1. 四言句：无

2. 五言句：○△△△○

3. 六言句：○△△△○○

4. 七言句：○△△△△○○

（七）拗句，仄韵，○○△模式

1. 四言句：无

2. 五言句：△○○○△

3. 六言句：△○○○△△

4. 七言句：△○○○○△△

（八）拗句，仄韵，△△△模式

1. 四言句：○△△△

2. 五言句：○△○△△

3. 六言句：○△△△○△

4. 七言句：○△△△○○△

为加深理解与记忆，将上述全部格式重排归宗，以4—7言为序，先平后仄，律句居左拗句居右，互为对应，拗句标准格式都是律句标准格式第二字拗的结果，如下所示：

	律句标准格式	拗句标准格式
四言：	△△○○	△○○○
	○○△△	○△△△

五言：	○○△△○	○△△△○
	△△△○○	△○△○○
	△△○○△	△○○○△
	○○○△△	○△○△△
六言：	○○△△○○	○△△△○○
	△△○○△○	△○○○△○
	○○△△○△	○△△△○△
	△△○○△△	△○○○△△
七言：	△△○○△△○	△○○○△△○
	○○△△△○○	○△△△△○○
	○○△△○○△	○△△△○○△
	△△○○○△△	△○○○○△△

标准格式表达多重含义，概括如下：

第一，律句与拗句共同构成语言体系，相辅相成，地位平等，通过第二字拗可以实现律质逆转，二者是一种自然的对立统一。

第二，律质核心是二四字声恒定，并将其他字位字声视为一种标准格式，所谓第二字拗、常规变声以及变格，都是以其字位为根据而定的；相对于一个标准格式，常规变声与变格句式统称为由它统领的变化句式；它代表一个具有严密规律性的句子组合体；变化句式中的每一个字位都不可或缺，都担负句式律规定的职责；选择最佳声字组句的过程亦即炼字、炼句的过程。

第三，标准格式是声韵律质的集中体现，为无数不同句意的句子所共用，表明一种句子声调可以表达各自不同的句意，抒发不同的情感。

第四，标准格式是永久恒定式，格式中除第二、四、韵字外的任一字位的声调变化，都是改变或增强音乐效果的一种调整。

第五，标准格式又是一种人工语言或符号语言，无论实词、虚词，皆依字声调遣与配置，既是对传统语法结构的一种挑战，也是有益的补充与丰富，也可以认为它是一种以字声为运转单位的“语法结构”；无论陈述句、疑问句、祈使句、感叹句，只要字长相同，仅考虑适用律、拗那种句子表达就足够了。

第二章　杜甫语言律

“一部杜集，几乎涉及所有汉魏六朝之著名诗人……其中于曹植、陶渊明、谢灵运、鲍照、庾信尤为推重。”① 杜甫尝言他的学问是从前贤那儿学来的，“清新庾开府，俊逸鲍参军”（《春日忆李白》），“赋料扬雄敌，诗看子建亲”（《奉赠韦左丞丈二十二韵》）。杜诗明确标出的、自己师从的魏晋六朝主要诗人有魏曹植（192—282），晋陶渊明（365—427），南朝谢灵运（385—433）、鲍照（415？—470）、谢朓（466—499）、何逊（472？—519？）、阴铿（？560—565），北朝庾信（513—581）。从东汉开始研究汉字音义，到南朝出现以沈约为代表的声韵专家，该时期诗人兴趣日浓地追求押韵与句子声调，律质因素增浓，句式以五言为主体，初现七言。胡应麟解杜甫学古人句法：“‘明月照高楼，想见余光辉’，李陵逸诗也；子建‘明月照高楼，流光正徘徊’，全用此句而不用其意，遂为建安绝唱；少陵‘落月满屋梁，犹疑照颜色’，正用其意而少变其句，亦为唐古峥嵘。”② 袁嘉谷曰：四言变为五言，声韵益畅，“再进为七言，天籁人籁均臻极轨，不能再加乎其上”，“夫吾国诗家能变古人之诗，而卓然特创，此乃文字之美，人心之灵为之，不可不谓为进化”。③ 与同代诗人相较，杜甫更重视、更青睐魏晋六朝诗人的语言句式，学习继承而充实自己，个中缘由就是他从中看到了律质。闻一多曰：“五律始于齐梁的‘新体诗’，但这是说到这个时期，五律才神完体备了。在这以前其实早有个

① 萧涤非主编：《杜甫全集校注》，北京：人民文学出版社，2014 年，“前言”。

② （明）胡应麟撰：《诗薮・内编二・古体中》，中国古籍基本库，明万历三十七年张养正刻本。

③ 袁嘉谷：《卧雪堂诗集》卷一，袁嘉谷著，袁丕厚编：《袁嘉谷文集》第二册，昆明：云南人民出版社，2001 年，第 462 页。

雏形的五律在那里日滋月长，渐臻成熟。这个雏形底象征至迟在魏晋人的作品中能找得出。”① 因此，欲明了杜甫语言律的形成，须从他对魏晋六朝诗歌语言的继承谈起，有继承才有发展，律句与拗句两大体系才在他手中完美呈现出来。在两个不同平仄律质的语言体系中，四五六七言的每一个句式都有固定形态的标准格式与变化形式，定位、定量、可以预测，除一个七言律句变化句式外，其他所有句例都可以从杜甫诗文得到明证，这一结论在语言研究与杜诗研究中当属首次得出。

第一节　对魏晋六朝诗歌语言的继承

一、曹植的五言与四言句式

“诗看子建亲”，亲如自己、己如子建，字面有夸耀己诗与曹植相仿之意，主要是说将子建当为师从样板。曹植极具语言天赋，按当今的观点衡量，他仅用四五篇诗歌，就将四言、五言的所有律句、拗句用了个遍。汉魏的音韵学研究尚未达到平仄分明的地步，诗人无法遵律，皆是天籁，但律质已经人不知、鬼不觉地深隐其中了。陶渊明、谢灵运的五言句相当于曹植的继续，曹、陶、谢的四八句体式也非长项，优势是语言，故仅取曹作为代表。

（一）五言律句

1. △△○○△格式

（1）△△○○△ 自谓终天路。《吁嗟篇》

（2）○△○○△ 流转无恒处。《吁嗟篇》

（3）△△△○△ 少小去乡邑。《白马篇》

（4）○△△○△ 长去本根逝。《吁嗟篇》

2. ○○△△○格式

（1）○○△△○ 谁知壮士忧。《鰕䱇篇》

（2）△○△△○ 俯观上路人。《鰕䱇篇》

① 闻一多：《古诗神韵》，北京：中国青年出版社，2008 年，第 213 页。

(3) ○○○△○ 谁知吾苦艰。《吁嗟篇》

(4) △○○△○ 不知江海流。《鰕䱇篇》

3. ○○○△△格式

(1) ○○○△△ 东西经七陌。《吁嗟篇》

(2) △○○△△ 驾言登五岳。《鰕䱇篇》

(3) ○○△△△ 惊飙接我出。《吁嗟篇》

(4) △○△△△ 盛时不可再。《箜篌引》

4. △△△○○格式

(1) △△△○○ 燕雀戏藩柴。《鰕䱇篇》

(2) ○△△○○ 然后小陵丘。《鰕䱇篇》

(3) △△○○○ 猛气纵横浮。《鰕䱇篇》

(4) ○△○○○ 光景驰西流。《箜篌引》

(二) 五言拗句

1. △△○○△句格式

(1) △△○△△ 置酒高殿上。《箜篌引》

(2) ○△○△△ 圆景光未满。《赠徐干》

(3) △△△△△ 利剑不在掌。《野田黄雀行》

(4) ○△△△△ 糜灭岂不痛。《吁嗟篇》

2. ○○△△○格式

(1) ○○△○○ 仇高念皇家。《鰕䱇篇》

(2) △○△○○ 忽然下沉泉。《吁嗟篇》

(3) ○○○○○ 飞飞摩苍天。《野田黄雀行》

(4) △○○○○ 结友何须多。《野田黄雀行》

3. ○○○△△格式

(1) ○○○○△ 秦筝何慷慨。《箜篌引》

(2) △○○○△ 愿为中林草。《吁嗟篇》

(3) ○○△○△ 中厨办丰膳。《箜篌引》

(4) △○△○△ 揽弓捷鸣镝。《名都篇》

4. △△△△○格式

（1）△△△△○ 美酒斗十千。《名都篇》

（2）○△△△○ 南北越九阡。《吁嗟篇》

（3）△△○△○ 势利惟是谋。《鰕䱇篇》

（4）○△○△○ 安识鸿鹄游。《鰕䱇篇》

（三）四言律句

引自《朔风诗五章》。

1. ○○△△格式

（1）○○△△ 秋兰可喻。

（2）△○△△ 凯风永至。

（3）○○○△ 繁华将茂。

（4）△○○△ 载离寒暑。

2. △△○○格式

（1）△△○○ 脱若三秋。

（2）○△○○ 思彼蛮方。

（3）△△△○ 仰彼朔风。

（4）○△△○ 悬景运周。

（四）四言拗句

引自《朔风诗五章》。

1. ○△△△格式

（1）○△△△ 天阻可越。

（2）△△△△ 四气代谢。

（3）○△○△ 今我旋止。

（4）△△○△ 俯降千仞。

2. △○○○格式

（1）△○○○ 岂云其诚。

（2）○○○○ 翻飞南翔。

（3）△○△○ 用怀魏都。

(4) ○○△○ 朱华未晞。

二、鲍照、庾信的六七言句式

“清新庾开府，俊逸鲍参军。”清新若何？俊逸若何？这种形象性的艺术表述，大致是说鲍、庾语言与众不同，一扫陈腐独具一格，光照当代，启示未来。鲍、庾用六言作赋，庾用六言写诗；他们皆曾以七言入诗，鲍照《拟行路难十八首》尤具震撼力，尽管实用句式不算太多，但已经出现律句、拗句分立与并用局面，句子声韵结构在孕育成长，他们的语言觉悟与实践处于六朝诗坛的前沿。杜甫当对七言句式最有兴趣，杜诗中几乎随处可见六朝踪影。以《白帝城最高楼》为例，简直可以说是六朝七言句式的集成，无一个句式不出自六朝，“城尖径昃旌旆愁”同鲍照“含歌揽涕恒抱愁”，“独立缥缈之飞楼”同吴均“何况我辈轻狂人”，“峡拆云霾龙虎卧”同鲍照“不见柏梁铜雀上”，“江清日抱鼋鼍游”同鲍照“存亡富贵付皇天”，“扶桑西枝对断石”同庾信“春风燕来能几日”，“弱水东影随长流”同庾信“代北云气昼昏昏”，“杖藜叹世者谁子”同鲍照“文窗绣户垂罗幕”，“泣血迸空回白头”同鲍照“各自东西南北流”。

（一）六言律句

1. △△○○△△格式

○△○○△△ 于是穷阴杀节。鲍照《舞鹤赋》

△△○○○△ 莫不埋魂幽石。鲍照《芜城赋》

2. ○○△△○○格式

△○○△○○ 不知何处天边。庾信《怨歌行》

3. ○○△△○△格式

○○△△○△ 胡尘几日应尽。庾信《怨歌行》

○○○△△△ 眉心浓黛直点。庾信《舞媚娘》

4. △△○○△○格式

△△○○△○ 汉月何时更圆。庾信《怨歌行》

○△○○○○ 丛薄纷其相依。鲍照《芜城赋》

（二）六言拗句

1. △○○○△△格式

○○○○△△ 南驰苍梧涨海。鲍照《芜城赋》

○○△○△△ 回头望乡泪落。庾信《怨歌行》

2. ○△△△○○格式

△△△△○○ 饮酒那得留残。庾信《舞媚娘》

△△△△△○ 北走紫塞雁门。鲍照《芜城赋》

3. △○○○△○格式

△○△○○○ 顶凝紫而烟华。鲍照《舞鹤赋》

4. ○△△△○△格式

△△△△○△ 笑夏女之光发。鲍照《芙蓉赋》

（三）鲍照的七言律句

以下所有例句均取自《拟行路难十八首》。

1. ○○△△○○△格式

○○△△○○△ 文窗绣户垂罗幕。

△○○△○○△ 盛年妖艳浮华辈。

○○△△△○△ 西家思妇见悲惋。

○○○△△○△ 红颜零落岁将暮。

○○△△○△△ 功名竹帛非我事。

○○○△△△△ 寒风萧索一旦至。

△○○△△△△ 自生留世苦不幸。

2. △△○○△△○格式

○△△○△△○ 言是古时蜀帝魂。

△△○○○△○ 各自东西南北流。

○△○○○△○ 春燕差池风散梅。

△△○○△○○ 岂忆平生盛年时。

○△△○△○○ 中有一人字金兰。

△△○○○○○ 一去无还期千秋。

○△△○○○○ 非我昔时千金躯。

3. △△○○○△△格式

○△○○○△△ 床席生尘明镜垢。

△△△○○△△ 不见柏梁铜雀上。

○△○○△○△ 零泪沾衣抚心叹。

4. ○○△△△○○格式

○○△△△○○ 存亡贵贱付皇天。

△○○△○△○ 最伤君子忧思情。

○○○△△△○ 安能行叹复坐愁。

○○△△○△○ 寒光宛转时欲沉。

△○○△△△○ 丈夫生世会几时。

○○○△○△○ 须臾淹冉零落销。

(四) 鲍照的七言拗句

1. ○△△△○○△格式

○△△△○○△ 歌妓舞女今谁在。《拟行路难十八首》

△△△△△○△ 且愿得志数相就。《拟行路难十八首》

△△○△△○△ 执袂分别已三载。《拟行路难十八首》

○△○△○△△ 但恐羁死为鬼客。《拟行路难十八首》

○△△△△△△ 惆怅徙倚至夜半。《拟行路难十八首》

2. △○○○△△○格式

△○○○△△○ 但闻风声野鸟吟。《拟行路难十八首》

○○○○△△○ 还君金钗玳瑁簪。《拟行路难十八首》

△○△○△△○ 夜长酒多乐未央。《代白纻曲二首》其一

○○○○○△○ 今年阳初花满林。《拟行路难十八首》

△○△△○○△○ 宁闻古时清吹音。《拟行路难十八首》

△○○○△○○ 洛阳名工铸为金。《拟行路难十八首》

○○○○△○○ 来时闻君妇闺中。《拟行路难十八首》

△○△○○○○ 迩来寂淹无分音。《拟行路难十八首》

3. △○○○○△△格式

○○△○○△△ 人生苦多安乐少。《拟行路难十八首》

△○○○△△△ 愿君裁悲且减思。《拟行路难十八首》

△○△○○○△ 洛阳少童邯郸女。《代白纻曲二首》其一

○○○○△○△ 如今君心一朝异。《拟行路难十八首》

○○△○△○△ 人生几时得为乐。《拟行路难十八首》

4. ○△△△△○○格式

○△△△△○○ 天色净绿气妍和。《代白纻曲二首》其二

△△△△△○○ 一去永灭入黄泉。《拟行路难十八首》

△△○△△○○ 白发零落不胜冠。《拟行路难十八首》

△△△△○△○ 听我抵节行路吟。《拟行路难十八首》

○△△△△△○ 明日对镜复已盈。《拟行路难十八首》

○△△△○△○ 中有一鸟名杜鹃。《拟行路难十八首》

△△○△○△○ 上刻秦女携手仙。《拟行路难十八首》

第二节 杜甫语言律要义

王力曰："近体诗和骈体文的关系颇深"，"如果散文里用了诗的句法，我们可以认为那是以诗的格调来行文"。[①] 启功主张诗文语言一起研究，将自己的著作命为《诗文声律论稿》。杜甫语言观蕴藏在他的各种文体里，看杜甫语言，不仅要重近体诗，也要重拗体诗、古体诗、杂言诗以及文赋；须从"老险拙累稚及不成语者"中，弃其皮而得其骨。

谢榛曰："诗有造物，一句不工，则一篇不纯，是造物不完也。造物之妙，悟者得之。"[②] 于根元曰："要全面认识语言，真正认识语言，必须结合语言的应用来进行"，"由于共性寓于个性之中，从方法论的角度说，很难在一个孤立的个体之中发现共性的东西，很难从一种具体语言中辨别

---

① 王力：《汉语诗律学》，上海：上海教育出版社，1958 年，第 253、252 页。

② （明）谢榛撰：《四溟全集》卷二一，中国古籍基本库，明万历二十四年赵府冰玉堂刻本。

出所有人类语言所共有的东西，也很难从人获得一种具体语言能力所遵循的东西中辨别出获得任何一种具体语言能力所遵循的东西，虽然个性是共性的体现。这样，普遍的东西就不可避免地在多种具体语言的现实中寻找”。在论及语言学研究的第一类目的时，又曰：“一是对语言的历史和现状作细致的描写，从纷纭复杂的语言现象中寻找出带有规律性的东西；二是对挖掘出来的语言规律进行合理的解释，探索这些规律的前因后果。前者使人知其然，后者使人知其所以然。对科学事实提供详细的分类描写，即所谓描写性理论（descriptive theory），门捷列夫的元素周期表都属于第一类，结构主义语言学也属于此类。”[①] 杜甫正是一位深悟“造物之妙”的智者，又是一位探索语言规律的勇士，善思善断，得其法，明其理，故为圣哲。

历有论者更看重艺术感象，青睐名家名诗常用句式，而对少用、未用句式则有所不屑，存在以数量取代律质的认识盲区。于根元曰：“一个重要的方法和方法论往往会形成一个重要的语言学流派，或者说，重要的语言学流派都以它的方法和方法论作为重要的支柱”，“它不能是感想式的，不只是简单的经验总结。能够解决语言中的实际问题是判定方法好坏的标准。这就是它的实践性”，“在科学研究中，比较是根本性的研究方法”，“对比的形式不是任意的，要有相比的基础，两句要有共同之处，对比法一般在最小差异中进行，也就是指只有一点不同，而其余大部或全部相同”。[②] 通过恒定句子标准格式中二四韵字平仄，对其他字位逐一变声，纵向展开，可以得到每一格式及其所统领、所代表的系列变化句式；这种系列既能体现其中各个变化句式的共性，也能体现个性；各变化句式之间大（质）同小（形）异。杜甫将看似凌乱无序的万般语言，归纳，构织成由律、拗两个体系组成的语言大系，所有变化句式皆具定位、定形、定量、可以预测的律质特征，其完美程度与精确性丝毫不亚于门捷列夫元素周期律。

如表 1-2-1 所列，4—7 言句共拥有 240 个变化句式，其中律、拗变化句式各为 120 个。五言律句、拗句各有 16 个变化句式，七言律句、拗句各

---

① 于根元：《应用语言学概论》，北京：商务印书馆，2003 年，第 1、68、61 页。
② 于根元：《应用语言学概论》，北京：商务印书馆，2003 年，第 62、67 页。

有 64 个变化句式。各句式系列结构严密无间，既定律质变化以及每一个变化句式都是结构链中不可缺少的一环，它们具有同等的出生权与使用权，没有谁有权勾销其中任何一个句式，也没有谁有办法再生出第 241 个句式。这一结论完全超越“经验总结”的低级层次，而从感性认识上升到理论的高度，这就是我们称其为杜甫语言律的根本理由。

表 1-2-1 四五六七言律句与拗句体系的构成

项别	四言句式	五言句式	六言句式	七言句式
律句数		16	32	64
拗句数	8	32	64	128
总数	16	32	64	128

许多学者进行过句式形态与数量的探讨，为解析杜甫语言律提供了方法、方向，奠定了基础。王力曾列出七言律句的诸多实用句式，并将拗句分为 29 个大类、114 个小类。① 启功恒定五言二五字、七言二七字导出五七言变化句式，求出四六言变化句式。② 詹安泰给出数个七言拗句实例。由于比较分散，难成系统，在概念、阐释以及句式命名方面尚显不一，从一些当代著作可见一斑。孙霄兵云：“按排列组合计算，六字句有 4096 种平仄格式，实际上没有如此多。”③ 显然本人未经实际推导，有些夸大化了。吴丈蜀认为苏轼《念奴娇》《水调歌头》“一时多少豪杰”“不知天上宫阙”是“拗句”，是一种不大“正当”的句式④；甚至近期一些较有影响的论著仍将七言第五字变声句、第六字变格句当作拗句。可见认识杜甫语言律何其难矣，注定还有较长的路要走。

杜甫选择五七言律句用于近体诗，选择五七言拗句与律句共同用于拗体诗、古体诗，选择四六言句用于文赋，表明他的语言应用取向与驾驭能

---

① 参见王力：《汉语诗律学》，上海：上海教育出版社，1958 年，第 616—635 页。

② 参见启功：《诗文声律论稿》，北京：中华书局，2009 年，第 67—88、104—114 页。

③ 孙霄兵：《汉语词律学》，上海：华东师范大学出版社，2011 年，第 467 页。

④ 参见吴丈蜀：《词学论稿》，北京：中华书局，2009 年，第 179 页。

力。杜甫将律句的日常用语归化为格律诗语言，用七言律句、律联举起七律大旗，用七言拗句、拗联辟出拗体七律、七绝一片新土，竭尽全力为汉语言扬威。论者常用“晚节渐于诗律细”“老去诗篇浑漫与”夸赞杜甫用律缜密无所不察，手法娴熟变幻无穷，“细”与“漫与”乃辩证的统一，无“诗律细”便无“浑漫与”，后者是前者的结晶与必然。卢世㴶曰：“子美一生诗，只受用一‘细’字，不止‘晚节’为然。盖诗不细不清，诗不细不远，诗不细不能变化，诗不细不敢纵横也。‘细’之义大矣哉！”[①] 吾尝暗想卢氏所言“细”字应首推杜甫语言律，而非专指诗律，语言不细焉有诗律之细、诗体之细，语言乃诗人纵横捭阖的资本，也是杜甫“语不惊人死不休”的底气所在。

杜甫语言律要义如下：汉字具有原生的、天然的声韵特征；句子具有原生的、天然的声韵结构；二四字声恒定是分析句子律质的理论依据；必须使用拗字的狭义定义才能正确区分律拗；律句与拗句各自拥有独立的语言体系，同生共存相辅相成，各不相斥互不妨害；律句、拗句各具自己的标准格式，每一个格式都拥有定量的系列变化句式；律句、拗句本属中华祖先约定俗成的自然语言，律句并非专为近体诗所先生、独生，拗句并非是律句的变体或比其低一个辈分；语言律属于语言学范畴，是汉语的一种原生之律、固有之律、独立运行之律，其任务是为诗词文章提供用之不竭的丰富原料，它不是诗律，也不隶属于诗律；诗有优劣高下，律无优劣高下，各个变化句式也无优劣高下；语言律必然会给传统的语法、修辞注入新鲜血液，增光添彩，比如杜甫《秋兴八首》其八“香稻啄余鹦鹉粒”、李贺《上云乐》“飞香走红满天春”、李清照《如梦令》“应是绿肥红瘦”。

杜甫在上千年前，即得汉语言风水之先，以大智慧、大技巧，唤醒、盘活了具有声韵结构的汉语句子，别人不在意的，他当作大学问；别人做不到的，他出色地做成了。他开语言有律之始端，并找到合适的应用方式与场合，从语言律到诗律、诗体一路走来，构建格律诗整体建筑，用格律理论去贯彻、去覆

---

① 卢世㴶：《读杜私言》，周伟德集校：《全明诗话》（六），济南：齐鲁书社，2005年，第4386页。

盖，任何所谓的风格、流派、艺术对它都不具有挑战性与取代性。

透过“诗圣”的层层光环，终归发现杜甫原本是、首先是伟大的语言大师，然后才是诗圣。

第三节　律句体系

讲解诗词格律，无不以律句为开端，几成经典教习方法，但很少有人全面透视句子的规律性变化。吴梅曰：“有一成不变之律，无一定不变之文。”“句至七字，诸体全矣。”① 大意是说，句子的律质“一成不变”，但成文需要变换使用某些字声，没有只使用一种标准格式句子的文章；七言句是论律的最长句子，变化也最为复杂，弄明白七言，四五六言则不在话下。本节重在推导每一个律句标准格式所具有的全部变化句式形态，将它们单独的存在集合起来就构成整个的律句体系。特别提示，须与广义的拗字概念划清界限，不能再将常规变声句式以及变格句式叫作“拗句”了，而应堂堂正正地将其归入律句体系之中。

一、四言律句

按四言律句的两个标准格式，恒定第二字与韵字，依次对一三字变声，每个格式可以得到系列的 4 个变化句式，共计 8 个变化句式；变化句式属于律句。如表 1-2-2 所列。例句取自杜甫文赋。

表 1-2-2　四言律句的变化句式

（1）标准格式	○○△△	△△○○
（2）第一字变声	△○△△	○△○○
（3）第三字变声	○○○△	△△△○
（4）第一三字变声	△○○△	○△△○

符号表达式、例句如下。

① 吴梅：《词学通论》，北京：中华书局，2010 年，第 37、41 页。

1. ○○△△格式

（1）○○△△ 骅骝老大。《画马赞》

（2）△○△△ 雪垂白肉。《画马赞》

（3）○○○△ 良工惆怅。《画马赞》

（4）△○○△ 云何难易。《画马赞》

2. △△○○格式

（1）△△○○ 落笔雄才。《画马赞》

（2）○△○○ 提挈丘陵。《天狗赋》

（3）△△△○ 鸟不敢飞。《朝享太庙赋》

（4）○△△○ 遗恨九原。《进三大礼赋表》

二、五言律句

将五言律句标准格式的二四韵字平仄恒定，依次对一三字变声，可以得到每个律句标准格式拥有系列的4个常规变声句式，共计16个。表明句式变化有律、律变有量。可以看到，惯称的孤平句式△○△△○不过是○○△△○标准格式第一个出现的极其平常的变声句式。为明了推绎过程，将各变化句式列于表1-2-3，以杜诗作为例证。

表1-2-3　五言律句的常规变声句式

（1）标准格式	△△○○△	○○△△○	○○○△△	△△△○○
（2）第一字变声	○△○○△	△○△△○	△○○△△	○△△○○
（3）第三字变声	△△△○△	○○○△○	○○△△△	△△○○○
（4）第一三字变声	○△△○△	△○○△○	△○△△△	○△○○○

符号表达式、例句如下。

1. △△○○△格式

（1）△△○○△ 好雨知时节。《春夜喜雨》

（2）○△○○△ 功盖三分国。《八阵图》

（3）△△△○△ 斫却月中桂。《一百五日夜对月》

（4）○△△○△ 鸿雁几时到。《天末怀李白》

2. ○○△△○格式

(1) ○○△△○ 城春草木深。《春望》

(2) △○△△○ 夜深露气清。《玩月呈汉中王》

(3) ○○○△○ 清光应更多。《一百五日夜对月》

(4) △○○△○ 影斜轮未安。《初月》

3. ○○○△△格式

(1) ○○○△△ 今春看又过。《绝句二首》其二

(2) △○○△△ 竹批双耳峻。《房兵曹胡马诗》

(3) ○○△△△ 常时任显晦。《天河》

(4) △○△△△ 读书破万卷。《奉赠韦左丞丈二十二韵》

4. △△△○○格式

(1) △△△○○ 可以赋新诗。《巳上人茅斋》

(2) ○△△○○ 风入四蹄轻。《房兵曹胡马诗》

(3) △△○○○ 有泪如金波。《一百五日夜对月》

(4) ○△○○○ 离别重相逢。《送殿中杨监赴蜀见相公》

三、六言律句

六言律句有4个标准格式，分别将二四韵字平仄恒定，维持第五字字声不变，依次对一三字变声，得到每个律句标准格式拥有系列的4个常规变声句式，计16个。然后，恒定二四韵字，在第五字变格情况下，依次对一三字变声，每个律句标准格式拥有系列的4个变格句式，计16个。二者统称为六言律句的变化句式，计32个。将推绎过程及变化句式列于表1-2-4、表1-2-5。例句取自杜甫文赋，文体特征明显，多含文言用字“于”“之”“乎”“乃”“已”。

表1-2-4 六言律句的常规变声句式

(1) 标准格式	△△○○△△	○○△△○○	○○△△○△	△△○○△○
(2) 第一字变声	○△○○△△	△○△△○○	△○△△○△	○△○○△○
(3) 第三字变声	△△△○△△	○○○△○○	○○○△○△	△△△○△○
(4) 第一三字变声	○△△○△△	△○○△○○	△○○△○△	○△△○△○

（一）常规变声句式

符号表达式、例句如下。

1. △△○○△△格式

（1）△△○○△△ 变方形于动植。《有事于南郊赋》

（2）○△○○△△ 加以诗书润业。《唐故万年县君京兆杜氏墓志》

（3）△△△○△△ 竟以短篇只字。《进封西岳赋表》

（4）○△△○△△ 天道去人不远。《说旱》

2. ○○△△○○格式

（1）○○△△○○ 臣之近代陵夷。《进雕赋表》

（2）△○△△○○ 既而太尉参乘。《朝享太庙赋》

（3）○○○△○○ 泠泠然驭平风。《前殿中侍御史柳公紫微仙阁画太一天尊图文》

（4）△○○△○○ 六龙飞御之归。《有事于南郊赋》

3. ○○△△○△格式

（1）○○△△○△ 君臣父子之别。《朝享太庙赋》

（2）△○△△○△ 勃然愤激之际。《有事于南郊赋》

（3）○○○△○△ 公侯之贵磨灭。《进雕赋表》

（4）△○○△○△ 翳夫鸾凤将至。《有事于南郊赋》

4. △△○○△○格式

（1）△△○○△○ 问太微之所居。《封西岳赋》

（2）○△○○△○ 联祖宗之耿光。《有事于南郊赋》

（3）△△△○△○ 万穴为之倒流。《封西岳赋》

（4）○△△○△○ 根启闭于厥初。《有事于南郊赋》

（二）变格句式

例句序号与表1-2-5中句子平仄表达式序号一致。

符号表达式、例句如下。

1. △△○○△△格式

（5）△△○○○△ 尔乃孤卿侯伯。《有事于南郊赋》

表 1-2-5　六言律句的变格句式

(1) 标准格式	△△○○△△	○○△△○○	○○△△○△	△△○○△○
(5) 第五字变	△△○○○△	○○△△△○	○○△△△△	△△○○○○
(6) 第一五字变	○△○○○△	△○△△△○	△○△△△△	○△○○○○
(7) 第三五字变	△△△○○△	○○○△△○	○○○△△△	△△△○○○
(8) 第一三五字变	○△△○○△	△○○△△○	△○○△△△	○△△○○○

(6) ○△○○○△ 臣甫诚惶诚恐。《进封西岳赋表》

(7) △△△○○△ 考正气之无辙。《有事于南郊赋》

(8) ○△△○○△ 营室主夫宗庙。《朝献太清宫赋》

2. ○○△△○○格式

(5) ○○△△△○ 超群女以见贤。《唐故德仪赠淑妃皇甫氏神道碑》

(6) △○△△△○ 与乎更始者哉。《朝献太清宫赋》

(7) ○○○△△○ 春葳蕤以建杓。《有事于南郊赋》

(8) △○○△△○ 独轩辕氏得之。《封西岳赋》

3. ○○△△○△格式

(5) ○○△△△△ 贫穷好学者已。《进封西岳赋表》

(6) △○△△△△ 澹然若有所听。《有事于南郊赋》

(7) ○○○△△△ 唯臣衣不盖体。《进雕赋表》

(8) △○○△△△ 至于周穆汉武。《封西岳赋》

4. △△○○△○格式

(5) △△○○○○ 力不暇于须臾。《唐故万年县君京兆杜氏墓志》

(6) ○△○○○○ 皇帝亲临长安。《说旱》

(7) △△△○○○ 空说返魂之香。《唐故德仪赠淑妃皇甫氏神道碑》

(8) ○△△○○○ 臣本杜陵诸生。《进封西岳赋表》

四、七言律句

七言律句有 4 个标准格式，分别将二四韵字平仄恒定，维持第六字字声不变，依次对一三五字变声，得到每个标准格式拥有的一系列 8 个常规变声句式，共计32个。然后，恒定二四韵字、固定第六字变格，依次对一三五字变声，得到每个标准格式拥有的一系列8个变格句式，计32个；二者统称为七言律句的变化句式，计64个。句式○△△○○○○，因未从杜诗坐实，取鲍照诗句代用。

（一）常规变声句式

将七言常规变声句式的推绎过程与结果列于表1-2-6，杜诗例句序号（1）—（8）与表1-2-6所列平仄表达式序号完全对应。

表1-2-6　七言律句的常规变声句式

（1）标准格式	○○△△○○△	△△○○△△○	△△○○○△△	○○△△△○○
（2）第一字变	△○△△○○△	○△○○△△○	○△○○○△△	△○△△△○○
（3）第三字变	○○○△○○△	△△△○△△○	△△△○○△△	○○○△△○○
（4）第一三字变	△○○△○○△	○△△○△△○	○△△○○△△	△○○△△○○
（5）第五字变	○○△△△○△	△△○○○△○	△△○○△△△	○○△△○○○
（6）第一五字变	△○△△△○△	○△○○○△○	○△○○△△△	△○△△○○○
（7）第三五字变	○○○△△○△	△△△○○△○	△△△○△△△	○○○△○○○
（8）第一三五字变	△○○△△○△	○△△○○△○	○△△○△△△	△○○△○○○

符号表达式、例句如下。

1. ○○△△○○△格式

（1）○○△△○○△ 羞将短发还吹帽。《九日蓝田崔氏庄》

（2）△○△△○○△ 不贪夜识金银气。《题张氏隐居二首》其一

（3）○○○△○○△ 支离东北风尘际。《咏怀古迹五首》其一

（4）△○○△○○△ 下归无极终南黑。《渼陂行》

（5）○○△△△○△ 春天衣著为君舞。《白丝行》

（6）△○△△△○△ 映阶碧草自春色。《蜀相》

（7）○○○△△○△ 黄河西岸是吾蜀。《黄河二首》其二

（8）△○○△△○△ 腐儒衰晚谬通籍。《题省中院壁》

2. △△○○△△○格式

（1）△△○○△△○ 漫卷诗书喜欲狂。《闻官军收河南河北》

(2) ○△○○△△○ 颇学阴何苦用心。《解闷十二首》其七

(3) △△△○△△○ 少壮几时奈老何。《渼陂行》

(4) ○△△○△△○ 焉得附书与我军。《悲青坂》

(5) △△○○○△○ 隔叶黄鹂空好音。《蜀相》

(6) ○△○○○△○ 文采风流今尚存。《丹青引赠曹将军霸》

(7) △△△○○△○ 四海八荒同一云。《秋雨叹三首》其二

(8) ○△△○○△○ 声价欻然来向东。《高都护骢马行》

3. △△○○○△△格式

(1) △△○○○△△ 万里悲秋常作客。《登高》

(2) ○△○○○△△ 丰草青青寒不死。《沙苑行》

(3) △△△○○△△ 不有小舟能荡桨。《城西陂泛舟》

(4) ○△△○○△△ 乘兴杳然迷出处。《题张氏隐居二首》其一

(5) △△○○△△△ 此别应须各努力。《送韩十四江东省觐》

(6) ○△○○△△△ 秋水才深四五尺。《南邻》

(7) △△△○△△△ 著叶满枝翠羽盖。《秋雨叹三首》其一

(8) ○△△○△△△ 翻手作云覆手雨。《贫交行》

4. ○○△△△○○格式

(1) ○○△△△○○ 群山万壑赴荆门。《咏怀古迹五首》其三

(2) △○△△△○○ 举觞白眼望青天。《饮中八仙歌》

(3) ○○○△△○○ 春山无伴独相求。《题张氏隐居二首》其一

(4) △○○△△○○ 隔篱呼取尽余杯。《客至》

(5) ○○△△○○○ 时闻杂佩声珊珊。《郑驸马宅宴洞中》

(6) △○△△○○○ 皎如玉树临风前。《饮中八仙歌》

(7) ○○○△○○○ 青春波浪芙蓉园。《乐游园歌》

(8) △○○△○○○ 石田茅屋荒苍苔。《醉时歌》

（二）变格句式

将七言第六字变格句式的推绎过程与结果列于表1-2-7，杜诗例句序号(9)—(16)与表1-2-7所列平仄表达式序号完全对应，只有句式

○△△○○○○尚未坐实。

表 1-2-7　七言律句的变格句式

(1) 标准格式	○○△△○○△	△△○○△△○	△△○○○△△	○○△△△○○
(9) 第六字变	○○△△○△△	△△○○△○○	△△○○○○△	○○△△△△○
(10) 第一六字变	△○△△○△△	○△○○△○○	○△○○○○△	△○△△△△○
(11) 第三六字变	○○○△○△△	△△△○△○○	△△△○○○△	○○○△△△○
(12) 第五六字变	○○△△△△△	△△○○○○○	△△○○△○△	○○△△○△○
(13) 第一三六字变	△○○△○△△	○△△○△○○	○△△○○○△	△○○△△△○
(14) 第一五六字变	△○△△△△△	○△○○○○○	○△○○△○△	△○△△○△○
(15) 第三五六字变	○○○△△△△	△△△○○○○	△△△○△○△	○○○△○△○
(16) 第一三五六字变	△○○△△△△	○△△○○○○	○△△○△○△	△○○△○△○

符号表达式、例句如下。

1. ○○△△○○△格式

(9) ○○△△○△△ 牵衣顿足拦道哭。《兵车行》

(10) △○△△○△△ 有时自发钟磬响。《崔氏东山草堂》

(11) ○○○△○△△ 边庭流血成海水。《兵车行》

(12) ○○△△△△△ 朝廷故旧礼数绝。《投简成华两县诸子》

(13) △○○△○△△ 古来材大难为用。《古柏行》

(14) △○△△△△△ 杜陵野老骨欲折。《投简成华两县诸子》

(15) ○○○△△△△ 禾头生耳黍穗黑。《秋雨叹三首》其二

(16) △○○△△△△ 罢琴惆怅月照席。《送孔巢父谢病归游江东兼呈李白》

2. △△○○△△○格式

(9) △△○○△○○ 且为王孙立斯须。《哀王孙》

(10) ○△○○△○○ 芝草琅玕日应长。《玄都坛歌寄元逸人》

(11) △△△○△○○ 肯访浣花老翁无。《入奏行赠西山检察使窦侍御》

(12) △△○○○○○ 汶上相逢年颇多。《奉寄高常侍》

(13) ○△△○△○○ 天地为之久低昂。《观公孙大娘弟子舞剑器行》

(14) ○△○○○○○ 江北江南春冬花。《夔州歌十绝句》其五

(15) △△△○○○○ 昔日太宗拳毛騧。《韦讽录事宅观曹将军画马图》

(16) ○△△○○○○ 非我昔时千金躯。鲍照《拟行路难十八首》其十五

3. △△○○○△△格式

(9) △△○○○○△ 蛱蝶飞来黄鹂语。《白丝行》

(10) ○△○○○○△ 香汗轻尘污颜色。《白丝行》

(11) △△△○○○△ 谢朓每篇堪讽诵。《寄岑嘉州》

(12) △△○○△○△ 涧道馀寒历冰雪。《题张氏隐居二首》其一

(13) ○△△○○○△ 乌帽拂尘青螺粟。《相逢歌赠严二别驾》

(14) ○△○○△○△ 天下何曾有山水《存殁口号二首》其二

(15) △△△○△○△ 恐惧弃捐忍羁旅。《白丝行》

(16) ○△△○△○△ 高帝子孙尽隆准。《哀王孙》

4. ○○△△△○○格式

(9) ○○△△△△○ 冰浆碗碧玛瑙寒。《郑驸马宅宴洞中》

(10) △○△△△△○ 眼花落井水底眠。《饮中八仙歌》

(11) ○○○△△△○ 宗之潇洒美少年。《饮中八仙歌》

(12) ○○△△○△○ 衔杯乐圣称避贤。《饮中八仙歌》

(13) △○○△△△○ 御厨络绎送八珍。《丽人行》

(14) △○△△○△○ 五花散作云满身。《高都护骢马行》

(15) ○○○△○△○ 高谈雄辩惊四筵。《饮中八仙歌》

(16) △○○△○△○ 暮春三月巫峡长。《即事》

第四节 拗句体系

与律句对应，拗句标准格式亦有常规变声与变格，构成与律句平等对立的拗句体系。运用狭义的拗字定义，拗句纯指二四字平平或仄仄排列的句子，是纯洁律句、扳正语言律的必要举措，只有承认拗句体系的存在，才能使语言律，进而使诗律的天空澄清云雾。与上节一样，以4—7言为序，从拗句标准格式出发，推绎它的所有变化句式，并结合实践阐释五言

拗句的运用特点，做一次集中、系统、全面的展示，也是在诗词格律理论著述中首次推出的拗句体系陈列展。

一、四言拗句

四言拗句有两个标准格式，特征是第二字与韵字同平或同仄，第一三字可平可仄。如表 1-2-8 所列，每个标准格式有 4 个拗句变化句式，共拥有 8 个变化句式。以杜甫文赋用句为例。

表 1-2-8　四言拗句的变化句式

（1）标准格式	○△△△	△○○○
（2）第一字变声	△△△△	○○○○
（3）第三字变声	○△○△	△○△○
（4）第一三字变声	△△○△	○○△○

符号表达式、例句如下。

（一）○△△△格式

1. ○△△△ 瞻彼骏骨。《画马赞》
2. △△△△ 此乃独步。《天狗赋》
3. ○△○△ 游泳和气。《进三大礼赋表》
4. △△○△ 气独神秀。《天狗赋》

（二）△○○○格式

1. △○○○ 赤乌高飞。《朝献太清宫赋》
2. ○○○○ 龙文长身。《画马赞》
3. △○△○ 感而遂通。《朝献太清宫赋》
4. ○○△○ 终无自私。《天狗赋》

二、五言拗句

按狭义的拗字定义，五言拗句有 4 个标准格式，恒定二四韵字平仄，依次对一三字变声，每个标准格式可以得到系列的 4 个变化句式，计 16

个，将其推绎过程列于表1-2-9，以杜诗为例。可以看到，五言拗句与律句的变化句式数量相等，同样变化有律、律变有量。

表1-2-9　五言拗句的常规变声句式

(1) 标准格式	○△△△○	△○○○△	○△○△△	△○△○○
(2) 第一字变	△△△△○	○○○○△	△△○△△	○○△○○
(3) 第三字变	○△○△○	△○△○△	○△△△△	△○○○○
(4) 第一三字变	△△○△○	○○△○△	△△△△△	○○○○○

律句系列中，五言较有代表性，第四字变格句式与五言拗句变化句式形态重合。从表1-2-9、表1-2-10可以看到，两种变化结果相同，差别仅在于排序。这证明：五言第二字拗与第四字变格的律变性质一致。这一规律，同样存在于六七言句。因此，用第二字拗足以表达拗的本质，它同时包含了第四字拗的结果。

五言拗句是语言律的客观存在，但对于五言近体诗而言，只是一种理论存在，唯在宋词才得到正式认可与应用。根据杜甫与唐代的五律实践，只要不破坏对句与出句第二字平仄或仄平的正对关系，就承认它们组成的联式是律联，律联中的“五言拗句”自然就不算拗句了，而归属变格句，视为律句。王力曰：“真正的五言拗句较常见者只有两种：第一种是仄平平平仄，第二种是平平仄平平。它们都不是普通的五言句子。”[①] 当然，此说法也须进一步修正完善，但其含义清楚，即格律诗中五言无拗句。他将五言第三四字、七言第五六字称为“腹节”，腹节的“两个字平仄互换”称为“特殊形式”“特定变格”[②]，如杜甫《奉陪郑驸马韦曲二首》其二“何时占丛竹，头戴小乌巾”，“时、丛”同平，不妨碍“时、戴”正对，不会导致联式的律质改变。

① 王力：《汉语诗律学》，上海：上海教育出版社，1958年，第604页。
② 王力：《诗词格律概要　诗词格律十讲》，北京：世界图书出版公司，2008年，第24页。

表 1-2-10　五言律句的变格（拗句）句式

标准格式	△△○○△	○○△△○	○○○△△	△△△○○
(1) 第四字变	△△○△△	○○△○○	○○○○△	△△△△○
(2) 第一四字变	○△○△△	△○△○○	△○○○△	○△△△○
(3) 第三四字变	△△△△△	○○○○○	○○△○△	△△○△○
(4) 第一三四字变	○△△△△	△○○○○	△○△○△	○△○△○

符号表达式、例句如下。

(一) △△○○△格式

1. △△○△△ 远送从此别。《奉济驿重送严公四韵》
2. ○△○△△ 蔬食常不饱。《赠李白》
3. △△△△△ 小雨夜复密。《夜雨》
4. ○△△△△ 河汉不改色。《初月》

(二) ○○△△○格式

1. ○○△○○ 云山紫逻深。《送贾阁老出汝州》
2. △○△○○ 不须羡其强。《遣兴五首》(朔风飘胡雁) 其五
3. ○○○○○ 天高难重陈。《奉赠鲜于京兆二十韵》
4. △○○○○ 岱宗夫如何。《望岳》

(三) ○○○△△格式

1. ○○○○△ 君看随阳雁。《同诸公登慈恩寺塔》
2. △○○○△ 几时杯重把。《奉济驿重送严公四韵》
3. ○○△○△ 何时倚虚幌。《月夜》
4. △○△○△ 宋公旧池馆。《过宋员外之问旧庄》

(四) △△△○格式

1. △△△△○ 感子故意长。《赠卫八处士》
2. ○△△△○ 泾渭不可求。《同诸公登慈恩寺塔》
3. △△○△○ 亦有梁宋游。《赠李白》
4. ○△○△○ 重上君子堂。《赠卫八处士》

三、六言拗句

六言拗句有4个标准格式，分别将二四韵字平仄恒定，维持第五字字声不变，依次对一三字变声，得到每个拗句标准格式拥有系列的4个常规变声句式，共计16个。然后，只恒定二四韵字，在固定第五字变格的情况下，依次对一三字变声，每个拗句标准格式也拥有系列的4个变格句式，共计16个；统称为六言拗句的32个变化句式。将推绎过程分别列于表1-2-11、表1-2-12。拗句句例取自杜甫文赋，类六言律句，多含有文言“矣”“以”等字。

表1-2-11　六言拗句的常规变声句式

(1) 标准格式	△○○○△△	○△△△○○	○△△△○△	△○○○△○
(2) 第一字变	○○○○△△	△△△△○○	△△△△○△	○○○○△○
(3) 第三字变	△○△○△△	○△○△○○	○△○△○△	△○△○△○
(4) 第一三字变	○○△○△△	△△○△○○	△△○△○△	○○△○△○

(一) 常规变声句式

符号表达式、例句如下。

1. △○○○△△格式

(1) △○○○△△ 至于星霜伏腊。《唐故万年县君京兆杜氏墓志》

(2) ○○○○△△ 春将披图视典。《进封西岳赋表》

(3) △○△○△△ 止于岱宗可矣。《封西岳赋》

(4) ○○△○△△ 诸侯敢于迫胁。《朝享太庙赋》

2. ○△△△○○格式

(1) ○△△△○○ 言足以厚人伦。《唐故德仪赠淑妃皇甫氏神道碑》

(2) △△△△○○ 独宴慰以纵横。《有事于南郊赋》

(3) ○△○△○○ 中有玄晏先生。《唐故德仪赠淑妃皇甫氏神道碑》

(4) △△○△○○ 上意由是茫然。《封西岳赋》

3. ○△△△○△格式

（1）○△△△○△ 京兆杜氏之墓。《唐故万年县君京兆杜氏墓志》

（2）△△△△○△ 只恐转死沟壑。《进雕赋表》

（3）○△○△○△ 玄酒明水之上。《有事于南郊赋》

（4）△△○△○△ 四海之水皆立。《朝献太清宫赋》

4. △○○○△○格式

（1）△○○○△○ 九天之云下垂。《朝献太清宫赋》

（2）○○○○△○ 颇愁呼而蹭蹬。《雕赋》

（3）△○△○△○ 弃功效而不论。《雕赋》

（4）○○△○△○ 乘舆备乎冕裘。《朝献太清宫赋》

（二）变格句式

表 1-2-12　六言拗句的变格句式

（1）标准格式	△○○○△△	○△△△○○	○△△△○△	△○○○△○
（5）第五字变	△○○○○△	○△△△△○	○△△△△△	△○○○○○
（6）第一五字变	○○○○○△	△△△△△○	△△△△△△	○○○○○○
（7）第三五字变	△○△○○△	○△○△△○	○△○△△△	△○△○○○
（8）第一三五字变	○○△○○△	△△○△△○	△△○△△△	○○△○○○

符号表达式、例句如下。

1. △○○○△△格式

（5）△○○○○△ 至于封禅之事。《封西岳赋》

（6）○○○○○△ 非夫清门华胄。《唐故德仪赠淑妃皇甫氏神道碑》

（7）△○△○○△ 鬼神为之呜咽。《有事于南郊赋》

（8）○○△○○△ 批周抉隋之后。《朝献太清宫赋》

2. ○△△△○○格式

（5）○△△△△○ 天子乃宿祓斋。《封西岳赋》

（6）△△△△△○ 次请慎择重臣。《为阆州王使君进论巴蜀安危表》

（7）○△○△△○ 由是天狗捷来。《天狗赋》

（8）△△○△△○ 奉表陈谢以闻。《为夔府柏都督谢上表》

3. ○△△△○△格式

(5) ○△△△△△ 常以正道应物。《说旱》

(6) △△△△△△ 不觉手足蹈舞。《进三大礼赋表》

(7) ○△○△△△ 朝庙之礼既毕。《有事于南郊赋》

(8) △△○△△△ 血下相续者矣。《祭外祖祖母文》

4. △○○○△○格式

(5) △○○○○○ 割烹煎和之宜。《唐故万年县君京兆杜氏墓志》

(6) ○○○○○○ 金英霏而披靡。《朝献太清宫赋》

(7) △○△○○○ 进无补于明时。《进封西岳赋表》

(8) ○○△○○○ 鸿生巨儒之徒。《封西岳赋》

四、七言拗句

七言拗句有4个标准格式，逐一纵向展开，先将二四韵字平仄恒定、第六字字声维持不动，依次对第一三五字变声，每个标准格式得到系列的8个常规变声句式，计32个；然后在固定第六字变格情况下，依次对第一三五字变声，每个标准格式得到系列的8个变格句式，计32个；统称为七言拗句的变化句式，计64个。完全可以证实，七言拗句系列是不容置疑的事实存在，与律句系列一样，具有严密的变化规律与可预测性。杜甫受到六朝句式的启迪，融会贯通、连成一体，全面揭示与运用七言律句、拗句的变化规律，不矫揉造作、不死拉硬拽，出神入化、了无痕迹，奠定了拗体七律创体的根基。

（一）常规变声句式

将七言拗句的常规变声句式推绎过程列于表1-2-13，以杜诗为例。例句序号(1)—(8)与表1-2-13所列平仄表达式排序完全对应。

符号表达式、例句如下。

1. ○△△△○○△格式

(1) ○△△△○○△ 寒热百日相交战。《病后遇王倚饮赠歌》

(2) △△△△○○△ 已觉气与嵩华敌。《阆山歌》

表 1-2-13　七言拗句的常规变声句式

（1）标准格式	○△△△○○△	△○○○△△○	△○○○○△△	○△△△△○○
（2）第一字变	△△△△○○△	○○○○△△○	○○○○○△△	△△△△△○○
（3）第三字变	○△○△○○△	△○△○△△○	△○△○○△△	○△○△△○○
（4）第一三字变	△△○△○○△	○○△○△△○	○○△○○△△	△△○△△○○
（5）第五字变	○△△△△○△	△○○○○△○	△○○○△△△	○△△△○○○
（6）第一五字变	△△△△△○△	○○○○○△○	○○○○△△△	△△△△○○○
（7）第三五字变	○△○△△○△	△○△○○△○	△○△○△△△	○△○△○○○
（8）第一三五字变	△△○△△○△	○○△○○△○	○○△○△△△	△△○△○○○

（3）○△○△○○△ 时有西域胡僧识。《海棕行》

（4）△△○△○○△ 手种桃李非无主。《绝句漫兴九首》其二

（5）○△△△△○△ 江上草阁柳新暗。《暮春》

（6）△△△△△○△ 已令请急会通籍。《逼仄行》

（7）○△○△△○△ 何得山有屈原宅。《最能行》

（8）△△○△△○△ 此马临阵久无敌。《高都护骢马行》

2. △○○○△△○格式

（1）△○○○△△○ 饮如长鲸吸百川。《饮中八仙歌》

（2）○○○○△△○ 黄头奚儿日向西。《悲青坂》

（3）△○△○△△○ 亦如小臣媚至尊。《石笋行》

（4）○○△○△△○ 长安壮儿不敢骑。《高都护骢马行》

（5）△○○○○△○ 曲江萧条秋气高。《曲江三章章五句》其一

（6）○○○○○△○ 长安城头头白乌。《哀王孙》

（7）△○△○○△○ 与人一心成大功。《高都护骢马行》

（8）○○△○○△○ 长安水边多丽人。《丽人行》

3. △○○○○△△格式

（1）△○○○○△△ 广文先生官独冷。《醉时歌》

（2）○○○○○△△ 凉风萧萧吹汝急。《秋雨叹三首》其一

（3）△○△○○△△ 此身未知归定处。《立春》

(4) ○○△○○△△ 词源倒流三峡水。《醉歌行》

(5) △○○○△△△ 武皇开边意未已。《兵车行》

(6) ○○○○△△△ 群胡归来血洗箭。《悲陈陶》

(7) △○△○△△△ 圣朝亦知贱士丑。《乐游园歌》

(8) ○○△○△△△ 梅花欲开不自觉。《至后》

4. ○△△△△○○格式

(1) ○△△△△○○ 江上燕子故来频。《绝句漫兴九首》其三

(2) △△△△△○○ 恰似十五女儿腰。《绝句漫兴九首》其九

(3) ○△○△△○○ 无赖春色到江亭。《绝句漫兴九首》其一

(4) △△○△△○○ 但道困苦乞为奴。《哀王孙》

(5) ○△△△○○○ 胡雁翅湿高飞难。《秋雨叹三首》其三

(6) △△△△○○○ 笔阵独扫千人军。《醉歌行》

(7) ○△○△○○○ 青鸟飞去衔红巾。《丽人行》

(8) △△○△○○○ 富贵于我如浮云。《丹青引赠曹将军霸》

（二）变格句式

将七言拗句的变格句式推绎过程与结果列于表 1-2-14，以杜诗为例。例句序号(9)—(16)与表 1-2-14 所列平仄表达式排序完全对应。

表 1-2-14　七言拗句的变格句式

(1) 标准格式	○△△△○○△	△○○○△△○	△○○○○△△	○△△△△○○
(9) 第六字变	○△△△○△△	△○○○△○○	△○○○○○△	○△△△△△○
(10) 第一六字变	△△△△○△△	○○○○△○○	○○○○○○△	△△△△△△○
(11) 第三六字变	○△○△○△△	△○△○△○○	△○△○○○△	○△○△△△○
(12) 第五六字变	○△△△△△△	△○○○○○○	△○○○△○△	○△△△○△○
(13) 第一三六字变	△△○△○△△	○○△○△○○	○○△○○○△	△△○△△△○
(14) 第一五六字变	△△△△△△△	○○○○○○○	○○○○△○△	△△△△○△○
(15) 第三五六字变	○△○△△△△	△○△○○○○	△○△○△○△	○△○△○△○
(16) 第一三五六字变	△△○△△△△	○○△○○○○	○○△○△○△	△△○△○△○

符号表达式、例句如下。

1. ○△△△○○△格式

(9) ○△△△○△△ 寒雨飒飒枯树湿。《乾元中寓居同谷县作歌七首》其五

(10) △△△△○△△ 喜得与子长夜语。《严氏溪放歌行》

(11) ○△○△○△△ 俄顷风定云墨色。《茅屋为秋风所破歌》

(12) ○△△△△△△ 中夜起坐万感集。《乾元中寓居同谷县作歌七首》其五

(13) △△○△○△△ 木叶黄落龙正蛰。《乾元中寓居同谷县作歌七首》其六

(14) △△△△△△△ 有客有客字子美。《乾元中寓居同谷县作歌七首》其一

(15) ○△○△△△△ 安得如鸟有羽翅。《大麦行》

(16) △△○△△△△ 隔户杨柳弱袅袅。《绝句漫兴九首》其九

2. △○○○△△○格式

(9) △○○○△○○ 请公临深莫相违。《陪王侍御同登东山最高顶》

(10) ○○○○△○○ 秋风萧萧露泥泥。《寄狄明府》

(11) △○△○△○○ 道逢麴车口流涎。《饮中八仙歌》

(12) △○○○○○○ 壮哉昆仑方壶图。《戏题王宰画山水图歌》

(13) ○○△○△○○ 行人但云点行频。《兵车行》

(14) ○○○○○○○ 中巴之东巴东山。《夔州歌十绝句》其一

(15) △○△○○○○ 岂无蜀兵三千人。《大麦行》

(16) ○○△○○○○ 何为见羁虞罗中。《冬狩行》

3. △○○○○△△格式

(9) △○○○○○△ 白狐跳梁黄狐立。《乾元中寓居同谷县作歌七首》其五

(10) ○○○○○○△ 柯如青铜根如石。《古柏行》

(11) △○△○○○△ 汝门请从曾翁说。《寄狄明府》

(12) △○○○△○△ 误疑茅堂过江麓。《郑驸马宅宴洞中》

(13) ○○△○○○△ 沧浪水深青溟阔。《奉先刘少府新画山水障歌》

(14) ○○○○△○△ 缫丝须长不须白。《白丝行》

(15) △○△○△○△ 朔方健儿好身手。《哀王孙》

(16) ○○△○△○△ 英雄有时亦如此。《今夕行》

4. ○△△△△○○格式

(9) ○△△△△△○ 牙齿半落左耳聋。《复阴》

(10) △△△△△△○ 炙手可热势绝伦。《丽人行》

(11) ○△○△△△○ 生女犹得嫁比邻。《兵车行》

(12) ○△△△○△○ 焦遂五斗方卓然。《饮中八仙歌》

(13) △△○△△△○ 岂但祁岳与郑虔。《奉先刘少府新画山水障歌》

(14) △△△△○△○ 李白斗酒诗百篇。《饮中八仙歌》

(15) ○△○△○△○ 三月三日天气新。《丽人行》

(16) △△○△○△○ 妇女行泣夫走藏。《大麦行》

第五节 非律非拗句式

杜甫诗文有一二三字短句、八字及八字以上长句。王力认为二字句在宋词中“不用则已，用则以入韵为常”；给出三字句平仄形态，未言有无律质；八字以上的句子，“往往可认为两句复合而成”。[①] 吴梅持有同样的观点，认为八字句、九字句“实皆合‘三五’‘四五’成句耳”[②]。《黄常明诗话》曰：“杜诗多用经语，如‘车辚辚，马萧萧’‘鳣发发’‘鹿呦呦’，皆浑然严重，如入天陛赤墀，植璧鸣玉，法度森严。然后人不敢用者，岂非造语肤浅不类耶?”[③] 刘禹锡《视刀环歌》自叹“常恨言语浅，不如人意深”，意谓语言学问博大精深。胡仔引《陈辅之诗话》曰：“世间好语言，已被老杜道尽；世间俗语言，已被乐天道尽。”[④] 不妨稍加引申，

① 王力：《汉语诗律学》，上海：上海教育出版社，1958 年，第 586、635 页。

② 吴梅：《词学通论》，北京：中华书局，2010 年，第 41 页。

③ （清）仇兆鳌辑注：《杜诗详注》卷一，中国古籍基本库，清康熙五十二年刻本。

④ （宋）胡仔撰：《苕溪渔隐丛话》前集卷十四，中国古籍基本库，清道光二十五年至咸丰元年番禺潘氏刻光绪十一年增刻汇印海山仙馆丛书本。

无论有律的语言、无律的语言，无论雅俗，杜甫都道透了、用过了，“好语言”若七律《登高》，“俗语言”若《又呈吴郎》。

一、一二三字短句

一个字，只是一个单音节词，难说有节奏感，不会产生律变，有声无式，在宋词常作韵字使用，如《十六字令》。诗中就不一定了，“噫”（《桃竹杖引》）是杜诗孤例。不过，杜甫爱取单字作诗题，且声调齐全，能够表达比较完整的语义，可作句看待，如《云》（上平）、《鸥》（下平）、《晚》（上）、《夜》（去）、《月》（入）。

二字句，“呜呼”（《茅屋为秋风所破歌》）是杜诗孤例。杜甫同样爱取二字句作诗题，按字声排列的四个形式齐全。如《登楼》○○、《北征》△○、《岁暮》△△、《春望》○△。从唐代宝塔诗与宋词可知，二字句除第二字作韵字时须恒定字声外，其他情况下前后两字大都可以平仄互易。二字句也有叠字、重声用法。二字句无律、拗之分，有式无律。

三字句，杜诗数处应用，且有对仗、排比、组合几个用法，有时用作韵句。如“车辚辚，马萧萧”（《兵车行》），“若耶溪，云门寺”（《奉先刘少府画山水障歌》），“窦侍御，骥之子，凤之雏”（《入奏行》），“虎之饥，下巉岩，蛟之横，出清泚”（《寄狄明府》）。有时与其他句子组合使用，如“早归来，黄土污衣眼易眯”（《寄狄明府》）。和一二字句类似，杜甫也爱用三字句作诗题，如《哀江头》○○○、《今夕行》○△○、《得家书》△○○、《锦树行》△△○、《客旧馆》△△△、《石壕吏》△○△、《垂老别》○△△、《悲青坂》○○△，已经将三字句的八个变声形式全部用遍了。三字句节奏点漂移不定，未必都在第二字；第三字只有作韵字时才恒定字声，第二字不具备字声恒定资格。宋词三字句较多，当其为非韵句时，三个字的字声大都可以更易，无定式的句子声韵结构，无律质可寻，不属于律句，也不属于拗句，有式无律。

杜诗短句用法也有特色，有的似一字逗领句。如“把君诗过日，念此别惊神”（《赠别郑炼赴襄阳》），“把”“念”可读作一字逗，后四字作被领句；“实不是爱微躯，又非关足无力”（《逼仄行，赠毕曜》），“实”“又”可读作一字逗，也可认为是由两个三字句组合的六言句。

二、长句是短句的复合

杜诗有八至十一字长句，自身由几个分句复合而成，分句指七字以及七字以下的句子，需要按意句读，找回分句原来的平仄形态。杜甫不是长句的首用者，但其所用复合形式较为全面，有的律、拗独用，有的二者兼用。以下各例长句，试作句读，以便于分析复合形式与分句律质。

八字句例：

“君不见管鲍贫时交”（《贫交行》），读作“君不见、管鲍贫时交”，三五句，五言为律句。

“呜呼一歌兮歌已哀”（《乾元中寓居同谷县作歌七首》其一），读作“呜呼一歌兮、歌已哀”，五三句，五言为拗句。

九字句例：

“大庇天下寒士俱欢颜”（《茅屋为秋风所破歌》），读作“大庇天下寒士、俱欢颜”，六三句，六言为拗句。

“男儿生无所成头皓白”（《莫相疑行》），读作“男儿生无所成、头皓白”，六三句，六言句为拗句。也可读作二七句，七言为拗句。

十字句例：

“丈夫生儿有如此二雏者”（《徐卿二子歌》），读作“丈夫生儿、有如此二雏者”，四六句，四言为拗句、六言为律句。

“君不见金粟堆前松柏里”（《韦讽录事宅观曹将军画马图》），读作“君不见、金粟堆前松柏里”，三七句，七言为律句。

十一字句例：

“慎勿见水踊跃学变化为龙”（《桃竹杖引》），读作“慎勿见水、踊跃学变化为龙”，四七句，四言、七言皆为拗句。

“王郎酒酣拔剑斫地歌莫哀”（《短歌行》），读作“王郎酒酣、拔剑斫地歌莫哀”，四七句，四言、七言皆为拗句。

至于十二字以及十二字以上的长句，杜甫文赋多用于叙述身世、地点、时间，如十二字句“在叔嫂则有谢氏光小郎之才”（《唐故万年县君京兆杜氏墓志》），十三字句“今圣朝绍宣王中兴之洪业于上”（《乾元元年华州试进士策问五首》），十四字句“亡祖故尚书膳部员外郎先臣审言”（《进雕赋表》），二十三字句“今富儿非不缘子弟职掌尽在节度衙府州县官长手下哉”（《东西两川说》）。

第三章　杜甫的句式运用艺术

古人读杜重句法，以破解句子结构与律变原理。黄庭坚曰："读书如禹之治水，知天下之络脉有开有塞，而至于九州涤源，四海会同者也。其作诗渊源，得老杜句法，今之诗人不能当也"，"熟观杜子美到夔州后古律，便得句法，简易而大巧出焉，平淡而山高水深，似欲不可企及。文章成就，更无斧凿痕乃为佳作耳"，"古之能为文章者，真能陶冶万物，虽取古人之陈言入于翰墨。如灵丹一粒，点铁成金也"。[①] 指出语言脉络"四海会同"，读夔州诗"便得句法"，合句法者入于翰墨可"点铁成金"。杜甫《寄高三十五书记》"美名人不及，佳句法如何"，仇兆鳌曰："章有章法，句有句法，字有字法。谨严于法，而又能神明变化于法，方称宗工巨匠。此云'佳句法如何'，盖欲与之（高适）互证心得耳。"[②] 道出杜甫语言律形成之不易。浦起龙曰："读杜逐字句寻思了，须通首一气读。若一题几首，再连章一片读"，"全部一齐读"，"全部诗竟是一索子贯"，"读杜须耐拙句、率句、狠句、质实句、生硬句、麄糙句"。[③] 这是他的读杜体会，读懂了是"一索子贯"，"拙率狠质生以及麄糙"句子虽难以读懂却要甘心忍受折磨，道出欲贯通语言律之难。潘德舆评论王若虚曰："老杜不尝云：'为人兴（性）僻耽佳句''佳句法如何'乎？未有以句法绳人者亦矫枉过正之论也。大抵句法非诗之全体，亦不可废耶！若虚所谓词达理顺者，

① 梁鉴江编纂：《黄庭坚诗话》，吴文治主编：《宋诗话全编》（贰），南京：江苏古籍出版社，1998 年，第 942—944 页。

② （清）仇兆鳌辑注：《杜诗详注》卷三，中国古籍基本库，清康熙五十二年刻本。

③ （清）浦起龙：《读杜心解》卷首上，中国古籍基本库，清雍正二至三年浦氏宁我斋刻本。

不研句法又何以能之?”[①] 点出研习句法与“诗之全体”的关系。对杜甫语言律的理解与认知，清代赵执信、王渔洋的观点较有代表性，可大略探知学杜的艰难历程。

杜甫没有留下讲解格律理论的专门著作，也没有留下专门的语言教科书，无疑是一件憾事。凡事皆有两重性，反倒成全后人有理由从别路切入，直接寻杜诗求解。萧涤非曰：自中唐起“历代诗人几乎无不取法借鉴于一部杜诗之中，所不同者：或多，或少；或潜移默化，或生吞活剥而已”[②]。本章试图将“潜移默化”行诸文字，力避“生吞活剥”，以实例为主，阐释杜甫的语言运用艺术。杜甫语言律仍然具有现实意义，利用它可以恰当回答当今诗坛仍然盛行的“忌孤平说”错在哪里，分析古风尾的来源以及应该持有的态度。

第一节　赵执信的语言认知观

明代已有“一三五不论，二二四六分明”的口诀，徐师曾更论及以第二字定声的意义，距离破解杜甫语言律已经不太遥远，然而走起来却步步艰难。清赵执信所作《声调谱》在当时影响甚大，新论层出且带有神秘感，潘德舆云：“渔洋不肯以此谱示人。”[③] 赵执信的语言核心观点，他自己是这样描述的：“七言拗处总在第五、第六字上。七言之五六字，即五言之三四字，可以类推。”[④] 他十分留心句式的平仄字声变化，可惜没有抓住、抓紧第二字不放，而秉持广义的拗字概念，从七言律句第一三五六字上找拗。王士禛说得更加直接：“律句只要辨一三五，俗云‘一三五不

---

① （清）潘德舆撰：《养一斋诗话》卷二，中国古籍基本库，清道光十六年徐宝善刻本。

② 萧涤非主编：《杜甫全集校注》，北京：人民文学出版社，2014 年，“前言”。

③ （清）潘德舆撰：《养一斋诗话》卷七，中国古籍基本库，清道光十六年徐宝善刻本。

④ （清）赵执信撰：《声调三谱·前谱》，中国古籍基本库，清同治光绪间福山王氏刻天壤阁丛书汇印本。

论'，怪诞之极，决其终身必无通理。"① 赵、王之说存在律质混淆、此例与彼例相互矛盾的现象，在此略加明辨。赵曾给一些句式分门别类一一命名，大多也列陈理由，粗加归纳略择数例，分析如次。

（一）拗律句

戴星兼抱松。△○○△○，一三字变声。于鹄《秦越人洞中咏》

心随雁飞灭。○○△○△，三四字变声。孟浩然《秋登兰山寄张五》

携我远来游渼陂。○△△○○△○，一三五字变声。杜甫《渼陂行》

湘妃汉女出歌舞。○○△△△○△，第五字变声。杜甫《渼陂行》

菱叶荷花静如拭。○△○○△○△，一五六字变声。杜甫《渼陂行》

但看古来盛名下。△△△○△○△，三五六字变声。杜甫《丹青引赠曹将军霸》

我欲因之梦寥廓。△△○○△○△，五六字变声。李白《梦游天姥吟留别》

（二）律句少拗句

静扫阴山无鸟投。△△○○○△○，五字变声。王昌龄《箜篌引》

摇笔飞霜如夺钩。○△○○○△○，一五字变声。王昌龄《箜篌引》

文采风流今尚存。○△○○○△○，一五字变声。杜甫《丹青引赠曹将军霸》

（三）非律句

四方水陆无不便。△○△△○△△，一六字变声。苏轼《和蒋夔寄茶》

赵注"五字平、六字仄便非律句"，"未尽音节之妙"。

以上三类句例，实为律句，赵所称之"拗"仅指五言三四字、七言五六字变声。

（四）半律句

亦能画马穷殊相。△○△△○○△，一字变声。杜甫《丹青引赠曹将

① 渔洋夫子口授，新城何世璂述：《然灯记闻》，丁福保辑：《清诗话》，瀚堂典藏古籍库，民国五年铅印本。

军霸》。

（五）律句亦拗句

屡貌寻常行路人。△△○○○△○，五字变声。杜甫《丹青引赠曹将军霸》

（六）亦拗律句

饮泉鉴面得真意。△○△△△○△，一五字变声。苏轼《西山诗和者三十余人……》

欲收暮景返田里。△○△△△○△，一五字变声。苏轼《西山诗和者三十余人……》

（七）拗句

遥怜小儿女。○○△○△，三四字变声。杜甫《月夜》

带甲满天地。△△△○△，三字变声。杜甫《送远》

诸峰罗立如儿孙。○○○△○○○，三五字变声。杜甫《望岳三首》其二

拄到玉女洗头盆。△△△△△○○，一二字变声。杜甫《望岳三首》其二

以上四类句例，仅末例二四字同仄，可称拗句。

潘德舆讲过与赵的一段争论，潘不同意赵“四方水陆无不便”是“非律句”的观点，但认为“紫金百饼费万钱△○△△△△○”“诚非律矣”。[①] 也有论者可能受赵的影响，或原本就持有类似观点，如翁方纲谓杜甫《丽人行》“箫鼓哀吟感鬼神○△○○△△○”，“此亦非律句也”。[②]

赵对五言第四字变格句的看法也比较独特，如杜牧《句溪夏日送卢霈秀才归王屋山将欲赴举》“行人碧溪渡○○△○△”，自注：“拗句。第四字拗平，第三字断断用仄，今人不论者非。”[③] 这种说法并不能合理解释

① （清）潘德舆撰：《养一斋诗话》卷七，中国古籍基本库，清道光十六年徐宝善刻本。

② （清）翁方纲撰：《七言诗平仄举隅》，丁福保辑：《清诗话》，瀚堂典藏古籍库，民国五年铅印本。

③ （清）赵执信撰：《声调三谱·前谱》，中国古籍基本库，清同治光绪间福山王氏刻天壤阁丛书汇印本。

○○○△△标准格式的其他系列变化句式，如杜甫《扬旗》“来缠风飙急○○○○△”就不是第三字“断断用仄”。

赵喜用“古诗句”“天然古句”解句，王渔洋也有类似观点，潘德舆引用渔洋“无论古律、正体、拗体，皆有天然音节”之论，解杜甫《韦讽录事宅观曹将军画马图》“借问苦心爱者谁，后有韦讽前支遁”句式，给人一种借名“天然”而不必深究句子律质的错觉。

潘、翁与赵、王存在分歧，但都存在对七言变声句式的认知局限性，将常规变声、变格与拗的性质定位有误。赵说“拄到玉女洗头盆”是拗句，正确；说“诸峰罗立如儿孙”是拗句，不正确；所列其他三五六字变声句与“诸峰罗立如儿孙”并没有律质的差别，却定为“拗律句”“律句少拗句”“律句亦拗句”，模糊了律、拗句式的本来面目。赵所用部分唐诗实例，也许受方回七言第五字变声为拗的观点影响，没有将其融入语言律系统，以致出现以偏概全、律质模糊的判断。需要跨过赵执信所设的“拗”字门槛，只有认定唯有第二字拗才是“真拗”，方可能进入杜甫语言律的新境界。

第二节 杜甫善用变声、变格句式

语言有律是其一，善用律变句式是其二，用到自如自得让人浑然不觉便是艺术了。明唐元竑对杜甫语言艺术赞赏备至，并为杜甫未能登第抱怨朝廷不识英才。唐曰“非大家拨去拘忌卓然特立，不能自异流俗也。乃公竟以诗家千古一人而不获一第，吾诚不得其解”，并以字字同声诗句证己所论。又曰：“皆奇语，馀不能悉数，青莲以下诸名家亦时有之，但不多耳。”①

下为唐所举句例：

1. 五字俱平者

无衣思南州。《发秦州》

① （明）唐元竑撰：《杜诗捃》卷二，瀚堂典藏古籍库，文渊阁四库全书本。

忧端齐终南。《自京赴奉先县咏怀五百字》

龙吟回其头。《送从弟亚赴安西判官》

2. 七字俱平者

中巴之东巴东山。《夔州歌十绝句》其一

潇湘之山衡山高。《朱凤行》

3. 五字俱入声叠韵者

壁色立积铁。《铁堂峡》

业白出石壁。《夜听许十一诵诗爱而有作》

石壁滑侧足。《三川观水涨二十韵》

白日亦寂寞。《昔游》

渴日绝壁出。《望岳》

对此类句式，赵执信的态度往往是标识出来而不予置评，王士禛则不以为然。有人问“诗有平仄字一句纯用而音节自谐者，如‘桃花梨花参差开’‘有客有客字子美’此遵何法”，王曰：“五平五仄体自昔有之，颇近游戏。”① “游戏”二字岂可服人？实际是杜甫的一种正常用法，杜甫五七言律绝纯用标准格式句子的作品数量极少，不足1%。经查证，只发现五绝4首（《复愁十二首》其一、其九，《绝句六首》其三，《绝句三首》其二），五律6首（《秋日阮隐居致薤三十束》《小园》《猿》《送王侍御往东川放生池祖席》以及《朝二首》其二，《秦州杂诗二十首》其十二、其二十），七绝3首（《惠义寺园送辛员外》《萧八明府实处觅桃栽》）以及《承闻河北诸道节度入朝欢喜口号绝句十二首》其二。共象是：字少句少、皆非名篇。这表明杜甫并不主张用句子标准格式写诗，他开拓出的是更为宽广的语言运用之道。

一、随意使用常规变声句式

杜甫使用律句常规变声句式相当随意，视同家常便饭。以五律名篇为

① （清）王士禛撰，张宗柟辑：《带经堂诗话》卷二十九《外纪门一》，中国古籍基本库，清乾隆二十七年刻本。

例:《水槛遣心》使用一句,《春夜喜雨》二句,《春日忆李白》三句,《春望》四句,《月夜》五句,《天末怀李白》六句,《孤雁》七句,《空囊》八句。七言律绝也大体如此,例如:《绝句漫兴九首》其七使用三句,七律《南邻》《登楼》各五句。对用量并不设限,表明近体诗接纳它,诗律承认其合法性。

杜诗是最好的语言律老师,往往一首诗以一类句式为中心,具有强烈的示范性,读后令人脑洞大开,原来可以这样造句,原来可以这样使用。如《湖中送敬十使君适广陵》,突出讲解五言第三字常规变声句式,十六句中有十句如此。

相见各头白。○△△○△

其如离别何。○○○△○

几年一会面。△○△△△

少壮乐难得。△△△○△

岁寒心匪他。△○○○○

遭乱实漂泊。○△△○△

济时曾琢磨。△○○△○

秋晚岳增翠。○△△○△

风高湖涌波。○○○△○

骞腾访知己。○○△○△

再如,五律《入宅三首》其一,似专讲五言变声与变格,第一句三四字同时变声,第二五六句第一三字同时变声,第三句第一三四字同时变声,第四句第一字变声,第七句第三字变声,只有末句使用标准格式。

奔峭背赤甲,断崖当白盐。△△△△△,△○○△○

客居愧迁次,春酒渐多添。△○△○△,○△△○○

花亚欲移竹,鸟窥新卷帘。○△△○△,△○○△○

衰年不敢恨,胜概欲相兼。○○△△△,△△△○○

杜甫也用其他体式宣扬常规变声句式,如五古《扬旗》十二联中有七个联式相同,出句、对句各为一个相同的句式,多三四字变声。

我公会宾客,肃肃有异声。△○△○△,△△△△○

庭空六马入，駊騀扬旗旌。○○△△△，△△○○○

回回偃飞盖，熠熠迸流星。○○△○△，△△△○○

来缠风飙急，去擘山岳倾。○○○○△，△△○△○

材归俯身尽，妙取略地平。○○△○△，△△△○○

虹霓就掌握，舒卷随人轻。○○△△△，△△○○○

公来练猛士，欲夺天边城。○○△△△，△△○○○

二、善用五言变格句式

人们大都接受五言常规变声句式，对变格句式则另眼看待，以为是“破格”“破律”，实则不然。杜诗五言律绝中变格句式屡见不鲜，不足为奇。杜诗极为善用、喜用变格句式，在用量、句位上有所控制。仅以五言为例（七言第六字变格，参见第四篇第二章第二节），杜甫五绝31首，一首诗仅仅20个字，也不放过使用变格句式的机会，特点是用于出句。例如：

江边踏青罢，回首见旌旗。○○△○△，○△△○○《绝句》

蔼蔼花蕊乱，飞飞蜂蝶多。△△○△△，○○○△○《绝句六首》其二

都将百年兴，一望九江城。○○△○△，△△△○○《绝句三首》其一

花门小前好，此物弃沙场。○○△○△，△△△○○《复愁十二首》其七

无劳问河北，诸将角荣华。○○△○△，○△△○○《复愁十二首》其八

杜甫五律变格句式精彩迭出，自由度更大，多用于出句；但在一首诗中不集中使用，有的一句不用，有的仅用一两句，用三句算是比较多的。如《李监宅二首》其一“尚觉王孙贵，豪家意颇浓”，对句第四字变格；《初月》“河汉不改色，关山空自寒”，出句三四字易声；《恶树》“幽阴成颇杂，恶木剪还多”，出句第四字变格。再如《奉济驿重送严公四韵》“远送从此别，青山空复情”“几时杯重把，昨夜月同行”“江村独归处，寂寞养残生”，三联出句皆属第四字变格。变格句式○○△○△、△○△○△，王力早期著作称其“特定句式”，不仅一般唐代诗人不敢使用，在当今数以万计的诗篇中也很少能够看到，而杜甫却十分善用。举例如下：

骁腾有如此，万里可横行。《房兵曹胡马诗》

○○△○△，△△△○○

昔闻洞庭水，今上岳阳楼。《登岳阳楼》

△○△○△，○△△○○

囊空恐羞涩，留得一钱看。《空囊》

○○△○△，○△△○○

遥怜小儿女，未解忆长安。《月夜》

○○△○△，△△△○○

何时倚虚幌，双照泪痕干。《月夜》

○○△○△，○△△○○

无家对寒食，有泪如金波。《一百五日夜对月》

○○△○△，△△○○○

仳离放红蕊，想像嚬青蛾。《一百五日夜对月》

△○△○△，△△○○○

含星动双阙，伴月照边城。《天河》

○○△○△，△△△○○

第三节　三仄尾、三平尾属句式正常变化

常见诗词格律著述大都强调近体诗少用或不用古风尾。袁嘉谷曰：赵执信《声调谱》影响甚大，董文焕的《四谱》不甚为世所重视，几乎到了“不奉其书不可为诗”的地步，将三平、三仄列为七古的“第一”音节之要。[①] 王力曰：“三平调是古风专用的形式，这成为古风的特点之一。”[②] 句末三字呈三平、三仄以及○△○、△○△四个形式谓之古风尾，汉魏六朝古风中常可见到，但也并非必要条件，也有不用古风尾的。唐人却特别看重这一点，李白写古风必用古风尾，今人有的拿它作为衡量古风体式的一项标准。诗论家的观点总会影响到创作，网上讨论相当热烈。有人做过三种文献的统计，数据比较可信，特予列出：《全唐诗》使用○○○△△

① 参见袁嘉谷：《卧雪堂诗集》卷一，袁嘉谷著，袁丕厚编：《袁嘉谷文集》第二册，昆明：云南人民出版社，2001 年，第 504 页。

② 王力：《古代汉语》，北京：中华书局，1999 年，第 1532 页。

句式22901句，三仄尾1923句，占8%；使用△△○○○△△句式14203句，三仄尾148句，占1%；五言律诗三平尾256句，占1%；七言律诗三平尾87句，占0.2%；《唐诗三百首》含五律80首，三仄尾24句，占30%。杜甫五律600余首，三仄尾100余句，三平尾较少。故衍生一种折中式观点：给古风尾分级别、档次，认为△○△与○△○不算大事，三仄尾也属平常，不算“诗病”；但三平尾是“大忌”，“要慎用”，特别是“诗词比赛时绝对不能用”，因为谁也拿不准大奖评委们对此持何态度。一般承认“唐诗用过的就是合理的”，但希望从理论上得到解释，才会让人乐于接受。

一、古风尾的来源

古风尾是从哪儿来的？在杜甫语言律里，不存在“独立”的古风尾概念，它们只是句式变化的一种正常现象，或是五言句第三四字变声、变格的结果，或是七言句第五六字变声、变格的结果。以五言为例：

1. ○○○尾，被认为是最须计较的一个。

由△△△○○句式第三字常规变声得到△△○○○。

由○○△△○句式第三四字同时变声得到○○○○○。

2. △△△尾，被认为是应该计较的一个。

由○○○△△句式第三字常规变声得到○○△△△。

由△△○○△句式第三四字同时变声得到△△△△△。

3. ○△○

由○○△△○句式第三字常规变声得到○○○△○。

由△△△○○句式第三四字同时易声得到△△○△○。

4. △○△

由△△○○△第三字常规变声得到△△△○△。

由○○○△△句式第三四字同时易声得到○○△○△。

非常清楚，句子字声的正常变化必然产生古风尾，律句如此、拗句也如此，规定它某处必用或某处不能用，等于给语言律的应用人为画出红线。写诗主张张扬个性，诗人觉得用什么句式合适就该用什么句式。试看著名汉诗，刘邦《大风歌》“大风起兮云飞扬，威加海内兮归故乡，安得猛士兮守四方”，“云飞扬”是○○○尾；项羽《垓下歌》“力拔山兮气盖世，时不利兮骓不逝。骓不逝兮可奈何，虞兮虞兮奈若何”，“气盖世”是△△△尾；虞姬《和项王歌》“汉兵已略地，四方楚歌声。大王意气尽，贱妾何聊生”，“已略地”“意气尽”是△△△尾，“何聊生”是○○○尾；皆绝妙好辞，流传千古，如果真的将三仄尾、三平尾摒除在外，就意味着“云飞扬”“气盖世”“意气尽”“何聊生”将与近体诗绝缘，无疑会造成文学艺术的人为损伤。

二、五言律绝不避古风尾

杜甫五律不避古风尾，用与不用、用多用少既不改变二四字声恒定的句子律质，也不导致诗体质变，用量1—7个的皆有，关键是用得艺术用得恰当。以下各例诗题之前的数字兼代序号与古风尾数量，古风尾文字用加粗标示。其中4、7二首各用两个三平尾。

1.《可惜》

花飞**有底急**，老去愿春迟。○○△△△，△△△○●

可惜欢娱地，都非少壮时。△△○○△，○○△△●

宽心应是酒，遣兴莫过诗。○○○△△，△△△○●

此意陶潜解，吾生后汝期。△△○○△，○○△△●

2.《月夜》

今夜鄜州月，闺中只独看。○△○○△，○○△△●

遥怜**小儿女**，未解忆长安。○○△○△，△△△○●

香雾云鬟湿，清辉玉臂寒。○△○○△，○○△△●

何时**倚虚幌**，双照泪痕干。○○△○△，○△△○●

3.《不见》

不见**李生久**，佯狂**真可哀**。△△△○△，○○○△●

世人皆欲杀，吾意独怜才。△○○△△，○△△○●

敏捷诗千首，飘零酒一杯。△△○○△，○○△△●

匡山**读书处**，头白好归来。○○△○△，○△△○●

4.《暂如临邑，至嵖山湖亭，奉怀李员外，率尔成兴》

野亭**逼湖水**，歇马**高林间**。△○△○△，△△○○●

鼍吼风奔浪，鱼跳日映山。○△○○△，○○△△●

暂游**阻词伯**，却望**怀青关**。△○△○△，△△○○●

霭霭生云雾，唯应促驾还。△△○○△，○○△△●

5.《初月》

光细弦岂上，影斜**轮未安**。○△○△△，△○○△●

微升**古塞外**，已隐暮云端。△△△△△，△△△○●

河汉**不改色**，关山**空自寒**。○△△△△，○○○△●

庭前**有白露**，暗满菊花团。△○△△△，△△△○●

6.《空囊》

翠柏**苦犹食**，晨霞**高可餐**。△△△○△，○○○△●

世人**共卤莽**，吾道属艰难。△○△△△，○△△○●

不爨**井晨冻**，无衣**床夜寒**。△△△○△，○○○△●

囊空**恐羞涩**，留得一钱看。○○△○△，○△△○●

7.《一百五日夜对月》

无家**对寒食**，有泪**如金波**。○○△○△，△△○○●

斫却**月中桂**，清光**应更多**。△△△○△，○○○△●

仳离**放红蕊**，想像**嚬青蛾**。△○△○△，△△○○●

牛女漫愁思，秋期**犹渡河**。○△○○△，○○○△●

盛唐名家、大家几乎都是语言学家，他们写诗用语除个人偏好的因素外，主要取决于诗境需要，杜甫与孟浩然、李白、王维的理论认识是一致的，古风尾属于语言律的范畴，五言律绝没有忌与不忌的法则规定，特取几首对句三平尾实例，也包括四仄、五仄、四平、五平句式，比较典型的是出句、对句同用古风尾。

1. 五绝联例

人闲桂花落，夜静春山空。○○△○△，△△○○○ 王维《鸟鸣涧》

看君走马去，直上天山云。○○△△△，△△○○○ 岑参《醉里送裴子赴镇西》

终南阴岭秀，积雪浮云端。○○○△△，△△○○○ 祖咏《终南望余雪》

2. 五律联例

义公习禅寂，结宇依空林。△○△○△，△△○○○ 孟浩然《题义公禅房》

中岁颇好道，晚家南山陲。○△○△△，△○○○○ 王维《终南别业》

蜀僧抱绿绮，西下峨眉峰。△○△△△，○△○○○ 李白《听蜀僧濬弹琴》

山光悦鸟性，潭影空人心。○○△△△，○△○○○ 常建《题破山寺后禅院》

玉手欲有赠，徘徊双明珰。△△△△△，○○○○○ 刘眘虚《江南曲》

三、七言律绝中的古风尾

格律诗讲究音调，三个同声字连用声差小、抑扬少，显板滞一些，论者主张少用的理由也是可以理解的。按照诗律，古风尾能用于五言，当然也应该能用于七言。从唐诗不难发现，七言的三仄尾、三平尾明显少于五言，中唐比盛唐似更为拘谨。特取唐代名家七言律绝几例，另取七言古体与拗体几例，可以看出三仄尾与三平尾的普用价值，无论五言、七言，统受一个诗律约束，三仄尾、三平尾也可用于七言律绝；语言律之“律”不取决于听觉，不可用“少数服从多数”的裁判法则压人；“用得少”和“不能用”是性质迥异的两回事，用于不用应属诗人律内的自由。

1. 七绝的古风尾

江月去人只数尺，风灯照夜欲三更。杜甫《漫成一绝》

○△△○△△△，○○△△△○○

南朝四百八十寺，多少楼台烟雨中。杜牧《江南春绝句》

○○△△△△△，○△○○○△○

2. 七律的古风尾

秋日野亭千橘香，玉杯锦席高云凉。杜甫《章梓州橘亭饯成都窦少尹》

○△△○○△○，△○△△○○○

秋水才深四五尺，野航恰受两三人。杜甫《南邻》

○△○○△△△，△○△△△○○

鸣雨既过渐细微，映空摇飏如丝飞。杜甫《雨不绝》

○△△○△△○，△○○△○○○

万里伤心严谴日，百年垂死中兴时。杜甫《送郑十八虔贬台州司户……》

△△○○○△△，△○○△○○○

童子解吟长恨曲，胡儿能唱琵琶篇。李忱《吊白居易》

○△△○○△△，○○○△○○○

永巷长年怨绮罗，离情终日思风波。李商隐《泪》

△△○○△△○，○○○△○○○

3. 非近体诗七言律联的古风尾

草色全经细雨湿，花枝欲动春风寒。王维《酌酒与裴迪》

△△○○△△△，○○△△○○○

东下齐城七十二，指挥楚汉如旋蓬。李白《梁甫吟》

○△○○△△△，△○△△○○○

五岳寻仙不辞远，一生好入名山游。李白《庐山谣寄卢侍御虚舟》

△△○○△○△，△○△△○○○

新鬼烦冤旧鬼哭，天阴雨湿声啾啾。杜甫《兵车行》

○△○○△△△，○○△△○○○

峡坼云霾龙虎卧，江清日抱鼋鼍游。杜甫《白帝城最高楼》

△△○○○△△，○○△△○○○

4. 七言拗联的古风尾

瑶台雪花数千点，片片吹落春风香。李白《酬殷明佐见赠五云裘歌》

○○△○△○△，△△○△○○○

词源倒流三峡水，笔阵独扫千人军。杜甫《醉歌行》

○○△○○△△，△△△△○○○

拜迎长官心欲碎，鞭挞黎民令人悲。高适《封丘作》

△○△○○△△，○△○○○○○

轻红流烟湿艳姿，行云飞去明星稀。孟郊《巫山曲》

○○○○△△△，○○○△○○○

第四节　“忌孤平说”属律外人治行为

当今诗坛仍然固守“忌孤平说”，作为近体诗的一条“铁律”，成为诗人写诗、编辑改诗的硬性规定，且有蔓延趋势。有学者将此论也引入词律，甚而引入六言，吴丈蜀云：“词中的五字句和七字句，相当于五七言格律诗句，要避免孤平是必然的。而六字句也须得避免孤平，不论诗仄脚句还是平脚句，句中的平声字不能少于两个。”[①] 鉴于“忌孤平说”影响的广泛性与深远性，确需厘清来龙去脉，说明它与语言律的法定关系，以明白该不该继续坚持下去。

一、“忌孤平说”的来龙去脉

（一）赵执信的观点

后人认为孤平说起源于赵执信，因为赵有过如下论述[②]：

（1）○○△△○，正格，若用作△○○△○“变而仍律者也”，若△○△△○“则古诗句矣，此格人多不知者，由一三五不论二语误之也”。

（2）△△△○△、○△△○△做出句，“唐人亦有此调，但下句必须用三平或四平，如仄平平仄平、平平平仄平是也”。

（3）“○○○△△，△△△○○”常用，如△○△△△，“则为落调矣。盖下有三仄，上必二平也”。

（4）出句第二字仄、第四字平俱可，若△△○○△、○△○○△、○△△○○；若○△○△△“则古诗句矣”。

（5）李商隐《落花》“高阁客竟去，小园花乱飞。○△△△△，△○○△○”，对句第三字“花”拗救。

① 吴丈蜀：《词学概说》，北京：中华书局，2009 年，第 147 页。

② （清）赵执信撰：《声调三谱·前谱》，中国古籍基本库，清同治光绪间福山王氏刻天壤阁丛书汇印本。

将其观点归纳一下，即△○△△○是“古诗句”，但未称“孤平句”，句位指对句；律诗中“必”用△○○△○、○○○△○取代它；△○○△○是本句第三字拗救。又认为△○△△△是“落调”，句位指出句，将“△○△”看得和△○△△○句式的“△○△”一样严重，所以他认为△○△△○与○△○△△都是“古诗句”，性质相同。这就出现了三个问题：其一后人所称的“孤平”至少应包括“△○△”在内，现行的“孤平”定义与其有明确出入；其二赵同时指出“孤仄”，即“○△○”，不知后人为何不取；其三以莫名其妙的“古诗句”“落调”当作质疑此论的挡箭牌，“古”，指汉魏？还是“六朝”？曹子建用过，六朝也用过，无论如何都找不到将其开除出近体诗的正当理由与法理依据。

（二）王士禛的观点

王士禛曰：“五律凡双句（按：对句）二四应平仄者，第一字必用平，断不可杂以仄声，以平平止有二字相连，不可令单也。其二四应仄平者，第一字平仄皆可用，以仄仄仄三字相连换以平韵无妨也。大约仄可换平、平断不可换仄。”“凡七言第一字俱不论，第三字与五言第一字同例，凡双句第三字应仄声者可换平声，应平声者不可换仄声。”① 他对赵的观点有补充、有删减、有发挥，归纳如下：所谓“孤平”，句位指对句，并推至七言；○○△△○句式要求“平平相连，不可令单”，故只能使用○○△△○、△○○△○、○○○△○三个句式；也即当今的孤平定义是直接来自王渔洋。

（三）当代学者的观点

王力曰：“其所以称为孤平，是因为除了韵脚之外只剩一个平声字。”②“孤平是诗人们极力避忌的一种形式”，认为高适、李颀用孤平句“也许是一时疏忽，也许是故意用古诗所容许的平仄”③；“孤平是律诗（包括长律、

① （清）王士禛：《律诗定体》，丁福保辑：《清诗话》，瀚堂典藏古籍库，民国五年铅印本。

② 王力：《古代汉语》，北京：中华书局，1999年，第1529页。

③ 王力：《汉语诗律学》，上海：上海教育出版社，1958年，第100页。

律绝）的大忌，所以诗人们在写律诗的时候，注意避免孤平”①。基本沿袭赵、王所论，差别是将出句纳入孤平的范围，未提“孤仄”与△△△○○句式。当代学者以及现今的诗词格律著述，基本沿用王力观点，更甚者时将孤平范围扩大为“只含一个平声字的句式”。对孤平也有公开持异议者，启功以“两仄夹一平”才是孤平而发表反对见解，张中行颇不以为意地说忌孤平的“理由也只是不好听”②。

二、杜甫如何对待“孤平”？

杜甫语言律不分古诗句、今诗句，唐代也没有孤平句的叫法，△○△△○不过是○○△△○标准格式的第一字常规变声句式，杜诗律绝（含排律）中的用量的确不多，但并非忌而不用。

（一）在近体律绝与长排中的应用实例

作对句：

问讯东桥竹，将军有报书。《重过何氏五首》其一

但恐天河落，宁辞酒盏空。《酬孟云卿》

竟与蛟螭杂，宁无燕雀喧。《奉留赠集贤院崔于二学士》

自谓颇挺出，立登要路津。《奉赠韦左丞丈二十二韵》

郑氏才振古，啖侯笔不停。《桥陵诗三十韵因呈县内诸官》

荒岁儿女瘦，暮途涕泗零。《桥陵诗三十韵因呈县内诸官》

久客幸脱免，暮年惭激昂。《入衡州》

报主身已老，入朝病见妨。《入衡州》

剧孟七国畏，马卿四赋良。《入衡州》

峡险通舟过，水长注海奔。《奉汉中王手札》

迹籍台观旧，气溟海岳深。《同李太守登历下古城员外新亭，亭对鹊湖》

喧喧道路多歌谣，河北将军尽入朝。《承闻河北诸道节度入朝欢喜口号绝句十二首》其三

① 王力：《诗词格律》，北京：中华书局，2009 年，第 38 页。

② 张中行：《诗词读写丛话》，北京：中华书局，2009 年，第 140 页。

作出句：

夜深露气清，江月满江城。《玩月呈汉中王》

鸣雨既过渐细微，映空摇飏如丝飞。《雨不绝》

李相将军拥蓟门，白头虽老赤心存。《承闻河北诸道节度入朝欢喜口号绝句十二首》其十一

以上各例中的“将（军）”“宁（辞）”“要（路）”属平仄两读字，杜诗多作仄声使用；其他唐诗类似用法不止一处，以“将（军）”为例：

闻道将军破海门，如何远谪渡湘沅。王昌龄《寄陶副使》

晚依禅客当金殿，初对将军映画旗。刘禹锡《谢寺双桧》

风劲角弓鸣，将军猎渭城。王维《观猎》

太守三刀梦，将军一箭歌。李商隐《街西池馆》

释子弥天秀，将军武库才。孟浩然《与张折冲游耆阇寺》

（二）用“孤平句”组成多种联式，用于多个诗体

以下各例中，因“孤平句”系定式，无须标示平仄，与之搭配的出句或对句用律句标准格式代表。

1.“孤平句”作出句，组成律联△○△△○，△△△○○

眼中万少年，用意尽崎岖。《别张十三建封》

近行止一身，远去终转迷。《无家别》

剖之尽蠹虫，采掇爽其宜。《病橘》

则知润物功，可以贷不毛。《大雨》

布衣十数人，亦拥专城居。《草堂》

此堂不易升，庸蜀日已宁。《扬旗》

子规昼夜啼，壮士敛精魂。《客居》

邑中九万家，高栋照通衢。《遣怀》

少壮几时奈老何，向来哀乐何其多。《渼陂行》

四海十年不解兵，犬戎也复临咸京。《释闷》

2.“孤平句”作对句，组成律联△△○○△，△○△△○

越女天下白，鉴湖五月凉。《壮游》

万姓悲赤子，两宫弃紫微。《咏怀二首》其一

迹籍台观旧，气溟海岳深。《同李太守登历下古城员外新亭，亭对鹊湖》

贫病转零落，故乡不可思。《赤谷》

念子善师事，岁寒守旧柯。《别唐十五诫因寄礼部贾侍郎》

尝读唐实录，国家草昧初。《别张十三建封》

傍舍颇淳朴，所须亦易求。《夏日李公见访》

3. “孤平句”作对句，组成律联△△△○○，△○△△○

系马乔木间，问人野寺门。《贻华阳柳少府》

饮啄愧残生，食薇不敢馀。《草堂》

但对狐与狸，竖毛怒我啼。《无家别》

小大有佳期，戒之在至公。《牵牛织女》

我昔游锦城，结庐锦水边。《杜鹃》

天子惟孝孙，五云起九重。《往在》

生别古所嗟，发声为尔吞。《别李义》

离别重相逢，偶然岂定期。《送殿中杨监赴蜀见相公》

哀彼远征人，去家死路旁。《又上后园山脚》

4. “孤平句”作出句，组成仄韵律联△○△△○，△△○○△

意钟老柏青，义动修蛇蛰。《送率府程录事还乡》

主人不世才，先帝常特顾。《送高司直寻封阆州》

季冬日已长，山晚半天赤。《石柜阁》

我来入蜀门，岁月亦已久。《将适吴楚，留别章使君留后兼幕府诸公，得柳字》

近辞痛饮徒，折节万夫后。《将适吴楚，留别章使君留后兼幕府诸公，得柳字》

主忧岂济时，身远弥旷职。《客堂》

不恨我衰子贵时，怅望且为今相忆。《阌乡姜七少府设鲙戏赠长歌》

天下几人画古松，毕宏已老韦偃少。《戏韦偃为双松图歌》

5. 组成律句拗对模式拗联

玄成美价存，子山旧业传。○○△△○，△○△△○《赠李十五丈别》

客游虽云久，亦思月再圆。△○○○△，△○△△○《赠李十五丈别》

中天悬明月，令严夜寂寥。○○○○△，△○△△○《后出塞五首》其二

遂空所坐堂，安居奉我欢。△○△△○，○○△△○《彭衙行》

南极老人自有星，北山移文谁勒铭。○△△○△△○，△○○○○△○《覃山人隐居》

又向人家啄大屋，屋底达官走避胡。△△○○△△△，△△△○△△○《哀王孙》

三、唐代名家的“孤平句”应用实例

“孤平句”属于律句的律质无法遮掩，确凿无疑是近体律律句体系中句，是一种客观存在，总是有人在用。以唐代几位大家、名家为例，他们在近体诗中将其用作对句。

麇入神羊队，鸟惊海鹭眠。元稹《直台》

晓出爬船寺，手擎紫粟条。贾岛《寄乔侍郎》

关树巷巷晓，玉阶澹澹寒。吴融《早发潼关》

年长身多病，独宜作冷官。张籍《早春闲游》

春草连天积，五陵远客归。刘长卿《送友人西上》

白鹤西山别，更看上去船。朱庆馀《韩协律相送精舍读书四韵奉寄呈陆补阙》

海月非常物，等闲不可寻。钱珝《江行无题一百首》其四十七

何事沉痾久，舍毫问药王。钱起《静夜酬通上人问疾》

不似人手致，岂关地势偏。孟郊《酬郑毗踯躅咏》

亲友若云霄，可望不可攀。高适《自淇涉黄河途中作十三首》其一

君住澧水北，我家澧水西。岑参《澧头送蒋侯》

乡泪正堪落，与君又解携。戎昱《江上柳送人》

不复人间见，只应海上期。李颀《送卢逸人》

今朝欢喜言何事，礼彻佛名百部经。白居易《欢喜二偈》其二

事实非常清楚，“忌孤平说”不符唐诗实际，违背语言律，是一桩没有原告、没有被告的糊涂案，也是世界文坛的一桩文字奇案，纯属律外人治行为。王力认为唐代科考曾经禁用孤平，纵然当时如此，如今也已时过境迁，应该给孤平彻底“平反”了，追求语言的解放才是正事。

第二篇

杜甫诗律诠释

第一章　正对与律联体系

古人有诗法、格力、音律、法律之说，都是讲诗律的。严羽曰："诗之法有五，曰体制，曰格力，曰气象，曰兴趣，曰音节"①，"论诗以李杜为准，挟天子以令诸侯也。少陵诗法如孙吴，太白诗法如李广。少陵如节制之师。少陵诗宪章汉魏而取材于六朝，至其自得之妙，则前辈所谓集大成者也"②。王世贞曰："五言至沈宋，始可称律。律为音律法律，天下无严于是者，知虚实平仄，不任情而度明矣。"③ 李东阳曰"诗必有具眼，亦必有具耳。眼主格耳主声"，又曰"法度既定，溢而为波，变而为奇，乃有自然之妙"。④

张中行将诗人准备入诗的"情意"称为"大难"，将"弄清格律"称为"小难"，"小难如衣履，近而具体几乎所有喊难的，所喊都是格律"⑤，好像诗律成了"大难"，抽象得看不见摸不着，不知道到底怎么才能抓住它、运用它。杜甫自言"诗律群公问，儒门旧史长"（《承沈八丈东美除膳部员外，阻雨未遂驰贺，奉寄此诗》），"遣辞必中律，利物常发硎"（《桥陵诗三十韵，因呈县内诸官》），"思飘云物外，律中鬼神惊"（《敬赠郑谏议十韵》），表明对诗律的肯定。

---

① （宋）严羽撰：《沧浪诗话·诗辩》，中国古籍基本库，明崇祯间虞山毛氏汲古阁刻清初汇印津逮秘书本。

② （宋）严羽撰：《沧浪诗话·诗评》，中国古籍基本库，明崇祯间虞山毛氏汲古阁刻清初汇印津逮秘书本。

③ （明）王世贞撰：《弇州四部稿》卷一四七，中国古籍基本库，明万历五年王氏世经堂刻本。

④ （明）王世贞撰：《弇州四部稿》卷一四四引李东阳语，中国古籍基本库，明万历五年王氏世经堂刻本。

⑤ 张中行：《诗词读写丛话》，北京：中华书局，2009 年，第 278 页。

大多数诗词格律著述讲解诗律是从句子讲起，将句子视为诗律的一部分。愚以为，应从联式讲起，杜诗极其清楚地告诉我们，只有跨越律句、拗句体系，并过渡到律联、拗联体系，才能进入诗律之门。

第一节　诗律始于联式组合

联式组合是诗律建立的起始点。语言律只提供自由散漫的单句，单句是一个比“词（字）”大一些的语言单位。进入联中，一个单句作出句，另一个单句作对句，固结为一个新的单句联合体，这种双句组合形式的联式遂成为格律诗中具有独立意义的语言单位。单句在进阶为固定身份的同时即失去原有的地位，并将原有的声韵结构特征带入联式，赋予联式形成新的声韵结构，语言律原本赋予句子的任务到此完成。王力先生将五言一联称为“十字句”、七言一联称为“十四字句”就是这个意思①，反映出由语言律到诗律的过渡，非常明确：组成格律诗的是联式而不是单句，只有联式而不是单句才能作为诗体结构的砥柱。专门构成联式取代单句是格律诗与其他文体根本不同的用语特点，一般由对句定韵，两联成绝句、四联成律诗，这些行为表现都与诗律息息相关。

句式直接服务于联式，律句有多用性，既可用于律联也可用于拗联，在两种联式中都可见到；拗句具有单一性，只能用于拗联。联式直接服务于诗体，具有专用性、适用性与禁用性，律联专用于近体诗、适用于拗体诗、禁用于古体律绝；拗联专用于古体律绝、适用于拗体诗、禁用于近体诗。联式用途广泛，锤炼组联之律法与技巧，是诗人无尽无休、前进不止的大功夫。

以七言律联为例，可以发现，同一标准格式的律联能够用于不同的诗体，表现出联式的普用价值，但它在什么情况下适用于什么场合，则完全是决定于诗律。以下用符号式表达联式，联后注明诗题与体式。

1. ○○△△○○△，△△○○△△○

映阶碧草自春色，隔叶黄鹂空好音。《蜀相》，七律

---

① 参见王力：《汉语诗律学》，上海：上海教育出版社，1958 年，第 281 页。

年过半百不称意，明日看云还杖藜。《暮归》，拗体七律

2. △△○○○△△，○○△△△○○

三顾频烦天下计，两朝开济老臣心。《蜀相》，七律

乱代飘零余到此，古人成败子如何。《寄柏学士林居》，拗体七律

3. △△○○△△○，○○△△△○○

庾信文章老更成，凌云健笔意纵横。《戏为六绝句》其一，七绝

苑外江头坐不归，水精春殿转霏微。《曲江对酒》，七律

西岳崚嶒竦处尊，诸峰罗立似儿孙。《望岳》，拗体七律

十日北风风未回，客行岁晚晚相催。《发刘郎浦》，七言八句转韵诗

4. ○○△△△○○，△△○○△△○

群山万壑赴荆门，生长明妃尚有村。《咏怀古迹五首》其三，七律

青蛾皓齿在楼船，横笛短箫悲远天。《城西陂泛舟》，拗体七律

5. △△○○△△○，○○△△○○△

志士幽人莫怨嗟，古来材大难为用。《古柏行》，七古

巾拂香馀捣药尘，阶除灰死烧丹火。《忆昔行》，七古

6. ○○△△△○○，△△○○○△△

树枝有鸟乱鸣时，暝色无人独归客。《光禄坂行》，仄韵拗体七律

秋山眼冷魂未归，仙赏心违泪交堕。《忆昔行》，古体

玳筵急管曲复终，乐极哀来月东出。《观公孙大娘弟子舞剑器行》，七古

7. ○○△△○○△，△△○○○△△

庭前把烛嗔两炬，峡口惊猿闻一个。《夜归》，仄韵拗体七律

二三豪俊为时出，整顿乾坤济时了。《洗兵马》，七古

边庭流血成海水，武皇开边意未已。《兵车行》，七古

8. △△○○○△△，○○△△○○△

女病妻忧归意速，秋花锦石谁复数。《发阆中》，仄韵拗体七律

赤县官曹拥材杰，软裘快马当冰雪。《投简成华两县诸子》，七古

第二节　正对律与平韵律联体系

近体诗律规定，近体诗必须纯粹使用律联，律联当然必须纯用律句。这种做法，客观上是对语言律整个体系的人为割裂，强势造成诗人语言习惯的改变。但它集语言之一律，极尽语言精华之能事，铸造出宏大的近体且雄居诸体之上，高雅生香而令人趋从，着实是语言学应用的一次革命性转折，也是文学体裁的一次飞跃与进步。杜甫有言“陶冶性灵在底物，新诗改罢自长吟”（《解闷十二首》其七），近体诗律的提炼与形成是对性灵的陶冶与洗礼，能化冥顽开愚钝，使粗俗变得灵秀，使肤浅渐而深刻。百利必有一弊，如此规则，犹如高速路上只准汽车单向行驶，语言择用面积相当于缩小一半，自然会造成对拗句体系的漠视，扭拗为近、取近去拗，疏远生活气息，使张扬个性与艺术表现的自由受到局限，题材近似的作品容易流于平庸。

联式虽然在唐前业已出现，但确定它的声韵结构原理、接受正对或拗对的律质约束、实现定型化与系列化，则是唐人的杰出贡献，杜甫功莫大焉！

律联有平韵、仄韵两类。按传统定义，近体诗只允用平韵，对句韵字必为平声，故只有平韵律联才是传统意义上“唯一合法”的联式。律联的声韵结构也遵守二四字声恒定理论，只有“律句正对”一个模式，组合原理是：五言对句与出句的第二字平仄必须相反，第四字原则上也应如此，谓之正对；七言对句与出句的第二字、第四字平仄都必须正对，第六字原则上也应如此。直白表述就是：七言诗中2－1句、4－3句、6－5句、8－7句4个律联，每个联内两句的二四六字位平仄须保持相反。

每一个标准格式律句所拥有的各个变化句式均享有参与组合律联的平等权利，为简明起见，用ABCD分别代表五言句的4个标准格式：

律句声韵模式	**律句标准格式**
A格式：△○△。	代表：△△○○△。

B 格式：○△○。　　　　　　　代表：○○△△○。

C 格式：○△△。　　　　　　　代表：○○○△△。

D 格式：△○○。　　　　　　　代表：△△△○○。

根据平韵、正对律两项要求，可以确定律联的声韵结构模式以及 4 个律联标准格式，分别用 AB、BD、CD、DB 表示：

律联声韵模式	律联标准格式
AB 联式：△○△，○△○。	代表：△△○○△，○○△△○。
BD 联式：○△○，△○○。	代表：○○△△○，△△△○○。
CD 联式：○△△，△○○。	代表：○○○△△，△△△○○。
DB 联式：△○○，○△○。	代表：△△△○○，○○△△○。

律联有定数吗？定形、定位吗？杜诗的回答是肯定的，也正是诗律所以称之为律的真谛。将每一个律联标准格式纵向展开，标准句式、常规变声句式、变格句式全部参与律联组成。每个律句标准格式代表一个系列的 8 个变化句式；每一个变化句式均可作出句、对句，依次与对句系列的 8 个变化句式交互组成律联。经推绎演算，每个五言平韵律联标准格式皆拥有系列化的 64 个变化联式，4 个标准格式共拥有 256 个变化联式，此为常数，有迹可循，定形、定位、定量，具有准确无疑的可预测性。杜诗实用联式 226 个，达理论数量的 88%。各变化联式无等级高下之分；不取决于诗人意志；诗人享有的是联式择用空间，历代所有平韵五言律绝的实用联式必然皆处其中。

五言律句等同七言律句的后五字，按字位推移，五言第二四字即七言第四六字，可将五七言律联并轨认识。七言出句、对句的前二字皆有平仄、仄仄或仄平、平平两个变化形式，后五字的变化同五言联式，由此可知：七言平韵律联变化联式的理论数量为五言的 4 倍，即 1024 个。任取一个五言变化联式为例："△○○△△，○△△○○"，对应的七言变化联式必有如下 4 个形式："△△△○○△△，○○○△△○○"，"○△△○○△△，○○○△△○○"，"△△△○○△△，△○○△△○○"，"○△△○○△△，△○○△△○○"。

四六言律联的组合与变化，与五七言原理完全一致。

第三节 仄韵律联体系

仄韵格律诗由于长期处于受挤兑压抑的状态，在今天需要重新认识仄韵律联。对仄韵格律诗，历来有争议，有必要进行一次梳理。王力指出古体分平韵与仄韵，仄韵大约可占到半数，认为“近体诗以平韵为正例，仄韵非常罕见”“辨认它们是不是律诗，仍旧应该以其是否用律句的平仄为标准”[①]，他认定顾况《忆旧游》是仄韵近体五绝，刘禹锡《蒙池》是仄韵近体五律，韩偓《意绪》是仄韵拗体七律。[②] 但面对异议有时也很无奈，他说过：“既然有人认为律诗无仄韵，则一切仄韵诗都被排斥在律诗范围之外了。即使退一步承认仄韵律诗的存在，也该要平仄合律，对仗合律。”[③]“有人认为律诗只应有平韵，不应有仄韵”，那么，孟浩然的仄韵五律《江上送流人》就只能认为是“全篇入律（或似律）的古风”。[④] 针对具体的仄韵律绝辨体，他的观点大体是：“凡诗，如果全篇用拗句，或者大部分用拗句同时运用仄韵，即使句数、字数与律诗相同（五言 40 字、七言 56 字），也应该认为是古体诗。”如杜甫《望岳》（岱宗夫如何），孟浩然《春晓》，柳宗元《江雪》，“用的是仄韵，但是全诗用律句，或者用律句容许的变格和拗句。这种绝句的性质在古绝和律绝之间”，“古绝和律绝的界限是不很清楚的”。[⑤] 这几段话深刻反映出对仄韵律诗认识的艰难性，诗坛不大正视，不给正式名分，一股脑儿把它推到古诗堆里。在这种形势下，仄韵律联受到牵连，无缘亮相格律诗舞台。从杜诗可以获得一种新的认知，仄韵五律《屏迹三首》其一有联“衰年甘屏迹，幽事供高卧”，

---

① 王力：《汉语诗律学》，上海：上海教育出版社，1958 年，第 50 页。

② 王力：《诗词格律》，北京：中华书局，2009 年，第 50—51 页。

③ 王力：《汉语诗律学》，上海：上海教育出版社，1958 年，第 451 页。

④ 王力：《诗词格律概要　诗词格律十讲》，北京：世界图书出版公司，2008 年，第 36 页。

⑤ 王力：《诗词格律概要　诗词格律十讲》，北京：世界图书出版公司，2008 年，第 39 页。

仇兆鳌曰：“顾云：‘此首虽属古体，而无一句失黏，无一字失对，自是仄韵之律。’”① 杜甫转韵诗中含有仄韵五绝、七绝，虽然数量不多，但可以旁证杜甫有意将仄韵格律诗当作仄韵律联的用武之地。仄声尾句式在平韵律联中处于辅佐地位，只有在仄韵律联中才能够上升到主导地位，仄韵与平韵律联在理论上应平起平坐，成为整个律联体系的必要组成部分。

杜甫诗歌生涯中，从未停止过对仄韵律联的开拓，不是星星点点、支离破碎，而是已具规模自成系统。与其他唐代著名诗人相比，还是他最善于写作仄韵拗体五律，并开创仄韵拗体七律体式。杜甫仄韵古体长诗尤多，为后世创作仄韵律诗以及创新宋词提供了充足的物质条件。这一事实当会给读者带来试笔的鼓舞，创作仄韵近体律绝是再正常不过的事情。

仄韵律联是客观存在，组成原理与平韵律联相同，也由两个律句按正对律组成，对句韵字必为仄声。五言仄韵律联也有 4 个律联声韵结构模式与标准格式，拥有的变化联式数量亦为 256 个，杜诗实用 217 个，达理论数量的 85%。对尚未坐实但预见存在的有 39 个联式，皆空位留待填补。在其后列陈仄韵律联变化联式时，与平韵律联相对应，采用以下符号表达式：

律联声韵模式	律联标准格式
AC 格式：△○△，○△△。	代表：△△○○△，○○○△△。
BA 格式：○△○，△○△。	代表：○○△△○，△△○○△。
CA 格式：○△△，△○△。	代表：○○○△△，△△○○△。
DC 格式：△○○，○△△。	代表：△△△○○，○○○△△。

① （清）仇兆鳌辑注：《杜诗详注》卷十，中国古籍基本库，清康熙五十二年刻本。

第二章　平韵律联

本篇分章列出五言平韵律联的所有形式，辅以实例。杜诗篇什、文字繁多，难免会有疏漏，尚有30个联式未得坐实，皆虚位以待填补。这种陈列形式足以证明诗律的严密性，足以证明联式才是诗律赖以生存的基础，没有谁能够“发明”或“制造”出另一种异样的联式。此外，与五言律联对应，也列出了杜甫七言律联的实例。

第一节　平韵五言律联

一、AB联标准格式：△△○○△，○○△△○

由A、B两个律句的所有变化句式，按正对律组成。A为出句，B为对句。律联标准格式为“仄仄平平仄，平平仄仄平”。该联式用途最为广泛，由于出句为仄声尾，可用于近体诗的任一联位；由于对句为“平平仄仄平”句式，其中包括所谓“孤平”句式参与组成的多个变化联式。所有例联，均取自杜诗，以三位数字作序号，第一位的1—4表示一个律句标准格式；第二位的1—8表示该律句系列的8个变化句式，分别作为出句组联的次序；第三位的1—8分别表示由一个变化句式做出句与其他8个变化句式作对句组成的系列变化联式；一个变化句式引出一个系列联式，一个律句标准格式有8个变化句式，就引出8个系列联式；每个律联标准格式共拥有8个系列、64个变化联式。

1.1　**出句△△○○△**

1.1.1　△△○○△，○○△△○

笔落惊风雨，诗成泣鬼神。《寄李十二白二十韵》

1.1.2　△△○○△，△○△△○

竟与蛟螭杂，宁无燕雀喧。《奉留赠集贤院崔于二学士》

1.1.3　△△○○△，○○○△○

故国流清渭，如今花正多。《泛江》

1.1.4　△△○○△，△○○△○

夜醉长沙酒，晓行湘水春。《发潭州》

1.1.5　△△○○△，△○△○○

我本良家子，出师亦多门。《后出塞五首》其五

1.1.6　△△○○△，○○△○○

献纳开东观，君王问长卿。《赠陈二补阙》

1.1.7　△△○○△，△○○○○

1.1.8　△△○○△，○○○○○

1.2　**出句**○△○○△

1.2.1　○△○○△，○○△△○

天意高难问，人情老易悲。《暮春江陵送马大卿公恩命追赴阙下》

1.2.2　○△○○△，△○△△○

亭午颇和暖，石田又足收。《寄赞上人》

1.2.3　○△○○△，○○○△○

牛女年年渡，何曾风浪生。《天河》

1.2.4　○△○○△，△○○△○

冬热鸳鸯病，峡深豺虎骄。《又雪》

1.2.5　○△○○△，△○△○○

1.2.6　○△○○△，○○△○○

宫殿青门隔，云山紫逻深。《送贾阁老出汝州》

1.2.7　○△○○△，△○○○○

1.2.8　○△○○△，○○○○○

1.3　**出句**△△△○△

1.3.1　△△△○△，○○△△○

更识将军树，悲风日暮多。《过宋员外之问旧庄》

1.3.2　△△△○△，△○△△○

介立实吾弟，济时肯杀身。《敬寄族弟唐十八使君》

1.3.3　△△△○△，○○○△○

不见李生久，佯狂真可哀。《不见》

1.3.4　△△△○△，△○○△○

海右此亭古，济南名士多。《陪李北海宴历下亭》

1.3.5　△△△○△，△○△○○

嗜酒爱风竹，卜居此林泉。《寄题江外草堂》

1.3.6　△△△○△，○○△○○

夜雨剪春韭，新炊间黄粱。《赠卫八处士》

1.3.7　△△△○△，△○○○○

自下所骑马，右持腰间刀。《送重表侄王砯评事使南海》

1.3.8　△△△○△，○○○○○

夏日出东北，陵天经中街。《夏日叹》

1.4　**出句**○△△○△

1.4.1　○△△○△，○○△△○

群盗至今日，先朝忝从臣。《送司马入京》

1.4.2　○△△○△，△○△△○

三止锦江沸，独清玉垒昏。《览柏中丞兼子侄数人除官制词……》

1.4.3　○△△○△，○○○△○

鸿雁几时到，江湖秋水多。《天末怀李白》

1.4.4　○△△○△，△○○△○

南国昼多雾，北风天正寒。《山馆》

1.4.5　○△△○△，△○△○○

江雨飒长夏，府中有馀清。《扬旗》

1.4.6　○△△○△，○○△○○

延客已曛黑，张灯启重门。《彭衙行》

1.4.7　○△△○△，△○○○○

雄笔映千古，见贤心靡他。《别唐十五诫，因寄礼部贾侍郎》

1.4.8　○△△○△，○○○○○

途远欲何向，天高难重陈。《奉赠鲜于京兆二十韵》

1.5　**出句**○△○△△

1.5.1　○△○△△，○○△△○

巫峡将之郡，荆门好附书。《寄李十四员外布十二韵》

1.5.2　○△○△△，△○△△○

翻倒荷芰乱，指挥径路迷。《泛溪》

1.5.3　○△○△△，○○○△○

吾祖诗冠古，同年蒙主恩。《赠蜀僧闾丘师兄》

1.5.4　○△○△△，△○○△○

光细弦欲上，影斜轮未安。《初月》

1.5.5　○△○△△，△○△○○

人事多错迕，与君永相望。《新婚别》

1.5.6　○△○△△，○○△○○

驱马天雨雪，军行入高山。《前出塞九首》其七

1.5.7　○△○△△，△○○○○

1.5.8　○△○△△，○○○○○

1.6　**出句**△△○△△

1.6.1　△△○△△，○○△△○

色好梨胜颊，穰多栗过拳。《秋日夔府咏怀奉寄郑监李宾客一百韵》

1.6.2　△△○△△，△○△△○

迹籍台观旧，气溟海岳深。《同李太守登历下古城员外新亭，亭对鹊湖》

1.6.3　△△○△△，○○○△○

子建文笔壮，河间经术存。《别李义》

1.6.4　△△○△△，△○○△○

浩浩终不息，乃知东极临。《长江二首》其二

1.6.5　△△○△△，△○△○○

信美无与适，侧身望川梁。《成都府》

1.6.6　△△○△△，○○△○○

骨肉恩岂断，男儿死无时。《前出塞九首》其二

1.6.7　△△○△△，△○○○○

一昨陪锡杖，卜邻南山幽。《寄赞上人》

1.6.8　△△○△△，○○○○○

绮绣相展转，琳琅愈青荧。《桥陵诗三十韵因呈县内诸官》

1.7　出句○△△△△

1.7.1　○△△△△，○○△△○

流寓理岂惬，穷愁醉未醒。《桥陵诗三十韵因呈县内诸官》

1.7.2　○△△△△，△○△△○

雄剑四五动，彼军为我奔。《前出塞九首》其八

1.7.3　○△△△△，○○○△○

河汉不改色，关山空自寒。《初月》

1.7.4　○△△△△，△○○△○

微雨不滑道，断云疏复行。《雨四首》其一

1.7.5　○△△△△，△○△○○

遭乱发尽白，转衰病相婴。《同元使君春陵行》

1.7.6　○△△△△，○○△○○

君已富土境，开边一何多。《前出塞九首》其一

1.7.7　○△△△△，△○○○○

常恐死道路，永为高人嗤。《赤谷》

1.7.8　○△△△△，○○○○○

无食问乐土，无衣思南州。《发秦州》

1.8　出句△△△△△

1.8.1　△△△△△，○○△△○

永日不可暮，炎蒸毒我肠。《夏夜叹》

1.8.2　△△△△△，△○△△○

往昔十四五，出游翰墨场。《壮游》

1.8.3　△△△△△，○○○△○

小雨夜复密，回风吹早秋。《夜雨》

1.8.4　△△△△△，△○○△○

鬼妾与鬼马，色悲充尔娱。《草堂》

1.8.5　△△△△△，△○△○○

送者各有死，不须羡其强。《遣兴五首》（朔风飘胡雁）其五

1.8.6　△△△△△，○○△○○

仲夏苦夜短，开轩纳微凉。《夏夜叹》

1.8.7　△△△△△，△○○○○

渴日绝壁出，漾舟清光旁。《望岳三首》其三

1.8.8　△△△△△，○○○○○

物白讳受玷，行高无污真。《敬寄族弟唐十八使君》

二、BD联标准格式：○○△△○，△△△○○

由B、D两个律句的所有变化句式，按正对律组成。B为出句，D为对句。律联标准格式为“平平仄仄平，仄仄仄平平”，由于出句的尾字是平声，不得在诗中居奇数位，该联式只能用作近体诗的首联。类如AB格式的推绎过程，该格式共拥有8个系列的64个变化联式，其中包括出句为孤平句式的系列变化联式。三位数字序号的表示意义与AB格式相同。

2.1　出句○○△△○

2.1.1　○○△△○，△△△○○

何年顾虎头，满壁画瀛洲。《题玄武禅师屋壁》

2.1.2　○○△△○，○△△○○

华亭入翠微，秋日乱清晖。《重题郑氏东亭》

2.1.3　○○△△○，△△○○○

巢多众鸟喧，叶密鸣蝉稠。《夏日李公见访》

2.1.4　○○△△○，○△○○○

劳生共几何，离恨兼相仍。《陪章留后惠义寺饯嘉州崔都督赴州》

2.1.5　○○△△○，○△△△○

何当有翅翎，飞去堕尔前。《彭衙行》

2.1.6　○○△△○，△△△△○

中原有斗争，况在狄与戎。《前出塞九首》其九

2.1.7　○○△△○，○△○△○

2.1.8　○○△△○，△△○△○

参差谷鸟吟，不见游子还。《彭衙行》

2.2　**出句**△○△△○

2.2.1　△○△△○，△△△○○

眼中万少年，用意尽崎岖。《别张十三建封》

2.2.2　△○△△○，○△△○○

夜深露气清，江月满江城。《玩月呈汉中王》

2.2.3　△○△△○，△△○○○

老妻卧路啼，岁暮衣裳单。《垂老别》

2.2.4　△○△△○，○△○○○

积尸草木腥，流血川原丹。《垂老别》

2.2.5　△○△△○，○△△△○

我今日夜忧，诸弟各异方。《遣兴五首》（蛰龙三冬卧）其三

2.2.6　△○△△○，△△△△○

得鱼已割鳞，采藕不洗泥。《泛溪》

2.2.7　△○△△○，○△○△○

2.2.8　△○△△○，△△○△○

脱身簿尉中，始与捶楚辞。《送高三十五书记》

2.3　**出句**○○○△○

2.3.1　○○○△○，△△△○○

纷纷桃李枝，处处总能移。《丽春》

2.3.2　○○○△○，○△△○○

2.3.3　○○○△○，△△○○○

男儿生世间，及壮当封侯。《后出塞五首》其一

2.3.4　○○○△○，○△○○○

飘飘青琐郎，文彩珊瑚钩。《奉同郭给事汤东灵湫作》

2.3.5　○○○△○，○△△△○

天寒霜雪繁，游子有所之。《赤谷》

2.3.6　○○○△○，△△△△○

陂陀金虾蟆，出见盖有由。《奉同郭给事汤东灵湫作》

2.3.7　○○○△○，○△○△○

生涯能几何，常在羁旅中。《遣兴五首》（蛰龙三冬卧）其四

2.3.8　○○○△○，△△○△○

熊罴咆我东，虎豹号我西。《石龛》

2.4　出句△○○△○

2.4.1　△○○△○，△△△○○

府中韦使君，道足示怀柔。《送韦十六评事充同谷郡防御判官》

2.4.2　△○○△○，○△△○○

久遭诗酒污，何事忝簪裾。《谒文公上方》

2.4.3　△○○△○，△△○○○

李生园欲荒，旧竹颇修修。《晦日寻崔戢李封》

2.4.4　△○○△○，○△○○○

未知栖集期，衰老强高歌。《别唐十五诫，因寄礼部贾侍郎》

2.4.5　△○○△○，○△△△○

赋诗宾客间，挥洒动八垠。《寄薛三郎中》

2.4.6　△○○△○，△△△△○

我何良叹嗟，物理固自然。《盐井》

2.4.7　△○○△○，○△○△○

二州豪侠场，人马皆自雄。《赠苏四徯》

2.4.8　△○○△○，△△○△○

挽弓当挽强，用箭当用长。《前出塞九首》其六

2.5　出句△○△○○

2.5.1　△○△○○，△△△○○

小园背高冈，挽葛上崎崟。《上后园山脚》

2.5.2　△○△○○，○△△○○

妾身未分明，何以拜姑嫜。《新婚别》

2.5.3　△○△○○，△△○○○

2.5.4　△○△○○，○△○○○

自非得神仙，谁免危其身。《寄薛三郎中》

2.5.5　△○△○○，○△△△○

室中更无人，惟有乳下孙。《石壕吏》

2.5.6　△○△○○，△△△△○

暮投石壕村，有吏夜捉人。《石壕吏》

2.5.7　△○△○○，○△○△○

上苍久无雷，无乃号令乖。《夏日叹》

2.5.8　△○△○○，△△○△○

苟能制侵陵，岂在多杀伤。《前出塞九首》其六

2.6　出句○○△○○

2.6.1　○○△○○，△△△○○

牵牛出河西，织女处其东。《牵牛织女》

2.6.2　○○△○○，○△△○○

王孙丈人行，垂老见飘零。《衡州送李大夫七丈勉赴广州》

2.6.3　○○△○○，△△○○○

亭亭凤凰台，北对西康州。《凤凰台》

2.6.4　○○△○○，○△○○○

鲛人献微绡，曾祝沉豪牛。《奉同郭给事汤东灵湫作》

2.6.5　○○△○○，○△△△○

山行有常程，中夜尚未安。《水会渡》

2.6.6　○○△○○，△△△△○

浮云暮南征，可望不可攀。《前出塞九首》其七

2.6.7　○○△○○，○△○△○

公家有程期，亡命婴祸罗。《前出塞九首》其一

2.6.8　○○△○○，△△○△○

山深水增波，解榻秋露悬。《赠李十五丈别》

2.7　**出句**△○○○○

2.7.1　△○○○○，△△△○○

虏其名王归，系颈授辕门。《前出塞九首》其八

2.7.2　△○○○○，○△△○○

凤凰从天来，何意复高飞。《述古三首》其一

2.7.3　△○○○○，△△○○○

赤墀樱桃枝，隐映银丝笼。《往在》

2.7.4　△○○○○，○△○○○

2.7.5　△○○○○，○△△△○

2.7.6　△○○○○，△△△△○

岂无柴门归，欲出畏虎狼。《遣兴五首》（蛰龙三冬卧）其三

2.7.7　△○○○○，○△○△○

尚怜终南山，回首清渭滨。《奉赠韦左丞丈二十二韵》

2.7.8　△○○○○，△△○△○

是时秋冬交，节往颜色昏。《阆州东楼筵奉送十一舅往青城县得昏字》

2.8　**出句**○○○○○

2.8.1　○○○○○，△△△○○

旌麾非其任，府库实过防。《入衡州》

2.8.2　○○○○○，○△△○○

家声同令闻，时论以儒称。《寄刘峡州伯华使君四十韵》

2.8.3　○○○○○，△△○○○

蓬生非无根，漂荡随高风。《遣兴五首》（蛰龙三冬卧）其四

2.8.4　○○○○○，○△○○○

2.8.5　○○○○○，○△△△○

高秋登寒山，南望马邑州。《遣兴三首》（下马古战场）其二

2.8.6　○○○○○，△△△△○

相逢长沙亭，乍问绪业馀。《别张十三建封》

2.8.7　○○○○○，○△○△○

2.8.8　○○○○○，△△○△○

凄凄生馀寒，殷殷兼出雷。《雨》（峡云行清晓）

三、CD 联标准格式：○○○△△，△△△○○

由 C、D 两个律句的所有变化句式，按正对律组成。C 为出句，D 为对句。律联标准格式为“平平平仄仄，仄仄仄平平”，由于出句的尾字是仄声，出镜率较高，可用作近体诗的首二三尾各联。该格式共拥有 8 个系列的 64 个变化联式，其中包括出句为孤平句式的系列变化联式。三位数字序号的表示意义与 AB 格式相同。

3.1　出句○○○△△

3.1.1　○○○△△，△△△○○

随风潜入夜，润物细无声。《春夜喜雨》

3.1.2　○○○△△，○△△○○

江山如有待，花柳更无私。《后游》

3.1.3　○○○△△，△△○○○

如何关塞阻，转作潇湘游。《去蜀》

3.1.4　○○○△△，○△○○○

春来常早起，幽事颇相关。《早起》

3.1.5　○○○△△，○△△△○

今归行在所，王事有去留。《送韦十六评事充同谷郡防御判官》

3.1.6　○○○△△，△△△△○

逶迤罗水族，琐细不足名。《太子张舍人遗织成褥段》

3.1.7　○○○△△，○△○△○

3.1.8　○○○△△，△△○△○

坡陀因厚地，却略罗峻屏。《桥陵诗三十韵因呈县内诸官》

3.2　**出句**△○○△△

3.2.1　△○○△△，△△△○○

百年歌自苦，未见有知音。《南征》

3.2.2　△○○△△，○△△○○

晓看红湿处，花重锦官城。《春夜喜雨》

3.2.3　△○○△△，△△○○○

大哉霜雪干，岁久为枯林。《遣兴五首》（蛰龙三冬卧）其一

3.2.4　△○○△△，○△○○○

故人能领客，携酒重相看。《王竟携酒，高亦同过，共用寒字》

3.2.5　△○○△△，○△△△○

乱离多醉尉，愁杀李将军。《南极》

3.2.6　△○○△△，△△△△○

夜深彭衙道，月照白水山。《彭衙行》

3.2.7　△○○△△，○△○△○

射人先射马，擒贼先擒王。《前出塞九首》其六

3.2.8　△○○△△，△△○△○

致君尧舜上，再使风俗淳。《奉赠韦左丞丈二十二韵》

3.3　**出句**○○△△△

3.3.1　○○△△△，△△△○○

星临万户动，月傍九霄多。《春宿左省》

3.3.2　○○△△△，○△△○○

文章一小技，于道未为尊。《贻华阳柳少府》

3.3.3　○○△△△，△△○○○

萧萧古塞冷，漠漠秋云低。《秦州杂诗二十首》其十一

3.3.4　○○△△△，○△○○○

今朝汉社稷，新数中兴年。《喜达行在所三首》其三

3.3.5　○○△△△，○△△△○

秦山忽破碎，泾渭不可求。《同诸公登慈恩寺塔》

3.3.6　○○△△△，△△△△○

平沙列万幕，部伍各见招。《后出塞五首》其二

3.3.7　○○△△△，○△○△○

焉知二十载，重上君子堂。《赠卫八处士》

3.3.8　○○△△△，△△○△○

哀哉两决绝，不复同苦辛。《前出塞九首》其四

3.4　出句△○△△△

3.4.1　△○△△△，△△△○○

别离已昨日，因见古人情。《送远》

3.4.2　△○△△△，○△△○○

水流心不竞，云在意俱迟。《江亭》

3.4.3　△○△△△，△△○○○

夜阑接软语，落月如金盆。《赠蜀僧闾丘师兄》

3.4.4　△○△△△，○△○○○

七星在北户，河汉声西流。《同诸公登慈恩寺塔》

3.4.5　△○△△△，○△△△○

一朝被马踏，唇裂板齿无。《戏赠友二首》其一

3.4.6　△○△△△，△△△△○

十觞亦不醉，感子故意长。《赠卫八处士》

3.4.7　△○△△△，○△○△○

义无弃礼法，恩始夫妇恭。《牵牛织女》

3.4.8　△○△△△，△△○△○

读书破万卷，下笔如有神。《奉赠韦左丞丈二十二韵》

3.5　出句△○○○△

3.5.1　△○○○△，△△△○○

几时杯重把，昨夜月同行。《奉济驿重送严公四韵》

3.5.2　△○○○△，○△△○○

挺身艰难际，张目视寇雠。《送韦十六评事充同谷郡防御判官》

3.5.3　△○○○△，△△○○○

惜哉瑶池饮，日晏昆仑丘。《同诸公登慈恩寺塔》

3.5.4　△○○○△，○△○○○

古来无人境，今代横戈矛。《送韦十六评事充同谷郡防御判官》

3.5.5　△○○○△，○△△△○

大江东流去，游子去日长。《成都府》

3.5.6　△○○○△，△△△△○

蛰龙三冬卧，老鹤万里心。《遣兴五首》（蛰龙三冬卧）其一

3.5.7　△○○○△，○△○△○

五盘虽云险，山色佳有馀。《五盘》

3.5.8　△○○○△，△△○△○

我行山川异，忽在天一方。《成都府》

3.6　出句○○○○△

3.6.1　○○○○△，△△△○○

君看随阳雁，各有稻粱谋。《同诸公登慈恩寺塔》

3.6.2　○○○○△，○△△○○

青青嘉蔬色，埋没在中园。《园官送菜》

3.6.3　○○○○△，△△○○○

诸孙贫无事，宅舍如荒村。《示从孙济》

3.6.4　○○○○△，○△○○○

人生无家别，何以为蒸黎。《无家别》

3.6.5　○○○○△，○△△△○

风悲浮云去，黄叶坠我前。《遣兴三首》（下马古战场）其一

3.6.6　○○○○△，△△△△○

男儿功名遂，亦在老大时。《送高三十五书记》

3.6.7　○○○○△，○△○△○

3.6.8　○○○○△，△△○△○

高通荆门路，阔会沧海潮。《桔柏渡》

3.7　**出句**△○△○△

3.7.1　△○△○△，△△△○○

李侯有佳句，往往似阴铿。《与李十二白同寻范十隐居》

3.7.2　△○△○△，○△△○○

昔闻洞庭水，今上岳阳楼。《登岳阳楼》

3.7.3　△○△○△，△△○○○

野亭逼湖水，歇马高林间。《暂如临邑，至嵴山湖亭，奉怀李员外，率尔成兴》

3.7.4　△○△○△，○△○○○

膳夫翊堂殿，鸣玉凄房栊。《牵牛织女》

3.7.5　△○△○△，○△△△○

得钱即相觅，沽酒不复疑。《醉时歌》

3.7.6　△○△○△，△△△△○

隔河见胡骑，倏忽数百群。《前出塞九首》其五

3.7.7　△○△○△，○△○△○

丈夫四方志，安可辞固穷。《前出塞九首》其九

3.7.8　△○△○△，△△○△○

每于百僚上，猥诵佳句新。《奉赠韦左丞丈二十二韵》

3.8　**出句**○○△○△

3.8.1　○○△○△，△△△○○

清新庾开府，俊逸鲍参军。《春日忆李白》

3.8.2　○○△○△，○△△○○

诗应有神助，吾得及春游。《游修觉寺》

3.8.3　○○△○△，△△○○○

无家对寒食，有泪如金波。《一百五日夜对月》

3.8.4　○○△○△，○△○○○

朝逢富家葬，前后皆辉光。《遣兴五首》（朔风飘胡雁）其五

3.8.5　○○△○△，○△△△○

归帆拂天姥，中岁贡旧乡。《壮游》

3.8.6　○○△○△，△△△△○

悲笳数声动，壮士惨不骄。《后出塞五首》其二

3.8.7　○○△○△，○△○△○

西辕自兹异，东逝余可要。《桔柏渡》

3.8.8　○○△○△，△△○△○

潜身备行列，一胜何足论。《前出塞九首》其八

四、DB 联标准格式：△△△○○，○○△△○

由 D、B 两个律句的所有变化句式，按正对律组成。D 为出句，B 为对句。律联标准格式为“仄仄仄平平，平平仄仄平”，由于出句的尾字是平声，只能用作近体诗的首联；对句含孤平句式。该格式共拥有 8 个系列的 64 个变化联式，三位数字序号的表示意义与 AB 格式相同。

4.1　**出句**△△△○○

4.1.1　△△△○○，○○△△○

巨石水中央，江寒出水长。《滟滪堆》

4.1.2　△△△○○，△○△△○

小大有佳期，戒之在至公。《牵牛织女》

4.1.3　△△△○○，○○○△○

莽莽万重山，孤城山谷间。《秦州杂诗二十首》其七

4.1.4　△△△○○，△○○△○

涕洒不能收，哭君馀白头。《重题》

4.1.5　△△△○○，△○△○○

一国实三公，万人欲为鱼。《草堂》

4.1.6　△△△○○，○○△○○

白鹤久同林，潜鱼本同河。《别唐十五诚因寄礼部贾侍郎》

4.1.7　△△△○○，△○○○○

4.1.8　△△△○○，○○○○○

4.2　**出句**○△△○○

4.2.1　○△△○○，○○△△○

西阁百寻馀，中宵步绮疏。《中宵》

4.2.2　○△△○○，△○△△○

哀彼远征人，去家死路旁。《又上后园山脚》

4.2.3　○△△○○，○○○△○

豪俊贵勋业，邦家频出师。《送殿中杨监赴蜀见相公》

4.2.4　○△△○○，△○○△○

朝扣富儿门，暮随肥马尘。《奉赠韦左丞丈二十二韵》

4.2.5　○△△○○，△○△○○

天用莫如龙，有时系扶桑。《遣兴五首》其一

4.2.6　○△△○○，○○△○○

无以洗心胸，前登但山椒。《桔柏渡》

4.2.7　○△△○○，△○○○○

4.2.8　○△△○○，○○○○○

4.3　**出句**△△○○○

4.3.1　△△○○○，○○△△○

守岁阿戎家，椒盘已颂花。《杜位宅守岁》

4.3.2　△△○○○，△○△△○

往者开元中，主恩视遇频。《八哀诗·赠太子太师汝阳郡王琎》

4.3.3　△△○○○，○○○△○

蔼蔼桑麻交，公侯为等伦。《寄薛三郎中》

4.3.4　△△○○○，△○○△○

地轴为之翻，百川皆乱流。《晦日寻崔戢李封》

4.3.5　△△○○○，△○△○○

万壑欹疏林，积阴带奔涛。《飞仙阁》

4.3.6　△△○○○，○○△○○

内外名家流，风神荡江湖。《别张十三建封》

4.3.7　△△○○○，△○○○○

伫立东城隅，怅望高飞禽。《阻雨不得归瀼西甘林》

4.3.8　△△○○○，○○○○○

4.4　**出句**○△○○○

4.4.1　○△○○○，○○△△○

4.4.2　○△○○○，△○△△○

离别重相逢，偶然岂定期。《送殿中杨监赴蜀见相公》

4.4.3　○△○○○，○○○△○

威凤高其翔，长鲸吞九州。《晦日寻崔戢李封》

4.4.4　○△○○○，△○○△○

三日无行人，二江声怒号。《大雨》

4.4.5　○△○○○，△○△○○

今又降元戎，已闻动行轩。《客居》

4.4.6　○△○○○，○○△○○

其父从西归，翻身入长烟。《义鹘行》

4.4.7　○△○○○，△○○○○

咽漱元和津，所思烟霞微。《幽人》

4.4.8　○△○○○，○○○○○

4.5　**出句**○△△△○

4.5.1　○△△△○，○○△△○

安得万丈梯，为君上上头。《凤凰台》

4.5.2　○△△△○，△○△△○

游目俯大江，列筵慰别魂。《阆州东楼筵奉送十一舅往青城县得昏字》

4.5.3　○△△△○，○○○△○

安得万里风，飘飖吹我裳。《夏夜叹》

4.5.4　○△△△○，△○○△○

俱客古信州，结庐依毁垣。《贻华阳柳少府》

4.5.5　○△△△○，△○△○○

初月出不高，众星尚争光。《成都府》

4.5.6　○△△△○，○○△○○

连笮动袅娜，征衣飒飘飖。《桔柏渡》

4.5.7　○△△△○，△○○○○

于迈恨不同，所思无由宣。《赠李十五丈别》

4.5.8　○△△△○，○○○○○

4.6　**出句△△△△○**

4.6.1　△△△△○，○○△△○

长者自布金，禅龛只晏如。《谒文公上方》

4.6.2　△△△△○，△○△△○

解榻再见今，用才复择谁。《送殿中杨监赴蜀见相公》

4.6.3　△△△△○，○○○△○

性命苟不存，英雄徒自强。《遣兴五首》（天用莫如龙）其一

4.6.4　△△△△○，△○○△○

拔剑击大荒，日收胡马群。《后出塞五首》其三

4.6.5　△△△△○，△○△○○

好鸟不妄飞，野人半巢居。《五盘》

4.6.6　△△△△○，○○△○○

快意八九年，西归到咸阳。《壮游》

4.6.7　△△△△○，△○○○○

落日照大旗，马鸣风萧萧。《后出塞五首》其二

4.6.8　△△△△○，○○○○○

4.7　**出句○△○△○**

4.7.1　○△○△○，○○△△○

涪万无杜鹃，云安有杜鹃。《杜鹃》

4.7.2　○△○△○，△○△△○

天子惟孝孙，五云起九重。《往在》

4.7.3　○△○△○，○○○△○

华表云鸟埤，名园花草香。《入衡州》

4.7.4　○△○△○，△○○△○

4.7.5　○△○△○，△○△○○

4.7.6　○△○△○，○○△○○

思见农器陈，何当甲兵休。《晦日寻崔戢李封》

4.7.7　○△○△○，△○○○○

晨集风渚亭，醉操云峤篇。《赠李十五丈别》

4.7.8　○△○△○，○○○○○

4.8　出句△△○△○

4.8.1　△△○△○，○○△△○

内惧非道流，幽人见瑕疵。《幽人》

4.8.2　△△○△○，△○△△○

幸有牙齿存，所悲骨髓干。《垂老别》

4.8.3　△△○△○，○○○△○

磊落星月高，苍茫云雾浮。《发秦州》

4.8.4　△△○△○，△○○△○

哭庙灰烬中，鼻酸朝未央。《壮游》

4.8.5　△△○△○，△○△○○

逼侧兵马间，主忧急良筹。《送韦十六评事充同谷郡防御判官》

4.8.6　△△○△○，○○△○○

绝域谁慰怀，开颜喜多贤。《赠李十五丈别》

4.8.7　△△○△○，△○○○○

4.8.8　△△○△○，○○○○○

第二节　平韵七言律联

为保持律联表达方式的连贯性，仍沿用五言律联序号代表七言联式，4个律联标准格式在杜诗中均可见到。由于杜诗中七言篇数远少于五言，实用变化联式的数量自然少于五言；也有罕见情况出现，如五言中的缺位联式3.1.7与4.4.1在七言诗中反而得到实际应用，表明律质决定联式的客观存在与可预测性，总会有它应该出现的场合。缺位七言联式呈现一种明显倾向，主要表现在两个对句，一是△△△○○的变化句式△△○△○与○△○△○；二是○○△△○的变化句式△○○○○与○○○○○。杜诗虽未见有，并不表示其他诗人不能使用，而是预示着总会有人在某个时候用到它们。诗人对众多变化联式有喜好程度的不同，产生某些非理性的现象并不奇怪，如某些联式被热用，某些联式被冷藏，甚至以拗救名义硬性推行某些联式。

例联前面的阿拉伯数字所代表的含义与五言联式相同，例联后五字与平仄符号按字位对应，不特别标示七言第一字常规变声。

一、AB联式

1.1　出句○○△△○○△

1.1.1　△△○○△，○○△△○

为人性僻耽佳句，语不惊人死不休。《江上值水如海势，聊短述》

1.1.2　△△○○△，△○△△○

非关使者征求急，自识将军礼数宽。《严公仲夏枉驾草堂，兼携酒馔，得寒字》

1.1.3　△△○○△，○○○△○

可怜后主还祠庙，日暮聊为梁甫吟。《登楼》

1.1.4　△△○○△，△○○△○

重阳独酌杯中酒，抱病起登江上台。《九日五首》其一

1.1.6　△△○○△，○○△○○

林香出实垂将尽，叶蒂辞枝不重苏。《寒雨朝行视园树》

1.2　**出句**○○○△○○△

1.2.1　○△○○△，○○△△○

欲填沟壑唯疏放，自笑狂夫老更狂。《狂夫》

1.2.3　○△○○△，○○○△○

支离东北风尘际，漂泊西南天地间。《咏怀古迹五首》其一

1.2.4　○△○○△，△○○△○

凤凰池上应回首，为报笼随王右军。《得房公池鹅》

1.3　**出句**○○△△△○△

1.3.1　△△△○△，○○△△○

侧生野岸及江浦，不熟丹宫满玉壶。《解闷十二首》其十二

1.3.2　△△△○△，△○△△○

天寒远放雁为伴，日暮不收乌啄疮。《瘦马行》

1.3.3　△△△○△，○○○△○

映阶碧草自春色，隔叶黄鹂空好音。《蜀相》

1.3.4　△△△○△，△○○△○

山禽引子哺红果，溪友得钱留白鱼。《解闷十二首》其一

1.3.6　△△△○△，○○△○○

少年努力纵谈笑，看我形容已枯槁。《苏端薛复筵简薛华醉歌》

1.4　**出句**○○○△△○△

1.4.1　○△△○△，○○△△○

一声何处送书雁，百丈谁家上水船。《十二月一日三首》其一

1.4.3　○△△○△，○○○△○

楚妃堂上色殊众，海鹤阶前鸣向人。《寄常征君》

1.4.4　○△△○△，△○○△○

五陵豪贵反颠倒，乡里小儿狐白裘。《锦树行》

1.6　**出句**○○△△○△△

1.6.3　△△○△△，○○○△○

阶前短草泥不乱，院里长条风乍稀。《雨不绝》

1.6.4　△△○△△，△○○△○

主人送客何所作，行酒赋诗殊未央。《章梓州橘亭饯成都窦少尹》

1.7　**出句**○○○△△△△

1.7.3　○△△△△，○○○△○

莲花交响共命鸟，金榜双回三足乌。《岳麓山道林二寺行》

1.7.4　○△△△△，△○○△○

鸬鹚鸂鶒莫漫喜，吾与汝曹俱眼明。《春水生二绝》其一

1.7.7　○△△△△，△○○○○

俸钱时散士子尽，府库不为骄豪虚。《惜别行》

1.7.8　○△△△△，○○○○○

人生欢会岂有极，无使霜过沾人衣。《陪王侍御同登东山最高顶，宴姚通泉，晚携酒泛江》

1.8　**出句**○○△△△△△

1.8.1　△△△△△，○○△△○

数茎白发那抛得，百罚深杯亦不辞。《乐游园歌》

1.8.2　△△△△△，△○△△○

李侯重有此节度，人道我卿绝世无。《戏作花卿歌》

1.8.3　△△△△△，○○○△○

年过半百不称意，明日看云还杖藜。《暮归》

二、BD 联式

2.1　**出句**△△○○△△○

2.1.1　○○△△○，△△△○○

庾信文章老更成，凌云健笔意纵横。《戏为六绝句》其一

2.1.2　○○△△○，○△△○○

苑外江头坐不归，水精春殿转霏微。《曲江对酒》

2.1.3　○○△△○，△△○○○

障子松林静杳冥，凭轩忽若无丹青。《题李尊师松树障子歌》

2.1.4　○○△△○，○△○○○

高视乾坤又可愁，一躯交态同悠悠。《相从歌》

2.1.8　○○△△○，△△○△○

白帝城西万竹蟠，接筒引水喉不干。《引水》

2.2　**出句**△△△○△△○

2.2.2　△○△△○，○△△○○

李相将军拥蓟门，白头虽老赤心存。《承闻河北诸道节度入朝欢喜口号绝句十二首》其十一

2.2.3　△○△△○，△△○○○

四海十年不解兵，犬戎也复临咸京。《释闷》

2.2.4　△○△△○，○△○○○

鸣雨既过渐细微，映空摇飏如丝飞。《雨不绝》

2.3　**出句**△△○○○△○

2.3.1　○○○△○，△△△○○

野老篱前江岸回，柴门不正逐江开。《野老》

2.3.2　○○○△○，○△△○○

丞相祠堂何处寻，锦官城外柏森森。《蜀相》

2.3.5　○○○△○，○△△△○

酒尽沙头双玉瓶，众宾皆醉我独醒。《醉歌行》

2.4　**出句**△△△○○△○

2.4.1　△○○△○，△△△○○

十日北风风未回，客行岁晚晚相催。《发刘郎浦》

2.4.2　△○○△○，○△△○○

何日雨晴云出溪，白沙青石洗无泥。《中丞严公雨中垂寄见忆一绝，奉答二绝》其二

2.4.3　△○○△○，△△○○○

秋日野亭千橘香，玉杯锦席高云凉。《章梓州橘亭饯成都窦少尹》

2.4.4　△○○△○，○△○○○

王有虎臣司苑门，入门天厩皆云屯。《沙苑行》

2.4.6　△○○△○，△△△△○

故独写真传世人，见之座右久更新。《天育骠骑歌》

2.6　**出句**△△○○△○○

2.6.1　○○△△○，△△△○○

未及前贤更勿疑，递相祖述复先谁。《戏为六绝句》其六

2.8　**出句**△△○○○○○

2.8.2　○○○○○，○△△○○

汶上相逢年颇多，飞腾无那故人何。《奉寄高常侍》

三、CD格式

3.1　**出句**△△○○○△△

3.1.1　○○○△△，△△△○○

痛饮狂歌空度日，飞扬跋扈为谁雄。《赠李白》

3.1.2　○○○△△，○△△○○

三顾频烦天下计，两朝开济老臣心。《蜀相》

3.1.3　○○○△△，△△○○○

未试囊中餐玉法，明朝且入蓝田山。《去矣行》

3.1.4　○○○△△，○△○○○

万里伤心严谴日，百年垂死中兴时。《送郑十八虔贬台州司户……》

3.1.5　○○○△△，○△△△○

休怪儿童延俗客，不教鹅鸭恼比邻。《将赴成都草堂，途中有作，先寄严郑公五首》其二

3.2　**出句**△△△○○△△

3.2.1　△○○△△，△△△○○

永夜角声悲自语，中天月色好谁看。《宿府》

3.2.2　△○○△△，○△△○○

花径不曾缘客扫，蓬门今始为君开。《客至》

3.2.3　△○○△△，△△○○○

自古圣贤多薄命，奸雄恶少皆封侯。《锦树行》

3.2.7　△○○△△，△○○○○

汝等岂知蒙帝力，时来不得夸身强。《洗兵马》

3.3　**出句**△△○○△△△

3.3.1　○○△△△，△△△○○

秋水才深四五尺，野航恰受两三人。《南邻》

3.3.2　○○△△△，○△△○○

此别还须各努力，故乡犹恐未同归。《送韩十四江东觐省》

3.3.3　○○△△△，△△○○○

衮职曾无一字补，许身愧比双南金。《题省中院壁》

3.3.4　○○△△△，○△○○○

渭水逶迤白日净，陇山萧瑟秋云高。《近闻》

3.3.6　○○△△△，△△△△○

春酒杯浓琥珀薄，冰浆碗碧玛瑙寒。《郑驸马宅宴洞中》

3.4　**出句**△△△○△△△

3.4.2　△○△△△，○△△○○

垂老遇君未恨晚，似君须向古人求。《相从歌》

3.4.3　△○△△△，△△○○○

客子入门月皎皎，谁家捣练风凄凄。《暮归》

3.4.4　△○△△△，○△○○○

束带发狂欲大叫，簿书何急来相仍。《早秋苦热堆案相仍》

3.4.5　△○△△△，○△△△○

安得务农息战斗，普天无吏横索钱。《昼梦》

3.4.6　△○△△△，△△△△○

秦有李斯汉蔡邕，中间作者寂不闻。《李潮八分小篆歌》

3.5　**出句**△△△○○○△

3.5.1　△○○○△，△△△○○

谢朓每篇堪讽诵，冯唐已老听吹嘘。《寄岑嘉州》

3.6　**出句**△△○○○○△

3.6.1　○○○○△，△△△○○

衰老应为难离别，贤声此去有辉光。《章梓州橘亭饯成都窦少尹》

3.6.2　○○○○△，○△△○○

恰似春风相欺得，夜来吹折数枝花。《绝句漫兴九首》其二

3.7　**出句**△△△○△○△

3.7.3　△○△○△，△△○○○

爱汝玉山草堂静，高秋爽气相鲜新。《崔氏东山草堂》

3.7.7　△○△○△，○△○△○

偏劝腹腴愧年少，软炊香饭缘老翁。《阌乡姜七少府设鲙戏赠长歌》

3.8　**出句**△△○○△○△

3.8.1　○○△○△，△△△○○

千岁琵琶作胡语，分明怨恨曲中论。《咏怀古迹五首》其三

3.8.2　○○△○△，○△△○○

正是江南好风景，落花时节又逢君。《江南逢李龟年》

3.8.3　○○△○△，△△○○○

故国三年一消息，终南渭水寒悠悠。《锦树行》

3.8.4　○○△○△，○△○○○

却向青溪不相见，回船应载阿戎游。《答杨梓州》

3.8.6　○○△○△，△△△△○

去岁奔波逐馀寇，骅骝不惯不得将。《瘦马行》

四、DB 联式

4.1 **出句**○○△△△○○

4.1.1 △△△○○，○○△△○

群山万壑赴荆门，生长明妃尚有村。《咏怀古迹五首》其三

4.1.2 △△△○○，△○△△○

青春欲尽急还乡，紫塞宁论尚有霜。《官池春雁二首》其二

4.1.3 △△△○○，○○○△○

青帘白舫益州来，巫峡秋涛天地回。《送李八秘书赴杜相公幕》

4.1.4 △△△○○，△○○△○

青蛾皓齿在楼船，横笛短箫悲远天。《城西陂泛舟》

4.2 **出句**○○○△△○○

4.2.1 ○△△○○，○○△△○

昆明池水汉时功，武帝旌旗在眼中。《秋兴八首》其七

4.2.3 ○△△○○，○○○△○

春山无伴独相求，伐木丁丁山更幽。《题张氏隐居二首》其一

4.2.6 ○△△○○，○○△○○

悲台萧飒石巃嵸，哀壑杈枒浩呼汹。《王兵马使二角鹰》

4.3 **出句**○○△△○○○

4.3.2 △△○○○，△○△△○

喧喧道路多歌谣，河北将军尽入朝。《承闻河北诸道节度入朝欢喜口号绝句十二首》其三

4.3.3 △△○○○，○○○△○

使君意气凌青霄，忆昨欢娱常见招。《春日戏题恼郝使君兄》

4.3.4 △△○○○，△○○△○

晓来急雨春风颠，睡美不闻钟鼓传。《逼仄行，赠毕曜》

4.3.5 △△○○○，△○△○○

江花未落还成都，肯访浣花老翁无。《入奏行》

4.4　**出句**○○○△○○○

4.4.1　○△○○○，○○△△○

近闻宽法离新州，想见归怀尚百忧。《寄杜位》

4.4.2　○△○○○，△○○△○

安西都护胡青骢，声价数然来向东。《高都护骢马行》

4.5　**出句**○○○△△△○

4.5.4　○△△△○，△○○△○

吾闻良骥老始成，此马数年人更惊。《骢马行》

4.6　**出句**○○△△△△○

4.6.4　△△△△○，△○○△○

老翁慎莫怪少年，葛亮贵和书有篇。《赤霄行》

4.7　**出句**○○○△○△○

4.7.3　○△○△○，○○○△○

暮春三月巫峡长，皛皛行云浮日光。《即事》

4.7.4　○△○△○，△○○△○

岑参兄弟皆好奇，携我远来游渼陂。《渼陂行》

4.8　**出句**○○△△○△○

4.8.3　△△○△○，○○○△○

用如快鹘风火生，见贼唯多身始轻。《戏作花卿歌》

4.8.4　△△○△○，△○○△○

姚公美政谁与俦，不减昔时陈太丘。《陪王侍御同登东山最高顶，宴姚通泉，晚携酒泛江》

第三章　仄韵律联

以往的诗词格律著作，很少论述仄韵律联。本章集中列出杜诗使用过的五言仄韵律联，是对诗律的一种深度发掘，对于仄韵律绝的创作有益无害。和平韵律联的解说形式一样，其后也对应列出杜诗用过的七言仄韵律联实例。

第一节　仄韵五言律联

与平韵律联的组成原理一样，仄韵律联也是以两个律句的所有变化句式，按正对关系交互组成，分 AC、、BA、CA、DC 四个标准格式，每个格式拥有 8 个系列、64 个变化联式，理论上共有 256 个仄韵律联变化联式。对未坐实联例者，则虚位以待。数字符号表示意义与平韵律联一致。

一、AC 联标准格式：△△○○△，○○○△△

1.1　**出句**△△○○△

1.1.1　△△○○△，○○○△△

晚就芸香阁，胡尘昏坱莽。《故著作郎贬台州司户荥阳郑公虔》

1.1.2　△△○○△，△○○△△

俊拔为之主，暮年思转极。《殿中杨监见示张旭草书图》

1.1.3　△△○○△，○○△△△

1.1.4　△△○○△，△○△△△

叹尔疲驽骀，汗沟血不赤。《郑典设自施州归》

1.1.5　△△○○△，○○○○△

我丈时英特，宗枝神尧后。《奉赠李八丈判官》

1.1.6　△△○○△，△○○○△

祸转亡胡岁，势成擒胡月。《北征》

1.1.7　△△○○△，○○△○△

造化钟神秀，阴阳割昏晓。《望岳》（岱宗夫如何）

1.1.8　△△○○△，△○△○△

但见新人笑，那闻旧人哭。《佳人》

1.2　**出句**○△○○△

1.2.1　○△○○△，○○○△△

1.2.2　○△○○△，△○○△△

1.2.3　○△○○△，○○△△△

公主歌黄鹄，君王指白日。《留花门》

1.2.4　○△○○△，△○△△△

1.2.5　○△○○△，○○○○△

1.2.6　○△○○△，△○○○△

时下莱芜郭，忍饥浮云巘。《八哀诗·故秘书少监武功苏公源明》

1.2.7　○△○○△，○○△○△

胡命其能久，皇纲未宜绝。《北征》

1.2.8　○△○○△，△○△○△

阴壑生虚籁，月林散清影。《游龙门奉先寺》

1.3　**出句**△△△○△

1.3.1　△△△○△，○○○△△

吏隐道情性，兹焉其窟宅。《白水县崔少府十九翁高斋三十韵》

1.3.2　△△△○△，△○○△△

1.3.3　△△△○△，○○△△△

1.3.4　△△△○△，△○△△△

此辈少为贵，四方服勇决。《北征》

1.3.5　△△△○△，○○○○△

1.3.6　△△△○△，△○○○△

1.3.7　△△△○△，○○△○△

夜久语声绝，如闻泣幽咽。《石壕吏》

1.3.8　△△△○△，△○△○△

祸首燧人氏，厉阶董狐笔。《写怀二首》其二

1.4　**出句**○△△○△

1.4.1　○△△○△，○○○△△

1.4.2　○△△○△，△○○△△

挥涕恋行在，道途犹恍惚。《北征》

1.4.3　○△△○△，○○△△△

1.4.4　○△△○△，△○△△△

其俗则纯朴，不知有主客。《郑典设自施州归》

1.4.5　○△△○△，○○○○△

1.4.6　○△△○△，△○○○△

1.4.7　○△△○△，○○△○△

回首凤翔县，旌旗晚明灭。《北征》

1.4.8　○△△○△，△○△○△

沾洒不濡地，扫除似无帚。《大云寺赞公房四首》其四

1.5　**出句**○△○△△

1.5.1　○△○△△，○○○△△

1.5.2　○△○△△，△○○△△

1.5.3　○△○△△，○○△△△

山果多琐细，罗生杂橡栗。《北征》

1.5.4　○△○△△，△○△△△

1.5.5　○△○△△，○○○○△

1.5.6　○△○△△，△○○○△

沉饮聊自遣，放歌颇愁绝。《自京赴奉先县咏怀五百字》

1.5.7　○△○△△，○○△○△

余亦师粲可，身犹缚禅寂。《夜听许十诵诗爱而有作》

1.5.8　○△○△△，△○△○△

1.6　**出句**△△○△△

1.6.1　△△○△△，○○○△△

1.6.2　△△○△△，△○○△△

不暇陪八骏，虏庭悲所遣。《八哀诗·故秘书少监武功苏公源明》

1.6.3　△△○△△，○○△△△

1.6.4　△△○△△，△○△△△

1.6.5　△△○△△，○○○○△

1.6.6　△△○△△，△○○○△

士卒何草草，筑城潼关道。《潼关吏》

1.6.7　△△○△△，○○△○△

盛夏鹰隼击，时危异人至。《送从弟亚赴河西判官》

1.6.8　△△○△△，△○△○△

长者虽有问，役夫敢伸恨。《兵车行》

1.7　**出句**○△△△△

1.7.1　○△△△△，○○○△△

兹理庶可广，拳拳期勿替。《解忧》

1.7.2　○△△△△，△○○△△

1.7.3　○△△△△，○○△△△

1.7.4　○△△△△，△○△△△

1.7.5　○△△△△，○○○○△

佳客适万里，沉思情延伫。《雨二首》其一

1.7.6　○△△△△，△○○○△

山鬼独一脚，蝮蛇长如树。《有怀台州郑十八司户》

1.7.7　○△△△△，○○△○△

三叹酒食傍，何由似平昔。《白水县崔少府十九翁高斋三十韵》

1.7.8　○△△△△，△○△○△

今夏草木长，脱身得西走。《述怀一首》

1.8 **出句△△△△△**

1.8.1 △△△△△，○○○△△

1.8.2 △△△△△，△○○△△

1.8.3 △△△△△，○○△△△

庶与达者论，吞声混瑕垢。《上水遣怀》

1.8.4 △△△△△，△○△△△

1.8.5 △△△△△，○○○○△

1.8.6 △△△△△，△○○○△

1.8.7 △△△△△，○○△○△

白水见舅氏，诸公乃仙伯。《白水县崔少府十九翁高斋三十韵》

1.8.8 △△△△△，△○△○△

士卒既辑睦，启行促精悍。《舟中苦热遣怀，奉呈阳中丞，通简台省诸公》

二、BA 联标准格式：○○△△○，△△○○△

2.1 **出句○○△△○**

2.1.1 ○○△△○，△△○○△

红稠屋角花，碧委墙隅草。《雨过苏端》

2.1.2 ○○△△○，○△○○△

熏然耳目开，颇觉聪明入。《送率府程录事还乡》

2.1.3 ○○△△○，△△△○△

吾闻驾鼓车，不合用骐骥。《送从弟亚赴河西判官》

2.1.4 ○○△△○，○△△○△

三皇五帝前，鸡犬各相放。《剑门》

2.1.5 ○○△△○，○△○△△

春苗九月交，颜色同日老。《遣兴三首》（下马古战场）其三

2.1.6 ○○△△○，△△○△△

千秋万岁名，寂寞身后事。《梦李白二首》其二

2.1.7 ○○△△○，○△△△△

翻思在贼愁，甘受杂乱聒。《北征》

2.1.8　○○△△○，△△△△△

园陵固有神，扫洒数不缺。《北征》

2.2　**出句**△○△△○

2.2.1　△○△△○，△△○○△

意钟老柏青，义动修蛇蛰。《送率府程录事还乡》

2.2.2　△○△△○，○△○○△

所忧盗贼多，重见衣冠走。《将适吴楚，留别章使君留后兼幕府诸公，得柳字》

2.2.3　△○△△○，△△△○△

出门复入门，两脚但如旧。《九日寄岑参》

2.2.4　△○△△○，○△△○△

武功少也孤，徒步客徐兖。《八哀诗·故秘书少监武功苏公源明》

2.2.5　△○△△○，○△○△△

瘦妻面复光，痴女头自栉。《北征》

2.2.6　△○△△○，△△○△△

我行已水滨，我仆犹木末。《北征》

2.2.7　△○△△○，○△△△△

默思失业徒，因念远戍卒。《自京赴奉先县咏怀五百字》

2.2.8　△○△△○，△△△△△

杜陵有布衣，老大意转拙。《自京赴奉先县咏怀五百字》

2.3　**出句**○○○△○

2.3.1　○○○△○，△△○○△

阴风西北来，惨淡随回鹘。《北征》

2.3.2　○○○△○，○△○○△

清江空旧鱼，春雨馀甘蔗。《遣兴五首》（蛰龙三冬卧）其五

2.3.3　○○○△○，△△△○△

胡尘逾太行，杂种抵京室。《留花门》

2.3.4　○○○△○，○△△○△

归来悬两狼，门户有旌节。《遣兴五首》（朔风飘胡雁）其二

2.3.5　○○○△○，○△○△△

阴风千里来，吹汝江上宅。《两当县吴十侍御江上宅》

2.3.6　○○○△○，△△○△△

崇冈相枕带，旷野怀咫尺。《白水县崔少府十九翁高斋三十韵》

2.3.7　○○○△○，○△△△△

浮云终日行，游子久不至。《梦李白二首》其二

2.3.8　○○○△○，△△△△△

鸡鸣风雨交，久旱雨亦好。《雨过苏端》

2.4　出句△○○△○

2.4.1　△○○△○，△△○○△

立神扶栋梁，凿翠开户牖。《九成宫》

2.4.2　△○○△○，○△○○△

绣衣黄白郎，骑向交河道。《送长孙九侍御赴武威判官》

2.4.3　△○○△○，△△△○△

始知贤主人，赠此遣愁寂。《白水县崔少府十九翁高斋三十韵》

2.4.4　△○○△○，○△△○△

渥洼骐骥儿，尤异是龙脊。《送李校书二十六韵》

2.4.5　△○○△○，○△○△△

我无匡复姿，聊欲从此逝。《送樊二十三侍御赴汉中判官》

2.4.6　△○○△○，△△○△△

客从南县来，浩荡无与适。《白水县崔少府十九翁高斋三十韵》

2.4.7　△○○△○，○△△△△

夜深经战场，寒月照白骨。《北征》

2.4.8　△○○△○，△△△△△

出泉枯柳根，汲引岁月古。《太平寺泉眼》

2.5　出句△○△○○

2.5.1　△○△○○，△△○○△

敢忘二疏归，痛迫苏耽井。《八哀诗·故右仆射相国张公九龄》

2.5.2　△○△○○，○△○○△

举头向苍天，安得骑鸿鹄。《三川观水涨二十韵》

2.5.3　△○△○○，△△△○△

二年客东都，所历厌机巧。《赠李白》

2.5.4　△○△○○，○△△○△

我生本飘飘，今复在何许。《宿青溪驿奉怀张员外十五兄之绪》

2.5.5　△○△○○，○△○△△

野人对膻腥，蔬食常不饱。《赠李白》

2.5.6　△○△○○，△△○△△

我行属时危，仰望嗟叹久。《九成宫》

2.5.7　△○△○○，○△△△△

送兵五千人，驱马一万匹。《北征》

2.5.8　△○△○○，△△△△△

一夫怒临关，百万未可傍。《剑门》

2.6　出句○○△○○

2.6.1　○○△○○，△△○○△

维南有崇山，恐与川浸溜。《九日寄岑参》

2.6.2　○○△○○，○△○○△

边兵尽东征，城内空荆杞。《塞芦子》

2.6.3　○○△○○，△△△○△

沉吟坐西轩，饮食错昏昼。《九日寄岑参》

2.6.4　○○△○○，○△△○△

花门既须留，原野转萧瑟。《留花门》

2.6.5　○○△○○，○△○△△

中堂舞神仙，烟雾蒙玉质。《自京赴奉先县咏怀五百字》

2.6.6　○○△○○，△△○△△

高台面苍陂，六月风日冷。《渼陂西南台》

2.6.7　○○△○○，○△△△△

平生所娇儿，颜色白胜雪。《北征》

2.6.8　○○△○○，△△△△△

常时往还人，记一不识十。《送率府程录事还乡》

2.7　**出句**△○○○○

2.7.1　△○○○○，△△○○△

已从招提游，更宿招提境。《游龙门奉先寺》

2.7.2　△○○○○，○△○○△

愈风传乌鸡，秋卵方漫吃。《催宗文树鸡栅》

2.7.3　△○○○○，△△△○△

荡胸生层云，决眦入归鸟。《望岳》

2.7.4　△○○○○，○△△○△

是身如浮云，安可限南北。《别赞上人》

2.7.5　△○○○○，○△○△△

岱宗夫如何，齐鲁青未了。《望岳》

2.7.6　△○○○○，△△○△△

或红如丹砂，或黑如点漆。《北征》

2.7.7　△○○○○，○△△△△

至今英雄人，高视见霸王。《剑门》

2.7.8　△○○○○，△△△△△

恐非平生魂，路远不可测。《梦李白二首》其一

2.8　**出句**○○○○○

2.8.1　○○○○○，△△○○△

君臣留欢娱，乐动殷胶葛。《自京赴奉先县咏怀五百字》

2.8.2　○○○○○，○△○○△

2.8.3　○○○○○，△△△○△

天明登前途，独与老翁别。《石壕吏》

2.8.4　○○○○○，○△△○△

维时遭艰虞，朝野少暇日。《北征》

2.8.5　○○○○○，○△○△△

魂来枫林青，魂返关塞黑。《梦李白二首》其一

2.8.6　○○○○○，△△○△△

穷年忧黎元，叹息肠内热。《自京赴奉先县咏怀五百字》

2.8.7　○○○○○，○△△△△

江湖多风波，舟楫恐失坠。《梦李白二首》其二

2.8.8　○○○○○，△△△△△

东郊何时开，带甲且未释。《白水县崔少府十九翁高斋三十韵》

三、CA联标准格式：○○○△△，△△○○△

3.1　出句○○○△△

3.1.1　○○○△△，△△○○△

天寒荒野外，日暮中流半。《白沙渡》

3.1.2　○○○△△，○△○○△

中原消息断，黄屋今安否。《将适吴楚，留别章使君留后兼幕府诸公，得柳字》

3.1.3　○○○△△，△△△○△

柴门虽得去，未忍即开口。《述怀一首》

3.1.4　○○○△△，○△△○△

羁离交屈宋，牢落值颜闵。《赠郑十八贲》

3.1.5　○○○△△，○△○△△

冬温蚊蚋在，人远凫鸭乱。《通泉驿南去通泉县十五里山水作》

3.1.6　○○○△△，△△○△△

泉声闻复息，动静随所击。《白水县崔少府十九翁高斋三十韵》

3.1.7　○○○△△，○△△△△

非无江海志，萧洒送日月。《自京赴奉先县咏怀五百字》

3.1.8　○○○△△，△△△△△

霜严衣带断，指直不得结。《自京赴奉先县咏怀五百字》

3.2 **出句**△○○△△

3.2.1 △○○△△，△△○○△

顾惟蝼蚁辈，但自求其穴。《自京赴奉先县咏怀五百字》

3.2.2 △○○△△，○△○○△

水深波浪阔，无使蛟龙得。《梦李白二首》其一

3.2.3 △○○△△，△△△○△

会当凌绝顶，一览众山小。《望岳》

3.2.4 △○○△△，○△△○△

仆夫行不进，驽马若维系。《早发射洪县南途中作》

3.2.5 △○○△△，○△○△△

自多穷岫雨，行潦相豗蹙。《三川观水涨二十韵》

3.2.6 △○○△△，△△○△△

告归常局促，苦道来不易。《梦李白二首》其二

3.2.7 △○○△△，○△△△△

马嘶思故枥，归鸟尽敛翼。《别赞上人》

3.2.8 △○○△△，△△△△△

3.3 **出句**○○△△△

3.3.1 ○○△△△，△△○○△

明霞烂复阁，霁雾搴高牖。《大云寺赞公房四首》其四

3.3.2 ○○△△△，○△○○△

黄羊饫不膻，芦酒多还醉。《送从弟亚赴河西判官》

3.3.3 ○○△△△，△△△○△

天寒翠袖薄，日暮倚修竹。《佳人》

3.3.4 ○○△△△，○△△○△

浮生有荡汩，吾道正羁束。《三川观水涨二十韵》

3.3.5 ○○△△△，○△○△△

柴门鸟雀噪，归客千里至，《羌村三首》其一

3.3.6　○○△△△，△△○△△

东蒙赴旧隐，尚忆同志乐。《昔游》

3.3.7　○○△△△，○△△△△

东胡反未已，臣甫愤所切。《北征》

3.3.8　○○△△△，△△△△△

朱门酒肉臭，路有冻死骨。《自京赴奉先县咏怀五百字》

3.4　**出句**△○△△△

3.4.1　△○△△△，△△○○△

县官急索租，租税从何出。《兵车行》

3.4.2　△○△△△，○△○○△

故人入我梦，明我长相忆。《梦李白二首》其一

3.4.3　△○△△△，△△△○△

老妻既异县，十口隔风雪。《自京赴奉先县咏怀五百字》

3.4.4　△○△△△，○△△○△

古人不可见，前辈复谁继。《八哀诗·赠秘书监江夏李公邕》

3.4.5　△○△△△，○△○△△

夜阑更秉烛，相对如梦寐。《羌村三首》其一

3.4.6　△○△△△，△△○△△

问君适万里，取别何草草。《送长孙九侍御赴武威判官》

3.4.7　△○△△△，○△△△△

古人日已远，青史字不泯。《赠郑十八贲》

3.4.8　△○△△△，△△△△△

拜辞诣阙下，怵惕久未出。《北征》

3.5　**出句**△○○○△

3.5.1　△○○○△，△△○○△

自为青城客，不唾青城地。《丈人山》

3.5.2　△○○○△，○△○○△

3.5.3　△○○○△，△△△○△

比闻同罹祸，杀戮到鸡狗。《述怀一首》

3.5.4　△○○○△，○△△○△

既无游方恋，行止复何有。《将适吴楚，留别章使君留后兼幕府诸公，得柳字》

3.5.5　△○○○△，○△○△△

自云良家子，零落依草木。《佳人》

3.5.6　△○○○△，△△○△△

信知生男恶，反是生女好。《兵车行》

3.5.7　△○○○△，○△△△△

错磨终南翠，颠倒白阁影。《渼陂西南台》

3.5.8　△○○○△，△△△△△

美人为黄土，况乃粉黛假。《玉华宫》

3.6　**出句**○○○○△

3.6.1　○○○○△，△△○○△

荒哉隋家帝，制此今颓朽。《九成宫》

3.6.2　○○○○△，○△○○△

坡陀青州血，芜没汶阳瘗。《八哀诗·赠秘书监江夏李公邕》

3.6.3　○○○○△，△△△○△

岑生多新语，性亦嗜醇酎。《九日寄岑参》

3.6.4　○○○○△，○△△○△

冈峦相经亘，云水气参错。《青阳峡》

3.6.5　○○○○△，○△○△△

蒹葭离披去，天水相与永。《渼陂西南台》

3.6.6　○○○○△，△△○△△

平公今诗伯，秀发吾所羡。《石砚诗》

3.6.7　○○○○△，○△△△△

君诚中兴主，经纬固密勿。《北征》

3.6.8　○○○○△，△△△△△

3.7　**出句**△○△○△

3.7.1　△○△○△，△△○○△

广文到官舍，系马堂阶下。《戏简郑广文虔兼呈苏司业源明》

3.7.2　△○△○△，○△○○△

我行得遗迹，池馆皆疏凿。《过郭代公故宅》

3.7.3　△○△○△，△△△○△

以兹悟生理，独耻事干谒。《自京赴奉先县咏怀五百字》

3.7.4　△○△○△，○△△○△

玉觞淡无味，胡羯岂强敌。《白水县崔少府十九翁高斋三十韵》

3.7.5　△○△○△，○△○△△

课奴杀青竹，终日憎赤帻。《催宗文树鸡栅》

3.7.6　△○△○△，△△○△△

世情恶衰歇，万事随转烛。《佳人》

3.7.7　△○△○△，○△△△△

老夫情怀恶，呕泄卧数日。《北征》

3.7.8　△○△○△，△△△△△

画师亦无数，好手不可遇。《奉先刘少府新画山水障歌》

3.8　**出句**○○△○△

3.8.1　○○△○△，△△○○△

风吹紫荆树，色与春庭暮。《得舍弟消息》

3.8.2　○○△○△，○△○○△

居人莽牢落，游子方迢递。《送樊二十三侍御赴汉中判官》

3.8.3　○○△○△，△△△○△

煌煌太宗业，树立甚宏达。《北征》

3.8.4　○○△○△，○△△○△

东郊尚烽火，朝野色枯槁。《送长孙九侍御赴武威判官》

3.8.5　○○△○△，○△○△△

山中漏茅屋，谁复依户牖。《述怀一首》

3.8.6　○○△○△，△△○△△

何阶子方便，谬引为匹敌。《夜听许十诵诗爱而有作》

3.8.7　○○△○△，○△△△△

今君在罗网，何以有羽翼。《梦李白二首》其一

3.8.8　○○△○△，△△△△△

高秋马肥健，挟矢射汉月。《留花门》

四、DC联标准格式：△△△○○，○○○△△

4.1　**出句**△△△○○

4.1.1　△△△○○，○○○△△

细叶带浮毛，疏花披素艳。《江头五咏·丁香》

4.1.2　△△△○○，△○○△△

此辈岂无秋，亦蒙寒露委。《种莴苣》

4.1.3　△△△○○，○○△△△

自古以为患，诗人厌薄伐。《留花门》

4.1.4　△△△○○，△○△△△

4.1.5　△△△○○，○○○○△

应手看捶钩，清心听鸣镝。《夜听许十诵诗爱而有作》

4.1.6　△△△○○，△○○○△

昔在凤翔都，共通金闺籍。《两当县吴十侍御江上宅》

4.1.7　△△△○○，○○△○△

绝代有佳人，幽居在空谷。《佳人》

4.1.8　△△△○○，△○△○△

况我堕胡尘，及归尽华发。《北征》

4.2　**出句**○△△○○

4.2.1　○△△○○，○○○△△

宗庙尚为灰，君臣俱下泪。《送从弟亚赴河西判官》

4.2.2　○△△○○，△○○△△

俄顷辨尊亲，指挥存顾托。《过郭代公故宅》

4.2.3　○△△○○，○○△△△

修德使其来，羁縻固不绝。《留花门》

4.2.4　○△△○○，△○△△△

游子出京华，剑门不可越。《鹿头山》

4.2.5　○△△○○，○○○○△

钟律俨高悬，鲲鲸喷迢递。《八哀诗·赠秘书监江夏李公邕》

4.2.6　○△△○○，△○○○△

前圣眘焚巫，武王亲救暍。《七月三日亭午已后，校热退，晚加小凉，稳睡有诗……》

4.2.7　○△△○○，○○△○△

冠盖满京华，斯人独憔悴。《梦李白二首》其二

4.2.8　○△△○○，△○△○△

君子强逶迤，小人困驰骤。《九日寄岑参》

4.3　**出句△△○○○**

4.3.1　△△○○○，○○○△△

我有平肩舆，前途犹准的。《郑典设自施州归》

4.3.2　△△○○○，△○○△△

坐久风颇愁，晚来山更碧。《白水县崔少府十九翁高斋三十韵》

4.3.3　△△○○○，○○△△△

汉运初中兴，生平老耽酒。《述怀一首》

4.3.4　△△○○○，△○△△△

近伏盈川雄，未甘特进丽。《八哀诗·赠秘书监江夏李公邕》

4.3.5　△△○○○，○○○○△

洒落辞幽人，归来潜京辇。《八哀诗·故秘书少监武功苏公源明》

4.3.6　△△○○○，△○○○△

晓达兵家流，饱闻春秋癖。《八哀诗·赠司空王公思礼》

4.3.7　△△○○○，○○△○△

欲觉闻晨钟，令人发深省。《游龙门奉先寺》

4.3.8　△△○○○，△○△○△

猛将纷填委，庙谋蓄长策。《白水县崔少府十九翁高斋三十韵》

4.4　出句○△○○○

4.4.1　○△○○○，○○○△△

4.4.2　○△○○○，△○○△△

行迈心多违，出门无与适。《两当县吴十侍御江上宅》

4.4.3　○△○○○，○○△△△

雷吼徒咆哮，枝撑已在脚。《遣兴五首》（朔风飘胡雁）其四

4.4.4　○△○○○，△○△△△

伊昔临淄亭，酒酣托末契。《八哀诗·赠秘书监江夏李公邕》

4.4.5　○△○○○，○○○○△

吾亦驱其儿，营营为私实。《写怀二首》其二

4.4.6　○△○○○，△○○○△

东笑莲花卑，北知崆峒薄。《青阳峡》

4.4.7　○△○○○，○○△○△

天子忧凉州，严程到须早。《送长孙九侍御赴武威判官》

4.4.8　○△○○○，△○△○△

4.5　出句○△△△○

4.5.1　○△△△○，○○○△△、

罗落沸百泓，根源皆万古。《火》

4.5.2　○△△△○，△○○△△

三绝自御题，四方尤所仰。《八哀诗·故著作郎贬台州司户荥阳郑公虔》

4.5.3　○△△△○，○○△△△

伊洛指掌收，西京不足拔。《北征》

4.5.4　○△△△○，△○△△△

身退岂待官，老来苦便静。《渼陂西南台》

4.5.5　○△△△○，○○○○△

4.5.6　○△△△○，△○○○△

林茂鸟有归，水深鱼知聚。《遣兴五首》（蛰龙三冬卧）其二

4.5.7　○△△△○，○○△○△

西极柱亦倾，如何正穹昊。《送长孙九侍御赴武威判官》

4.5.8　○△△△○，△○△○△

焉得一万人，疾驱塞芦子。《塞芦子》

4.6　出句△△△△○

4.6.1　△△△△○，○○○△△

幕府辍谏官，朝廷无此例。《送樊二十三侍御赴汉中判官》

4.6.2　△△△△○，△○○△△

恐惧禄位高，怅望王土窄。《八哀诗·赠司空王公思礼》

4.6.3　△△△△○，○○△△△

紫绶映暮年，荆州谢所领。《八哀诗·故右仆射相国张公九龄》

4.6.4　△△△△○，△○△△△

笼栅念有修，近身见损益。《催宗文树鸡栅》

4.6.5　△△△△○，○○○○△

片片水上云，萧萧沙中雨。《雨二首》其一

4.6.6　△△△△○，△○○○△

岁暮百草零，疾风高冈裂。《自京赴奉先县咏怀五百字》

4.6.7　△△△△○，○○△○△

落月满屋梁，犹疑照颜色。《梦李白二首》其一

4.6.8　△△△△○，△○△○△

帝曰大布衣，藉卿佐元帅。《送从弟亚赴河西判官》

4.7　出句○△○△○

4.7.1　○△○△○，○○○△△

何得空里雷，殷殷寻地脉。《白水县崔少府十九翁高斋三十韵》

4.7.2　○△○△○，△○○△△

4.7.3　○△○△○，○○△△△

4.7.4　○△○△○，△○△△△

终愧巢与由，未能易其节。《自京赴奉先县咏怀五百字》

4.7.5　○△○△○，○○○○△

参错云石稠，坡陀风涛壮。《次晚洲》

4.7.6　○△○△○，△○○○△

随意簪葛巾，仰惭林花盛。《早发》

4.7.7　○△○△○，○○△○△

夫婿轻薄儿，新人美如玉。《佳人》

4.7.8　○△○△○，△○△○△

长夏无所为，客居课奴仆。《课伐木》

4.8　出句△△○△○

4.8.1　△△○△○，○○○△△

4.8.2　△△○△○，△○○△△

取笑同学翁，浩歌弥激烈。《自京赴奉先县咏怀五百字》

4.8.3　△△○△○，○○△△△

邑有佳主人，情如已会面。《积草岭》

4.8.4　△△○△○，△○△△△

闭目逾十旬，大江不止渴。《七月三日亭午已后，校热退，晚加小凉，稳睡有诗……》

4.8.5　△△○△○，○○○○△

蜀道多早花，江间饶奇石。《石柜阁》

4.8.6　△△○△○，△○○○△

借问持斧翁，几年长沙客。《两当县吴十侍御江上宅》

4.8.7　△△○△○，○○△○△

有子贤与愚，何其挂怀抱。《遣兴五首》（蛰龙三冬卧）其三

4.8.8　△△○△○，△○△○△

反畏消息来，寸心亦何有。《述怀一首》

第二节　仄韵七言律联

仄韵七言律联的变化联式理论数量是五言的4倍。杜诗中无仄韵近体七言律绝，只有仄韵七言拗体律绝与古体，也有七言转韵诗，联式类别与实用数量比五言诗自然偏少，弥足珍贵的是4个格式的联式均得到实际应用，并且某些缺位的五言联式在七言律联中亦可见到，如1.1.3，1.2.1，1.2.2，1.3.5，1.4.5，1.6.1，1.8.1，1.8.2，4.81。例联前的阿拉伯数字意义与仄韵五言律联相同；仅标示七言后五字平仄，不再标示第一字常规变声。

一、AC联式

1.1　**出句**○○△△○○△

1.1.1　△△○○△，○○○△△

江涛簸岸黄沙走，云雪埋山苍兕吼。《复阴》

1.1.3　△△○○△，○○△△△

近来海内为长句，汝与山东李白好。《苏端薛复筵简薛华醉歌》

1.1.4　△△○○△，△○△△△

吾兄睡稳方舒膝，不韈不巾踏晓日《狂歌行赠四兄》

1.1.5　△△○○△，○○○○△

神倾意豁真佳士，久客多忧今愈疾。《相从歌》

1.1.7　△△○○△，○○△○△

少陵野老吞声哭，春日潜行曲江曲。《哀江头》

1.2　**出句**○○○△○○△

1.2.1　○△○○△，○○○△△

苑中騋牝三千匹，丰草青青寒不死。《沙苑行》

1.2.2　○△○○△，△○○△△

吁嗟光禄英雄弭，大食宝刀聊可比。《荆南兵马使太常卿赵公大食刀歌》

1.2.3　○△○○△，○○△△△

诸生颇尽新知乐，万事终伤不自保。《苏端薛复筵简薛华醉歌》

1.2.7　○△○○△，○○△○△

庭前甘菊移时晚，青蕊重阳不堪摘。《叹庭前甘菊花》

1.3　**出句**○○△△△○△

1.3.1　△△△○△，○○○△△

自然弃掷与时异，况乃疏顽临事拙。《投简成华两县诸子》

1.3.7　△△△○△，○○△○△

其余七匹亦殊绝，迥若寒空动烟雪。《韦讽录事宅观曹将军画马图》

1.4　**出句**○○○△△○△

1.4.5　○△△○△，○○○○△

春天衣著为君舞，蛱蝶飞来黄鹂语。《白丝行》

1.4.7　○△△○△，○○△○△

二三豪俊为时出，整顿乾坤济时了。《洗兵马》

1.5　**出句**○○○△○△△

1.5.7　○△○△△，○○△○△

成王功大心转小，郭相谋深古来少。《洗兵马》

1.6　**出句**○○△△○△△

1.6.6　△△○△△，△○○○△

古时杜宇称望帝，魂作杜鹃何微细。《杜鹃行》

1.6.7　△△○△△，○○△○△

沉竿续蔓深莫测，菱叶荷花静如拭。《渼陂行》

1.6.8　△△○△△，△○△○△

紫衣使者辞复命，再拜故人谢佳政。《寄裴施州》

1.8　**出句**○○△△△△△

1.8.1　△△△△△，○○○△△

尤工远势古莫比，咫尺应须论万里。《戏题画山水图歌》

1.8.2　△△△△△，△○○△△

小鱼脱漏不可记，半死半生犹戢戢。《又观打鱼》

1.8.7　△△△△△，○○△○△

韦侯别我有所适，知我怜君画无敌。《题壁画马歌》

1.8.8　△△△△△，△○△○△

即今倏忽已五十，坐卧只多少行立。《百忧集行》

二、BA联式

2.1　**出句**△△○○△△○

2.1.1　○○△△○，△△○○△

但觉高歌有鬼神，焉知饿死填沟壑。《醉时歌》

2.1.2　○○△△○，○△○○△

志士幽人莫怨嗟，古来材大难为用。《古柏行》

2.1.3　○○△△○，△△△○△

老马为驹总不虚，当时得意况深眷。《病后过王倚饮赠歌》

2.1.6　○○△△○，△△○△△

古往今来共一时，人生万事无不有。《可叹》

2.1.8　○○△△○，△△△△△

乡里儿童项领成，朝廷故旧礼数绝。《投简成华两县诸子》

2.2　**出句**△△△○△△○

2.2.1　△○△△○，△△○○△

垂老恶闻战鼓悲，急觞为缓忧心捣。《苏端薛复筵简薛华醉歌》

2.2.6　△○△△○，△△○△△

天下几人画古松，毕宏已老韦偃少。《戏为双松图歌》

2.3　**出句**△△○○○△○

2.3.1　○○○△○，△△○○△

天上浮云如白衣，斯须改变如苍狗。《可叹》

2.3.2　○○○△○，○△○○△

堂上书生空白头，临风三嗅馨香泣。《秋雨叹三首》其一

2.4　**出句**△△△○○△○

2.4.1　△○○△○，△△○○△

盈把那须沧海珠，入怀本倚昆山玉。《暮秋枉裴道州手札，率尔遣兴，寄近呈苏涣侍御》

三、CA 联式

3.1　**出句**△△○○○△△

3.1.2　○○○△△，○△○○△

握发呼儿延入户，手提新画青松障。《题李尊师松树障子歌》

3.1.6　○○○△△，△△○△△

女病妻忧归意速，秋花锦石谁复数。《发阆中》

3.2　**出句**△△△○○△△

3.2.1　△○○△△，△△○○△

咫尺但愁雷雨至，苍茫不晓神灵意。《渼陂行》

3.3　**出句**△△○○△△△

3.3.1　○○△△△，△△○○△

赤县官曹拥才杰，软裘快马当冰雪。《投简成华两县诸子》

3.3.3　○○△△△，△△△○△

鞲上锋棱十二翮，将军勇锐与之敌。《王兵马使二角鹰》

3.3.6　○○△△△，△△○△△

岁暮穷阴耿未已，人生会面难再得。《久雨期王将军不至》

3.4　**出句**△△△○△△△

3.4.1　△○△△△，△△○○△

巢父掉头不肯住，东将入海随烟雾。《送孔巢父谢病归游江东兼呈李白》

3.4.2　△○△△△，○△○○△

翻手作云覆手雨，纷纷轻薄何须数。《贫交行》

3.5　**出句**△△△○○○△

3.5.2　△○○○△，○△○○△

乌帽拂尘青螺粟，紫衣将炙绯衣走。《相从歌》

3.6　**出句**△△○○○○△

3.6.3　○○○○△，△△△○△

香汗轻尘污颜色，开新合故置何许。《白丝行》

3.7　**出句**△△△○△○△

3.7.1　△○△○△，△△○○△

爱客满堂尽豪翰，开筵上日思芳草。《苏端薛复筵简薛华醉歌》

3.8　**出句**△△○○△○△

3.8.1　○○△○△，△△○○△

清夜沉沉动春酌，灯前细雨檐花落。《醉时歌》

3.8.3　○○△○△，△△△○△

白帝城门水云外，低身直下八千尺。《醉为马坠，群公携酒相看》

3.8.4　○○△○△，○△△○△

天雨萧萧滞茅屋，空山无以慰幽独。《久雨期王将军不至》

3.8.6　○○△○△，△△○△△

万岁千秋奉明主，临江节士安足数。《魏将军歌》

3.8.8　○○△○△，△△△△△

市北肩舆每联袂，郭南抱瓮亦隐几。《暮秋枉裴道州手札，率尔遣兴，寄近呈苏涣侍御》

四、DC联式

4.1　**出句**○○△△△○○

4.1.1　△△△○○，○○○△△

莫愁父母少黄金，天下风尘儿亦得。《锦树行》

4.1.7 △△△○○，○○△○△

愿驱众庶戴君王，混一车书弃金玉。《黄河二首》其二

4.1.8 △△△○○，△○△○△

城中斗米换衾裯，相许宁论两相直。《秋雨叹三首》其二

4.2 **出句**○○○△△○○

4.2.1 ○△△○○，○○○△△

已知仙客意相亲，更觉良工心独苦。《题李尊师松树障子歌》

4.2.2 ○△△○○，△○○△△

大贤之后竟陵迟，浩荡古今同一体。《寄狄明府》

4.2.7 ○△△○○，○○△○△

江头宫殿锁千门，细柳新蒲为谁绿。《哀江头》

4.3 **出句**○○△△○○○

4.3.2 △△○○○，△○○△△

遣人向市赊香粳，唤妇出房亲自馔。《病后过王倚饮赠歌》

4.3.7 △△○○○，○○△○△

蓬莱织女回云车，指点虚无是征路。《送孔巢父谢病归游江东兼呈李白》

4.4 **出句**○○○△○○○

4.4.7 ○△○○○，○○△○△

青春波浪芙蓉园，白日雷霆夹城仗。《乐游园歌》

4.5 **出句**○○○△△△○

4.5.6 ○△△△○，△○○○△

都人回面向北啼，日夜更望官军至。《悲陈陶》

4.5.7 ○△△△○，○○△○△

不知何国致白环，复道诸山得银瓮。《洗兵马》

4.6 **出句**○○△△△△○

4.6.7 △△△△○，○○△○△

昭阳殿里第一人，同辇随君侍君侧。《哀江头》

4.7　**出句**○○○△○△○

4.7.1　○△○△○，○○○△△

云安沽水奴仆悲，鱼复移居心力省。《引水》

4.7.5　○△○△○，○○○○△

黄昏胡骑尘满城，欲往城南忘城北。《哀江头》

4.7.7　○△○△○，○○△○△

食之豪健西域无，每岁攻驹冠边鄙。《沙苑行》

4.8　**出句**○○△△○△○

4.8.7　△△○△○，○○△○△

强将笑语供主人，悲见生涯百忧集。《百忧集行》

第四章　拗对与拗联体系

杜甫对拗联的组合与运用水平，至今还没有谁能够超越，甚至可以说，还有相当数量的诗人对此不解。拗联的结构原理比律联要复杂得多，它同样拥有平仄两个韵域，每个韵域皆拥有 3 个声韵结构模式、6 个组成途径，下含 28 个标准格式。两韵拗联相对相称、数量相等，各成独立系统，共同组成一个呈现对立统一规律的拗联体系。最直接的一个声韵结构模式是律句拗对，与正对相悖，五言对句与出句第二字平仄字声必须相同，谓之拗对；七言对句与出句第二字或第四字至少须有一字保持拗对。第二个声韵结构是律拗句混成模式，拗联中含有一个律句、一个拗句，由于拗句已铁定律质，不再讲究拗对与否。第三个声韵结构是纯拗句组成模式，也无必要讲究拗对与否，即便出现表观上的“平仄正对”，也不改变拗联属性，如“草堂少花今欲栽，不问绿李与黄梅”（《诣徐卿觅果栽》），由两个拗句组成，“问”与“堂”、“李”与“花”虽似“平仄正对”，但仍属拗联。杜甫七言拗律、拗绝与七古，所用拗联联式应有尽有，极其闪亮耀眼，最典型的是《丽人行》《哀王孙》《悲青坂》等名篇，纯由拗联写成。本章以七言拗联为主要形式，全面剖析拗联的联式结构、组成途径以及拗联的标准格式，并辅以实例。可以看到，拗联同律联一样，也是一个独立的体系，也是诗律中不可忽视的组成部分。

第一节　对六朝拗联原理的借鉴与继承

相对于六朝诗人的句式，杜甫更青睐律联、拗联，尤以鲍照、吴均、庾信为重，不浊滞、不陈腐，对杜甫诗学理论的形成具有先导性影响。从鲍照“自古圣贤尽贫贱，何况我辈孤且直”，吴均“大才大辩尚如此，何况我辈轻薄人”，庾信“蒲桃一杯千日醉，无事九转学神仙”；联想李白“古来圣贤皆寂寞，惟有饮者留其名”（《将进酒》），杜甫“儒术于我何有哉，孔丘盗跖俱尘埃”（《醉时歌》）；可以觉察他们的语言律质与立世气度何其相近！鲍照、吴均、庾信的七言拗联，尽管格式与数量还不算多，但模式与韵式皆备，语言律运用比较到位，第五六字多有变声，杜甫拗联特征与其相当契合。闻一多在议论七律时，云：“吾故曰七律未尝独立而进化，盖实五律之苗枝耳。”“七律虽出自五律，然断不致全乎不受此前若断若继之七言古体之影响；至少，其七言之句格则固古诗之遗也。”[①] 杜甫真懂六朝，能以借鉴继承，继续发掘，进而建立其完整无缺的拗联体系。

一、六朝的纯律句拗对模式拗联

红颜零落岁将暮，寒光宛转时欲沉。鲍照《拟行路难十八首》其一
○○○△△○△，○○△△○△○
心非木石岂无感，吞声踯躅不敢言。鲍照《拟行路难十八首》其四
○○△△△○△，○○△△△△○
我行离邑已万里，今方羁役去远征。鲍照《拟行路难十八首》其十三
△○○△△△△，○○○△△△○
见此令人有余悲，当愿君怀不暂忘。鲍照《拟行路难十八首》其十三
△△○○△○○，○△○○△△○
洞庭水上一株桐，经霜触浪困严风。吴均《行路难五首》其一
△○△△△○○，○○△△△○○
年年月月对君子，遥遥夜夜宿未央。吴均《行路难五首》其一
○○△△△○△，○○△△△△○
玉阶行路生细草，金炉香炭变成灰。吴均《行路难五首》其五
△○○△○△△，○○○△△○○
寒雁嗈嗈渡辽水，桑叶纷纷落蓟门。庾信《燕歌行》
○△○○△○△，○△○○△△○

① 闻一多：《古诗神韵》，北京：中国青年出版社，2008年，第221页。

愿得鲁连飞一箭，持寄思归燕将书。庾信《燕歌行》

△△△○○△△，○△○○○△○

二、六朝的律拗句混成模式拗联

不见柏梁铜雀上，宁闻古时清吹音。鲍照《拟行路难十八首》其一

△△△○○△△，△○△○○△○

亦云朝悲泣闲房，又闻暮思泪沾裳。鲍照《拟行路难十八首》其十三

△○○○△○○，△○△△△○○

大才大辩尚如此，何况我辈轻薄人。吴均《行路难五首》其二

△○△△△○△，○△△△○○○

金墉城西合欢树，垂条照彩拂凤楼。吴均《行路难五首》其二

○○○○△○△，○○△△○△○

蹀躞横行不肯进，夜夜汗血至长安。吴均《行路难五首》其二

△△○○△△△，△△△△△○○

贫穷夜纺无灯烛，何言一朝奉至尊。吴均《行路难五首》其五

○○△△○○△，○○△○△△○

代北云气昼昏昏，千里飞蓬无复根。庾信《燕歌行》

△△○△△○○，○△○○○△○

晋阳山头无箭竹，疏勒城中乏水源。庾信《燕歌行》

△○○○○△△，○△○○△△○

三、六朝的纯拗句模式拗联

愿君裁悲且减思，听我抵节行路吟。鲍照《拟行路难十八首》其一

△○○○△△△，△△△△○△○

我初辞家从军侨，荣志溢气干云霄。鲍照《拟行路难十八首》其十三

△○○○△○○，○△△△○○○

今暮临水拔已尽，明日对镜复已盈。鲍照《拟行路难十八首》其十三

○△○△△△△，○△△△△△○

但恐羁死为鬼客，客思寄灭生空精。鲍照《拟行路难十八首》其十三

△△○△○△△，△△△△○○○
昔时抽心曜白日，今旦卧死黄沙中。吴均《行路难五首》其一
△○○○△△△，○△△△○○○
茱萸锦衣玉作匣，安念昔日枯树枝。吴均《行路难五首》其一
○○△○△△△，○△△△○△○
复闻梁王好学问，轻弃剑客如埃尘。吴均《行路难五首》其二
△○○○△△△，○△△△○○○
洛阳游丝百丈连，黄河春冰千片穿。庾信《燕歌行》
△○○○△△○，○○○○○△○
蒲桃一杯千日醉，无事九转学神仙。庾信《燕歌行》
○○△○○△△，○△△△△○○

四、六朝的仄韵拗联

中有一人字金兰，被服纤罗采芳藿。鲍照《拟行路难十八首》其三
○△△○△○○，△△○○△○△
含歌揽涕恒抱愁，人生几时得为乐。鲍照《拟行路难十八首》其三
○○△△○△○，○○△○△○△
自古圣贤尽贫贱，何况我辈孤且直。鲍照《拟行路难十八首》其六
△△△○△○△，○△△△○△△
三星参差露沾湿，弦悲管清月将入。鲍照《代白纻舞歌词四首》其三
○○○○△○△，○○△○△○△
寒光萧条候虫急，荆王流叹楚妃泣。鲍照《代白纻舞歌词四首》其三
○○○○△○△，○○○△△○△
摩顶至足买片言，开胸沥胆取一顾。吴均《行路难五首》其二
○△△△△△○，○○△△△△△
尽是昔日帝王处，歌姬舞女达天曙。吴均《行路难五首》其三
△△△△△○△，○○△△△○△
春分燕来能几日，二月蚕眠不复久。庾信《燕歌行》
○○△○○△△，△△○○△△△

第二节　平韵拗联

一、律句拗对模式

依前惯例将五七言并轨标示。采用“声韵模式—组成途径—标准格式”的连贯性叙述方法，揭示拗联的律质及其构成、各自形态变化。律句拗对模式的声韵特征是：出句尾字可平可仄，对句则只能用两个平声尾句式；句子标准格式代表它作出句、对句时，因一三五六字变声引发的所有变化句式；拗联标准格式则代表：由一个出句标准格式与另一个对句标准格式所有变化句式组成的拗联变化联式的集合体。对于五言拗联，只要对句与出句第二字拗对即行成立，第四字忽略不计；五言拗联只存在拗对一个声韵模式。对于七言拗联，只要对句与出句第二四字中有一字拗对即行成立，第六字忽略不计。后文将顺序列出拗联组成途径及其下属的标准格式，连续编号、逐一示例，例证取自杜诗。联例用平仄符号表达，标准联式的律句、拗句用句子标准格式代表，实例中的具体句子皆处于其系列变化句式之中；在例联之下另行标示句子各字平仄。

（一）途径一：由相同律句句式组成的拗联

因只有两个平尾句式可以倒替使用，只存在两个拗联标准格式，七言例联中每句后五字视同五言句式。

（1）拗联标准格式：○○△△○，○○△△○

西川有杜鹃，东川无杜鹃。《杜鹃》

○○△△○，○○○△○

路逢相识人，附书与六亲。《前出塞九首》其四

△○○△○，△○△△○

不见故人十年馀，不道故人无素书。《寄岑嘉州》

△△△○△○○，△△△○○△○

（2）拗联标准格式：△△△○○，△△△○○

少壮能几时，鬓发各已苍。《赠卫八处士》

△△○△○，△△△△○

知章骑马似乘船，眼花落井水底眠。《饮中八仙歌》

○○○△△○○，△○△△△△○

（二）途径二：由不同律句句式组成的拗联

因对句只能用两个平尾句式，只存在两个拗联标准格式。

（3）拗联标准格式：△△○○△，△△△○○

今夕复何夕，共此灯烛光。《赠卫八处士》

○△△○△，△△○△○

耶娘妻子走相送，尘埃不见咸阳桥。《兵车行》

○○○△△○△，○○△△○○○

（4）拗联标准格式：○○○△△，○○△△○

思飘云物外，律中鬼神惊。《敬赠郑谏议十韵》

○○○△△，△○△○○

又向人家啄大屋，屋底达官走避胡。《哀王孙》

△△○○△△△，△△△○△△○

二、律拗句混成模式

依出句律质不同，可知有 2 个拗联组成途径、16 个拗联标准格式。拗联中含有的七言拗句以句子声韵结构表达式表示，即“二字 + 四字 + 韵脚字”的平仄表达式，第一三五六字变声无碍句式律质，无需标示。以△△○代表二四字仄、韵脚字平，如“道甫问信今何如△△△△○○○”（《送孔巢父谢病归游江东兼呈李白》），其他如○○○、○○△、△△△，类推即可。

（一）途径三：律句作出句、拗句作对句的拗联

凡七言律句均可作出句，用标准格式表达；对句只能用 2 个平尾拗句句式，用平仄符号式表达，该格式拥有 8 个拗联标准联式。

1. 出句为○○△△○○△

（5）拗联标准格式：对句为△△○

船舷暝戛云际寺，水面月出蓝田关。《渼陂行》

○○○△○△△，△△△△○○○

（6）拗联标准格式：对句为○○○

湘妃汉女出歌舞，金支翠旗光有无。《渼陂行》

○○△△△○△，○○△○○△○

2. 出句为△△○○△△○

（7）拗联标准格式：对句为△△○

黄四娘家花满蹊，千朵万朵压枝低。《江畔独步寻花七绝句》其六

○△○○○△○，○△△△△○○

（8）拗联标准格式：对句为○○○

况乃山高水有波，秋风萧萧露泥泥。《寄狄明府》

△△○○△△○，△○○○△○○

3. 出句为△△○○○△△

（9）拗联标准格式：对句为△△○

日籴太仓五升米，时赴郑老同襟期。《醉时歌》

△△△○△○△，○△△△○○○

（10）拗联标准格式：对句为○○○

宓子弹琴邑宰日，终军弃繻英妙时。《七月一日题终明府水楼二首》其二

△△○○△△△，○○△○○△○

4. 出句为○○△△△○○句式

（11）拗联标准格式：对句为△△○

杜陵野客人更嗤，被褐短窄鬓如丝。《醉时歌》

△○△△○△○，△△△△△○○

（12）拗联标准格式：对句为○○○

通泉百里近梓州，请公一来开我愁。《春日戏题恼郝使君兄》

○○△△△△○，△○△○○△○

（二）途径四：拗句作出句、律句作对句的拗联

对句用标准格式表达，只能用 2 个平声尾律句，该格式共拥有 8 个拗

联标准格式。

1. 对句为△△○○△△○

(13) 拗联标准格式：出句为△△○

今我不乐思岳阳，身欲奋飞病在床。《寄韩谏议》

△△△△○○○，○△△○△△○

(14) 拗联标准格式：出句为○○○

瀼东瀼西一万家，江北江南春冬花。《夔州歌十绝句》其五

△○△○△△○，○△○○○○○

(15) 拗联标准格式：出句为△△△

要路何日罢长戟，战自青羌连百蛮。《秋风二首》其一

△△△△△○△，△△○○○△○

(16) 拗联标准格式：出句为○○△

只残邺城不日得，独任朔方无限功。《洗兵马》

○○△○△△△，△△△○○△○

2. 对句为○○△△△○○

(17) 拗联标准格式：出句为△△○

儒术于我何有哉，孔丘盗跖俱尘埃。《醉时歌》

○△○△○△○，△○△△○○○

(18) 拗联标准格式：出句为○○○

饮如长鲸吸百川，衔杯乐圣称避贤。《饮中八仙歌》

△○○○△△○，○○△△○△○

(19) 拗联标准格式：出句为△△△

已令请急会通籍，男儿性命绝可怜。《逼仄行》

△△△△△○△，○○△△△△○

(20) 拗联标准格式：出句为○○△

公卿朱门未开锁，我曹已到肩相齐。

○○○○△○△，△○△△○○○《狂歌行赠四兄》

三、纯拗句模式

出句、对句均用声韵结构模式表达；4 个拗句句式用标准格式表达，都可以作出句，但对句只能用△△○与○○○两个平韵模式的句子，它有 2 个组成途径、8 个拗联标准格式。

（一）途径五：对句为△△○句式的拗联

（21）拗联标准格式：出句为△△○

万事反覆何所无，岂忆当殿群臣趋。《杜鹃行》

△△△△○△○，△△○△○○○

（22）拗联标准格式：出句为○○○

草堂少花今欲栽，不问绿李与黄梅。《诣徐卿觅果栽》

△○△○○△○，△△△△△○○

（23）拗联标准格式：出句为○○△

词源倒流三峡水，笔阵独扫千人军。《醉歌行》

○○△○○○△，△△△△○○○

（24）拗联标准格式：出句为△△△

隔户杨柳弱袅袅，恰似十五女儿腰。《绝句漫兴九首》其九

△△○△△△△，△△△△△○○

（二）途径六：对句为○○○句式的拗联

（25）拗联标准格式：出句为△△○

腰下宝玦青珊瑚，可怜王孙泣路隅。《哀王孙》

○△△△○○○，△○○○△△○

（26）拗联标准格式：出句为○○○

长安城头头白乌，夜飞延秋门上呼。《哀王孙》

○○○○○△○，△○○○○△○

（27）拗联标准格式：出句为○○△

紫驼之峰出翠釜，水精之盘行素鳞。《丽人行》

△○○○△△△，△○○○○△○

（28）拗联标准格式：出句为△△△

征起适遇风云会，扶颠始知筹策良。《洗兵马》

○△△△○○△，○○△○○△○

第三节　仄韵拗联

仄韵拗联的阐述方式、拗联格式、表达式及其序号，均与上节平韵拗联对应、相同。

一、律句拗对模式

律句拗对模式有2个组成途径、4个仄韵拗联标准格式。提请注意，五言仄韵拗联只有拗对一个声韵结构模式。

（一）途径一：由相同律句句式组成的拗联

因只有2个仄声尾律句可以倒替使用，只存在2个拗联标准格式。

（1）拗联标准格式：△△○○△，△△○○△

天阙象纬逼，云卧衣裳冷。《游龙门奉先寺》

○△△△△，○△○○△

琉璃汗漫泛舟入，事殊兴极忧思集。《渼陂行》

○○△△△○△，△○△△○○△

（2）拗联标准格式：○○○△△，○○○△△

忧来藉草坐，浩歌泪盈把。《玉华宫》

○○△△△，△○△○△

左辅白沙如白水，缭以周墙百余里。《沙苑行》

△△△○○△△，△△○○△○△

（二）途径二：由不同律句句式组成的拗联

因对句只能用2个仄声尾律句，只存在2个拗联标准格式。

（3）拗联标准格式：○○△△○，○○○△△

且如今年冬，未休关西卒。《兵车行》

△○○○○，△○○○△

野旷天清无战声，四万义军同日死。《悲陈陶》

△△○○○△○，△△△○○△△

(4) 拗联标准格式：△△△○○，△△○○△

上有无心云，下有欲落石。《白水县崔少府十九翁高斋三十韵》

△△○○○，△△△△△

美人细意熨帖平，裁缝灭尽针线迹。《白丝行》

△○△△△△○，○○△△○○△

二、律句与拗句混成模式

律句与拗句混成模式有 2 个组成途径、16 个仄韵拗联标准格式。

(一) 途径三：律句作出句、对句用拗句的拗联

1. 出句为○○△△○○△

(5) 拗联标准格式：对句为○○△

边庭流血成海水，武皇开边意未已。《兵车行》

○○○△○△△，△○○○△△△

深山大泽龙蛇远，春寒野阴风景暮。《送孔巢父谢病归游江东兼呈李白》

○○△△○○△，○○△○○△△

(6) 拗联标准格式：对句为△△△

故人情味晚谁似，念我手脚轻欲旋。《病后遇王倚饮赠歌》

△○○△△○△，△△△△○△△

2. 出句为△△○○△△○

(7) 拗联标准格式：对句为○○△

野客频留惧雪霜，行人不过听竽籁。《柟树为风雨所拔叹》

△△○○△△○，○○△○△○△

(8) 拗联标准格式：对句为△△△

清渭东流剑阁深，去住彼此无消息。《哀江头》

○△○○△△○，△△△△○○△

3. 出句为△△○○○△△

（9）拗联标准格式：对句为○○△

甲第纷纷厌粱肉，广文先生饭不足。《醉时歌》

△△○○△○△，△○○○△△△

（10）拗联标准格式：对句为△△△

疟疠三秋孰可忍，寒热百日相交战。《病后遇王倚饮赠歌》

△△○○△△△，○△△△○○△

4. 出句为○○△△△○○

（11）拗联标准格式：对句为○○△

此时与子空归来，男呻女吟四壁静。《乾元中寓居同谷县作歌七首》其二

△○△△○○○，○○△○△△△

（12）拗联标准格式：对句为△△△

都人回面向北啼，日夜更望官军至。《悲陈陶》

○○○△△△○，△△△△○○△

（二）途径四：拗句作出句、对句用律句的拗联

1. 对句为○○△△○○△

（13）拗联标准格式：出句为△△○

饥卧动即向一旬，敝衣何啻联百结。《投简成华两县诸子》

○△△△△△○，△○○△○△△

（14）拗联标准格式：出句为○○○

长安苦寒谁独悲，杜陵野老骨欲折。《投简成华两县诸子》

○○△○○△○，△○△△△△△

（15）拗联标准格式：出句为○○△

缫丝须长不须白，越罗蜀锦金粟尺。《白丝行》

○○○○△○△，△○△△○△△

（16）拗联标准格式：出句为△△△

有客有客字子美，白头乱发垂过耳。《乾元中寓居同谷县作歌七首》其一

△△△△△△△，△○△△○○△

2. 对句为△△○○○△△

(17) 拗联标准格式：出句为△△○

安得壮士挽天河，净洗甲兵长不用。《洗兵马》

○△△△△○○，△△△○○△△

(18) 拗联标准格式：出句为○○○

黄头奚儿日向西，数骑弯弓敢驰突。《悲青坂》

○○○○△△○，△△○○△○△

(19) 拗联标准格式：出句为○○△

故人今居子午谷，独在阴崖结茅屋。《玄都坛歌寄元逸人》

△○○○△△△，△△○○△○△

(20) 拗联标准格式：出句为△△△

堂上不合生枫树，怪底江山起烟雾。《奉先刘少府新画山水障歌》

○△△△○○△，△△○○△○△

三、纯拗句组成模式

四个拗句标准格式都可以作出句，但对句只能用○○△与△△△两个模式，该拗联模式共拥有 2 个格式、8 个拗联标准联式。

（一）途径五：对句为○○△句式的拗联

(21) 拗联标准格式：出句为△△○

十有八九负薪归，卖薪得钱应供给。《负薪行》

△△△△△○○，△○△○△○△

(22) 拗联标准格式：出句为△△△

麟角凤觜世莫辨，煎胶续弦奇自见。《病后遇王倚饮赠歌》

○△△△△△△，○○△○○△△。

(23) 拗联标准格式：出句为○○△

长安冬菹酸且绿，金城土酥静如练。《病后过王倚饮赠歌》

○○○○○△△，○○△○△○△

(24) 拗联标准格式：出句为○○○

黄蒿古城云不开，白狐跳梁黄狐立。《乾元中寓居同谷县作歌七首》其四

○○△○○△○，△○△○○○△

（二）途径六：对句为△△△句式的拗联

（25）拗联标准格式：出句为○○○

翻身向天仰射云，一箭正坠双飞翼。《哀江头》

○○△○△△○，△△△△○○△

（26）拗联标准格式：出句为△△○

吾辈碌碌饱饭行，风后力牧长回首。《可叹》

○△△△△△○，△△△△○○△

（27）拗联标准格式：出句为○○△

辇前才人带弓箭，白马嚼啮黄金勒。《哀江头》

△○○○△○△，△△△△○○△

（28）拗联标准格式：出句为△△△

能事不受相促迫，王宰始肯留踪迹。《戏题画山水图歌》

○△△△○△△，○△△△○○△

第四节　七言拗联标准格式汇总

将28个平韵与仄韵七言拗联标准格式汇总一体，以助于理解与记忆。拗联中的拗句与律句，均用符号式表达，只要明白每个标准格式的句子有多少个变化句式，就能自行导出由变化句式组成的多个具体的拗联变化联式，从而提高拗联的认知与应用水平。平韵与仄韵拗联规律性完全一致，二者具有完美的对称性；不难想象，七言拗联变化联式的理论数量，远远超过七言律联，尽管可以一步步推绎出来所有的拗联变化形态，却没有多少实际意义，关键是诗人的悟性，只要明了它的组成原理与标准格式就足够使用了。

28个标准格式，在理论上已经涵括了所有可能出现的七言拗联联式。首先需要分辨标准格式与变化联式的关系，以出句○△○律句、对句△△○拗句组成的拗联为例，知其属平韵第11个拗联标准格式，出句包括

○○△△△○○及其所有的变化句式，对句包括○△△△△○○及其所有的变化句式；不管变化句式的第一三五六字何声，只要二四韵字的字声与表达式相符，它们组成的拗联就必然是该标准格式所统领的同系列变化联式中的一个。

示例：○△○　　　　　△△○

或从十五北防河，便至四十西营田。《兵车行》

态浓意远淑且真，肌理细腻骨肉匀。《丽人行》

杨花雪落覆白蘋，青鸟飞去衔红巾。《丽人行》

一、平韵拗联的标准格式

1. △△○○△△○，△△○○△△○。由△○○同句式律句组成。

2. ○○△△△○○，○○△△△○○。由○△○同句式律句组成。

3. ○○△△○○△，○○△△△○○。由○△△与○△○不同句式律句组成。

4. △△○○○△△，△△○○△△○。由△○△与△○○不同句式律句组成。

5. ○○△△○○△＋△△○。出句○△△律句，对句△△○拗句。

6. ○○△△○○△＋○○○。出句○△△律句，对句○○○拗句。

7. △△○○△△○＋△△○。出句△○○律句，对句△△○拗句。

8. △△○○△△○＋○○○，出句△○○律句，对句○○○拗句。

9. △△○○○△△＋△△○。出句△○△律句，对句△△○拗句。

10. △△○○○△△＋○○○。出句△○△律句，对句○○○拗句。

11. ○○△△△○○＋△△○。出句○△○律句，对句△△○拗句。

12. ○○△△△○○＋○○○。出句○△○律句，对句○○○拗句。

13. △△○＋△△○○△△○。出句△△○拗句，对句△○○律句。

14. ○○○＋△△○○△△○。出句○○○拗句，对句△○○律句。

15. △△△＋△△○○△△○。出句△△△拗句，对句△○○律句。

16. ○○△＋△△○○△△○。出句○○△拗句，对句△○○律句。

17. △△○＋○○△△△○○。出句△△○拗句，对句○△○律句。

18. ○○○+○○△△△○○。出句○○○拗句，对句○△○律句。

19. △△△+○○△△△○○。出句△△△拗句，对句○△○律句。

20. ○○△+○○△△△○○。出句○○△拗句，对句○△○律句。

21. △△○+△△○。由△△○同句式拗句组成。

22. ○○○+△△○。由不同句式拗句组成。

23. ○○△+△△○。由不同句式拗句组成。

24. △△△+△△○。由不同句式拗句组成。

25. △△○+○○○。由不同句式拗句组成。

26. ○○○+○○○。由○○○同句式拗句组成。

27. ○○△+○○○。由不同句式拗句组成。

28. △△△+○○○。由不同句式拗句组成。

二、仄韵拗联的标准格式

1. ○○△△○○△，○○△△○○△。由○△△同句式律句组成。

2. △△○○○△△，△△○○○△△。由△○△同句式律句组成。

3. △△○○△△○，△△○○○△△。由△○○与△○△不同句式律句组成。

4. ○○△△△○○，○○△△○○△。由○△○与○△△不同句式律句组成。

5. ○○△△○○△+○○△。出句○△△律句，对句○○△拗句。

6. ○○△△○○△+△△△。出句○△△律句，对句△△△拗句。

7. △△○○△△○+○○△。出句△○○律句，对句○○△拗句。

8. △△○○△△○+△△△。出句△○○律句，对句△△△拗句。

9. △△○○○△△+○○△。出句△○△律句，对句○○△拗句。

10. △△○○○△△+△△△。出句△○△律句，对句△△△拗句。

11. ○○△△△○○+○○△。出句○△○律句，对句○○△拗句。

12. ○○△△△○○+△△△。出句○△○律句，对句△△△拗句。

13. △△○+○○△△○○△。出句△△○拗句，对句○△△律句。

14. ○○○+○○△△○○△。出句○○○拗句，对句○△△律句。

15. ○○△ + ○○△△○○△。出句○○△拗句，对句○△△律句。

16. △△△ + ○○△△○○△。出句△△△拗句，对句○△△律句。

17. △△○ + △△○○○△△。出句△△○拗句，对句△○△律句。

18. ○○○ + △△○○○△△。出句○○○拗句，对句△○△律句。

19. ○○△ + △△○○○△△。出句○○△拗句，对句△○△律句。

20. △△△ + △△○○○△△。出句△△△拗句，对句△○△律句。

21. △△○ + ○○△。由不同句式拗句组成。

22. △△△ + ○○△。由不同句式拗句组成。

23. ○○△ + ○○△。由○○△同句式拗句组成。

24. ○○○ + ○○△。由不同句式拗句组成。

25. ○○○ + △△△。由不同句式拗句组成。

26. △△○ + △△△。由不同句式拗句组成。

27. ○○△ + △△△。由不同句式拗句组成。

28. △△△ + △△△。由△△△同句式拗句组成。

三、杜甫对六朝拗联的直接继承例举

将所有拗联标准格式排列在一起，易于找到它们之间的同与不同，发现规律，方便应用。与本章第一节所举鲍照、吴均、庾信拗联进行比对，以律质一致性为依据，可以证明拗联体系的完整建立归功于杜甫，但无需隐讳，其中某些拗联是杜甫从前人那儿拿来即用的。这只是有限的一部分，更多的是杜甫悟透原理、一通百通，属于新的发现与完善。这两大拗联体系直到今天尚未被学界深刻理解与自觉接受，杜甫的语言学意识与前瞻性足以令后人汗颜与敬佩。

（一）平韵拗联

1. 联式2：○△○ + ○△○；吴均“洞庭水上一株桐，经霜触浪困严风”。

2. 联式4：△○△ + △○○；庾信“寒雁嗈嗈渡辽水，桑叶纷纷落蓟门”。

3. 联式5：○△△ + △△○；吴均“大才大辩尚如此，何况我辈轻薄人”。

4. 联式6：○△△ + ○○○；吴均“贫穷夜纺无灯烛，何言一朝奉至尊”。

5. 联式9：△○△+△△○；吴均“蹀躞横行不肯进，夜夜汗血至长安”。

6. 联式13：△△○+△○○；庾信“代北云气昼昏昏，千里飞蓬无复根”。

7. 联式16：○○△+△○○；庾信“晋阳山头无箭竹，疏勒城中乏水源”。

8. 联式18：○○○+○△○；鲍照“亦云朝悲泣闲房，又闻暮思泪沾裳”。

9. 联式20：○○△+○△○；吴均“金墉城西合欢树，垂条照彩拂凤楼”。

10. 联式23：○○△+△△○；吴均“复闻梁王好学问，轻弃剑客如埃尘”。

（二）仄韵拗联

1. 联式3：△○○+△○△；鲍照“中有一人字金兰，被服纤罗采芳藿”。

2. 联式4：○△○+○○△；鲍照“含歌揽涕恒抱愁，人生几时得为乐”。

3. 联式10：△○△+△△△；鲍照“自古圣贤尽贫贱，何况我辈孤且直”。

4. 联式13：△△○+○△△；吴均“摩顶至足买片言，开胸沥胆取一顾”。

5. 联式15：○○△+○△△；鲍照“寒光萧条候虫急，荆王流叹楚妃泣”。

6. 联式16：△△△+○△△；吴均“尽是昔日帝王处，歌姬舞女达天曙”。

7. 联式19：○○△+△○△；庾信“春分燕来能几日，二月蚕眠不复久”。

8. 联式23：○○△+○○△；鲍照“三星参差露沾湿，弦悲管清月将入”。

第五章　正黏律与拗黏律

诗律依附于联式，其中第一要义是通过正对律或拗对律将两个单句连结成双句的“联合体”，第二要义是通过正黏律或拗黏律将双句的“联合体”一个一个地安顿下来，也即给联式排座次，当联式定位之时，也就完成了诗体结构建设，可以为诗体定性了。所以说诗律始于联式组合，终于联式排位，诗律建在联上不是空话，而是实质内容的反映。如此认识，诗律就再不是抽象难懂的，而是简明具体的。

第一节　律联的正黏排列

对于惯常所称的“平仄相黏律”，徐师曾曰：“每句皆以第二字为主，如首句第二字用平声，则二句三句当用仄声，四句五句当用平声，六句七句当用仄声，八句当用平声，用仄反是。若一失黏皆为拗体。”① 黏即黏结、黏合，适用对象是相邻两个律联，很容易理解，两个律联按正黏关系的组合是近体绝句，四个律联按正黏关系的组合是近体律诗。正黏的定义是：五言下一个律联出句第二字与上联对句第二字平仄必须相同，第四字原则上也应如此；七言下一个律联出句第二四字必须与上联对句第二四字平仄分别相同，第六字原则上也应如此，直白表述为：七言3—2句、5—4句、7—6句三处的二四六字位须分别同平或同仄。近体诗的律联排列不是随意的，正黏律是近体律的精髓，是律联排位的决定者，只有它具有调控权力。至此已经明了，近体律始于组联，终于联位排定，而托出律绝成品；正对是为了组成构件，正黏是为了固实构件；诗律可感可见可用，离

① （明）徐师曾撰：《诗体明辩·拗体》，《古今图书集成·理学汇编·文学典》一九四卷，瀚堂典藏古籍库，民国中华书局影印本。

开联式便无诗律可谈。

掌握近体律的律质内涵，诗人就能完成用律操作，包括首句是否用韵，首联用何联式，最中意的一联或两联放在哪个位置，会产生多种思考。至于谋篇布局，多遵“起承转合”章法，但用起来却相当灵活，王士禛曰：“不必拘定第几联第几句也。”① 以杜诗律绝为例，阐释联位调度的机动灵活性，原来的“起、承、转、合”安排，会随着这种调度而发生改变。以下实例仅用于证明由诗律赋予的联式排序自由度，不涉原有诗意。

五绝以《八阵图》为例。当首句不用韵为仄声尾时，首尾两联可以调位翻转。调位后仍符合正黏律。当首句为平声尾时，不可调换联位。

原诗：

八阵图	调整联位后：
功盖三分国，○△○○△	江流石不转，○○△△△
名成八阵图。○○△△●	遗恨失吞吴。○△△○●
江流石不转，○○△△△	功盖三分国，○△○○△
遗恨失吞吴。○△△○●	名成八阵图。○○△△●

五律以《旅夜书怀》为例。当首句不用韵、为仄声尾时，四联中的任何一联皆可用作首联，联位可以滚动，有三种调位形式。这种调位形式也适用于首句为仄声尾的七律。

原诗：

旅夜书怀

细草微风岸，危樯独夜舟。△△○○△，○○△△●

星垂平野阔，月涌大江流。○○○△△，△△△○●

名岂文章著，官应老病休。○△○○△，○○△△●

飘飘何所似，天地一沙鸥。○○○△△，○△△○●

1. 将二联调作首联、首联调作尾联

星垂平野阔，月涌大江流。○○○△△，△△△○●

名岂文章著，官应老病休。○△○○△，○○△△●

① （清）王士禛撰，张宗柟辑：《带经堂诗话》卷二十九《外纪门一》，中国古籍基本库，清乾隆二十七年刻本。

飘飘何所似，天地一沙鸥。○○○△△，○△△○●

细草微风岸，危樯独夜舟。△△○○△，○○△△●

2. 将三联调作首联、二联调作尾联

名岂文章著，官应老病休。○△○○△，○○△△●

飘飘何所似，天地一沙鸥。○○○△△，○△△○●

细草微风岸，危樯独夜舟。△△○○△，○○△△●

星垂平野阔，月涌大江流。○○○△△，△△△○●

3. 将尾联调作首联、三联调作尾联

飘飘何所似，天地一沙鸥。○○○△△，○△△○●

细草微风岸，危樯独夜舟。△△○○△，○○△△●

星垂平野阔，月涌大江流。○○○△△，△△△○●

名岂文章著，官应老病休。○△○○△，○○△△●

七绝以《江南逢李龟年》为例。同五绝一样，当首句不用韵、为仄声尾时，首尾两联可以调位，调位后仍符合正黏律。首句为平声尾时，不可调换联位。

原诗：

江南逢李龟年

岐王宅里寻常见，○○△△○○△

崔九堂前几度闻。○△○○△△●

正是江南好风景，△△○○△○△

落花时节又逢君。△○○△△○●

调整联位后：

正是江南好风景，△△○○△○△

落花时节又逢君。△○○△△○●

岐王宅里寻常见，○○△△○○△

崔九堂前几度闻。○△○○△△●

七律以《登高》为例。首句为平声尾，只有二尾联一种调位形式。该调位形式也适用于首句为平声尾的五律。

原诗：

登　高

风急天高猿啸哀，渚清沙白鸟飞回。○△○○○△○，△○○△△○●

无边落木萧萧下，不尽长江滚滚来。○○△△○○△，△△○○△△●

万里悲秋常作客，百年多病独登台。△△○○○△△，△○○△△○●

艰难苦恨繁霜鬓，潦倒新停浊酒杯。○○△△○○△，○△○○△△●

二尾联换位后：

风急天高猿啸哀，渚清沙白鸟飞回。○△○○○△○，△○○△△○●

艰难苦恨繁霜鬓，潦倒新停浊酒杯。○○△△○○△，○△○○△△●

万里悲秋常作客，百年多病独登台。△△○○○△△，△○○△△○●

无边落木萧萧下，不尽长江滚滚来。○○△△○○△，△△○○△△●

第二节　律联的拗黏排列

律联正黏排列的结果是成就近体诗，拗黏排列的结果是成就拗体诗。与正黏相悖，拗黏属于拗体诗律，定义是：下一个五言律联出句第二字必须与上联对句第二字平仄相反，第四字忽略不计；下一个七言律联出句第二四字中至少有一字必须与上联对句的同字位平仄相反，第六字忽略不计。

例 1. 杜甫《所思》四联皆为律联，三二联间、尾三联间的二四六字拗黏，不是七律，而是拗体七律。

所　思

苦忆荆州醉司马，谪官樽酒定常开。△△○○△○△，△○○△△○●

九江日落醒何处，一柱观头眠几回。△○△△○○△，△△△○○△●

可怜怀抱向人尽，欲问平安无使来。△○○△△○△，△△○○○△●

故凭锦水将双泪，好过瞿塘滟滪堆。△○△△○○△，△△○○△△●

例 2.《戏为六绝句》其二，两联皆为律联，联间二四六字拗黏，不是七绝，而是拗体七绝。

《戏为六绝句》其二

王杨卢骆当时体，轻薄为文哂未休。○○○△○○△，○△○○△△●

尔曹身与名俱灭，不废江河万古流。△○○△○○△，△△○○△△●

为什么说正黏是近体律的精髓？道理深刻而鲜明，同样是四个律联，按正黏排列是近体律诗，按拗黏排列便成为拗体律诗；三个相邻联间，只要有一处拗黏即发生质变，所以“黏”最能体现诗律、决定诗体形式，严正无情、毫不含糊。

仍以《登高》为例，如果将三二联调换位置，即造成首二联间二四六字拗黏、尾三联间二四六字拗黏的结果，近体七律就质变为拗体七律。二三联调换位置后：

风急天高猿啸哀，渚清沙白鸟飞回。○△○○○△○，△○○△△○●

万里悲秋常作客，百年多病独登台。△△○○○△△，△○○△△○●

无边落木萧萧下，不尽长江滚滚来。○○△△○○△，△△○○△△●

艰难苦恨繁霜鬓，潦倒新停浊酒杯。○○△△○○△，○△○○△△●

第三节　拗体诗律与拗联排列

董文焕曰："何谓之拗体？盖诗之黏对，古律所同，故句中必双字为重，所谓二四六分明也。""与律体异，与古体亦异，是之谓拗。"① 他的看法比赵执信有显明进步，强调二四字的重要意义与黏对律质，与杜甫格律理论相合。

如前所述，近体诗律的要义是正对、律联、正黏。与其相应，拗体诗律的要义则是拗对、拗联、拗黏。内涵区别表现在三个方面：在不考虑正黏与否时律联本身对近体诗定性不具有否决权，拗联对近体诗定性则具有否决权；近体律的突出特征是将正对－正黏组合为一体使用，拗律的特征是更突出拗联地位；律联的成立必须依靠正对，拗联只要使用一个拗句就告成立，而不必单纯依靠拗对；拗体诗的律联拗黏模式数量较少，主要是律拗联混用模式，诗中律联、拗联排序并不讲究正黏或拗黏。

对于拗联在拗体诗中的排序，赵执信曰："凡拗律诗无八句纯拗者，其中必有谐句（按：律句），如上四拗下四谐，上六拗下二谐，或中间拗前后谐，若不黏不谐，定是古诗。"② 启功曰："拗体仍然是八句的律诗，无论所用句式是拗是律，因它的排列关系有不合律处，所以称为拗体。拗体篇中各句的句式，有部分拗句、部分律句的，也有全用拗句或全用律句

① （清）董文焕撰：《声调四谱图说》，清同治三年刻本。

② （清）赵执信撰：《声调三谱·后谱》，中国古籍基本库，清同治光绪间福山王氏刻天壤阁丛书汇印本。

的”，“拗句在篇中，共拗几句和拗哪一句或哪几句，都没有限制。拗体的句式排列，也没有一定的规格”。①

掌握拗对、拗黏，心胸自然豁亮，多少迷雾也可澄清，联中两个律句之间的维系力量是“对”，不是正对就是拗对，不存在“失对”与“不对”的可能性；两个相邻律联联间的联位维系力量是“黏”，不是正黏就是拗黏，不存在“失黏”与“不黏”的可能性。王力曰：“‘失’字是后代的诗人说出来的，‘失’是‘不合格’的意思，而唐人并不把不对不黏的情形认为这样严重”，“有些诗论家并不叫做‘失对’‘失黏’，只称为‘拗对’‘拗黏’”。② “不合乎黏的规则的叫‘失黏’；不合乎对的规则的，叫‘失对’”③，认为诗人“有意识地造成失对（按：指拗对）和失黏（按：指拗黏）”，“古人把这种诗称作拗体”④。王力后来将“失黏”“失对”分为广义、狭义两种。⑤ 在拗律没有弄明之前，“后代诗人”将拗对、拗黏叫成“失对、失黏”，原本是可以理解的，遗憾的是至今仍有论者武断地以“失对”“失黏”“不以辞害意”为理由，不顾及诗人初衷如何，一厢情愿地替名人、名诗辩护，甚至拔高到“纵笔恣肆”“艺术高超”“律为己用”的地步，其害大矣！最为典型的例子是李白《黄鹤楼送孟浩然之广陵》，“故人西辞黄鹤楼，烟花三月下扬州”明明是拗联，属拗体七绝，论者却硬说是近体七绝，其实是以己之心度诗人之量，小瞧了诗仙的诗律理论功底，人家李白就喜欢那种用法。再以李的五个类似拗联联例证之：

五陵年少金市东，银鞍白马度春风。《少年行二首》其二

横江馆前津吏迎，向余东指海云生。《横江词六首》其五

淮水不绝涛澜高，盛德未泯生英髦。《赠华州王司士》

---

① 启功：《诗文声律论稿》，北京：中华书局，2009年，第69页。

② 王力：《汉语诗律学》，上海：上海教育出版社，1958年，第113页。

③ 王力：《古代汉语》，北京：中华书局，1999年，第1528页。

④ 王力：《诗词格律》，北京：中华书局，2009年，第51、87页。

⑤ 王力：《诗词格律概要 诗词格律十讲》，北京：世界图书出版公司，2008年，第104页。

庐山东南五老峰，青天削出金芙蓉。《登庐山五老峰》

洞庭湖西秋月辉，潇湘江北早鸿飞。《陪族叔刑部侍郎晔及中书贾舍人至游洞庭五首》其四

近体律既是引领近体诗创作之律，也是评判诗体、运用是否得当之律，在诗律面前任何诗人都是平等的，无论从理论、从艺术、从诗意哪个方面去看，虽然处于诗律框架内的诗未必都是好诗，但好的格律诗一定处于既定的诗律框架之内。运用哪一诗律创作是诗人的自觉选择，李杜常常如此，无需甘心只做近体的捍卫者，而不敢为拗体的闯将。

第六章 对仗律

王力将对仗定义为“诗词中的对偶”，“对偶就是把同类的概念或对立的概念并列起来”，性质是“一种修辞手段，它的作用是形成整齐的美”“既然是修辞手段，那么，散文与诗都用得着它”。[①] 对仗用途广泛，近体律诗必用，拗体律诗也必用，古律也要用；古代辞赋、骈体文常用；实际上它是超越纯粹平仄律质意义的一种艺术表现形式。王力总结过对仗的若干格式及艺术运用手法，如正对、反对、邻对、流水对，等等。无论五言、七言，无论哪一诗体，对仗优劣皆是语言功夫的比试，关键在语言美、情志美、意境美，优者让读者永成记忆，劣者则让读者过目即忘。

第一节 杜诗的对仗艺术

古人为规范对仗，曾将对仗词语编成专门韵书，按词义分成若干大类，一个大类又分若干个门，同一门再分若干个小门，比如天文门、时令门、地理门、宫室门、器物门、衣饰门、饮食门，等等。什么样的对仗好？什么样的对仗差？基本标准是“门当户对”，门内对仗就好，叫工对；门外对仗略差，叫宽对。王力基于唐诗、结合现实，强调词性相对、语法结构相对，提出“对仗的范畴越小，就越工整”，“差不多也就是名词的范畴”，“在同一种类相为对仗者，叫做工对”。[②] 主张名词对名词、动词对动词、形容词对形容词，这样的对仗就是工对；也允许宽对。联中对仗的字数把握尺度比较宽松，多数字对仗即可，五言有三字对仗、七言有四五字对仗即视为合格。对仗的联数，有三四个的叫“富的对仗”，有一两个的

① 王力：《诗词格律》，北京：中华书局，2009 年，第 13、14 页。
② 王力：《汉语诗律学》，上海：上海教育出版社，1958 年，第 153 页。

叫“贫的对仗”。“工整的对仗和高雅的诗意不能两全的时候，诗人宁愿牺牲对仗来保存诗意”，并以杜甫《诸将》“正忆往时严仆射，共迎中使望乡台”为例，认为“杜甫有时候还喜欢在颔联用一种似对非对的句子”，它是“极宽极勉强的对偶”。①

杜诗对仗联，极工者很多，均堪称典范，曰“是联皆工”，可以“工”“严”二字概之。杜诗告诉我们，工对是目标，但也不必苛求。杜诗对仗也有跨类、跨门的，反映出诗人思路开阔、手法活泛。有学者曾提出“美联”的概念，赞成跨时空对仗、万物对仗，这基本符合杜甫的做法。下面我们从杜甫多个诗体中选取数个对仗联实例，结合定义与诗律要求，略作说明。

一、传统意义上的工对

取五言、七言各15例。提请注意，也有个别字词不属于一个小门的，如毡与钱、色与寒、剑与衣、翡翠与麒麟、诗律与酒杯等；也有个别词性不对者，如阔与流、晚节与谁家、千里与一呼、酒债与人生等。

水流心不竞，云在意俱迟。《江亭》

感时花溅泪，恨别鸟惊心。《春望》

细雨鱼儿出，微风燕子斜。《水槛遣心二首》其一

昔闻洞庭水，今上岳阳楼。《登岳阳楼》

星垂平野阔，月涌大江流。《旅夜书怀》

白发千茎雪，丹心一寸灰。《郑驸马池台喜遇郑广文同饮》

河汉不改色，关山空自寒。《初月》

风尘三尺剑，社稷一戎衣。《重经昭陵》

老骥思千里，饥鹰待一呼。《赠韦左丞丈济》

白头无籍在，朱绂有哀怜。《送韦书记赴安西》

片云天共远，永夜月同孤。《江汉》

① 王力：《汉语诗律学》，上海：上海教育出版社，1958年，第148、176、147、148页。

岂是池中物，由来席上珍。《上韦左相二十韵》

说诗能累夜，醉酒或连朝。《奉赠卢五丈参谋琚》

城中十万户，此地两三家。《水槛遣心二首》其一

数篇吟可老，一字买堪贫。《寄张十二山人彪三十韵》

自去自来梁上燕，相亲相近水中鸥。《江村》

支离东北风尘际，漂泊西南天地间。《咏怀古迹五首》其一

江间波浪兼天涌，塞上风云接地阴。《秋兴八首》其一

老妻画纸为棋局，稚子敲针作钓钩。《江村》

酒债寻常行处有，人生七十古来稀。《曲江二首》其二

晚节渐于诗律细，谁家数去酒杯宽。《遣闷戏呈路十九曹长》

糁径杨花铺白毡，点溪荷叶叠青钱。《绝句漫兴九首》其七

三顾频烦天下计，两朝开济老臣心。《蜀相》

穿花蛱蝶深深见，点水蜻蜓款款飞。《曲江二首》其二

著叶满枝翠羽盖，开花无数黄金钱。《秋雨叹三首》其一

三年笛里关山月，万国兵前草木风。《洗兵马》

无数蜻蜓齐上下，一双㶉鶒对沉浮。《卜居》

留连戏蝶时时舞，自在娇莺恰恰啼。《江畔独步寻花七绝句》其六

繁枝容易纷纷落，嫩蕊商量细细开。《江畔独步寻花七绝句》其七

英雄割据非天意，霸王并吞在物情。《夔州歌十绝句》其二

二、按词性对仗

取五言、七言各10例，多跨不同类、门，意在词性。有个别词性不对仗者，如春来与乱定、人生与莫受、伯仲与指挥、谈笑与友朋、毛焦与有神、客与归等；也有半对的，如“早知乘四载，疏凿控三巴”；也有语法结构相同的，如“精理通谈笑，忘形向友朋”。

无家对寒食，有泪如金波。《一百五日夜对月》

遥怜小儿女，未解忆长安。《月夜》

烽火连三月，家书抵万金。《春望》

鸟栖知故道，帆过宿谁家。《绝句六首》其六

春来万里客，乱定几年归。《归雁》
随风潜入夜，润物细无声。《春夜喜雨》
吴楚东南坼，乾坤日夜浮。《登岳阳楼》
早知乘四载，疏凿控三巴。《禹庙》
精理通谈笑，忘形向友朋。《赠特进汝阳王二十韵》
辱马马毛焦，困鱼鱼有神。《三韵三篇》其一
五更鼓角声悲壮，三峡星河影动摇。《阁夜》
无边落木萧萧下，不尽长江滚滚来。《登高》
映阶碧草自春色，隔叶黄鹂空好音。《蜀相》
秋水才深四五尺，野航恰受两三人。《南邻》
老去诗篇浑漫与，春来花鸟莫深愁。《江上值水如海势，聊短述》
伯仲之间见伊吕，指挥若定失萧曹。《咏怀古迹五首》其五
春水船如天上坐，老年花似雾中看。《小寒食舟中作》
旧来好事今能否，老去新诗谁与传。《因许八奉寄江宁旻上人》
数茎白发那抛得，百罚深杯亦不辞。《乐游园歌》
莫思身外无穷事，且尽生前有限杯。《绝句漫兴九首》其四

三、仄韵律联对仗

菊垂今秋花，石戴古车辙。《北征》
但见新人笑，那闻旧人哭。《佳人》
人生半哀乐，天地有顺逆。《白水县崔少府十九翁高斋三十韵》
尊前失诗流，塞上得国宝。《送长孙九侍御赴武威判官》
霜皮溜雨四十围，黛色参天二千尺。《古柏行》
青春波浪芙蓉园，白日雷霆夹城仗。《乐游园歌》

四、拗联（含平仄两韵）对仗

存者无消息，死者为尘泥。《无家别》
思飘云物外，律中鬼神惊。《敬赠郑谏议十韵》
云里不闻双雁过，掌上贪见一珠新。《戏作寄上汉中王二首》其一

词源倒流三峡水，笔阵独扫千人军。《醉歌行》

扶桑西枝对断石，弱水东影随长流。《白帝城最高楼》

在山泉水清，出山泉水浊。《佳人》

吏呼一何怒，妇啼一何苦。《石壕吏》

深山大泽龙蛇远，春寒野阴风景暮。《送孔巢父谢病归游江东兼呈李白》

疟疠三秋孰可忍，寒热百日相交战。《病后遇王倚饮赠歌》

德尊一代常坎轲，名垂万古知何用。《醉时歌》

第二节　近体律诗的对仗联位与数量

对仗在律诗中用在“颔联与颈联”，也就是3—4句、5—6句；在排律中除尾联与首联外，“中间无论有多少联语，一律须用对仗”。对仗在诗律中的地位是“必要条件”。[①] 诗论家将其列为“诗律”的要求内容。衡量对仗律是否合格，硬指标是联位，中间二联对仗是“正例”，最低要求是第三联必须对仗。王力曰：“律诗的对仗可以少到只用于一联，多到四联都用。”[②] 所论依据在很大程度上源于杜诗，表明衡量标准具有一定弹性。但应记取：对仗联是吸引读者眼球的亮点，故为诗人殚精竭虑、苦下功夫之处。

无论诗体，无拘长短，杜甫都喜欢用对仗，侧重艺术表达能力。杜甫五律大多数第二三联对仗，如《春夜喜雨》“随风潜入夜，润物细无声。野径云俱黑，江船火独明”；也有首三联对仗的，如《空囊》首联“翠柏苦犹食，晨霞高可餐”，三联“不爨井晨冻，无衣床夜寒”；也有首二三联对仗的，如《春望》“国破山河在，城春草木深。感时花溅泪，恨别鸟惊心。烽火连三月，家书抵万金”；也有四联全对仗的，如《水槛遣心二首》其一“去郭轩楹敞，无村眺望赊。澄江平少岸，幽树晚多花。细雨鱼儿出，微风燕子斜。城中十万户，此地两三家”。此外，也有单联对仗的，

① 王力：《汉语诗律学》，上海：上海教育出版社，1958年，第152、142页。

② 王力：《汉语诗律学》，上海：上海教育出版社，1958年，第144页。

如《房兵曹胡马诗》第二联“竹批双耳峻，风入四蹄轻”对仗，第三联“所向无空阔，真堪托死生”不能算作对仗；《送裴二虬作尉永嘉》第三联“隐吏逢梅福，游山忆谢公”对仗，第二联“故人官就此，绝境与谁同”不能算作对仗。

杜甫七律对仗联的位置、数量和五律一致，多为两联或多联对仗，如《咏怀古迹五首》其一首二联对仗，“支离东北风尘际，漂泊西南天地间。三峡楼台淹日月，五溪衣服共云山”；《蜀相》第二三联对仗，“映阶碧草自春色，隔叶黄鹂空好音。三顾频烦天下计，两朝开济老臣心”；《九日蓝田崔氏庄》首二三联对仗，“老去悲秋强自宽，兴来今日尽君欢。羞将短发还吹帽，笑倩傍人为正冠。蓝水远从千涧落，玉山高并两峰寒”；《闻官军收河南河北》第二三尾联对仗，“却看妻子愁何在，漫卷诗书喜欲狂。白日放歌须纵酒，青春作伴好还乡。即从巴峡穿巫峡，便下襄阳向洛阳”；《宿府》四联对仗，“清秋幕府井梧寒，独宿江城蜡炬残。永夜角声悲自语，中天月色好谁看。风尘荏苒音书绝，关塞萧条行路难。已忍伶俜十年事，强移栖息一枝安”。也有单联对仗的，但情况极少，如《曲江陪郑八丈南史饮》第二联“自知白发非春事，且尽芳樽恋物华”对仗，《曲江二首》其二第三联“穿花蛱蝶深深见，点水蜻蜓款款飞”对仗。

绝句并无对仗要求，但杜甫也喜用对仗，且表现充分。多一联对仗者，如《绝句二首》其二首联“江碧鸟逾白，山青花欲燃”，七绝《江南逢李龟年》首联“岐王宅里寻常见，崔九堂前几度闻”。也有两联对仗者，如《绝句二首》其一“迟日江山丽，春风花草香。泥融飞燕子，沙暖睡鸳鸯”，七言《绝句》“两个黄鹂鸣翠柳，一行白鹭上青天。窗含西岭千秋雪，门泊东吴万里船”。

第三节　拗体律诗的对仗

拗体律诗无疑也要求对仗，写作手法、艺术特点与近体律诗是一致的，对仗既可以用于律联，也可用于拗联，主要取决于是否为中间联位。现就其联位及数量情况例举如下。

一、平韵拗体五律

平韵拗体五律存在四种情况。

1. 第三联对仗

十年杀气盛，六合人烟稀。《北风》

2. 首二联对仗

漆有用而割，膏以明自煎。

兰摧白露下，桂折秋风前。《遣兴五首》（朔风飘胡雁）其三

3. 首二三联对仗

挽弓当挽强，用箭当用长。

射人先射马，擒贼先擒王。

杀人亦有限，列国自有疆。《前出塞九首》其六

4. 仅第二联对仗

上疏乞骸骨，黄冠归故乡。《遣兴五首》（天用莫如龙）其四

二、仄韵拗体五律

仄韵拗体五律存在两种情况。

1. 第三联对仗

荡胸生层云，决眦入归鸟。《望岳》

2. 第二三联对仗

阴壑生虚籁，月林散清影。

天阙象纬逼，云卧衣裳冷。《游龙门奉先寺》

三、平韵拗体七律

平韵拗体七律比较讲究，多数保持二三联对仗，大致存在五种情况。

1. 第二三联对仗

盘出高门行白玉，菜传纤手送青丝。

巫峡寒江那对眼，杜陵远客不胜悲。《立春》

江天漠漠鸟双去，风雨时时龙一吟。

舟人渔子歌回首，估客胡商泪满襟。《滟滪》

2. 第三联对仗

盘剥白鸦谷口栗，饭煮青泥坊底芹。《崔氏东山草堂》

车箱入谷无归路，箭栝通天有一门。《望岳》

3. 首二三联对仗

白帝城中云出门，白帝城下雨翻盆。

高江急峡雷霆斗，翠木苍藤日月昏。

戎马不如归马逸，千家今有百家存。《白帝》

4. 二三尾联对仗

落花游丝白日静，鸣鸠乳燕青春深。

腐儒衰晚谬通籍，退食迟回违寸心。

衮职曾无一字补，许身愧比双南金。《题省中院壁》

5. 四联全对仗

寒轻市上山烟碧，日满楼前江雾黄。

负盐出井此溪女，打鼓发船何郡郎。

新亭举目风景切，茂陵著书消渴长。

春花不愁不烂漫，楚客唯听棹相将。《十二月一日三首》其二

四、仄韵拗体七律

仄韵拗体七律有5首，除《悲陈陶》无对仗联外，其他四首皆为第二三联对仗：

树枝有鸟乱鸣时，暝色无人独归客。

马惊不忧深谷坠，草动只怕长弓射。《光禄坂行》

傍见北斗向江低，仰看明星当空大。

庭前把烛嗔两炬，峡口惊猿闻一个。《夜归》

江风萧萧云拂地，山木惨惨天欲雨。

女病妻忧归意速，秋花锦石谁复数。《发阆中》

松浮欲尽不尽云，江动将崩未崩石。

那知根无鬼神会？已觉气与嵩华敌。《阆山歌》

第七章　杜甫的组联艺术与运用

由句式到联式是一次律质的飞跃，从而产生出一种新的诗语。如第一篇所述，任何一个标准格式律句都拥有定量的系列变化句式；如第二篇所述，同系列的任何一个变化句式都具有进入同一联式的平等权利；这是律，把它用活、用出精彩便是艺术，用出什么水平取决于诗人而不是句式本身。诗论家一向重视联式写作，谢榛曰："作诗先以一联为主，更思一联配之，俾其相称，纵不佳，姑存以为'筌句'。筌者，意在得鱼也。"① 李东阳曰："唐律多于联上著工夫。"② 潘德舆记载过一则关于组联的讨论，吴苏泉《声调谱说》分析杜甫《桔柏渡》，认为"连竿动袅娜，征衣飒飘飘。○△△△△，○○△○○"，"飒"字用仄妙，潘说起句已经四仄，"飒"字用平"亦未见其不妙"；"高通荆门路，阔会沧海潮。○○○○△，△△○△○"，吴为了趋古认为"荆"字必平，潘谓用仄"亦是古句。今云必平是必宜用四平声也。五古得四平三平句诚佳，亦何其滞也"。③ 唐元竑以几个十字九平、十字八平联例④，赞美杜甫组联之高妙艺术，用律娴熟以诗教人。其例为：

乾坤含疮痍，忧虞何时毕。《北征》，拗联。

人生无贤愚，飘飖若埃尘。《寄薛三郎中》，拗联。

贤豪赞经纶，功成空名垂。《奉送魏六丈佑少府之交广》，拗联。

---

① （明）谢榛撰：《四溟全集》卷二四，中国古籍基本库，明万历二十四年赵府冰玉堂刻本。

② （明）李东阳撰：《怀麓堂诗话》，中国古籍基本库，清乾隆三十七年至道光三年长塘鲍氏刻知不足斋丛书本。

③ （清）潘德舆撰：《养一斋诗话》卷七，中国古籍基本库，清道光十六年徐宝善刻本。

④ （明）唐元竑撰：《杜诗捃》卷二，瀚堂典藏古籍库，文渊阁四库全书本。

凄凄生馀寒，殷殷兼出雷。《雨》，律联。

蓬生非无根，漂荡随高风。《遣兴五首》其四，律联。

本章结合实践，运用杜甫诗律理论，阐释杜甫如何善用语言言律服务于诗律，如何放开手脚发挥组联艺术，并对当今诗坛至今信奉的“拗救说”加以论证，认为拗救说是一个缺乏来由、无法实施的伪命题。

第一节　杜甫的组联艺术

一、用○○△△○句式组联

该句式应用广泛，自然由其组成的联式也应用广泛，多首杜诗可视为教材、讲义。杜甫764年所写《草堂》共30联，使用变化句式○○△○○组联4个，使用△○△○○组联4个，使用△○△△○组联3个；未用一句○○△△○标准格式；诗论家力主使用的○○○△○组联1个，△○○△○组联2个。一首诗用5个变化句式，既从语言律角度展示遣词造句艺术，又从第二字正对的诗律角度展现组联艺术；联式形貌相似，但又非简单的重复。

用△△△○○与○○△△○组成如下7个变化联式：

1. 昔我去草堂，蛮夷塞成都。△△△△○，○○△○○

   旧犬喜我归，低徊入衣裾。△△△△○，○○△○○

2. 西卒却倒戈，贼臣互相诛。○△△△○，△○△○○

3. 今我归草堂，成都适无虞。○△○△○，○○△○○

4. 一国实三公，万人欲为鱼。△△△○○，△○△○○

5. 饮啄愧残生，食薇不敢馀。△△△○○，△○△△○

6. 天下尚未宁，健儿胜腐儒。○△△△○，△○△△○

7. 大官喜我来，遣骑问所须。△○△△○，△△△△○

用△△○○△与○○△△○组成以下6个变化联式：

1. 弧矢暗江海，难为游五湖。○△△○△，○○○△○

2. 义士皆痛愤，纪纲乱相逾。△△○△△，△○△○○

3. 其势不两大，始闻蕃汉殊。○△△△△，△○○△○

4. 贱子且奔走，三年望东吴。△△△△△，○○△○○

5. 不忍竟舍此，复来薙榛芜。△△△△△，△○△○○

6. 鬼妾与鬼马，色悲充尔娱。△△△△△，△○○△○

杜甫离世前的四五年间，似仍作此专题讲解。766 年所写《赠李十五丈别》共 21 联，其中 16 联使用该系列变化句式，三个出句、五个对句；与《草堂》相比，增用○○△△○、△○○○○句式，△○△△○频次最高。联例如下：

峡人鸟兽居，其室附层颠。△○△△○，○△△○○

下临不测江，中有万里船。△○△△○，○△△△○

不闻八尺躯，常受众目怜。△○△△○，○△△△○

且为苦辛行，盖被生事牵。△○△○○，△△○△○

人生意气合，相与襟袂连。○○△△○，○△○△○

扬论展寸心，壮笔过飞泉。○○△△○，△△△○○

汧公制方隅，迥出诸侯先。○○△○○，△△○○○

山深水增波，解榻秋露悬。○○△○○，△△○△○

晨集风渚亭，醉操云峤篇。○△○△○，△○○△○

绝域谁慰怀，开颜喜名贤。△△○△○，○○△○○

于迈恨不同，所思无由宣。○△△△○，△○○○○

多病纷倚薄，少留改岁年。○△○△△，△○△△○

封内如太古，时危独萧然。○△○△△，○○△○○

昔在尧四岳，今之黄颍川。△△○△△，○○○△○

杜甫 767 年《遣闷戏呈路十九曹长》有句“晚节渐于诗律细”，表明其晚年对语言律与诗律的把握更加扎实入微、无所不及，宏观来看放开的尺度就更大一些。如《寄薛三郎中》《别张十三建封》增用鲜见的○○○○○句式组联：

自非得神仙，谁免危其身。△○△○○，○△○○○《寄薛三郎中》

虽为尚书郎，不及村野人。○○○○○，△△○△○《寄薛三郎中》

赋诗宾客间，挥洒动八垠。△○○△○，○△△△○《寄薛三郎中》

人生无贤愚，飘飖若埃尘。○○○○○，○○△○○《寄薛三郎中》

蔼蔼桑麻交，公侯为等伦。△△○○○，○○○△○《寄薛三郎中》

上马不用扶，每扶必怒嗔。△△△△○，△○△△○《寄薛三郎中》

闻子心甚壮，所过信席珍。○△○△△，△○△△○《寄薛三郎中》

相逢长沙亭，乍问绪业馀。○○○○○，△△△△○《别张十三建封》

二、用△△○○△句式组联

入蜀前所写《寄彭州高三十五使君适、虢州二十七长史参三十韵》，共用15个“△△○○△，○○△△○”系列变化联式，出句含三个变化句式：△△○○△（10个）、○△△○△（1个）、○△○○△（4个）；对句含两个变化句式：○○△△○（13个）、○○○△○（2个）。入荆湘后所写《入衡州》共45联，变化句式数量大增，其中9联使用△△△△△、○△△△△作出句，增用△○○△○、△○△○○、△○△△○作对句；两诗同为五言长排，语言艺术各具其长，具有鲜明的示范作用。以《入衡州》为例：

兵革自久远，兴衰看帝王。○△△△△，○○○△○

嗟彼苕节士，素于圆凿方。○△△△△，△○○△○

中有古刺史，盛才冠岩廊。○△△△△，△○△○○

老将一失律，清边生战场。△△△△△，○○○△○

恕己独在此，多忧增内伤。△△△△△，○○○△○

隐忍枳棘刺，迁延胝趼疮。△△△△△，○○○△○

久客幸脱免，暮年惭激昂。△△△△△，△○○△○

剧孟七国畏，马卿四赋良。△△△△△，△○△△○

橘井旧地宅，仙山引舟航。△△△△△，○○△○○

与前例异曲同工，《发同谷县》共10联，其中四联用△△△△△作对句，与出句△△○○△、○○△△○、○○○△△组成仄韵律联与拗联。

始来兹山中，休驾喜地僻。△○○○○，○△△△△，律联。

临岐别数子，握手泪再滴。○○△△△，△△△△△，律联。

贤有不黔突，圣有不暖席。○△△○△，△△△△△，拗联。

忡忡去绝境，杳杳更远适。△△△△△，△△△△△，拗联。

三、拗联艺术与技巧

杜甫似乎更在意拗联艺术，技巧多端，淋漓尽致，令人不胜惊叹。写于757年春的七古《哀王孙》14联皆为拗联，用足三个声韵模式，28个标准格式用了其中的10个。

标准格式3 拗联由不同句式的律句组成。

豺狼在邑龙在野，王孙善保千金躯。

○○△△○△△，○○△△○○○

标准格式4 拗联由不同句式的律句组成。

又向人家啄大屋，屋底达官走避胡。

△△○○△△△，△△△○△△○

标准格式5 律句○○△△○○△作出句，与拗句△△○组成拗联。

金鞭断折九马死，骨肉不待同驰驱。

○○△△△△△，△△△△○○○

已经百日窜荆棘，身上无有完肌肤。

△○△△△○△，○△○△△○○

窃闻天子已传位，圣德北服南单于。

△○○△△○△，△△△△○○○

花门剺面请雪耻，慎勿出口他人狙。

○○△△△△△，△△△△○○○

标准格式9 律句△△○○○△△作出句，与拗句△△○组成拗联。

高帝子孙尽高准，龙种自与常人殊。

○△△○△○△，○△△△○○○

标准格式11 律句○○△△△○○作出句，与拗句△△○组成拗联。

问之不肯道姓名，但道困苦乞为奴。

△○△△△△○，△△△△△○○

标准格式12 律句△△○○△△○作出句，与拗句○○○组成拗联。

昨夜东风吹血腥，东来橐驼满旧都。

△△○○○△○，○○△○△△○

标准格式13 拗句△△○作出句，与律句△△○○△△○组成拗联。

不敢长语临交衢，且为王孙立斯须。

△△○△○○○，△△○○△○○

标准格式20 拗句○○△作出句，与律句○○△△△○○组成拗联。

朔方健儿好身手，昔何勇锐今何愚。

△○△○△○△，△○△△○○○

标准格式25 拗句△△○与拗句○○○组成拗联。

腰下宝玦青珊瑚，可怜王孙泣路隅。

○△△△○○○，△○○○△△○

标准格式26 拗句○○○与拗句○○○组成拗联。

长安城头头白乌，夜飞延秋门上呼。

○○○○○△○，△○○○○△○

哀哉王孙慎勿疏，五陵佳气无时无。

○○○○△△○，△○○△○○○

759年入蜀途中，所作《乾元中寓居同谷县作歌七首》，押韵频转，集中展示拗联技巧，其一、其三、其四、其五均4个拗联，每联皆用拗句；其二3个拗联，每联皆用拗句；其六4个拗联，三联用拗句；其七首句“男儿生不成名身已老”作二字句领七言句，用2律联、2拗联。拗联模式齐全，如其六“南有龙兮在山湫，古木巃嵸枝相樛”属律句拗对模式；“我行怪此安敢出，拔剑欲斩且复休”系律句作出句、拗句作对句；“有客有客字子美，白头乱发垂过耳”，系拗句作出句、律句作对句；“木叶黄落龙正蛰，蝮蛇东来水上游”属纯拗句模式。

764年写于成都的《丹青引赠曹将军霸》共20联，其中10联是拗联，标准格式分布状况与《哀王孙》相比有明显变化，纯拗句模式拗联显著增多，同时使用标准格式15的三个仄韵拗联。

标准格式2 由同一律句句式组成拗联。

将军魏武之子孙，于今为庶为清门。

△○△△○△○，○○○△○△○

将军尽善盖有神，必逢佳士亦写真。

△○△△△△○，△○○△△△○

仄韵标准格式4 由不同律句句式组成拗联。

至尊含笑催赐金，圉人太仆皆惆怅。

△○○△○△○，△○△△○○△

标准格式9 律句△△○○○△△作出句，与拗句△△○组成拗联。

是日牵来赤墀下，迥立阊阖生长风。

△△○○△○△，△△○△○○○

诏谓将军拂绢素，意匠惨淡经营中。

△△△○△○△，△△△△○○○

标准格式22 拗句○○○与拗句△△○组成拗联。

丹青不知老将至，富贵于我如浮云。

○○△○△△△，△△○△○○○

标准格式23 拗句○○△与拗句△△○组成拗联。

斯须九重真龙出，一洗万古凡马空。

○○△○○○△，△△△△○△○

途穷返遭俗眼白，世上未有如公贫。

○○△○△△△，△△△△○○○

但看古来盛名下，终日坎壈缠其身。

△○△○△○△，○△△△○○○

标准格式25 拗句△△○与拗句○○○组成拗联。

先帝天马玉花骢，画工如山貌不同。

○△○△△○○，△○○○△△○

仄韵标准格式15 拗句○○△作出句，与律句○○△△○○△组成拗联。

开元之中常引见，承恩数上南薰殿。

○○○○○△△，○○△△○○△

凌烟功臣少颜色，将军下笔开生面。

○○○○△○△，△○△△○○△

褒公鄂公毛发动，英姿飒爽来酣战。

○○△○○△△，○○△△○○△

仄韵标准格式17 拗句△△○作出句，与律句△△○○○△△组成拗联。

良相头上进贤冠，猛将腰间大羽箭。

○△○△△○○，△△○○△△△

第二节 “拗救说”是一个伪命题

王力早期因袭“拗救说”曰：“谈诗律必须兼谈拗救，这等于法律上的‘但书’；‘但书’应认为法律的一部份（分），并非法律以外的东西。‘但书’是增加法律的严密的，不是泯灭法律的。”[①] 后期曰：“我们今天当然不必模仿。但是，知道了拗救的道理，对于唐宋律诗的了解，是有帮助的。”[②] “唐人善用拗救的格律……宋代以后，除苏轼、陆游几个大家外，就很罕见了”，谈到白居易诗的“拗救”，认为“这些讲究只是技巧，不是格律”。[③] 常见诗词格律著述可能未注意到王力论述的这一重要变化，仍然一味强调“拗救”，愈演愈盛，不仅针对近体诗，而且渗入拗体诗，影响到创作与辨体。这有必要予以澄清。

“拗救说”也源自赵执信，赵论及杜牧《句溪夏日送卢霈秀才归王屋山将欲赴举》“苒苒迹始去，悠悠心所期。△△△△△，○○○△○”，认为下句必用平声“心”字救上句，“此必不可不救”，因上句第三四字皆当平而仄，下句“必以此第三字平声救之，否则落调矣”[④]；论及杜甫《所思》“九江日落醒何处，一柱观头眠几回。△○△△△○△，△△△○○△○”，认为下句“眠”字“救上句，亦救本句”。[⑤] 董文焕将其分为本句救与他句救两个方式。

当代论者基本维护赵的观点。拗救说的直观目的是维持诗中平仄字数

① 王力：《汉语诗律学》，上海：上海教育出版社，1958 年，第 112 页。

② 王力：《诗词格律》，北京：中华书局，2009 年，第 46 页。

③ 王力：《诗词格律概要　诗词格律十讲》，北京：世界图书出版公司，2008 年，第 34、124 页。

④ （清）赵执信撰：《声调三谱 · 前谱》，中国古籍基本库，清同治光绪间福山王氏刻天壤阁丛书汇印本。

⑤ （清）赵执信撰：《声调三谱 · 后谱》，中国古籍基本库，清同治光绪间福山王氏刻天壤阁丛书汇印本。

的平衡，以律句标准格式衡量，出句某字变声谓之“拗”，“拗”掉的那个声字，由对句补上谓之“救”；总体上向平声倾斜，平声字最好比仄声多一点儿。论者规定的施救条件是：将变声句先定为“拗句”或病句，“拗救”就是治拗、医病。由于拗救不能包治百病，便给“拗”分出等级，第一类专指孤平“大拗”，方案是本句自救；第二类指除孤平以外的一三五字常规变声，属小病，可救可不救；第三类指五七言第二四字拗，属不治之症而放弃治疗；第四类叫“特定句式”，属重病无可救药而听之任之。如此，就只剩下变格一种“病句”要救，方案是：他句救，谓“四拗三救”“六拗五救”，即五言出句第四字变格，给对句动手术强使第三字“拗”；七言出句第六字变格给对句动手术强使第五字“拗”；施救须在本联内完成，不得跨联，认定施救之后联式性质不变。对于牺牲对句以拯救出句的做法，启功、张中行明确反对，张曰：“我同意启功的看法，一个字的音错了，用再错一个的办法是不能救的，只能说是‘陪’。”①

如果仅仅是为了维护平仄字数平衡，“拗救说”则显得多余，杜甫是通过造句、造联来实现的，力图保持本联之内的平仄字数相当。最突出的组联手法是造成出句与对句平仄字位与数量的对称状态，包括常规变声、变格句式在内，例如以下 4 个联式：

○○△△△，△△○○○。

△○△○△，○△○△○。

△△△○△，○○○△○。

○△△○△，△○○△○。

《绝句六首》其五可为代表：

舍下笋穿壁，庭中藤刺檐。△△△○△，○○○△●

地晴丝冉冉，江白草纤纤。△○○△△，○△△○●

杜甫拗体诗也多此用法，如《柏学士茅屋》“古人已用三冬足，年少今开万卷馀。△○△△○○△，○△○○△△○”，《冬至》“心折此时无一寸，路迷何处见三秦。○△△○○△△，△○○△△○○”。

---

① 张中行：《诗词读写丛话》，北京：中华书局，2009 年，第 156 页。

特对杜甫不同时期的五律组诗进行抽样调查，包括《雨四首》《秋野五首》《春日江村五首》《陪郑广文游何将军山林十首》《秦州杂诗二十首》计44首，统计结果是：平声字多于仄声字的有29首、占66%，仄声字与平声字之比介于19～22：18～20之间，其中6首平声字最多达23个，仄声字最少为17个；仄声字多于平声字的有5首、占11%，仄声字最多者为21个。表明杜甫偏向平声字略多于仄声字，但并非主张平仄字数要绝对相等，允许仄声字略多于平声字。

"拗救说"有其内在的矛盾与缺陷，其一，杜甫视变声、变格是语言律内的正常变化，"拗救说"视其为"病"，把性质搞混了；其二，将出句所患之"病"转嫁给对句，费力不讨好，与"救"的宗旨相矛盾；其三，孤平自救来得突兀，在"孤平"还没出生的情况下，就直接用"○○○△○""△○○△○"覆盖原式，哪里还有"自救"的影子？其四，如本篇所述，数百变化联式皆由律定，并非人为可以制造或更改，原本就没有病症，何须故作此举？语言律也罢，诗律也罢，都是严密的理论体系，语言平仄规律的变化没有囊肿，律联体系严密无间，没有给人留下动刀子的缝隙。每个律联标准格式都拥有8个系列的64个变化联式，每个系列都拥有固定出句变化句式时的8个变化联式，当你对其中之一不满、主张"拗救"时，你根本就不具备人工施救的任何可能性，只是从8个既定联式中选择2个，而将其余6个弃置不用。因此，"拗救说"实质上是一个没有来由、无法实施的伪命题。

杜诗、唐诗中确有某些常见联式，与"拗救说"有暗合之处，当是立说的主要理由，也是赵执信语言认知观的一种延续。近见有文云："在诗圣杜甫的许多近体诗中，被今天认为是对声拗救的地方，正是当时突破声律灵活运用的结果。"离奇乖戾，谁也不可能"突破声律"。据实而论，拗救说没有大用，也无大害，它最为可取之处是承认变格句式应用的合法性；能起到维护平仄字数平衡的作用。关键是它的潜在危害不可小觑，一意推行数量有限的常用联式，而限制其他联式应用的合法性，最终会导致诗律的促狭与窒息。

关于杜甫七言律联所谓的"六拗五救"问题，请参见第四篇第二章第二节"七律的律联运用艺术"。鉴于拗救说历时已长，影响面较大，特以五言诗为例，略加论证。

一、对△△○○△，○○△△○联式

出句△△○○△第四字变格时，有4个变化句式：△△○△△、○△○△△、○△△△△、△△△△△，按“拗救说”对句○○△△○只能使用第三字变声的2个句式：○○○△○或△○○△○，而这2个句式都处于既定的8个系列联式之中，故列出联式编号，无论吻合与否，都可证明所用联式与“拗救”没有关联，不应该以少概全。

（1）出句为△△○△△，按“拗救说”只能用1.6.3与1.6.4，吻合。

远送从此别，青山空复情。《奉济驿重送严公四韵》

△△○△△，○○○△○

浩浩终不息，乃知东极临。《长江二首》其二

△△○△△，△○○△○

（2）出句为○△○△△，按“拗救说”只能用1.5.3与1.5.4，吻合。

朱李沉不冷，雕胡炊屡新。《热三首》其三

○△○△△，○○○△○

光细弦欲上，影斜轮未安。《初月》

○△○△△，△○○△○

（3）出句为○△△△△，按“拗救说”只能用1.7.3与1.7.4，吻合。

河汉不改色，关山空自寒。《初月》

○△△△△，○○○△○

微雨不滑道，断云疏复行。《雨四首》其一

○△△△△，△○○△○

（4）出句为△△△△△，按“拗救说”只能用1.8.3与1.8.4，第一二例吻合；第三例不合，实用1.8.6。

小雨夜复密，回风吹早秋。《夜雨》

△△△△△，○○○△○

致此自僻远，又非珠玉装。《蕃剑》

△△△△△，△○○△○

已去汉月远，何时筑城还。《前出塞九首》其七

△△△△△，○○△○○

至于出句使用标准句式而对句使用变格句者多有所见，并不言救，例如：

△△○○△，○○△○○

尚觉王孙贵，豪家意颇浓。《李监宅二首》其一

坐对秦山晚，江湖兴颇随。《陪郑广文游何将军山林十首》其八

献纳开东观，君王问长卿。《赠陈二补阙》

二、对○○△△○，△△△○○联式

出句第四字变格时有4个变化句式：○○△○○、△○△○○、△○○○○、○○○○○，按“拗救说”对句只能使用第三字变声的△△○○○或○△○○○两个句式。若出句为○○△○○，按“拗救说”只能用2.6.3与2.6.4，不合，实用2.6.2。

王孙丈人行，垂老见飘零。《衡州送李大夫七丈勉赴广州》

○○△○○，○△△○○

三、对○○○△△，△△△○○联式

出句第四字变格时有4个变化句式：○○○○△、△○○○△、○○△○△、△○△○△，按“拗救说”对句只能使用第三字变声的△△○○○或○△○○○两个句式。从以下各例可知，(1)(2)应救未救；(3)(4)放弃救治。杜甫喜用此类“特定句式”，故多举数例，以阐释语言律与联式律的律质真谛。

(1)出句为○○○○△，按“拗救说”只能用3.6.3与3.6.4，不合，实用3.6.1。

幽阴成颇杂，恶木剪还多。《恶树》

○○○○△，△△△○○

(2)出句为△○○○△，按“拗救说”只能用3.5.3与3.5.4，不合，实用3.5.1与3.5.2.

几时杯重把，昨夜月同行。《奉济驿重送严公四韵》

△○○○△，△△△○○

地偏初衣袷，山拥更登危。《云安九日郑十八携酒陪诸公宴》

△○○○△，○△△○○

(3) 出句为○○△○△，按“拗救说”只能用3.8.3与3.8.4，A组实用3.8.1，B组实用3.8.2，与其说不合；C组吻合。

A组：○○△○△，△△△○○联式

遥怜小儿女，未解忆长安。《月夜》

何时倚虚幌，双照泪痕干。《月夜》

骁腾有如此，万里可横行。《房兵曹胡马诗》

蹉跎暮容色，怅望好林泉。《重过何氏五首》其五

明朝有封事，数问夜如何。《春宿左省》

西征问烽火，心折此淹留。《秦州杂诗二十首》其一

河间尚征伐，汝骨在空城。《不归》

州图领同谷，驿道出流沙。《秦州杂诗二十首》其三

含星动双阙，伴月落边城。《天河》

安危大臣在，何必泪长流。《去蜀》

无人竭浮蚁，有待至昏鸦。《对雪》

都将百年兴，一望九江城。《绝句三首》其一

花门小前好，此物弃沙场。《复愁十二首》其七

B组：○○△○△，○△△○○联式

何当击凡鸟，毛血洒平芜。《画鹰》

汤年旱颇甚，今日醉弦歌。《白水明府舅宅喜雨》

唯余旧台柏，萧瑟九原中。《哭长孙侍御》

东征健儿尽，羌笛暮吹哀。《秦州杂诗二十首》其八

西戎外甥国，何得近天威。《秦州杂诗二十首》其十八

诗应有神助，吾得及春游。《游修觉寺》

无人觉来往，疏懒意何长。《西郊》

江边踏青罢，回首见旌旗。《绝句》

无劳问河北，诸将角荣华。《复愁十二首》其八

C组：○○△○△，△△○○○联式

无才日衰老，驻马望千门。《至德二载甫自京金光门出……》

(4) 出句为△○△○△，按“拗救说”只能用3.7.3与3.7.4，A、B二组与其说不合，实用3.7.1与3.7.2；C组吻合。

A组：△○△○△，△△△○○联式

故人得佳句，独赠白头翁。《奉答岑参补阙见赠》

壮心久零落，白首寄人间。《有叹》

B组：△○△○△，○△△○○联式

昔闻洞庭水，今上岳阳楼。《登岳阳楼》

故人亦流落，高义动乾坤。《送裴五赴东川》

壮年学书剑，他日委泥沙。《暮春题瀼西新赁草屋五首》其四

C组：△○△○△，△△○○○联式

野亭逼湖水，歇马高林间。《暂如临邑至䃭山湖亭……》

暂游阻词伯，却望怀青关。《暂如临邑至䃭山湖亭……》

不成向南国，复作游西川。《自阆州领妻子却赴蜀山行三首》其一

杜诗《秋野五首》似乎是一篇该类联例的讲义，其中四首皆有一联出句三四字同时变声，而对句无一施救者。各联如下：

盘飧老夫食，分减及溪鱼。○○△○△，○△△○○，实用3.8.2。

稀疏小红翠，驻屐近微香。○○△○△，△△△○○，实用3.8.1。

飞霜任青女，赐被隔南宫。○○△○△，△△△○○，实用3.8.1。

儿童解蛮语，不必作参军。○○△○△，△△△○○，实用3.8.1。

四、对△△△○○，○○△△○联式

出句第四字变格有4个变化句式：△△△△○、○△○△○、△△○△○、○△△△○，按“拗救说”对句只能使用2个第三字变声的变化句式：○○○△○或△○○△○。杜甫律诗常用该联式，但未坐实出句第四字变格者；唐代其他诗人律绝中也很少见。如果观察其他诗体中的律联，则多数与“拗救说”不合，参见本篇第二章第一节4.5.1—4.8.6。

第三篇

杜诗的体式

第一章　格律诗的体式辨别

据刘勰《文心雕龙》，“体”大致有三种含义：作品风格，作品体裁与体制，以及泛指的主体与物体。本章所论系第二种，体裁指格式、外部形式；体制指律，规范作品的原则；体裁与体制的结合，赋予诗歌一定的结构模式，具有可鉴别标准与独有的形貌特征，是谓诗体。格律诗外貌似有千人一面的感觉，但绝非四句的五言诗都是五绝，八句的七言诗都是七律，不可仅凭外貌定体；依题材、风格、朝代、作者、地域命名定体也不合适，容易掩盖律质，缺乏普遍性代表意义。杜诗适为镜鉴，按诗律归宗最为科学合理。辨体的重要意义在于用诗律指导与规范不同体式格律诗的创作，所谓风格流派的叫法很难实现这个目的。

古代与当代学者对辨体论述颇多，其中何为古体、何为拗体、如何看待歌行体，是三个困惑较重、论争较大、历时较久的议题。郭绍虞曰：“诗有体有格。体的范围广，格的范围窄；体是基本的，格是局部的。”[①] 仇兆鳌曰：“故习杜者，句语或有枯燥之嫌，而体裁绝无靡冗之病。此初学入门第一义，不可不知。”[②] 董文焕曰：“五绝之法，虽昉自齐梁，但黏对尚未有定，至于唐人，此体乃有律绝、古绝、拗绝之判”，“拗绝者，即齐梁诸诗之式，律古各句可以间用，且不用黏对，与律古二体迥别，与拗律亦异，此格最古，盛唐诸人间有用之者”，“七言绝句之法与五绝同，亦分三格：曰律，曰古，曰拗”，“独拗绝一种，与七律拗体同为老杜特创”。[③] 许印芳曰：“五七言绝句皆有古体、律体之分，律体亦有平调、拗

① 郭绍虞：《关于七言律诗的音节问题兼论杜律的拗体》，中国古代文学理论学会编：《古代文学理论研究》丛刊·第二辑，上海：上海古籍出版社，1980 年，第 39 页。

② （清）仇兆鳌辑注：《杜诗详注》卷一，中国古籍基本库，清康熙五十二年刻本。

③ （清）董文焕撰：《声调四谱图说》，清同治三年刻本。

调二别，宜辨之。”① 王力曰“唐以后的诗体，从格律上看，大致可以分为近体诗和古体诗两类”②，也即体分近体、古体、拗体，韵分平韵、仄韵，格分律诗或绝句。

本章将比较古代学者的辨体观点，感受杜甫的诗体情结，分析杜甫对齐梁体体声韵结构原理的借鉴，提出诗体结构模式概念及辨体方法，推演“七律—拗体七律—七言古律”三体诗律性质的渐变与突变过程，展示杜诗的体式状况。

第一节　古今学者论诗体

一、关于古体诗

李东阳曰：“古诗与律（诗）不同体，必各用其体乃为合格。然律犹可间出古意，古不可涉律调。”③ 谢榛曰：“作古体不可兼律，非两倍其工，则气格不纯。”④ 赵执信曰：“若不黏不谐，定是古诗。”⑤ 王士禛曰：“古诗要辨音节，音节须响，万不可入律句。”⑥ 王力曰：“先谈近体诗，后谈古体诗，就因为唐宋以后的古体诗确曾受近体诗的影响，非先彻底了解近体诗就没法子了解‘古风’的缘故”⑦，“我们可以说，凡不受近体诗格律的束缚的，都是古体诗”⑧。“如果不能句句避免入律，至少不能让出句和

① （清）许印芳纂：《诗谱详说》卷四，一九一四年刊《云南丛书初编》本。

② 王力：《古代汉语》，北京：中华书局，1999 年，第 1511 页。

③ （明）李东阳撰：《怀麓堂诗话》，中国古籍基本库，清乾隆三十七年至道光三年长塘鲍氏刻知不足斋丛书本。

④ （明）谢榛撰：《四溟全集》卷二四，中国古籍基本库，明万历二十四年赵府冰玉堂刻本。

⑤ （清）赵执信撰：《声调三谱·后谱》，中国古籍基本库，清同治光绪间福山王氏刻天壤阁丛书汇印本。

⑥ 渔洋夫子口授，新城何世瑾述：《然灯记闻》，丁福保辑：《清诗话》，瀚堂典藏古籍库，民国五年铅印本。

⑦ 王力：《汉语诗律学》，上海：上海教育出版社，1958 年，第 304 页。

⑧ 王力：《古代汉语》，北京：中华书局，1999 年，第 1511 页。

对句同时入律”，“唐以前的诗句无所谓入律不入律。诗人们只是像做散文一样，字的平仄听其自然”，“自从律诗产生以后，诗人们做起古风来，却真的着意避免律句了”。[①] “诗论家以为：如果只有律句而没有律联，仍旧不失古诗的格调”，“如果出句和对句都是律句，然而它们是拗对，那么仍不算是律联，也不算是入律”。[②] 综上所论：古诗不可入律联，作古诗需要有近体诗的功底。王力曾经使用广义的拗字定义论绝句，曰：“远在近体诗形成之前，已经有了绝句（按：古体）的存在。在唐代以后，凡依律句的平仄形式写成的绝句，就可以认为近绝（或‘律绝’）；凡不依的，就可以认为古绝。自然也有半古半今的绝句。”[③] 对孟浩然《春晓》、柳宗元《江雪》，“用的是仄韵，但是全诗用律句，或者用律句容许的变格和拗句。这种绝句的性质在古绝和律绝之间”，“古绝和律绝的界限是不很清楚的”。[④] 所谓“半古半今”“古绝和律绝之间”实指拗体，但先生未继续发挥下去，而将杜甫《望岳》（岱宗夫如何）、李白《静夜思》、王维《华子岗》、杜甫《春水生》等拗体绝句列入古绝范围。

二、关于拗体诗

宋朝人称“拗字诗”或“拗体”。刘辰翁认为《崔氏东山草堂》“亦是一体”，《郑驸马宅宴洞中》“亦是创见”，《暮归》为“古乐府不及”，《愁》“肆笔纵横，有疏野气”。[⑤] 方回曰：“五言律亦有拗者，止为语句要浑成，气势要顿挫，则换易一两字，平仄无害也，但不如七言‘吴体’全拗尔。”[⑥] 卢世淮赞扬杜甫“《晓发公安》一首，更瘦更狂，摇曳脱洒，真

① 王力：《诗词格律》，北京：中华书局，2009 年，第 20 页。

② 王力：《诗词格律》，北京：中华书局，2009 年，第 20 页。

③ 王力：《汉语诗律学》，上海：上海教育出版社，1958 年，第 463—464 页。

④ 王力：《王力文集》第 15 卷《诗词格律概要》，济南：山东教育出版社，1989 年，第 546—547 页。

⑤ 吴企明编纂：《刘辰翁诗话》，吴文治主编：《宋诗话全编》（拾），南京：江苏古籍出版社，1998 年，第 9861—9878 页。

⑥ （元）方回撰：《瀛奎律髓》卷二五，中国古籍基本库，清康熙五十一年吴宝芝黄叶村庄刻本。

七言律中散圣”[①]。赵执信针对杜甫拗体七律《所思》曰：“此种诗不可不学，不可专学，不学则无格，学则滑矣”，“凡拗律诗，无八句纯拗者，其中必有谐句（按：律句）”，认为李白《山中与幽人对酌》“拗体也，后二句谐”。[②] 董文焕曰：“何谓之拗体？盖诗之黏对，古律所同，故句中必双字为重，所谓二四六分明也”，“与律体异，与古体亦异，是之谓拗”。[③] 王力曰：“古风式的律诗亦称‘拗律’。”[④] 唐宋以后的古风，“无形中造成一种风气，要让古体诗尽可能和律诗的形式区别开来，区别得越明显越好，以为这样才显得风格高古。具体的做法是尽可能多用拗句，不但用律诗所容许的那一两种拗句，而且用一切可能的拗句”[⑤]。杜甫《崔氏东山草堂》是“诗人有意识”写的古风式律诗，“故意违反律诗（按：近体诗）的平仄规则”，“从各种不同的角度去看各种‘古风’，才不至于怀疑它们的格律是不可捉摸的”。[⑥] 启功曰：“拗体仍然是八句的律诗，无论所用句式是律是拗，因它的排列关系有不合律处，所以称为拗体。”[⑦] 综上所论：拗体诗以“双字为重”，以“黏对”判断用律，七言有拗体、五言亦有拗体，拗体诗“故意”使用“一切可能的拗句（按：联）”，拗体诗必含律句（按：律联），不应怀疑拗体诗存在自己的“格律”，王力大多时候将拗体诗称为“入律（按：近体）的古风”。

三、关于拗对、拗黏是否应列入拗律

关于律句拗对模式的拗联，律联拗黏模式的拗体律绝，是否应列入拗律、拗体范围，论者有过不同观点。李攀龙、王世贞、郭绍虞主张不包含

---

① 卢世漼：《读杜私言》，周伟德集校：《全明诗话》（六），济南：齐鲁书社，2005 年，第 4384 页。

② （清）赵执信撰：《声调三谱 · 后谱》，中国古籍基本库，清同治光绪间福山王氏刻天壤阁丛书汇印本。

③ （清）董文焕撰：《声调四谱图说》，清同治三年刻本。

④ 王力：《汉语诗律学》，上海：上海教育出版社，1958 年，第 449 页。

⑤ 王力：《诗词格律》，北京：中华书局，2009 年，第 83 页。

⑥ 王力：《诗词格律》，北京：中华书局，2009 年，第 89 页。

⑦ 启功：《诗文声律论稿》，北京：中华书局，2009 年，第 59 页。

在内，胡仔、徐师曾、王力主张包含在内。李攀龙《古今诗删》“唐七言绝句”栏下收王维《送元二使安西》（律联拗黏模式）、岑参《酒泉太守席上醉后作》（仄韵律拗联混用模式）；“唐五言绝句”栏下收骆宾王《易水送别》（律拗联混用模式）、张说《蜀道后期》（律联拗黏模式）拗体五绝；“唐七言律”栏下收李白律联拗黏模式拗体七律《登金陵凤凰台》；亦即不给拗体单独立体，也不区分律联拗黏与律拗联混用模式；王世贞《序》曰：“而于麟所取则亦以能工于辞不悖七体而已。”这种做法直到浦起龙论杜、孙洙编《唐诗三百首》也未发生根本性的变化。郭绍虞曰：“仅仅拗对拗黏而不用拗句者，只成律体的变格，不能算是拗体”，“拗体必须用拗句而同时兼拗对或拗黏”。[①] 胡仔曰：“律诗之作用字平侧（按：仄），世固有定体众共守之，然不若时用变体，如兵之出奇，变化无穷，以惊世骇目，如老杜诗云‘竹里行厨洗玉盘，花边立马簇金鞍’（《严公仲夏枉驾草堂》），……此七言律体之变体也”，“七言律诗至第三句便失黏落平侧，亦别是一体”，“‘山瓶乳酒下青云，气味浓香幸见分。’（《谢中丞送青城山道士乳酒一瓶》）……此绝句律诗之变体也”。[②] 徐师曾《文体明辩》按律、形、意、声划分诗体，将律联拗黏模式列入拗体律诗，如李白拗体五绝《自遣》、王勃拗体七绝《秋江送别》、骆宾王拗体五律《春夜韦明府宅宴》。王力曰：古风式七律“以拗黏拗对为常”，“此体由杜甫开其端，宋代的苏轼、黄庭坚喜欢摹仿它”。[③] 从杜甫拗体七律实践来看，拗律与近体律的律质区别分明，拗对、拗黏与近体律互不相容，两个模式的拗体律绝当然应归于拗体诗。

四、关于歌行体中的格律诗

徐师曾曰：“其名多与乐府同，而曰歌、曰行、曰吟、曰辞、曰曲、

---

① 郭绍虞：《论吴体》，《古典文学论丛》［复旦学报（社会科学版）增刊］，上海：上海人民出版社，1980 年，第 86—87 页。

② （宋）胡仔撰：《苕溪渔隐丛话》前集卷七，中国古籍基本库，清道光二十五年至咸丰元年番禺潘氏刻光绪十一年增刻汇印海山仙馆丛书本。

③ 王力：《汉语诗律学》，上海：上海教育出版社，1958 年，第 456、457 页。

曰篇、曰咏、曰谣、曰叹、曰哀、曰怨、曰别，则乐府所未有。盖即事命篇，既不沿袭古题，而声调亦复相远，乃诗之三变也。故今人不入乐府，而以近体歌行括之，使学者知其源之有自，而流之有别云。”[①] 胡应麟曰：“乐府之体，古今凡三变，汉魏古词一变也，唐人绝句一变也，宋元词曲一变也”[②]，“少陵不效四言，不仿离骚，不用乐府旧题，是此老胸中壁立处，然风骚乐府遗意，杜往往深得之”[③]。杜甫歌行“虽极沉深横绝，格律尚有可寻”，“古诗窘于格调，近体束于声律，惟歌行大小短长，错综阖辟，素无定体，故极能发人才思。李杜之才，不尽于古诗而尽于歌行”。[④] 卢世㴶曰：“歌行之有子美也，岂非天哉！涉入不得其门径，迎随不见其首尾，世所以题评者，亦云殚矣，惟子美自题一语曰‘即事非今亦非古’，最为简当”，“自撰题、自和声、自开世界、自隆堂构，无今无古，即今即古，其坐断古今在此，其融会古今亦在此”。[⑤] 许印芳曰：“乐府之诗，古体、排律，三四五六七言及长短句，各体皆备，其异于别体”，“若作律体又用平调仍当守律体规矩，不可坏法”。[⑥] 冯班曰：“杜子美创为新题乐府，至元白而盛，指论时事，颂美刺恶，合于诗人之旨，忠志远谋，方为百代鉴戒，诚杰作绝思矣。”[⑦] 仇兆鳌论《白帝》起语，曰：“有律体似歌行者，如‘白帝城中云出门，白帝城下雨翻盆’是也”，“唯五六（云、出）

---

① （明）徐师曾撰：《诗体明辩·近体歌行》，《古今图书集成·理学汇编·文学典》一九四卷，瀚堂典藏古籍库，民国中华书局影印本。

② （明）胡应麟撰：《诗薮·内编一·古体上》，中国古籍基本库，明万历三十七年张养正刻本。

③ （明）胡应麟撰：《诗薮·内编二·古体中》，中国古籍基本库，明万历三十七年张养正刻本。

④ （明）胡应麟撰：《诗薮·内编三·古体下》，中国古籍基本库，明万历三十七年张养正刻本。

⑤ 卢世㴶：《读杜私言》，周伟德集校：《全明诗话》（六），济南：齐鲁书社，2005 年，第 4377 页。

⑥ （清）许印芳纂：《诗谱详说》卷五，一九一四年刊《云南丛书初编》本。

⑦ （清）冯班撰：《钝吟杂录》卷三，中国基本古籍库，清嘉庆十一至十七年虞山张氏刻借月山房汇钞增修本。

掉字成句，词调乃稍平耳”。[①] 王士禛曰：“唐人乐府不一，初唐人拟梅花落、关山月等古题，大概五律耳。”[②] 王力认为“乐府和绝句，有些属于古体，有些属于近体”[③]。综上所论：四八句的歌行体与乐府用律并不一致，有的属于近体，有的属于古体、拗体，应按律判断，“不可坏法”。

歌行体叫法已久，根据就是艺术风格。葛晓音持此观点，将杜甫49篇七言八句诗，无论诗题带不带“歌”“行”二字，都叫作“七古短篇歌行”，其中包括拗体七律如《阆山歌》《阆水歌》《夜归》，包括转韵诗如《叹庭前甘菊花》《夜闻觱篥》；对《秋风二首》其二觉得“似可当律诗读”，是杜甫“有意探索与七律相反的八句体七古声律”，并列出原诗注释声律，认定“首二句是○○△△○△○的重叠，后六句均不合律”。[④] 该观点值得商榷，首联是律句拗对的拗联，二联是纯拗句模式拗联，尾联是律拗句混成模式拗联，第三联两句皆为律句，正对、律联，实属拗体七律。

秋风淅淅吹我衣，东流之外西日微。○○△△○△○，○○○△○△○
天清小城捣练急，石古细路行人稀。○○△○△△△，△△△△○○○
不知明月为谁好，早晚孤舟他夜归。△○○△△○△，△△○○○△○
会将白发倚庭树，故园池台今是非。△○△△△○△，△○○○○△○

第二节　杜甫对齐梁体声韵结构原理的借鉴

杜甫不仅善于借鉴与继承前人语言与联式，更善于借重诗体结构原理。萧涤非曰：“自觉借鉴历代诗歌艺术传统。‘不薄今人爱古人’，‘转益多师是汝师’，是杜甫取法借镜之原则，自风骚而下，汉魏六朝，初唐诸家，无不兼容并包，广收博取。正因如是，方能达到‘尽得古人之体势，

① （清）仇兆鳌辑注：《杜诗详注》卷十五，中国古籍基本库，清康熙五十二年刻本。

② （清）王士禛撰，张宗柟辑：《带经堂诗话》卷二十九《外纪门一》，中国古籍基本库，清乾隆二十七年刻本。

③ 王力：《诗词格律》，北京：中华书局，2009年，第22页。

④ 葛晓音：《杜诗艺术与辨体》，北京：北京大学出版社，2018年，第149页。

而兼人人之所独专’，集前代之大成的崇高地位。”[①] 从杜诗可以发现，宋（420—479）、齐（479—502）、梁（502—557）诗人以及庾信（513—581）是他的主要师从对象。从“永明体”到“齐梁体”，并非专指一个具体的格律诗体，而是当时多个体式的统称。齐梁体亦称“齐梁格”，五言为主体，并开始出现七言；拗体五律基本成熟，开始出现近体五绝。初唐末期，陈子昂、李白推崇汉魏、贬抑齐梁，倡导否定声律的复古主张。有不少唐代诗人喜欢“齐梁体”，甚至直标于诗题之上，例如盛唐岑参《夜过盘石隔河望永乐寄闺中效齐梁体》；中唐白居易《九日代罗樊二妓招舒著作（齐梁格）》，刘禹锡《和乐天洛城春齐梁体八韵》；晚唐李商隐《齐梁晴云》，温庭筠《边笳曲（一作齐梁体）》、《春日（一作齐梁体）》、《咏嚬（一作齐梁体）》、《太子西池二首（一作齐梁体）》，曹邺《霁后作（齐梁体）》，贯休《拟齐梁体寄冯使君三首》。上述各诗皆为五言，韵数不等。晚唐皮日休《寄题天台国清寺齐梁体》、陆龟蒙《寄题天台国清寺齐梁体》为七言二韵，温庭筠《春晓曲（一作齐梁体）》为七言四韵。就具体体式而论，多借用其名而不尽其律，岑参诗属五律，刘禹锡诗属拗体五排，李商隐诗属拗体五律，温庭筠《咏嚬》属五律、《春晓曲》属仄韵拗体七律，皮日休诗属仄韵拗体七绝。

杜甫《偶题》“前辈飞腾入，余波绮丽为”指建安黄初诸公飞腾而入至六朝尚有绮丽余波；“后贤兼旧制，历代各清规”指旧制清规乃法也律也体也，后贤兼旧制取材命意特新。他敢于反思、不入俗流，解剖齐梁体的声韵结构，挖掘其声律内质，摒弃它的格卑体弱与绮丽余波。态度正则得其真，古人对此所论甚公。严羽曰：“少陵诗宪章汉魏而取材于六朝，至其自得之妙，则前辈所谓集大成者也。”[②] 蔡绦曰：“诗之声律至唐始成，然亦多原六朝旨意。”[③] 徐师曾曰：“按律诗者，梁陈以下声律对偶之诗

---

① 萧涤非主编：《杜甫全集校注》，北京：人民文学出版社，2014 年，“前言”。

② （宋）严羽撰：《沧浪诗话·诗评》，中国古籍基本库，明崇祯间虞山毛氏汲古阁刻清初汇印津逮秘书本。

③ （宋）蔡绦：《西清诗话》卷上，中国古籍基本库，明钞本。

也”，“梁陈诸家渐多俪句”，虽名古诗，实堕律体，“梁陈至隋，是为律祖”。[1] 黄生曰：杜诗“上自骚雅，下迄齐梁，无不咀其英华，探其根本”[2]。王士禛曰：“六朝惟鲍明远最为遒宕，七言法备矣。”[3] 叶燮曰：“六朝诸诗人间能小变，而不能独开生面”，“杜乃合汉魏六朝并后代千百年之诗人而陶铸之者乎”。“不读汉魏诗，不知六朝诗之工也；不读六朝诗，不知唐诗之工也”，“惟前者启之而后者承之而益之，前者创之而后者因之而广大之”，“六朝诗则有枝叶，唐诗则枝叶垂荫”。[4] “六朝之诗大约沿袭字句，无特立大才”，“六朝诸名家各有一长，俱非全璧”。[5] 仇兆鳌引胡应麟语：“‘飞星过水白，落月动沙虚’（杜甫《中宵》），吴均、何逊之精思；‘春色浮山外，天河宿殿阴’（《望牛头寺》），庾信、徐陵之妙境。”[6] 冯班说得更加直接明了，赞杜“看齐梁诗”，“有远过唐人处”，“庾子山诗，太白得其清新，老杜却得他纵横处”，“千古会看齐梁诗，莫如老杜。晓得他好处，又晓得他短处，他人都是望影架子话”。[7] 张忠纲曰：杜甫“在创作和理论的结合上，辩证地解决了借鉴六朝的问题。‘清词丽句必为邻’，正是对六朝文学的肯定；而‘恐与齐梁作后尘’，则是对六朝的批评”[8]。

由宋至梁，五言诗有一个明显的律质渐变过程。叶嘉莹曰：“经过魏

---

① （明）徐师曾撰：《诗体明辩·近体律诗》，《古今图书集成·理学汇编·文学典》一九四卷，瀚堂典藏古籍库，民国中华书局影印本。

② （清）仇兆鳌辑注：《杜诗详注·诸家咏杜》，中国古籍基本库，清康熙五十二年刻本。

③ （清）王士禛撰：《带经堂集》卷五二《渔洋文十四》，中国古籍基本库，清康熙五十年程哲七略书堂刻本。

④ （清）叶燮撰：《原诗·内篇》，中国古籍基本库，清道光吴江沈氏世楷堂刻昭代丛书合刻本。

⑤ （清）叶燮撰：《原诗·外篇》，中国古籍基本库，清道光吴江沈氏世楷堂刻昭代丛书合刻本。

⑥ （清）仇兆鳌辑注：《杜诗详注》卷十九，中国古籍基本库，清康熙五十二年刻本。

⑦ （清）冯班撰：《钝吟杂录》卷四，中国基本古籍库，清嘉庆十一至十七年虞山张氏刻借月山房汇钞增修本。

⑧ 张忠纲：《杜甫集》，北京：国家图书馆出版社，2019 年，第 236 页。

晋南北朝，五言诗又逐渐走向‘律化’。五言诗的‘律化’是分两步走的，第一步是对偶，第二步是平仄的协调。”① 鲍照《学刘公干体五首》初具“体”的朦胧意识，公干是建安七子刘桢的字，鲍仿效他，表明有意采取五言八句这一格式写诗。谢朓用韵比鲍照大有进步，平韵、仄韵拗体五律初具体型，第三联已经明显呈现对仗趋势。至何逊，拗体五律几乎可成定式，已经具有如下诗体特征：一韵到底；律拗联混用；出现律联与联间拗黏；中二联或第三联对仗呈固定之势。

何逊的同代诗人吴均（469—520），约早于阴铿、庾信百年，人称“至（吴）均好学有俊才”，“均文体清拔有古气，好事者或敩之，谓为‘吴均体’”。② 据传，沈约与吴均论诗，沈评吴《诗》“秋风泷白水，雁足印黄沙”曰“印黄沙语太险”，均答“亦见公《诗》云‘山樱发欲然’”，沈曰“我始欲然，卿已印讫”。③ 颇类南唐李璟与冯延巳“风乍起，吹皱一池春水”雅趣轶事。以诗人姓名取体且有史记载的齐梁诗人中仅此一家。吴均的五言诗体式较全，有“体”的形象，有声韵结构原理，有体与格的辨识界线，可将他看作“齐梁体”的代表性诗人。杜甫拗体五律是对齐梁体的直接继承，七言拗体律绝则是借鉴“齐梁体”原理构建成功的，《愁强戏为吴体》可为佐证。取吴均诗 12 首，按当今的诗体观，按体（格）式分为五组。组 1 拗体五律，其（1）属律联拗粘模式；其他 3 首属律拗联混用模式，依次含 1、2、3 个拗联。组 2 是律拗联混用模式仄韵拗体五律，三诗依次含 1、2、3 个拗联。组 3 是五绝，一首平韵、一首仄韵。组 4 是拗体五绝，其（1）属律联拗粘模式，其（2）属律拗联混用模式。组 5 其（1）是五言古绝，其（2）是五言古律。各组之间格式界线分明，律诗中二联对仗；能够自在运用五言第三四字变声句式；多用对称字位变声的出句与对句组联。这一切，都深植于杜诗之中。

---

① 叶嘉莹：《魏晋六朝诗讲录》，石家庄：河北教育出版社，1997 年，第 68 页。

② （唐）姚思廉撰：《梁书》卷四九，北京：中华书局，1973 年，第 698 页。

③ （宋）李昉等编：《太平广记》，北京：中华书局，1961 年，第 1483 页。

1. 拗体五律

(1)《别王谦诗》

严光不逐世，流转任飞蓬。○○△△△，○△△○●

欲还天台岭，不狎甘泉宫。△○○○△，△△○○●

离歌玉弦绝，别酒金卮空。○○△○△，△△○○●

倘遗故人念，仆在东山东。△○△○△，△△○○●

(2)《胡无人行》

剑头利如芒，恒持照眼光。△○△○●，○○△△●

铁骑追骁虏，金羁讨黠羌。△△○○△，○○△△●

高秋八九月，胡地早风霜。○○△△△，○△△○●

男儿不惜死，破胆与君尝。○○△△△，△△△○●

(3)《主人池前鹤》

本自乘轩者，为君阶下禽。△△○○△，△○○△●

摧藏多好貌，清唳有奇音。○○○△△，○△△○●

稻粱惠既重，华池遇亦深。△○△△△，○○△△●

怀恩未忍去，非无江海心。○○△△△，○○○△●

(4)《咏怀诗二首》其一

仆本报恩人，走马救东秦。△△△○●，△△△○●

黄龙暗迢递，青泥寒苦辛。○○△○△，○○○△●

野战剑锋尽，攻城才智贫。△△△○△，○○○△●

唯馀一死在，留持赠主人。○○△△△，○○△△●

2. 仄韵拗体五律

(1)《赠周散骑兴嗣二首》其二

子云好饮酒，家在成都县。△○△△△，○△○○▲

制赋已百篇，弹琴复千转。△△△△○，○○△○▲

敬通不富豪，相如本贫贱。△○△△○，△○△○▲

共作失职人，包山一相见。△△△△○，○○△○▲

(2)《登二妃庙》

朝云乱人目，帝女湘川宿。○○△○▼，△△○○▼

折菡巫山下，采荇洞庭腹。○△○○△，△△△○▼
故以轻薄好，千里命舻舳。△△○△△，○△△○▼
何事非相思，江上葳蕤竹。○△○○△，○△○○▼

(3)《赠王桂阳》

松生数寸时，遂为草所没。○○△△○，△○△△▼
未见笼云心，谁知负霜骨。△△△○○，○○△○▼
弱干可摧残，纤茎易陵忽。△○△○○，○○△○▼
何当数千尺，为君覆明月。○○△○△，△○△○▼

3. 五绝

(1)《别鹤》

别鹤寻故侣，联翩辽海间。△△○△△，○○○△●
单栖孟津水，惊唳陇头山。○○△○△，○△△○●

(2)《有所思》

薄暮有所思，终持泪煎骨。△△△△△，○○△○▼
春风惊我心，秋露伤君发。○○○△○，○△○○▼

4. 拗体五绝

(1)《送吕外兵诗》

白云浮海际，明月落河滨。△○○△△，○△△○●
送君长太息，徒使泪沾巾。△○○△△，○△△○●

(2)《雍台》

雍公十二楼，楼楼郁相望。△○△△○，○○△○●
陇西飞狐口，白日尽无光。△○○○△，△△△○●

5. 五言古绝与古律

(1)《伤友诗》

可怜桂树枝，怀芳君不知。△○△△○，○○○△●
摧折寒山里，遂死无人窥。○△○○△，△△○○●

(2)《至湘州望南岳》

重波沦且直，连山纠复纷。○○○△△，○○△△●
鸟飞不复见，风声犹可闻。△○△△△，○○○△●

胧胧树里月，飘飘水上云。○○△△△，○○△△●

长安远如此，无缘得报君。○○△○△，○○△△●

南朝梁代，诗人群集、众星闪烁，尽管诗律概念那时还未明确建立，但他们的诗具有明显的、主动的用律意识，在拗体五律得以定型的基础上，迈入近体诗初级阶段，逐步跨出“齐梁体”的局限，五律与拗体七律诞生于庾信之手，七言律绝呼之欲出，杜甫不止一次地表达对庾信的钦仰，很可能是因为庾信能够带给他创作七律的冲动，更为直接、更为强烈。阴铿、范云、何思澄也在五言律绝创作方面取得瞩目成就。以下取庾信诗5首，展示五绝、五律、拗体七绝、拗体七律四个体（格）式。不难发现，拗体七绝《秋叶望单飞雁》、拗体七律《乌夜啼》与吴均诗的结构原理、律质特征是一样的。

1. 五绝

(1)《寄徐陵》

故人倘思我，及此平生时。△○△○△，△△○○●

莫待山阳路，空闻吹笛悲。△△○○△，○○△△●

(2)《和侃法师三绝诗》其三

回首河堤望，眷眷嗟离绝。○△○○△，○○○○▼

谁言旧国人，到在他乡别。○○△△○，△△○○▼

2. 五律

《舟中望月》

舟子夜离家，开舲望月华。○△△○●，○○△△●

山明疑有雪，岸白不关沙。○○○△△，△△△○●

天汉看珠蚌，星桥视桂花。○△○○△，○○△△●

灰飞重晕阙，蓂落独轮斜。○○○△△，○△△○●

3. 拗体七绝

《秋夜望单飞雁》

失群寒雁声可怜，夜半单飞在月边。△○○△○△●，△△○○△△●

无奈人心复有忆，今暝将渠俱不眠。○△○○△△△，○○○○○△●

4. 拗体七律

《乌夜啼》

促柱繁弦非子夜，歌声舞态异前溪。△△○○○△△，○○△△△○●

御史府中何处宿，洛阳城头那得栖。△△△○○△△，○○○○○△●

弹琴蜀郡卓家女，织锦秦川窦氏妻。○○△△△○△，△△○○△△●

讵不自惊长泪落，到头啼乌恒夜啼。△△△○○△△，△○○○○△●

第三节　诗体结构模式

近、古、拗三体拥有律绝格式共性，律质则决定各自特有的诗体模式。对近体诗，王力曰："有三个要素：第一是字数合律，五言诗四十个字，七言诗五十六个字；第二是对仗合律，中两联必须讲对仗；第三是平仄合律，每句平仄须依一定的格式，并且讲究黏对。如果三个要素具备，就是纯粹的律诗；如果只具备前两个要素，就是古风式的律诗，亦称'拗律'；如果只具备第一个要素，就不算是律诗，只是字数偶然相同而已。"[①]黏对只针对五言第二字、七言第二四字。它只有一个声韵结构模式，简称"律联正黏模式"，律质意义是：全部使用律联，相邻两联间必须正黏；只用近体律，谓之"一律之诗"。禁忌是拗黏、拗联。

拗体诗有两个模式，其一是"律联拗粘模式"，与近体诗相悖，律质意义是：全部使用律联，拗体绝句两联间拗黏；拗体律诗三处联间至少有一处拗黏。其二是"律拗联混用模式"，律质意义是：诗中必须同时拥有律联与拗联，缺一不可，体现近体律与拗律既相互对立又有所交织互融的一面，在该模式下，不计正黏或拗黏，联位没有定制，具有充分的调度空间。两个模式突出的律质共性是同尊律联与拗联，兼用近体律与拗律，谓之"两律之诗"，是近体诗与古体诗嫁接的结果。除必用两律联式与各自数量介于1—3外，几乎没有禁忌。

古体律绝只有"全拗联模式"，律质意义是：律句、拗句随意使用、

① 王力：《诗词格律》，北京：中华书局，2009年，第20页。

不限数量，但不得出现律联。不允用律联，也就谈不上正对、正黏的问题。它与近、拗二体的律质区别是：律句只在语言律的低级层次上运动，无律联立足之地，习称“无律之诗”。其实，说它“无律”也不尽然，反而使人迷惑，因为它的背后隐含着丰富的诗律内质，必须预先深知近体律才能避免正对、排除律联，又必须深知拗律以避免以拗代古或将古作拗，故谓之只用拗律的“一律之诗”也未尝不可，只要是拗句、拗联、律句拗对均可随意使用，至于拗黏与否根本就不需计较。

利用诗体模式能以准确、快速地实现辨体，只看联式律质、数量以及正黏、拗黏即可。一首诗全部使用律联，正黏者为近体诗，拗黏者为拗体诗；一首诗兼用律联、拗联，必为拗体诗；一首诗全部使用拗联，必为古体律绝。联式的重要意义在辨体中得到再认识、再深化，就联式自身律质而言，古体律绝可谓近体诗的对立体；就联间关系而言，律联拗黏模式的拗体诗是近体诗的对立体；就律拗联兼容性而言，律拗混用模式拗体诗是近体与古体的衍生体。

第四节　诗体性质的突变与渐变

刘明华对拗体诗提出一个很有见地的问题，即“‘拗’在什么程度上会从量变到质变”①。首先需要认定，引起诗体性质变化的内因是诗律，包括二四字拗造成的句式－联式质变，以及其后引发的黏对变化。诗体性质可以因第二字一字拗而导致突变，如李白《黄鹤楼送孟浩然之广陵》；也可以因一联错位、拗黏而导致突变，如王维《送元二使安西》、杜甫《宾至》。

立足联式，可以观察从量变到质变的渐变过程。取一首七律为原始样本，当其中任何一个律句第二四字位拗时即突变为拗句；只要含一个拗句该联即突变为拗联；只要出现一个拗联就造成近体律质的破坏，而发生从近体到拗体的突变。当这种突变继续积累时，拗联由一个增加至四个时，

① 刘明华：《完善与破弃——对杜甫“拗体”的思考》，《杜甫研究学刊》1997年第2期。

拗律性质通过渐变而使诗体变成七言古律。同理，也可以取一首七言古律为原始样本，逆向推绎，一步步将拗句变成律句，将拗联变成律联，只要出现一个律联即跨出古律范畴而变成律拗联混用模式拗体七律，将律联继续增至三个时尚不引起诗体质变；当达到四个且至少存在一处联间拗黏时，即成为律联拗黏模式拗体七律；当三处联间变成且均保持正黏时，则变为近体七律。

只要把握住诗律，就能够随心所愿写出任何体式的格律诗来，如果不满意，还可以进行不同诗体的转圜。对语言律、诗律和诗体，从宏观到细微，杜甫了然于胸、得心应手，尽管运用手法纵横交错、百折千转，但分明可见始终由诗律一线贯穿。以下用杜诗进行一次诗体转圜过程演示，可以从中悟出一个道理：不能用静止不动、彼此孤立的眼光看待诗律、诗体；既需要专律、专体去看，也需要联系它律它体综合观察；两律是一个对立统一、相互关联的有机整体；律句与拗句存在良好的对应逆转性；律质界线由二四字声划定，只要盯准二四字声就能实现近—拗—古三体之间的转圜；唯有诗律才能扭转诗体乾坤，诗律本身不可更易，可贵的是诗人具有诗律运用的选择性、自由性与可操作性。

该演示不涉及杜诗原用语言以及艺术表达的故意改变。例如《九日》是律拗联混用模式拗体七律，首先假定有一个七律原型，而该诗在这个七律原型基础上通过二四字平仄易声创作出来。原诗如录：

九　日

去**年**登**高**郪县北，今**日**重**在**涪江滨。△○○○○△△，○△○△△○●
苦遭白发不相放，羞见黄花无数新。△○△△△○△，○△○○○△●
世**乱**郁**郁**久为客，路**难**悠**悠**常傍人。△△△△△○△，△○○○○△●
酒阑却忆十年事，肠断骊山清路尘。△○△△△○△，○△○○○△●

原诗联式排列是拗联—律联—拗联—律联；拗句结构是：一六句二四字同平，二五句二四字同仄。第二联为律联，以其为基准开始推导，从七律联间必须正黏得知第二句拗第二字；从律联必须正对得知第一句亦拗第二字；于是判断首联联式为△△○○○△△，○○○△△○○。同理，得知第五句拗第四字、第六句拗第四字，判断第三联联式为

△△△○△○△，△○○△○△○。将此四个拗字互易平仄，便会得到七律原型，即完成由拗体七律到近体七律的体式转圜。显然，如果再原路拗回，也可由七律再转圜为拗体七律。

△▲○○○△△，○●○△△○○

○○△△△○△，○△○○△△○

△△△●△○△，△○○▲○△○

△○△△△○△，○△○○○△○

因七律格式取决于首联联式，也可采取以首联为基准的推导方法，先导出通用性的七律格式，再对比拗体七律原诗以发现哪些字拗、变声、变格，有助于熟悉七律二体的语言律、诗律运用手法与技巧。当首联是律联时，可直接往下推导；当首联是拗联且其中一句是律句时，可以律句为基准，先恢复律联标准格式再往下推导；若两句都是拗句，一般以出句为基准。《九日》首联出句与拗句标准格式△○○○○△△完全一致，一眼即可断定第二字拗，得到律句标准格式△△○○○△△；对句应为○○△△△○○格式；之后按联间正黏关系下推，同样会求出七律原型格式。

熟悉体式转圜操作，建立近体律与拗律的逆转认识，是成功创作两体律绝的必备条件。至于一个题材、一种情感用什么诗体表达为宜，取决于诗人自己。

第五节　杜甫的诗体情结与杜诗体式分布

杜诗“诸体皆备，无体不工”，为诗论家所公论。胡仔引用王安石编《四家诗选》故事，杜为第一李为第四，别人不解，王曰：“白之歌诗豪放飘逸，人固莫及，然其格止于此而已，不知变也。至于甫，则悲欢穷泰，发敛抑扬，疾徐纵横，无施不可，故其诗有平淡简易者，有绵丽精确者，有严重威武若三军之帅者，有奋迅驰骤若泛驾之马者，有淡泊闲静若山谷隐士者，有风流酝藉若贵介公子者，盖其诗绪密而思深，观者苟不能臻其阃奥，未易识其妙处，夫岂浅近者所能窥哉？此甫所以光掩前人，而后来无继也。”[①] 胡应麟曰：“参其格调，实与盛唐大别。其能荟萃前人在此，滥觞后世亦在此”[②]，“杜公诸作真所谓正中有变、大而能化者。今其体调之正、规模之大，人所共知。惟变化二端勘核未彻”[③]。

杜甫怀有浓重的诗体情结，余有时不禁产生孩童一般的疑问，如果再假杜甫十年、二十年，各体式作品的数量以及分布格局会有更大的变化吗？还会有哪些创新？当然，历史不可假设，也上不了台面。尽管各体式的文学意义是平等的，但总令人觉得，杜甫对不同体式的喜爱方式与程度却存在一些差别，而唯有对某些体式的偏爱，才可能产生诗体创新的愿望与动力。感受杜甫诗体情结，有益于认识杜诗及其创新，获得一种分外的快乐与享受。

杜甫觅律、解律、成律、用律，耐心而精准，创作出大量五律、七律、五言长排优秀诗篇，但这并不是他心灵追求的全部，过多的国难与家愁压身，需要自我排遣，以得到身心的解放，哪怕只是短暂地吐一口长气。故而常常近体律与拗律双管齐下，用近体诗所难用之句，抒近体诗所难抒之情，写出许多令人惊叹不已的七古，五古次之，它们是最恰当的两律并用之地，所有句式、联式、长句、短句、对仗、题材、情志以及写作艺术尽可不受约束，倾力挥洒，适于忘我而为、恣肆疯狂。君不见：“朱门酒肉臭，路有冻死骨”（《自京赴奉先县咏怀五百字》），“边庭流血成海水，武皇开边意未已”（《兵车行》），“自古圣贤多薄命，奸雄恶少皆封侯”（《锦树行》），毫无顾忌、何其过瘾！君不见：“有客有客字子美，白头乱发垂过耳”（《乾元中寓居同谷县作歌七首》其一），“王郎酒酣拔剑斫地歌莫哀，我能拔尔抑塞磊落之奇才！”（《短歌行赠王郎司直》），不假修饰、率性而为。一生斯文的杜甫，当年下笔之时似乎真的忘记了身份，

① （宋）胡仔撰：《苕溪渔隐丛话》前集卷六，中国古籍基本库，清道光二十五年至咸丰元年番禺潘氏刻光绪十一年增刻汇印海山仙馆丛书本。

② （明）胡应麟撰：《诗薮·内编四·近体上》，中国古籍基本库，明万历三十七年张养正刻本。

③ （明）胡应麟撰：《诗薮·内编五·近体中》，中国古籍基本库，明万历三十七年张养正刻本。

让人乐于和他同吟同醉，因而觉得他最钟情、最得意的是七言古体（含杂言），而不一定是格律诗；这类诗多写于动荡之秋、苦旅之途。

杜甫心中分量最重的诗体当是七律，也是足以千古流芳的创新成果。不只因为它融汇了自己的心血与智慧，代表格律诗的最高成就，更重要的是诗风温柔敦厚、用语典雅大方，流动民族文化之血脉、尽显时尚高贵之气质，又能充分体现个人品性、思想、学识与风度，多用于写大时势、大题材，堪称大国之诗、君子之诗，社会认可、文士喜好，即便历朝历代的封建王朝也并无二说。他的七律成熟圆润、构思讲究，老而益壮、浑厚深沉，多写于生活较为安定、工夫较为充裕的居蜀时期。

令杜甫随心所欲、从容而为的是五律，总量居众体之首，达600余篇，五律似乎是他的“万能工具”。以题材而论，万物万象无不可入诗，大至忧国忧民、小至叨念妻儿，繁至官来民往、简至花鸟鱼虫；以诗律运用而论，又同时担承“试验场”“检测所”“样板间”的多重意义，同代多数诗人不理解、未曾想、不敢用的许多变化句式、联式，在杜甫五律中可谓常见、面熟，多奇兀之变、发人深省，对七律体式的完美成熟具有奠基之功。

令杜甫最为惬意的应是五绝，尽管篇数不多，但情趣迭出、引人开怀。他待五绝犹如膝下小儿稚女，十分疼爱却又无暇多顾，只有在倦累之时才牵着他（她）们的小手散散步、观观景，不由自主地哼出一段小曲儿，俯仰之间便是一首五绝，远无七律那种庄重与沧桑之感，除《八阵图》《武侯庙》少数几首外，几乎不写严肃题材。试诵读几遍“百年已过半，秋至转饥寒。为问彭州牧，何时救急难”（《因崔五侍御寄高彭州一绝》），老实人老实话宛如家常，欲急而不急、似寒而不寒，教人备感他的亲切与真诚。杜甫五绝皆写于比较安定的居蜀时期，在生活无着、万里漂泊中则无此心境。

杜甫对七绝怜爱有加，放手不下、拾起也难，轻视不得、看重也难。一个人的精力毕竟有限，不可能把所有诗体都做大做强。有一个值得关注的创作现象，就是杜甫爱把七绝与七律连带一起写，可以感到七绝处于七律的伴生地位。杜甫近体与拗体七绝两个体式总计近百首，总量与七律相当。从题材而言，以七绝论诗是一大看点；有的也写大主题，靠近七律；有的色调轻松，靠近五绝。从创作环境而言，多写于较为安定的居蜀时期。

杜甫对拗体五律的态度应该认为是有过反复的，内心存在一种距离感、排斥感。尽管仄韵拗体五律《望岳》被历代称颂不绝，也是《杜甫全集校注》开篇之作，但他入蜀之后几乎再也不招惹这个体式。杜甫 7 岁能诗，24 岁之前作品不应太少，竟没有多少流传下来，估计他早期受“齐梁体”影响较大，拗体五律可能占有较大比重。杜甫对“齐梁体”有自己的态度，一边将其中的拗体五律这一体式有意保留下来，一边沿用其外形格式输入近体律质而转变为五律，且一路狂奔、任情行之；一边又吸纳它的声韵结构原理创新七言拗体律绝。

杜甫对古体律绝兴味索然，未见一首五言古绝、古律传世，大概与偏爱拗体七律有关，他终未释手、未得开怀的就是拗体七律。入蜀之前，杜甫即有拗体七律正式问世，草堂时期此兴大发，夔州时期上升到巅峰，直到病逝之前仍笔耕不辍。杜甫同时培育、创新成功七律与拗体七律这两个体式，抱定二体同生同长的文学信念，与初唐“应制诗”中二体的数量布局类似，他一生创作的七律与拗体七律之比保持在 2∶1 的水平，体现出语言律与诗律运用的自觉，用心良苦。令人十分惋惜，他未能看到同代诗坛的充分认可与光大而抱憾终生，“百年歌自苦，未见有知音”（《南征》）是他痛彻千秋的喟叹。

创新拗体七律的同时，杜甫顺带创新成功拗体七绝，该体式曾引起后代论者的赞美或讥诮。他也爱把拗体七绝与七绝连带一起写作，可以感到拗体七绝处于七绝的伴生地位。此体多作于草堂时期，多用拗句、拗联，反映出他的个性既有沉郁老成的一面，也有机智灵秀的一面，有时会忘记烦恼与忧愁，写人写花写风情，欢畅活泼、文风流丽，几乎成为杜甫拗体七绝的一个表征。同拗体七律一样，甚至延续到今天，该体式仍未被完全理解与接受。

杜甫意欲开发并奠定有一定基础的是七言八句转（换）韵诗，相当显眼，也许他的灵感来自王勃、宋之问等初唐诗人。杜诗不乏此体佳作，如

《越王楼歌》《缚鸡行》，中唐、晚唐亦有追随者；诗体结构颇有学问，式样繁多，对宋词创体当有启示作用。联系杜甫对仄韵律联与拗联的开拓与应用状况，也许可以猜想：他对仄韵近体与仄韵拗体绝句抱有一定期待，但并未指望它们能与近体诗平起平坐，而有意借转韵诗安排，似为一种颇有用心的特殊设计。

概而言之，杜诗拥有近、拗、古三体；各体皆有平仄两韵，五言与七言两种、四句与八句两式。在这个大一统诗体下，两韵体式对应、数量相等，计有 24 个格式。杜诗的缺项是尚未发现仄韵五绝、仄韵七律、拗体五绝、古体五绝、古体五律，也未发现六言诗。从诗律与体式发展规律可以预见，杜诗未见的体式，其他诗人可能会写，事实上是已经写了，所有体式在唐代诗歌中都可得到验证。

（一）近体诗

（1）平韵：五言绝句、五言律诗、七言绝句、七言律诗。

（2）仄韵：五言绝句、五言律诗、七言绝句、七言律诗。

（二）拗体诗

（1）平韵：五言绝句、五言律诗、七言绝句、七言律诗。

（2）仄韵：五言绝句、五言律诗、七言绝句、七言律诗。

（三）古体律绝

（1）平韵：五言古绝、五言古律、七言古绝、七言古律。

（2）仄韵：五言古绝、五言古律、七言古绝、七言古律。

以《杜甫全集校注》为蓝本，逐篇按律辨识体式，按四个创新分期（见第四篇第一章）统计，得到表 3-1-1、表 3-1-2，可以看到杜甫格律诗的体式分布状态。近体诗（不含排律）840 首，其中七绝 71 首、七律 107 首，五绝 31 首、五律 628 首；仄韵五律 3 首。拗体诗 110 首，其中七绝 27 首、七律 47 首，五律 19 首；仄韵七绝 2 首、七律 5 首、五律 10 首。七言古绝（含仄韵一首）5 首、七言古律（含仄韵一首）3 首，转韵诗 27 首。

表 3-1-1　杜甫五言律绝体式统计

创新时期	近体五绝	近体五律	仄韵近体五律	拗体五律	仄韵拗体五律
一	0	154	1	15	9
二	17	223	2	2	1
三	14	205	0	1	0
四	0	56	0	1	0
合计	31	628	3	19	10

表 3-1-2　杜甫七言律绝体式统计

创作时期	近体七绝	近体七律	拗体七绝	仄韵拗体七绝	拗体七律	仄韵拗体七律	七言转韵诗	七言古律绝
一	2	16	0	0	8	1	5	0
二	34	40	20	2	15	3	12	7
三	28	41	9	0	21	1	8	1
四	7	10	0	0	3	0	2	0
合计	71	107	27	2	47	5	27	8

第二章　近体诗

按照近体诗的声韵结构模式，推导出用两个格式即可代表近体律绝的平仄变化规律，相较于以往以首句用韵与否的多格式表达方法更为简单明了，可用于指导近体诗创作。另外，对仄韵近体诗进行了讨论。

第一节　近体诗的仄平平仄格式

律诗各联都有一个雅称，第1—4联分别命名为首联、颔联、颈联、尾联，考虑当今用语习惯，取首联、二联、三联、尾联叫法；绝句只有首联和尾联。以往诗词论述教人写诗，首先是讲首句平仄起收16个格式，初学者常感头痛；如果领会透彻近体诗律联拗黏模式，将其简化成两个格式就足够了。依据2－1、4－3、6－5、8－7律联内两句间的正对关系，依据3－2、5－4、7－6三处两句间的正黏关系，按第1—8句平仄纵向排序，五律第二字列必然只有“仄平平仄仄平平仄”与“平仄仄平平仄仄平”两个形式，截取前四句平仄字声即得到“仄平平仄”与“平仄仄平”两个格式，同时适用于五七言律绝。

以实例阐释仄平平仄格式，首句不用韵者，取杜甫《武侯庙》为例；另取李商隐《天涯》作为首句用韵的辅证。

	武侯庙		**天　涯**	
句序		二　四		二　四
1	遗庙丹青落，	○△○○△	春日在天涯，	○△△○●
2	空山草木长。	○○△△●	天涯日又斜。	○○△△●
3	犹闻辞后主，	○○○△△	莺啼如有泪，	○○○△△
4	不复卧南阳。	△△△○●	为湿最高花。	△△△○●

五律同样遵循这一格式，以《江汉》《月夜忆舍弟》为例，两诗的区别仅仅是首句用韵与否。与绝句相比，后四句的第二字列平仄排序△○○△是前四句的完全重复，仅第五句尾字必为仄声。

句序	江　汉	二　四	月夜忆舍弟	二　四
1	江汉思归客，	○△○○△	戍鼓断人行，	△△△○●
2	乾坤一腐儒。	○○△△●	边秋一雁声。	○○△△●
3	片云天共远，	△○○△△	露从今夜白，	△○○△△
4	永夜月同孤。	△△△○●	月是故乡明。	△△△○●
5	落日心犹壮，	△△○○△	有弟皆分散，	△△○○△
6	秋风病欲苏。	○○△△●	无家问死生。	○○△△●
7	古来存老马，	△○○△△	寄书长不达，	△○○△△
8	不必取长途。	△△△○●	况乃未休兵。	△△△○●

对于七言，须与五言并轨认识。将五言句作为七言的后五字，增加七言第二字列，二四字具有同等字声恒定地位，以七言第四字列的平仄排序代表格式，便可与五言格式命名统一。以《江南逢李龟年》《赠李白》为例，第四字列平仄排序为仄平平仄格式，两诗的区别仅在于首句用韵与否。

江南逢李龟年

句序		二　四　六
1	岐王宅里寻常见，	○○△△○○△
2	崔九堂前几度闻。	○△○○△△●
3	正是江南好风景，	△△○○△○△
4	落花时节又逢君。	△○○△△○●

赠李白

句序		二　四　六
1	秋来相顾尚飘蓬，	○○○△△○●
2	未就丹砂愧葛洪。	△△○○△△●
3	痛饮狂歌空度日，	△△○○○△△

4　飞扬跋扈为谁雄。○○△△△○●

七律同样适于用此种格式表达，按前四句第四字列仄平平仄排序，后四句只是前四句的重复，仅第五句尾字必为仄声。以《客至》《江村》为例，两诗的差别仅在于首句是否用韵。

客　至

句序　　　　　　　二　四　六

1　舍南舍北皆春水，△○△△○○△

2　但见群鸥日日来。△△○○△△●

3　花径不曾缘客扫，○△△○○△△

4　蓬门今始为君开。○○○△△○●

5　盘飧市远无兼味，○○△△○○△

6　樽酒家贫只旧醅。○△○○△△●

7　肯与邻翁相对饮，△△○○○△△

8　隔篱呼取尽余杯。△○○△△○●

江　村

句序　　　　　　　二　四　六

1　清江一曲抱村流，○○△△△○●

2　长夏江村事事幽。○△○○△△●

3　自去自来堂上燕，△△△○○△△

4　相亲相近水中鸥。○○○△△○●

5　老妻画纸为棋局，△○△△○○△

6　稚子敲针作钓钩。△△○○△△●

7　但有故人供禄米，△△△○○△△

8　微躯此外更何求。○○△△△○●

综合上述，该格式有五个要点：

第一，五绝、五律前四句第二字列恒为仄平平仄排列，第四字列与其相反，按平仄仄平排列；七绝、七律前四句第四字列恒为仄平平仄排列，第二字列与其相反，按平仄仄平排列；五律后四句第二字列，七律后四句第四、二、六字列，是前四句平仄排序的重复。

第二，融律联正对律、正黏律于格式之中，是近体律的集中反映，二四字平仄恒定是确定格式的理论基础；在语言律范围内，使用任何常规变声句式，或五言第四字、七言第六字变格句式，均不改变诗体属性。

第三，律诗可以视为两个仄平平仄格式绝句的组合，前半首首句可用韵可不用韵，后半首首句即第五句不得用韵。必在偶数句押韵，首句用韵与否不是划分律绝格式的依据。

第四，要求五言律绝第四字列平仄排序与第二字列相反，七言律绝第二、六字列平仄排序与第四字列相反；但允许个别句子字声变格。

第五，首联联式对其后所用联式以及该诗格式具有决定作用。选用哪种联式作首联，与个人性格、思维方式、语言习惯和诗坛环境有关，杜诗存在首联择用倾向，五绝最为典型。一般来说，五言律绝首句多不用韵，AB 联式“△△○○△，○○△△○”使用频次最高，CD 联式“○○○△△，△△△○○”次之；BD 联式“○○△△○，△△△○○”与 DB 联式“△△△○○，○○△△○”很少使用。七言律绝与五言相反，首句多用韵，首联选用 BD 联式较多，DB 联式次之；AB、CD 两个联式很少使用。五言律绝常见首联对仗，七言律绝首联较少对仗。

第二节　近体诗的平仄仄平格式

近体诗的第二个格式是“平仄仄平”，两个格式要点相同，不再赘述，区别是：五绝第二字列恒为平仄仄平排序，七绝第四字列恒为平仄仄平排序；五律后四句第二字列、七律后四句第四字列完全是前四句的重复。

首句不用韵五绝，以杜甫《归雁》为例，另取苏颋《汾上惊秋》作为首句用韵的辅证。两诗区别仅在于首句用韵与否。

	汾上惊秋		归　雁	
句序		二　四		二　四
1	北风吹白云，	△○○△●	春来万里客，	○○△△△
2	万里渡河汾。	△△△○●	乱定几年归。	△△△○●
3	心绪逢摇落，	○△○○△	肠断江城雁，	○△○○△

4	秋声不可闻。	○○△△●	高高向北飞。	○○△△●

五律以《重题郑氏东亭》《遗意》为例。

句序	**重题郑氏东亭**	二　四	**遗意·其一**	二　四
1	华亭入翠微，	○○△△●	啭枝黄鸟近，	△○○△△
2	秋日乱清晖。	○△△○●	泛渚白鸥轻。	△△△○●
3	崩石欹山树，	○△○○△	一径野花落，	△△△○△
4	清涟曳水衣。	○○△△●	孤村春水生。	○○○△●
5	紫鳞冲岸跃，	△○○△△	衰年催酿黍，	○○○△△
6	苍隼护巢归。	○△△○●	细雨更移橙。	△△△○●
7	向晚寻征路，	△△○○△	渐喜交游绝，	△△○○△
8	残云傍马飞。	○○△△●	幽居不用名。	○○△△●

七绝以《绝句漫兴九首》其五与《绝句》为例。

绝句漫兴九首·其五

句序		二　四　六
1	肠断春江欲尽头，	○△○○△△●
2	杖藜徐步立芳洲。	△○○△△○●
3	颠狂柳絮随风去，	○○△△○○△
4	轻薄桃花逐水流。	○△○○△△●

绝　句

句序		二　四　六
1	两个黄鹂鸣翠柳，	△△○○○△△
2	一行白鹭上青天。	△○△△△○●
3	窗含西岭千秋雪，	○○○△○○△
4	门泊东吴万里船。	○△○○△△●

七律以《狂夫》《闻官军收河南河北》为例。

狂　夫

句序		二　四　六
1	万里桥西一草堂，	△△○○△△●

2 百花潭水即沧浪。△○○△△○●
3 风含翠篠娟娟净，○○△△○○△
4 雨裛红蕖冉冉香。△△○○△△●
5 厚禄故人书断绝，△△△○○△△
6 恒饥稚子色凄凉。○○△△△○●
7 欲填沟壑唯疏放，△○○△○○△
8 自笑狂夫老更狂。△△○○△△●

闻官军收河南河北

句序　　　　　　　　二　四　六
1 剑外忽传收蓟北，△△△○○△△
2 初闻涕泪满衣裳。○○△△△○●
3 却看妻子愁何在，△○○△○○△
4 漫卷诗书喜欲狂。△△○○△△●
5 白日放歌须纵酒，△△△○○△△
6 青春作伴好还乡。○○△△△○●
7 即从巴峡穿巫峡，△○○△○○△
8 便下襄阳向洛阳。△△○○△△●

第三节　仄韵近体诗

仄韵近体诗亦有“平仄仄平”与“仄平平仄”两个格式，与平韵近体诗有三点区别：其一是押仄声韵，其二是奇数句允许用仄声尾，其三是句多变格。尽管仄韵近体诗受到大环境的挤压，但终不能抹煞诗体发展的规律，王维、刘长卿、韦应物、韩偓等名家都创作过仄韵律绝。杜甫也写过仄韵五绝，只是将其暗用于转韵诗中，如《丈人山》的上半首属“平仄仄平”格式，《丽春》的上半首属“仄平平仄”格式：

丈人山

自为青城客，不唾青城地。△○○○△，△△○○▲
为爱丈人山，丹梯近幽意。△△△○○，○○△○▲

丽　春

百草竞春华，丽春应最胜。△△△○○，△○○△▲

少须颜色好，多漫枝条剩。△○△○△，○△○○▲

杜甫写过三首仄韵五律。《赤谷西崦人家》属仄平平仄格式，押入声一屋韵，第一二六句是变格句式；《江头五咏·丁香》属平仄仄平格式，押去声二十九艳韵，第一五七八句是变格句式；《屏迹三首》其三属平仄仄平格式，押去声二十一个韵，末句是变格句式。奇数句均有仄声尾句式。

赤谷西崦人家

跻险不自安，出郊已清目。○△△△○，△○△○▼

溪回日气暖，径转山田熟。○○△△△，△△○○▼

乌雀依茅茨，藩篱带松菊。△△○○○，○○△○▼

如行武陵暮，欲问桃花宿。○○△△○，△△○○▼

江头五咏·丁香

丁香体柔弱，乱结枝犹垫。○○△○△，△△○○▲

细叶带浮毛，疏花披素艳。△△△○○，○○○△▲

深栽小斋后，庶近幽人占。○○△○△，△△○○▲

晚堕兰麝中，休怀粉身念。△△○△○，○○△○▲

屏迹三首·其三

衰颜甘屏迹，幽事供高卧。○○○△△，○△○○▲

鸟下竹根行，龟开萍叶过。△△△○○，○○○△▲

年荒酒价乏，日并园蔬课。○○△△△，△△○○▲

犹酌甘泉歌，歌长击樽破。○△○○○，○○△○▲

杜甫也写过仄韵七绝，用作转韵诗的前半首，“仄平平仄”格式，例如：

叹庭前甘菊花

檐前甘菊移时晚，青蕊重阳不堪摘。○○○△○○△，○△○○△○▲

明日萧条醉尽醒，残花烂漫开何益。○△○○△△○，○○△△○○▲

渔　阳

渔阳突骑犹精锐，赫赫雍王都节制。○○△△○○△，△△△○○△▲

猛将飘然恐后时，本朝不入非高计。△△○○△△○，△○△△○○▲

第四节 排 律

王士禛曰："唐人省试皆用排律，本只六韵而止。至杜始为长律。"① 钱起以《省试湘灵鼓瑟》一举成名。王力曰："有一种超过八句的律诗，称为长律。长律自然也是近体诗。"② 将多于四联的律诗叫作排律，多于六联的排律叫作长律，只要符合律联正黏模式，除首尾二联外中间各联对仗，该诗即为近体排律。五言的叫五排，七言的叫七排。五言长律往往在题目上标明韵数，如杜甫《风疾舟中伏枕抒怀三十六韵奉呈湖南亲友》，是指全诗30联、360字，一韵代表一联。

杜甫五排120余首，七排8首，尤爱五言长律。"排律是律诗篇幅的延伸，表达内容也得充分扩展，属于新兴体裁。杜甫大力创作排律，正是创新精神之体现，数量之多，篇幅之巨，实前所未有。"③ 长律联数多少不拘，如《赠翰林张四学士》《得家书》，8联；《送蔡希曾都尉还陇右因寄高三十五书记》10联；《谒先主庙》16联；20—30联的多首；40联及其以上的如《夔府书怀四十韵》《寄岳州贾司马六丈、巴州严八使君两阁老五十韵》《秋日夔府咏怀奉寄郑监李宾客一百韵》。杜甫也有七言长律，如《题郑十八著作丈》《寒雨朝行视园树》，均为8联。

杜诗长律讲究用韵完美，如《秋日夔府咏怀奉寄郑监李宾客一百韵》一韵到底；《自京赴奉先县咏怀五百字》全用入声韵。

---

① （清）王士禛撰，张宗柟辑：《带经堂诗话》卷二十九《外纪门一》，中国古籍基本库，清乾隆二十七年刻本。

② 王力：《诗词格律》，北京：中华书局，2009年，第21页。

③ 萧涤非主编：《杜甫全集校注》，北京：人民文学出版社，2014年，"前言"。

第三章　拗体诗

本章仅对杜甫拗体诗的几个律绝格式作一般性介绍，用实例阐述诗的声韵结构模式。至于用律特征等细部原理，将在第四篇拗体七律创新中阐述。

第一节　平韵拗体诗

一、拗体五律

（一）律联拗黏模式

杜甫拗体五律多写于入蜀之前。《得舍弟消息》，全律联，三二联间二四字拗黏；《遣兴五首》（天用莫如龙）其四，全律联，三二联间第二字拗黏。

得舍弟消息

乱后谁归得，他乡胜故乡。△△○○△，○○△△●

直为心厄苦，久念与存亡。△○○△△，△△△○●

汝书犹在壁，汝妾已辞房。△○○△△，△△△○●

旧犬知愁恨，垂头傍我床。△△○○△，○○△△●

遣兴五首（天用莫如龙）·其四

贺公雅吴语，在位常清狂。△○△○△，△△○○●

上疏乞骸骨，黄冠归故乡。△△△○△，○○○△●

爽气不可致，斯人今则亡。△△△△△，○○○△●

山阴一茅宇，江海日凄凉。○○△○△，○△△○●

（二）律拗联混用模式

《忆弟二首》其二，首联为拗联，它三联为律联；《寄赠王十将军承俊》，首二联是拗联，三尾联是律联。

忆弟二首·其二

且喜河南定，不问邺城围。△△○○△，△△△○●
百战今谁在，三年望汝归。△△○○△，○○△△●
故园花自发，春日鸟还飞。△○○△△，○△△○●
断绝人烟久，东西消息稀。△△○○△，○○○△●

寄赠王十将军承俊

将军胆气雄，臂悬两角弓。△○△△○，△○△△●
缠结青骢马，出入锦城中。○△○○△，△△△○●
时危未授钺，势屈难为功。○○△△△，△△○○●
宾客满堂上，何人高义同。○△△○△，○○○△●

二、拗体七绝

（一）律联拗黏模式

杜甫拗体七绝均写于居蜀时期。《答杨梓州》，首尾两律联联间二四字拗黏。

答杨梓州

闷到房公池水头，坐逢杨子镇东州。○△○○○△●，△○○△△○●
却向青溪不相见，回船应载阿戎游。△△○○△○△，○○○△○○●

（二）律拗联混用模式

《春水生二绝》其一，首联为拗联，尾联为律联。

春水生二绝·其一

二月六夜春水生，门前小滩浑欲平。△△△△○△●，○○△○○△●
鸬鹚鸂鶒莫漫喜，吾与汝曹俱眼明。○○○△△△△，○△△○○△●

三、拗体七律

（一）律联拗粘模式

如《咏怀古迹五首》其二，二联“怅望千秋一洒泪，萧条异代不同时”与首联“摇落深知宋玉悲，风流儒雅亦吾师”二四六字拗黏。

（二）律拗联混用模式

《白帝城最高楼》，首三联为拗联，二尾联为律联。

白帝城最高楼

城尖径昃旌旆愁，独立缥缈之飞楼。○○△△○△●，△△△△○○●
峡坼云霾龙虎卧，江清日抱鼋鼍游。△△○○○△△，○○△△○○●
扶桑西枝对断石，弱水东影随长流。○○○○△△△，△△○△○○●
杖藜叹世者谁子，泣血迸空回白头。△○○△△○△，△△△○○△●

第二节　仄韵拗体诗

一、仄韵拗体五律

（一）律联拗黏模式

杜甫仄韵拗体五律主要写于入蜀之前。《望岳》（岱宗夫如何），四联皆为律联，尾三联间二四字拗黏。

望　岳

岱宗夫如何，齐鲁青未了。△○○○○，○△○△▲
造化钟神秀，阴阳割昏晓。△△○○△，○○△○▲
荡胸生层云，决眦入归鸟。△○○○○，△△△○▲
会当凌绝顶，一览众山小。△○○△△，△△△○▲

（二）律拗联混用模式

《游龙门奉先寺》，二尾联是律联，首三联是拗联。

游龙门奉先寺

已从招提游，更宿招提境。△△○○○，△△○○▲
阴壑生虚籁，月林散清影。○△○○△，△○△○▲
天阙象纬逼，云卧衣裳冷。○△△△△，○△○○▲
欲觉闻晨钟，令人发深省。△△○○○，○○△○▲

二、仄韵拗体七绝

杜诗有两首仄韵拗体七绝，同属律拗联混用模式，首联均为拗联，尾联均为律联。

黄河二首·其二

黄河西岸是吾蜀，欲须供给家无粟。○○○△△○▼，△○○△○○▼
愿驱众庶戴君王，混一车书弃金玉。△○△△△○○，○△○○△○▼

三绝句·其一

前年渝州杀刺史，今年开州杀刺史。○○○○△△▲，○○○○△△▲
群盗相随剧虎狼，食人更肯留妻子。○△○○△△○，△○△△○○▲

三、仄韵拗体七律

杜甫有五首仄韵拗体七律，同属律拗联混用模式，拗联用量1—3个，出句允用仄声尾句式。如《发阆中》，首三尾联是律联，二联是拗联。

发阆中

前有毒蛇后猛虎，溪行尽日无村坞。○△△○△△▲，○○△△○○▲
江风萧萧云拂地，山木惨惨天欲雨。○○○○○△△，○△○○○△▲
女病妻忧归意速，秋花锦石谁复数。△△○○○△△，○○△△○△▲
别家三月一得书，避地何时免愁苦。△○○△△△○，△△○○△○▲

第三节　拗体排律

杜甫七排《释闷》《寄岑嘉州》曾引起较大关注与讨论。对《释闷》，赵次公曰："诗六韵，谓之古诗；而中四韵尽对，谓之近体；而字眼不顺，句之平仄不拘，盖所谓吴体者乎？”[1] 对《寄岑嘉州》，赵曰：“诗乃吴体，故不拘诗眼。”[2] 王力称其为“古风式的排律”，“全篇或大部份（分）用古句，然而除首尾两联外，每联都用对仗（有时首联也用对仗）”。[3] 察写作背景，《释闷》写于764年，《寄岑嘉州》写于768年，拗体七律《愁强戏为吴体》写于767年，三诗时间靠近、用律相近、均使用了同一标准格式的拗联，多第五字变声句式，律质不同于近体长排。相同的拗联格式是：“○○△△○○△，○△△△△○○”，如《愁》诗第二三联，《释闷》第三联，《寄岑嘉州》第二联。论者注重其拗联特征，将它们看作是和《愁》一样的“吴体”，是以拗联律质为依据的。按照格律诗的对立统一规律预判，有近体长律，就应该有拗体长律。王力认定《寄岑嘉州》为“古风式的排律”，也有人称《释闷》为七言古体。按照实情，《释闷》首二四联是律联，三五尾联是拗联，与律拗联混用模式的拗体七律一致；中间联基本对仗，符合排律要求。《寄岑嘉州》首二联是拗联，其他四联是律联，与律拗联混用模式拗体七律一致，中间联对仗甚佳。

释　闷

四海十年不解兵，犬戎也复临咸京。△△△○△△●，△○△△○○●
失道非关出襄野，扬鞭忽是过湖城。△△○○△○△，○○△△△○●
豺狼塞路人断绝，烽火照夜尸纵横。○○△△○△△，○△△△△○○●
天子亦应厌奔走，群公固合思升平。○△△○△○△，○○△△△○○●
但恐诛求不改辙，闻道嬖孽能全生。△△○○△△△，○△△△○○●
江边老翁错料事，眼暗不见风尘清。○○△○△△△，△△△△○○●

寄岑嘉州

不见故人十年馀，不道故人无素书。△△△○△○●，△△△○○△●
愿逢颜色关塞远，岂意出守江城居。△○○△○△△，△△△△○○●

① （宋）郭知达集注：《九家集注杜诗》卷十三，中国古籍基本库，宋宝庆元年广东漕司刻本。

② （宋）郭知达集注：《九家集注杜诗》卷二九，中国古籍基本库，宋宝庆元年广东漕司刻本。

③ 王力：《汉语诗律学》，上海：上海教育出版社，1958年，第462页。

外江三峡且相接，斗酒新诗终日疏。△○○△△○△，△△○○○△●

谢朓每篇堪讽诵，冯唐易老听吹嘘。△△△○○△△，○○△△△○●

泊船秋夜经春草，伏枕青枫限玉除。△○○△○○△，△△○○△△●

眼前所寄选何物，赠子云安双鲤鱼。△○△△△○△，△△○○○△●

由此也可以推论，既然有平韵拗体排律，仄韵拗体排律也应该是存在的，如《水阁朝霁，奉简严云安》，十七霰韵，由五个律联、一个拗联组成，中间各联对仗。

杜诗中有的超八句转韵诗也能体现排律的格调，如《寄柏学士林居》，七言八联；前四联押五歌韵，后四联押七遇、七麌韵；中间联基本对仗且比较工整，如“青山万里静散地，白雨一洗空垂萝”“荆扬春冬异风土，巫峡日夜多云雨”“赤叶枫林百舌鸣，黄泥野岸天鸡舞”；首二四联是律联，其他联是拗联。按照惯常思维，一般视为七古，但其中明显含有排律因素，有待进一步研究。

第四章　杜甫的其他诗体

杜诗中除大量的二四联五七言律绝、排律外，还有少量格式不入主流，将其集于一章叙述，可以感受到杜甫对格律诗表现形式的创新追求，而从中受到启发。

第一节　古绝与古律

唐代及其以后的七言古绝、古律，不用律联、不讲黏对；要求中间联对仗，但也并非十分较真；用韵与近体诗一致。杜甫不喜五言古体律绝，但有七言，如《绝句漫兴九首》其一，仄韵《三绝句》其二，两联皆为律拗句混成模式拗联。七言古律《去秋行》，首三联是律拗句混成模式拗联，二尾联是纯拗句模式拗联，第三联对仗，出句 3 个三仄尾、对句 3 个三平尾，很有特色；仄韵七言古律《悲青坂》，七个律句、一个拗句，首三尾联是律句拗对模式拗联，二联是律拗句混成模式拗联，但中二联不对仗。

绝句漫兴九首·其一

眼见客愁愁不醒，无赖春色到江亭。△△△○○△●，○△○△△○●

即遣花开深造次，便觉莺语太丁宁。△△○○○△△，△△○△△○●

三绝句（前年渝州杀刺史）·其二

二十一家同入蜀，惟残一人出骆谷。△△△○○△▼，○○△○△△▼

自说二女啮臂时，回头却向秦云哭。△△△△△△○，○○△△○○▼

去秋行

去秋涪江木落时，臂枪走马谁家儿。△○○○△△●，△○△△○○●

到今不知白骨处，部曲有去皆无归。△○△○△△△，△△△△○○●

遂州城中汉节在，遂州城外巴人稀。△○○○△△△，△○○△○○●

战场冤魂每夜哭，空令野营猛士悲。△○○○△△△，○○△○△△●

悲青坂

我军青坂在东门，天寒饮马太白窟。△○○△△○○，○○△△△△▼
黄头奚儿日向西，数骑弯弓敢驰突。○○○○△△○，△△○○△○▼
山雪河冰野萧瑟，青是烽烟白人骨。○△○○△○△，○△○○△○▼
焉得附书与我军，忍待明年莫仓卒。○△△○△△○，△△○○△○▼

第二节　半律半古诗

杜甫对格律诗体式进行过多种探索，意欲通过改变外部形态，派生出更多的诗体格式，或转韵或增韵，或改变句子长短、句数。所谓半律半古诗的律质特征包含四种情况，一是无对仗联律诗；二是转韵诗；三是长短句并用；四是句数变化，介于4—8句之间。它们派生于格律诗，或谓诗体格式创新过程中尚未定型的中间产物，作品数量无拘多少，皆具诗体革新的积极意义。

一、无对仗联律诗

拗体诗无对仗联者，因其中含有律联，不宜归入古体；因无对仗，又不宜归入拗体，权作半律半古对待。如《戏赠友二首》其一，一律联、三拗联，按律质应属拗体五律；如《白马》，四联皆为律联，三二联间拗黏，按律质应属仄韵拗体五律。

戏赠友二首·其一

元年建巳月，郎有焦校书。○○△△△，○△○△●
自夸足膂力，能骑生马驹。△○△△△，○○○△●
一朝被马踏，唇裂板齿无。△○△△△，○△△△●
壮心不肯已，欲得东擒胡。△○△△△，△△○○●

白　马

白马东北来，空鞍贯双箭。△△○△○，○○△○▲
可怜马上郎，意气今谁见。△○△△○，△△○○▲

近时主将戮，中夜商於战。△○△△△，○△○○▲
丧乱死多门，呜呼泪如霰。○△△○○，○○△○▲

二、等言转韵诗

杜甫有27首转韵诗，在其诗作中占有一定比重，应引起关注。王士禛曰：七古换韵法“起于陈隋初唐四杰辈，沿之盛唐，王右丞、高常侍、李东川尚然，李杜始大变，其格大约首尾腰腹须铢两匀称，勿头重脚轻，脚重头轻乃善。”① 诗的结构可以看作由两首绝句组成，或者说将前后半首都视为一首绝句，前半首多押仄韵，后半首多押平韵。内中两个绝句有近体也有拗体，两绝句间（即三二联间）有正黏也有拗黏。如《戏简郑广文虔兼呈苏司业源明》由一首仄韵、一首平韵五绝组成，三二联间正黏；《丽春》前半首是仄韵近体五绝，后半首是拗体五绝，三二联间拗黏；《越王楼歌》前半首为仄韵拗体七绝、后半首为七绝，三二联间正黏。《秋雨叹三首》其二，前半首是七绝，后半首是仄韵拗体七绝，三二联间正黏。它是一个比较特殊的诗体，因非一韵到底，无必要做正黏或拗黏分析。有的使用多韵部字押韵，转韵频次较高，如《天边行》，跨三个入声韵部，得、息二字属十三职，木字属一屋，蜀、鹄二字属二沃。

戏简郑广文虔兼呈苏司业源明

广文到官舍，系马堂阶下。△○△○▲，△△○○▲
醉则骑马归，颇遭官长骂。△△○△○，○○○△▲
才名四十年，坐客寒无毡。○○△△●，△△○○●
赖有苏司业，时时与酒钱。△△○○△，○○△△●

丽　春

百草竞春华，丽春应最胜。△△△○○，△○○△▲
少须颜色好，多漫枝条剩。△○△○△，○△○○▲
纷纷桃李枝，处处总能移。○○○△●，△△△○●

① （清）王士禛撰，张宗柟辑：《带经堂诗话》卷二十九《外纪门一》，中国古籍基本库，清乾隆二十七年刻本。

如何此贵重？却怕有人知。○○△△△，△△△○●

越王楼歌

绵州州府何磊落，显庆年中越王作。○○○△○△▼，△△○○△○▼

孤城西北起高楼，碧瓦朱甍照城郭。○○○△△○○，△△○○△○▼

楼下长江百丈清，山头落日半轮明。○△○○△△●，○○△△△○●

君王旧迹今人赏，转见千秋万古情。○○△△○○△，△△○○△△●

秋雨叹三首·其二

阑风长雨秋纷纷，四海八荒同一云。○○△△○○●，△△△○○△●

去马来牛不复辨，浊泾清渭何当分。△△○○△△△，△○○△○○●

禾头生耳黍穗黑，农夫田父无消息。○○○△△△▼，○○○△○○▼

城中斗米换衾裯，相许宁论两相直。○○△△○○○，○△△○△○▼

天边行

天边老人归未得，日暮东临大江哭。○○△○○△▼，△△○○△○▼

陇右河源不种田，胡骑羌兵入巴蜀。△△○○△△○，○△○○△○▼

洪涛滔天风拔木，前飞秃鹙后鸿鹄。○○○○○△▼，○○△△△○▼

九度附书向洛阳，十年骨肉无消息。△△△○△△○，△○△△○○▼

三、长短句转韵诗

以《丈人山》为例，前半首是仄韵五绝，后半首是拗体七绝；一首诗中不仅容纳近体与拗体两个不同体式，且使用两个不同的等言句式。《去矣行》五六七言句并用，句式排列类如宋词，尾联使用律联。

丈人山

自为青城客，不唾青城地。△○○○△，△△○○▲

为爱丈人山，丹梯近幽意。△△△○○，○○△○▲

丈人祠西佳气浓，缘云拟住最高峰。△○○○○△●，○○△△△○●

扫除白发黄精在，君看他时冰雪容。△○△△○○△，○△○○○△●

去矣行

君不见鞲上鹰，一饱则飞掣。○△△△△○，△△△○▼

焉能作堂上燕，衔泥附炎热。○○△○△△，○○△○▼

野人旷荡无靦颜，岂可久在王侯间。△○△△○△●，△△△△○○●
未试囊中餐玉法，明朝且入蓝田山。△△○○○△△，○○△△○○●

四、改变句数和韵数

杜甫进行过5—7句诗的尝试，并调整韵位、韵数。多用三仄尾、三平尾，散发着浓烈的古韵古香。《三韵三篇》其一，六句三韵，二首联间拗黏。《曲江三章章五句》，每首五句，一二三五句用韵，一韵到底，皆在第三句作顿，前三句与《浣溪沙》上片格式相似，非今非古、自我作古；三首各有区别，其一用四平韵，首联为拗联、尾联为律联；其二用四仄韵，两个律联；其三用四平韵，两个拗联。王士禛曰："七言五句起于杜子美之'曲江萧条秋气高'也，昔人谓贵词明意尽，愚谓贵矫健，有短兵相接之势乃佳。"① 《后苦寒行二首》其一，七句、五入声韵，首二联为拗联、三联为律联；其二则七句、六韵，前四句押入声韵、第五句"酷"为邻韵，尾联转押二平韵，首尾联为拗联、二联为律联。

三韵三篇·其一

高马勿唾面，长鱼无损鳞。○△△△△，○○○△●
辱马马毛焦，困鱼鱼有神。△△△○○，△○○△●
君看磊落士，不肯易其身。○○△△△，△△△○●

曲江三章章五句·其一

曲江萧条秋气高，菱荷枯折随风涛。△○○○○△●，○○○△○○●
游子空嗟垂二毛。○△○○○△●
白石素沙亦相荡，哀鸿独叫求其曹。△△△○△○△，○○△△○○●

曲江三章章五句·其二

即事非今亦非古，长歌激越梢林莽。△△○○△○▲，○○△△○○▲
比屋豪华固难数。△△○○△○▲
吾人甘作心似灰，弟侄何伤泪如雨。○○○△○△○，△△○○△○▲

① （清）王士禛撰，张宗柟辑：《带经堂诗话》卷二十九《外纪门一》，中国古籍基本库，清乾隆二十七年刻本。

曲江三章章五句·其三

自断此生休问天，杜曲幸有桑麻田。△△△○○△●，△△△△○○●

故将移住南山边。△○○△○○●

短衣匹马随李广，看射猛虎终残年。△○△△○△△，△△△△○○●

后苦寒行二首·其一

南纪巫庐瘴不绝，太古已来无尺雪。○△○○△△▼，△△△○○△▼

蛮夷长老怨苦寒，昆仑天关冻应折。○○△△△△○，○○○○△○▼

玄猿口噤不能啸，白鹄翅垂眼流血。○○△△△○△，△△△○△○▼

安得春泥补地裂。○△○○△△▼

后苦寒行二首·其二

晚来江门失大木，猛风中夜飞白屋。△○○○△△▼，△○○△○△▼

天兵斩断青海戎，杀气南行动坤轴。○○△△○○○，△△○○△○▼

不尔苦寒何太酷。△△△○○△▼

巴东之峡生凌澌，彼苍回斡人得知。○○○△○○●，△○○△○△●

第四篇 杜甫的诗体创新

第一章　杜甫诗体创新概述

本章结合杜甫的创作实践，将其诗体创新历程分为四个时期，并专节讨论初唐七言律诗对他的影响，以及盛唐七言律诗分布格局的意义。了解这一背景，有益于认识杜甫对七律、拗体七律、拗体七绝创体的贡献。

第一节　杜甫诗体创新分期

杜诗被推崇大约起于中唐，韩愈诗云："李杜文章在，光焰万丈长。"（《调张籍》）元稹曰："至于子美，盖所谓上薄风骚，下该沈宋，言夺苏李，气吞曹刘，掩颜谢之孤高，杂徐、庾之流丽，尽得古今之体势，而兼人人之所独专矣。"① 白居易赞其"贯穿今古，𬬿缕格律，尽工尽善，又过于李"②。至宋开始宗杜，论者常用"变""神"二字形容杜甫善于推陈出新。苏轼曰："故诗至于杜子美，文至于韩退之，书至于颜鲁公，画至于吴道子，而古今之变，天下之能事毕矣。"③ 叶燮曰："宋金元明之诗家称巨擘者，无虑数十百人，各自炫奇翻异，而甫无一不为之开先。此其巧无不到，力无不举，盛于千古，不能衰不可衰者也"，"变化而不失其正，千古诗人惟杜甫为能，高岑王孟诸子设色止矣，皆未可语以变化也"，"惟夫

① （唐）元稹：《唐故检校工部员外郎杜君墓系铭并序》，（唐）杜甫撰：《杜工部集》卷二十，中国古籍基本库，民国商务印书馆影印续古逸丛书景宋刻本配毛氏汲古阁本。

② （唐）白居易：《与元九书》，《白氏长庆集》卷二八，中国古籍基本库，民国八年上海商务印书馆四部丛刊景日本元和间活字本。

③ （宋）苏轼：《书吴道子画后》，《苏轼文集》，北京：中华书局，1986 年，第 2210 页。

子杜甫诗之神者也，夫惟神乃能变化”。[①] 陈廷焯曰：“诗至杜陵而圣，亦诗至杜陵而变”，“昔人谓杜陵为诗中之秦始皇，亦是快论”。[②] 叶嘉莹曰：“如果说在中国诗史上，曾经有一位诗人，以独力开辟出一种诗体的意境，则首当推杜甫所完成之七言律诗了”，“我总以为中国五言诗之兴起，是时势所趋，颇为大众化的一件事，而七言诗之兴起，则似乎与一些天才诗人的创造与尝试，一直有着较密切的关系”。[③] 萧涤非曰：“杜甫对近体，贡献尤大。扩展了律诗的表现范围，促进七言律及排律之成熟，创格七言拗律及联章组诗。”[④] 张忠纲曰：“杜诗奇，源于创。敢于创新，避熟生新，因旧翻新。”[⑤] 为了聚焦杜甫创新，现将其创新（兼创作）历程分四个阶段论述，即入蜀之前、草堂时期、夔州时期与流落荆湘时期。创新成就与创作实践密不可分，但各时期的创作与创新侧重面则会有所差别。《杜甫全集校注》诗 20 卷，与创新分期对应，大致情况是：第一时期 1—7 卷，第二时期 8—12 卷，第三时期 13—18 卷，第四时期 19—20 卷。

一、第一时期（736—759）

《杜甫全集校注》所收杜诗约始于开元二十四年（736 年），第一阶段从此算起，至卜居草堂为止，游历山水、求仕为官、李杜相逢、安史之乱、奔波逃难都发生在这个漫长的时期。736 年，洛阳进士试落第；赴兖州，游齐赵，作第一首七律《题张氏隐居二首》；741 年，返回洛阳，结婚；744 年四月，李白赐金放还，李杜于洛阳相遇，约梁宋之游；745 年秋，李杜兖州相会，秋末分手，李去吴越，杜初入长安。745—746 年间，作第一首拗体七律《郑驸马宅宴洞中》。747 年长安应试无果；750 年向唐

① （清）叶燮撰：《原诗·内篇》，中国古籍基本库，清道光吴江沈氏世楷堂刻昭代丛书合刻本。

② （清）陈廷焯撰：《白雨斋诗话》卷七，中国古籍基本库，清光绪二十年刻本。

③ 叶嘉莹：《论杜甫七律之演进及其承先启后之成就（代序）》，《杜甫秋兴八首集说》，石家庄：河北教育出版社，1997 年，第 7、8 页。

④ 萧涤非主编：《杜甫全集校注》，北京：人民文学出版社，2014 年，“前言”。

⑤ 张忠纲：《杜甫集》，北京：国家图书馆出版社，2019 年，第 25 页。

玄宗献三大礼赋；752 年与高适、岑参、储光羲、薛据同登慈恩寺塔；755 年，爆发安史之乱；745—755 年谓“长安十年”。此前忙于仕途进取，难以分心创新。756 年，唐玄宗逃亡四川，李亨即位灵武；757 年四月杜甫赴凤翔授左拾遗，闰八月放还鄜州；758 年和王维、岑参作大明宫诗；六月贬华州司功参军，从此永离朝廷；759 年春返华州，作“三吏三别”，七月赴秦州，十月赴同谷，年末抵成都。此前是他最艰难、最困顿的时期，也是他的创新预备阶段，创作特点是多体多格，诗体创新重心尚不明朗；但已经取得突出的文学成就，表现是：归纳成功语言律、诗律，师从古人、借鉴继承，酝酿诗体、着力实践，为诗体创新奠定了物质和理论基础。

该时期五言 179 首、七言 32 首；就诗体而言，五律为重、拗体五律次之，七言近体、拗体皆有，缺项是五绝、拗体七绝、古绝、古律。诗体建设构想初具轮廓，但七律仅 16 首，尚未占据主导地位。由表 3-1-1 可知，五律“几占杜诗之半，成就亦最大，代表了唐代最高水平”①。

现列出有关体式第一次出现的诗题名称与写作时间，可窥一斑。

五律：《登兖州城楼》，写于 736 年第一次游齐赵之时。

仄韵五律：《赤谷西崦人家》，写于 759 年流落秦州之时。

拗体五律：《前出塞九首》其一，约写于 751 年前后。

仄韵拗体五律：《望岳》（岱宗夫如何），写于第一次游齐赵之时。

七律：《题张氏隐居二首》其一，写于第一次游齐赵之时。

七绝：《赠李白》，写于 745 年第二次游齐赵之时。

拗体七律：《郑驸马宅宴洞中》，写于约 747 年前后。

仄韵拗体七律：《悲陈陶》，写于 756 年。

转韵诗：《秋雨叹三首》其一，写于 747 年。

二、第二时期（760—765）

760 年春，杜甫 49 岁，得剑南西川节度使裴冕关照，建浣花溪草堂；761 年，得剑南节度使、成都尹严武关照；762 年，唐玄宗、唐肃宗去世，

① 萧涤非主编：《杜甫全集校注》，北京：人民文学出版社，2014 年，“前言”。

严武入朝，遇战乱，曾流寓梓州、阆州；764 年，朝廷召杜任京兆功曹参军，不赴；同年正月，严武再镇成都，杜回成都，严表荐杜任工部员外郎；765 年四月严武病死，五月杜离成都南下。760 年春至 765 年春，连头带尾计算，杜甫算是获得大约 6 年相对安稳的时光。将居成至迁夔之前称为第二时期或草堂时期，是他精力集中、目标明确的创新期，只要存在创新的条件与可能，他都勇于尝试，可以说七律、拗体七律、拗体七绝三体创新在此时期已经基本完成。创作实践是对诗体创新的直接验证，是完善与提高的必须过程，创作也随之达到高潮。

就作品数量而言，五言 245 首、七言 127 首，总量比第一时期增加 76%；七言所占比重从第一时期的 15% 提升到 34%；近体七律 40 首、拗体七律 18 首、七言转韵诗 12 首，均达到规模化。就其他诗体而言，首次出现五绝、拗体七绝与古绝、古律，各体式尽皆托出。杜甫推崇初唐七言格局，除七律、拗体七律、七言转韵与七言古律外，又纳入七绝与拗体七绝。该时期七律名篇有《蜀相》《狂夫》《登楼》；拗体七律亦不乏佳作，例《卜居》《所思》《至后》。可一窥杜甫诗体构想之气派、体式变化之路数、艺术手法之奇特，堪当盛唐诗人之最。

对七言近体与拗体的创作，在杜甫心目中无档次高下之分，主象是：同时起步、连带写作，显现一种偏好，创作近体诗的同时也落笔拗体与古体，如《绝句漫兴九首》中近体、拗体、古绝各占三首，平均分布。

该时期第一次出现的新体式作品是：

五绝：《因崔五侍御寄高彭州一绝》，写于 760 年。

拗体七绝：《凭何十一少府邕觅榿木栽》，写于 760 年。

仄韵拗体七绝：《黄河二首》其二，写于 764 年。

三、第三时期（766—768）

766 年暮春，杜甫移居夔州（奉节），768 年东出三峡，连头带尾计算约有三年。将至夔州之后到抵江陵之前，称为第三时期或夔州时期。杜甫在草堂时期已经将七律、拗体七律、拗体七绝三个新体打造出来，夔州时期顺风顺水，重心向创作偏移，以实践作为巩固手段，使三体完全成熟化、定型化，实现批量生产，创作生涯达到巅峰。仅仅三年，即创作五言220首、七言115首，总数与六年草堂时期相匹敌，按产出比计算约增加一倍。犹如预为设计一般，七言占34%，与草堂时期相等。以《诸将五首》《秋兴八首》《咏怀古迹五首》组诗夯实杜甫七律的宗祖地位；以《白帝城最高楼》《愁》《暮春》名篇，夯实杜甫拗体七律的宗祖地位；以《江畔独步寻花》《绝句漫兴九首》组诗起始，以《夔州歌十绝句》组诗落锤，夯实杜甫拗体七绝的宗祖地位。从体式、诗律、联式、语言律等诸个角度而言，无一不彻无一不明，诗律与艺术运用达到令人连连惊叹却难以道出其所以然的高超水平。有后世论者以盛唐七言律绝娴雅为正，对夔州诗颇有微词，症结就在于对拗体七律、拗体七绝，多凭来自近体诗的感性标准去判断，而缺乏理性的深度，恰恰从反面印证七言拗体正是人们需要以新姿态接纳的新诗体。

该时期首次出现仄韵七言古绝，如《夔州歌十绝句》其十。杜甫继续草堂时期的创作习惯，律拗齐写，如《夔州歌十绝句》三个体式皆备，含三首近体、六首拗体、一首古绝。此外，在转韵诗领域继续投入精力，如《前苦寒行二首》《后苦寒行二首》，各具特点。

四、第四时期（768—770）

768年，杜甫出三峡、抵岳阳。769年，漂泊于潭州—衡州—潭州间。770年，潭州—衡州，打算去郴州，水阻耒阳，再折返潭州，卒于潭州—岳阳间舟中。将漂泊荆湘的这段最后岁月称为第四时期，湘地战乱频仍居无定所，穷困潦倒体衰多病，创新期已经结束，但仍坚持创作，有五言59首、七言16首，不乏传世之作，如五律《登岳阳楼》《南征》，七绝《江南逢李龟年》，七律《燕子来舟中作》《小寒食舟中作》，拗体七律《暮归》《晓发公安数月憩息此县》。他的最后一首七律是《赠韦七赞善》，最后一首拗体七律是《长沙送李十一》。

第二节　初盛唐七言律诗分布格局

诗论家一般将唐诗分为初盛中晚四个时期，唐高祖至玄宗开元为初唐（618—712），开元至代宗大历为盛唐（713—765），大历至敬宗宝历为中唐（766—826），文宗大和至五季为晚唐（827—906）。杜甫是盛唐中人，谈七言创新自然离不开初盛唐。萧涤非曰："初唐时期始趋成熟之近体诗，讲究声律，注重对仗，在艺术上确是一大进步。"① 盛唐达到唐诗的"全盛"时期，张中行认为"全盛"有四个含义，即作者多、成就高、诗体发展到顶峰、由致用着想。② 杜甫七律上接初唐，立于盛唐，光被后世。王世懋曰："老杜结构自为一家言，盛唐散漫无宗，人各自以意象声响得之。"③ 胡应麟曰："才超一代者李也，体兼一代者杜也"，"参其格调，实与盛唐大别。其能荟萃前人在此，滥觞后世亦在此"。④ 本节以《全唐诗》⑤ 为文本依据，按初盛两个时期，就七律、拗体七律、七言转韵诗、七言古律四个体式，做出统计分析。

一、初唐的七言律诗

为便于核对纠误，列出纳入统计数据的初唐七言律诗作者62位，除皇帝、皇后外，其他诗人是：陆敬、沈叔安、何仲宣、崔日用、宗楚客、许敬宗、王绩、陈子良、上官仪、狄仁杰、苏瑰、张九龄、宋之问、崔湜、王勃、李峤、杜审言、姚崇、苏味道、郭震、贾曾、崔融、阎朝隐、韦元旦、邵升、李适、刘宪、苏颋、姜晞、姜皎、蔡孚、徐彦伯、武三思、张

① 萧涤非：《杜甫全集校注》，北京：人民文学出版社，2014年，"前言"。

② 参见张中行：《诗词读写丛话》，北京：中华书局，2009年，第59页。

③ （明）王世懋撰：《艺圃撷余》，中国古籍基本库，明万历间绣水沈氏尚白斋刻宝颜堂秘笈本。

④ （明）胡应麟撰：《诗薮·内编四·近体上》，中国古籍基本库，明万历三十七年张养正刻本。

⑤ 中华书局编辑部点校：《全唐诗》，北京：中华书局，1999年。

易之、张昌宗、薛曜、杨敬述、杨师道、于季子、刘希夷、张说、韦嗣立、李乂、卢藏用、岑羲、薛稷、马怀素、沈佺期、武平一、赵彦昭、萧至忠、李迥秀、卢怀慎、郑愔、裴漼、张谔。

表4-1-1列出初唐以及苏颋、张说、沈佺期、宋之问四位主要诗人的作品情况。表明：以五言为主的“齐梁体”在初唐发生根本性变革，刷新汉魏乐府、歌行的体式概念，七律与拗体七律始具形貌，二者的发明权应属于初唐。初唐诗人群体多达官贵人，从皇帝到臣下，乃至宫廷嫔妃，大都会作诗且引以为荣，遇各种名目的皇家庆典、贵族宴饮，臣子与御用文人皆踊跃参加，为“应制诗”搭建了充分表演的政治舞台，诗句允长允短、句数允多允少、体式允古允近允拗，有时还评优颁奖，犹如百鸟朝凤、百家争鸣，呈现一种雍雅、祥和的盛世气象。“应制诗”使七律、拗体七律这一对孪生诗体催生落地，初唐给它们举行了隆重的奠基礼。两体七律，往往是由不同诗人创作于同一次应制活动之中，例如：《兴庆池侍宴应制》，韦元旦、李乂、马怀素、沈佺期、武平一写七律，刘宪写拗体七律；《奉和初春幸太平公主南庄应制》，李峤、邵升、李乂、沈佺期写七律，赵彦昭写拗体七律；《奉和安乐公主山庄应制》，韦元旦、李乂、卢藏用、马怀素、赵彦昭写七律，刘宪、岑羲、薛稷写拗体七律。史实证明：近体诗律与拗体诗律在初唐同时降生、同速生长，七律与拗体七律两体亦同时降生、同速生长，没有理由给它们分出前后、议定偏正，初唐写过拗体七律的诗人中约有半数没写过一首七律，拗体七律压根儿就不是因嫌怨七律要求太严才从那儿派生出来的“变体”。初唐时“七律”不叫“七律”，“拗体七律”亦不叫“拗体七律”，它们一起统列于“应制诗”名下，应制题材占两体七律总量的78%，89首七律中有76首应制诗，56首拗体七律中有47首应制诗；题材狭窄单一，主题是对朝廷歌功颂德粉饰太平，诗人抱着一种察言观色、讨取皇帝或主人欢心的心理去写，故难出精品。直到张说、苏颋、沈佺期才逐渐跳出其外，开始面向社会，如张说《灉湖山寺》，苏颋《九月九日望蜀台》，沈佺期《古意呈补阙乔知之》。初唐七言格律诗主要包括四个体式，七律为主、拗体七律次之，二者皆成规模，其数量比大致为3∶2；宋之问倡导七言转韵诗，有潜在的发展趋势；

七言古律只有一首。初唐的这种体式分布格局，是在无人主导下靠文学发展的自然规律而形成的，两体自由发育、相得益彰，体现出两律语言的性征，分别或共同用于除七律以外的其他三个诗体，形成了一种语言用途的合理分配架构。

表 4-1-1　初唐的七言律诗分布格局

类别	七律	拗体七律	七言转韵诗	七言古律
初唐总计	89	56	8	1
苏颋	13	0	0	0
张说	10	2	1	0
沈佺期	14	2	0	0
宋之问	3	1	5	0

二、盛唐的七言律诗

纳入统计数据的盛唐七律作者 41 位，少于初唐，他们是李隆基（玄宗）、李憕、李邕、孙逖、卢象、徐安贞、陶岘、王维、裴迪、崔兴宗、丘为、苑咸、崔颢、祖咏、李颀、储光羲、薛据、王昌龄、常建、万楚、王諲、崔曙、张抃、庾光生、杨志坚、孟浩然、李白、乔琳、张渭、严维、岑参、梁锽、包佶、包何、皇甫曾、高适、杜甫、贾至、元结、张继、严武。

表 4-1-2 列出盛唐以及王维、李白、高适、岑参、杜甫五位主要诗人的作品情况。与初唐相比，盛唐诗人群体成分发生了重大变化，孟浩然一生布衣、王维渐离政治、李白无职业、杜甫为下层官员，他们的诗歌数量巨大、体式广泛，当属专业诗人，注定在文学事业上要有更大作为。经他们之手，诗律达到严整、清晰的高度，成为格律诗创作法规，七律、拗体七律得以定型；七律占比明显增加，拗体七律有所减少。令人十分惊讶的是：杜甫本人以及盛唐的七律与拗体七律之比相当吻合，皆为 2∶1，与初唐相近、略有变化，杜甫主宰了盛唐七言律诗分布格局，反映出盛唐诗人对初唐创作氛围的欣赏与留恋。按七律作品数量统计，主要诗人是杜甫

（107）、王维（8）、李颀（7）、张继（7）、张渭（6）。由初入盛的四位大家中，王维（701—761）、李颀（？—751）功不可没。明清学者论七律宗王维、李颀而非杜甫，其中没有明言的一条理由应是对杜甫两式七律分割不明，觉得没有王、李那样规范、那样纯净。初盛唐诗人过千，能为七言律者不过百人而已，可见七律起始之艰。比较表 4-1-1 与表 4-1-2 可知，盛唐的两式七律在数量上，较初唐翻番，初盛两期七言八行律诗总量达 501 首。杜甫顺承初唐、一力前行，苦心培育、辛勤创作七律、拗体七律及转韵诗，三个体式数量均居盛唐群龙之首，书写题材完全走出初唐的“应制”旧圈，千真万确成为七言律诗的统领者，成为盛唐之音的代表人物。

表 4-1-2　盛唐的七言律诗分布格局

类别	七律	拗体七律	七言转韵诗	七言古律
盛唐总计	189	98	56	4
王维	8	13	0	0
李白	4	7	11	1
高适	5	4	2	0
岑参	4	7	7	0
杜甫	107	52	27	3

程千帆、张宏生认为：“据我们的统计，在杜甫之前，初盛或由初入盛的诗人计创作七律 246 首。”[①] 笔者统计结果是：初盛两期的七律总和为 278 首，并包括杜甫及其同代诗人在内，如高适（704—765）、张继（约 715—779）、岑参（？715—770）、裴迪（716—？）、贾至（718—772）、元结（719—772）、严武（726—765）、皇甫曾（744 年进士），他们不属于“杜甫之前”的诗人；若除开他们，“初盛或由初入盛的诗人”的七律实为 150 首。误差原因可能来自诗人身份与七律体式认定两个方面。

七律、拗体七律于初唐同生、盛唐同长，初盛唐时期未闻谁家歧视拗

① 程千帆、张宏生：《七言律诗中的政治内涵——从杜甫到李商隐、韩偓》，程千帆、莫砺锋、张宏生：《被开拓的诗世界》，南京：凤凰出版社，2020 年，第 34 页。

体七律。中唐七律发展迅猛，拗体七律被远远抛在其后，初盛唐形成的七律两体分布格局受到挑战而失衡。有的中晚唐诗人未曾写过一首拗体七律，反映出拗体遭受压抑的状态。这种倾向与结果非杜甫所料所愿，与他的七言律诗实践存在重大偏离，也影响到后人对拗律、拗体（包括“吴体”）的正确认识过程。

第二章　七律的创新

纵览杜甫全部七律，依近体诗律确认杜甫七律篇数为 107 首；就七言律联句子第五字变声、第六字变格进行讨论，阐述杜甫的语言应用艺术；从多个方面论证七律创新之功归于杜甫。

第一节　杜甫七律总览

历代论者最为看重杜甫七律，知其难识其高，将其当作格律诗标杆。胡应麟曰“近体之难，莫难于七言律。五十六字之中，意若贯珠，言如合璧”，谓杜甫《登楼》《秋兴八首》“气象雄盖宇宙，法律细入毫芒，自是千秋鼻祖”，谓《登高》“如海底珊瑚瘦劲难名，沉深莫测而精光万丈力量万钧，通章章法句法字法前无昔人后无来学……此诗当为古今七言律第一，不必为唐人七言律第一也”。[①] 叶燮曰“七言律诗是第一棘手难入法门，融各体之法各种之意括而包之于八句”，针对有人一写律诗就是数十首的现象，他曰：“近来诗之亡也，先亡乎律；律之亡也，在易视之而不知其难。”[②] 王士禛曰：“诗至工部，集古今之大成，百代而下无异词者，七言大篇尤为前所未有，后所莫及，盖天地元气之奥，至杜而始发之，今别于盛唐诸家。”[③] 谈到如何研习七律，又曰：“七言律宜读王右丞、李东川，尤宜读刘文房诸作。宋人则陆务观，若欧、黄、苏三大家只当读古诗

① （明）胡应麟撰：《诗薮·内编五·近体中》，中国古籍基本库，明万历三十七年张养正刻本。

② （清）叶燮撰：《原诗·外篇》，中国古籍基本库，清道光吴江沈氏世楷堂刻昭代丛书合刻本。

③ （清）王士禛撰，张宗柟辑：《带经堂诗话》卷四《总集门一》，中国古籍基本库，清乾隆二十七年刻本。

歌行绝句，至于七律必不可学。学前诸家七律久而有所得，然后取杜诗读之，譬如百川学海而至于海也，此是究竟归宿处。”[①] 沈德潜曰：“杜七言律有不可及者四：学之博也，才之大也，气之盛也，格之变也。”[②] “格之变也”，除句式多变因素外，当指体式之变，突出反映在对杜甫七律的辨体结果方面。论者按照各自的诗律理解，给杜甫七律定体。元初方回认为有 159 首[③]，清代浦起龙认为有 151 首[④]，当代韩成武认为严整的只有 113 首[⑤]，韩的弟子李世前从 151 首“七言八行诗”中，将 39 首“或多或少存在（黏对）失误的”予以剥离，认为合律的是 112 首[⑥]。也有人另眼看待第五字变声、第六字变格句，认为杜甫七律 60% 含有“拗句”，合乎标准的仅有 60 首。依《杜甫全集校注》所载，按诗律、诗体观衡量，本书确认杜甫七律为 107 首。

“151”几乎是一个被视为“经典”的数据，被学者多次引用，现在已经判明，对该数据应该加以修正。“151”实为七律 107 首与平韵拗体七律 44 首的总和，如果将它们一律当作七律，必然造成诗律变形、体式不纯。所谓 44 首平韵拗体七律，含《题省中院壁》《愁》《白帝城最高楼》等在内，但不含《阆水歌》《秋风二首》以及 5 首仄韵拗体七律。

造成这种数量统计的差别，除所依版本不同的因素之外，主要归因于各家的辨体标准不一，既表明对拗律、拗体存在不同观点，也表明对歌行体、仄韵律诗存在认识分歧。从古至今，经历了一个漫长而困难的格律理论认识过程，一直都行进在力求公论的路上。准确为杜甫七律定体，是格

---

① 渔洋夫子口授，新城何世璂述：《然灯记闻》，丁福保辑：《清诗话》，瀚堂典藏古籍库，民国五年铅印本。

② （清）沈德潜辑：《唐诗别裁集》卷十三，中国古籍基本库，清乾隆二十八年教忠堂重订本。

③ （元）方回撰：《瀛奎律髓》卷一，中国古籍基本库，清康熙五十一年吴宝芝黄叶村庄刻本。

④ （清）浦起龙：《读杜心解》卷四，中国古籍基本库，清雍正二至三年浦氏宁我斋刻本。

⑤ 韩成武：《杜诗艺谭》，石家庄：河北教育出版社，2002 年，第 229 页。

⑥ 李世前：《试论七律的定型与成熟》，河北大学硕士学位论文，2004 年。

律理论准确、完美与否的重要标志，应极其慎重，高度负责。为便于读者查证、核实以及继续讨论，特列出杜甫七律总览，按创新分期逐篇标注诗题及其所在《杜甫全集校注》中的页码位置，篇名之前的阿拉伯数字，例如1.1.13，第一个“1”表示该诗篇序号，第二个“1”表示其所在分册为第一册；末尾的“13”表示所在分册的页码。

杜甫七律总览

第一时期：

1.1.13《题张氏隐居二首》其一

2.1.536《赠献纳使起居田舍人》

3.1.557《赠田九判官》

4.2.989《送郑十八虔贬台州司户，伤其临老陷贼之故，阙为面别，情见于诗》

5.2.995《腊日》

6.2.998《奉和贾至舍人早朝大明宫》

7.2.1015《紫宸殿退朝口号》

8.2.1040《曲江陪郑八丈南史饮》

9－10.2.1045《曲江二首》

11.2.1052《曲江对酒》

12.2.1058《曲江对雨》

13.2.1075《因许八奉寄江宁旻上人》

14.3.1173《九日蓝田崔氏庄》

15－16.3.1204《至日遣兴奉寄北省旧阁老两院故人二首》

第二时期：

17.4.1926《堂成》

18.4.1931《蜀相》

19.4.1955《狂夫》

20.4.1965《江村》

21.4.1972《野老》

22.4.2017《南邻》

23. 4. 2041《恨别》

24. 4. 2081《和裴迪登蜀州东亭送客逢早梅相忆见寄》

25. 4. 2110《暮登四安寺钟楼寄裴十》

26. 4. 2132《客至》

27. 4. 2165《江上值水如海势，聊短述》

28. 4. 2294《进艇》

29. 4. 2405《寄杜位》

30. 4. 2411《送韩十四江东觐省》

31. 4. 2435《王十七侍御抡许携酒至草堂，奉寄此诗，便请邀高三十五使君同到》

32. 4. 2445《陪李七司马皂江上观造竹桥，即日成，往来之人免冬寒入水，聊题短作，简李公二首》其一

33. 4. 2455《野望》

34. 5. 2542《奉酬严公寄题野亭之作》

35. 5. 2548《严中丞枉驾见过》

36. 5. 2576《野人送朱樱》

37. 5. 2690《秋尽》

38. 5. 2747《闻官军收河南河北》

39. 5. 2771《涪城县香积寺官阁》

40. 5. 2821《又送》

41. 5. 2890《章梓州橘亭饯成都窦少尹》

42. 6. 3021《奉寄别马巴州》

43. 6. 3099《滕王亭子二首》其一

44. 6. 3104《玉台观二首》其一

45. 6. 3114《奉待严大夫》

46 –49. 6. 3124《将赴成都草堂，途中有作，先寄严郑公五首》除其五外

50. 6. 3148《题桃树》

51. 6. 3163《登楼》

52. 6. 3168《奉寄高常侍》

53. 6. 3266《院中晚晴怀西郭茅舍》

54. 6. 3273《宿府》

55. 6. 3477《十二月一日三首》其三

56. 6. 3521《寄常征君》

第三时期：

57. 6. 3547《示獠奴阿段》

58. 7. 3591《览物》

59. 7. 3709《雨不绝》

60 – 64. 7. 3763《诸将五首》

65. 7. 3785《夜》

66 – 73. 7. 3789《秋兴八首》

74 – 77. 7. 3841《咏怀古迹五首》除其二外

78. 7. 3940《返照》

79. 7. 3944《吹笛》

80. 8. 4256《阁夜》

81. 8. 4310《奉送蜀州柏二别驾将中丞命，赴江陵起居卫尚书太夫人，因示从弟行军司马佐》

82 – 83. 8. 4337《见王监兵马使说，近山有白黑二鹰，罗者久取，竟未能得。王以为毛骨有异他鹰，恐腊后春生，骞飞避暖，劲翮思秋之甚，眇不可见，请余赋诗二首》

84. 8. 4382《崔评事弟许相迎不到，应虑老夫见泥雨怯出，必愆佳期，走笔戏简》

85. 8. 4397《遣闷戏呈路十九曹长》

86. 8. 4634《七月一日题终明府水楼二首》其一

87. 8. 4743《送李八秘书赴杜相公幕》

88. 9. 5057《又呈吴郎》

89. 9. 5081《九日五首》其一

90. 9. 5092《登高》

91. 9. 5325《冬至》

92. 9. 5328《小至》

93 – 95. 9. 5347《舍弟观赴蓝田取妻子到江陵喜寄三首》

96. 9. 5401《人日两篇》其二

97. 9. 5418《将赴荆南寄别李剑州》

第四时期：

98. 9. 5477《宇文晁尚书之甥崔彧司业之孙尚书之子重泛郑监前湖》

99. 10. 5507《多病执热奉怀李尚书》

100. 10. 5530《江陵节度阳城郡王新楼成，王请严侍御判官赋七字句，同作》

101. 10. 5534《又作此奉卫王》

102. 10. 5629《公安送韦二少府匡赞》

103. 10. 5642《留别公安太易沙门》

104. 10. 5799《酬郭十五受判官》

105. 10. 5999《燕子来舟中作》

106. 10. 6003《小寒食舟中作》

107. 10. 6011《赠韦七赞善》

第二节　七言律联的语言律运用艺术

杜甫七言律联常见第五、第六字变声句，它不是病句、拗句，也不需要所谓“拗救”，恰是语言律运用艺术的体现，别人不敢用的、害怕用的，他敢于用、善于用，用得出色、用得精彩，是杜甫七律一个突出的亮点，足以体现七律一体律联组合方面的最高水平。王力称七言句五六字为“腹节”，两字平仄互换得到“特定的一种平仄格式”，宋人领略得最到家，用得最多，“在唐宋的律诗中是很常见的”。[①] 七律创新，不只表现在诗体结构模式，也应包括语言律在内的律质示范，全面体现语言律与诗律的宏观

① 王力：《诗词格律概要　诗词格律十讲》，北京：世界图书出版公司，2008 年，第 24 页。

与细微，可以说是杜甫格律理论十分成熟的重要标志。杜甫对七言律句、拗句两个体系运用自如，烂熟各系列变化句式，有区别地用于不同诗体，有所选择与爱好偏向，但不横竖挑剔，也不抹杀别人以为险峻、拙累的某些句式。叶燮曰：杜诗“变化而不失其正，千古诗人，惟杜甫为能”①。宋荦曰：“少陵包三唐，该正变，为广大教化主，生平瓣香，实在此公。”②

由于广义的拗字概念影响久远，不仅国内，也包括国外，有些学者至今尚未转过弯来，仍然认为五六字变声是“拗”，变声后为“拗句”，非“拗救”不可，甚至殃及诗体辨识。譬如，日本学者加藤国安，因持此观点而将七律《蜀相》《章梓州橘亭饯成都窦少尹》《寄常征君》《雨不绝》以及《诸将五首》其四、《九日五首》其一，列入拗体七律范畴，称其“半古半律”③。与诗论家相反，词论家却存在鼓吹固化七言律句第六字变格的倾向，如《贺新郎》词谱叶梦得例词“吹尽残花无人见”“无限楼前沧波意”“万里云帆何时到”皆系△△○○○△△第六字变格，后来的词学家则要求按此“倚声填词”。两种观点来向不同，实质并无二样，即忽视语言律的正常律变，固化一点一式，片面认为唯此才是诗律、词律的经典。

笔者对杜甫七律作过抽样调查，样品涵盖四个创新分期，具有比较充分的代表性、可靠性。取第一时期《曲江陪郑八丈南史饮》《曲江二首》《曲江对酒》《曲江对雨》5 首为第一组；取第二时期《将赴成都草堂，途中有作，先寄郑严公五首》（其中含 4 首）为第二组；取夔州时期公认最成熟的《诸将五首》《秋兴八首》《咏怀古迹五首》（其中含 4 首）为第三组，共计 26 首。调查结果表明：其中有 14 首使用第五、六字变声句，占比 54%。为进一步确认结果可靠性，另取第四时期所写 10 首七律进行比对验证，证实有 5 首如此，占比为 50%，由此表明杜甫七律约有一半的句

① （清）叶燮撰：《原诗·内篇》，中国古籍基本库，清道光吴江沈氏世楷堂刻昭代丛书合刻本。

② （清）宋荦撰：《西陂类稿》卷二七，中国古籍基本库，民国六年宋恪采重刻本。

③ ［日］加藤国安文，张思茗译：《杜甫的“拗体七律”》，《杜甫研究学刊》2020 年第 3 期。

子第五字或第六字或五六字同时变声。这一事实，应该得到诗论家的认可。

为详察杜甫七言律联语言律运用特征的一贯性，在上述抽样中增列加藤国安认为属于“半古半律”的6首七律，以及杜甫第一时期所写《题张氏隐居二首》其一，第二时期所写《奉寄高常侍》。

细心研究杜诗实例，等于聆听杜甫亲授，他告诉我们：既不主张全诗都用律句标准格式去写，也不主张固守七言一三五六字中的任何一字的字声，对第六字变格句式不抱歧视态度；第五字变声、第六字变格属于语言律的正常变化，非特意为之；对语言律的这种忠实理解与应用，贯穿杜甫七律创作的始终；既不单为哪个句式专门网开一面，也不专为哪个句式设置障碍。使用方式是：控制有度，有半数作品一句未曾使用；另外半数使用时，五六字变声句位多在出句；用时少则一句、多则二句，偶尔诗兴大发也有用到三五句的时候；第五字单独变声用量多于五六字同时易声，远多于第六字单独变格；也存在一联内出句与对句同用的情况。

杜甫七律律联是语言律正确运用的一盏明灯，对当今创作中可能会遇到的三个疑问极具现实意义。其一，七言律句五六字变声句式是否会改变律联的性质？答案：不会。因为没有破坏二四字正对的声韵结构模式，律联仍是律联；同理，如果发生在拗联，拗联也仍是拗联；其二，这种变声以及它所造成的古风尾，尤其是三平尾，是否构成影响诗体定性的因素？答案：不会。因为它属于语言律内的正常变化，与诗律、诗体不存在禁与不禁的法律性关联，拗体诗与古体律绝允用，近体诗也允用；用与不用，依诗人的认识与喜好而定；其三，是否因为与句子标准格式不合，且今人用得较少，而将其定性为“病句”“拗句”？答案：不可以。因为没有动摇二四字根基，句式的律质没有改变；语言律中不应有“病句”之说，“病句”只是对语言律尚未吃透的一种感性解释，它不是辩体的标准条件。有意思的是中晚唐诗人将这种用法当作自己的一种发明、创新看待，叫作丁卯句法，如李商隐《对雪二首》其一“梅花大庾岭头发，柳絮章台街里飞”的“岭、街”二字变声；许浑《咸阳称西楼晚眺》“溪云初起日沉阁，山雨欲来风满楼”的“日、风”二字变声；赵嘏《长安秋望》“残星几点雁横塞，长笛一声人倚楼”的“雁、人”二字变声。其实，这种用法杜诗早已明示过了。

一、第五六字变声的七言律联实例

按创新分期先后排序，对句中变声字位用加粗字体标出。

第一时期：

（1）春山无伴独相求，伐木丁丁**山**更幽。《题张氏隐居二首》其一

○○○△△○△，△△○○○△○

（2）涧道馀寒**历冰**雪，石门斜日到林丘。《题张氏隐居二首》其一

△△○○△○△，△○○△△○○

（3）不贪夜识金银气，远害朝看**麋**鹿游。《题张氏隐居二首》其一

△○△△○○△，△△○○○△○

（4）雀啄江头**黄**柳花，鵁鶄鸂鶒满晴沙。《曲江陪郑八丈南史饮》

△△○○○△○，○○△△△○○

（5）传语风光**共流**转，暂时相赏莫相违。《曲江二首》其二

○△○○△○△，△○○△△○○

（6）休怪儿童延俗客，不教鹅鸭恼**比**邻。《将赴成都草堂，途中有作，先寄郑严公五首》其二

○△○○○△△，△○○△△○○

（7）三年奔走空皮骨，信有人间**行**路难。《将赴成都草堂，途中有作，先寄郑严公五首》其四

○○○△○○△，△△○○○△○

第二时期：

（8）丞相祠堂**何**处寻，锦官城外柏森森。《蜀相》

○△○○○△○，△○○△△○○

（9）映阶碧草**自**春色，隔叶黄鹂**空**好音。《蜀相》

△○△△△○△，△△○○○△○

（10）秋日野亭**千**橘香，玉杯锦席**高**云凉。《章梓州橘亭饯成都窦少尹》

○△△○○△○，△○△△○○○

(11) 主人送客**何**所作，行酒赋诗**殊**未央。《章梓州橘亭饯成都窦少尹》

△○△△○△△，○△△○○△○

(12) 衰老应为难**离**别，贤声此去有辉光。《章梓州橘亭饯成都窦少尹》

○△○○○○△，○○△△△○○

(13) 汶上相逢**年**颇多，飞腾无那故人何。《奉寄高常侍》

○△○○○○○，○○○△△○○

(14) 白水青山**空**复春，征君晚节傍风尘。《寄常征君》

△△○○○△○，○○△△△○○

(15) 楚妃堂上**色**殊众，海鹤阶前**鸣**向人。《寄常征君》

△○○△△○△，△△○○○△○

第三时期：

(16) 鸣雨既过渐细微，映空摇飏**如**丝飞。《雨不绝》

○△△○△△○，△○○△○○○

(17) 阶前短草泥**不**乱，院里长条**风**乍稀。《雨不绝》

○○△△○△△，△△○○○△○

(18) 多少材官**守**泾渭，将军且莫破愁颜。《诸将五首》其一

○△○○△△△，△○△△△○○

(19) 回首扶桑**铜**柱标，冥冥氛祲未全销。《诸将五首》其四

○△○○○△○，○○○△△○○

(20) 殊锡曾为**大**司马，总戎皆插侍中貂。《诸将五首》其四

○△○○△○△，△○○△△○○

(21) 玉露凋伤**枫**树林，巫山巫峡气萧森。《秋兴八首》其一

△△○○○△○，○○○△△○○

(22) 请看石上藤萝月，已映洲前**芦**荻花。《秋兴八首》其二

△○△△○○△，△△○○○△○

(23) 匡衡抗疏功名薄，刘向传经**心**事违。《秋兴八首》其三

○○△△○○△，○△○○○△○

(24) 蓬莱宫阙对南山，承露金茎**霄**汉间。《秋兴八首》其五

○○○△△○○，○△○○○△○

（25）西望瑶池**降**王母，东来紫气满函关。《秋兴八首》其五

○△○○△○△，○○△△△○○

（26）支离东北风尘际，漂泊西南**天**地间。《咏怀古迹五首》其一

○○○△○○△，○△○○○△○

（27）庾信生平**最萧**瑟，暮年诗赋动江关。《咏怀古迹五首》其一

△△○○△○△，△○○△△○○

（28）千岁琵琶**作胡**语，分明怨恨曲中论。《咏怀古迹五首》其三

○△○○△○△，○○△△△○○

（29）蜀主窥吴**幸三**峡，崩年亦在永安宫。《咏怀古迹五首》其四

△△○○△○△，○○△△△○○

（30）伯仲之间**见伊**吕，指挥若定失萧曹。《咏怀古迹五首》其五

△△○○△○△，△○△△△○○

（31）运移汉祚终难复，志决身歼**军**务劳。《咏怀古迹五首》其五

△○△△○○△，△△○○○△○

（32）重阳独酌杯中酒，抱病起**登**江上台。《九日五首》其一

○○△△○○△，△△△○○△○

（33）竹叶于人**既无**分，菊花从此不须开。《九日五首》其一

△△○○△○△，△○○△△○○

（34）弟妹萧条**各何**往，干戈衰谢两相催。《九日五首》其一

△△○○△○△，○○○△△○○

第四时期：

（35）楼上炎天**冰**雪生，高飞燕雀贺新成。《江陵节度阳城郡王新楼成，王请严侍御判官赋七字句，同作》

○△○○○△○，○○○△△○○

（36）西北楼成**雄**楚都，远开山岳散江湖。《又作此奉卫王》

○△○○○△○，△○○△△○○

（37）白头授简焉能赋，愧似相如**为**大夫。《又作此奉卫王》

△○△△○○△，△△○○○△○

（38）隐居欲就庐山远，丽藻初逢**休**上人。《留别公安太易沙门》

△○△△○○△，△△○○○△○

（39）先踏炉峰置兰若，徐飞锡杖出风尘。《留别公安太易沙门》

○△○○△○△，○○△△△○○

（40）才微岁老尚虚名，卧病江湖春复生。《酬郭十五受判官》

○○△△△○○，△△○○○△○

（41）云白山青万余里，愁看直北是长安。《小寒食舟中作》

○△○○△○△，○○△△△○○

二、应用方式分析

笔者将其归纳为五种应用方式，括号内数字为“实例”中的联式序号。

（一）单句使用第五字常规变声句式

1. 只在出句单用，计 12 例，其中有 7 例原律句格式为△△○○△△○，序号（4）（8）（14）（19）（21）（35）（36）；有 5 例原律句格式为△△○○○△△，序号（18）（20）（25）（29）（39）。

2. 只在对句单用，计 13 例，有 11 例原律句格式为△△○○△△○，序号（1）（7）（22）（23）（24）（26）（31）（32）（37）（38）（40）；有 2 例原律句格式为○○△△△○○，序号（3）（16）。

（二）单句使用第六字变格句式

1. 出句，1 例，原律句格式为△△○○○△△，序号（12）。

2. 对句，1 例，原律句格式为○○△△△○○，序号（6）。

（三）出句第五六字同时变声

计 9 例，其中 8 例原律句格式为△△○○○△△，序号（2）（5）（27）（28）（30）（33）（34）（41）；有 1 例原律句格式为△△○○△△○句式，序号（13）。

（四）出句、对句第五六字同时变声的三个方式

1. 出句、对句第五字同时易声，有 3 例，2 例的原律联标准格式为○○△△○○△，△△○○△△○，序号（9）（15）。有 1 例原律联标准格

式为△△○○△△○，○○△△△○○，序号（10）。

2. 出句第五六字同时易声、对句第五字变声，1 例，原律联标准格式为○○△△○○△，△△○○△△○句式，序号（11）。

3. 出句第六字变格、对句第五字变声，1 例，原律联标准格式为○○△△○○△，△△○○△△○，序号（17）。

（五）同一首诗使用的五六字变声句式与联式数量

多数只使用一句，亦即组成一联；使用二句、二联以上的有四种情形：

1. 二句、二联，计 3 首，如《诸将五首》其四、《又作此奉卫王》、《留别公安太易沙门》。

2. 三句、二联，计 5 首，如《寄常征君》、《雨不绝》、《秋兴八首》其五、《咏怀古迹五首》其一、《咏怀古迹五首》其五。

3. 三句、三联，计 2 首，如《题张氏隐居二首》其一、《九日五首》其一。

4. 五句、三联，计 1 首，如《章梓州橘亭饯成都窦少尹》。

第三节 七律创新功归杜甫

诗词文学总有些不解之谜，近体与拗体五言律绝始于六朝，近体与拗体七言律始于初唐，杜甫不是发明者，为什么后代论者将七律创新归功于杜甫？这其中似乎存在一种表象矛盾。发明与创新的意义并不等同，一项发明如无人培育可能瞬间就会夭折消失，而经人培育转化为生产力之后方成为创新成果。这位伟大而成功的培育者，正是杜甫而不是他人。

杜甫自幼视诗为祖业，志向坚定。杜氏是唐代望族，祖父是文学家杜审言，有一定的政治、文学影响力，注重文学传承。杜诗云："吾祖诗冠古"（《赠蜀僧闾丘师兄》），"诗是吾家事"（《宗武生日》），"诗名惟我共"（《寄高适》）；深谙"文章千古事，得失寸心知"（《偶题》），必欲"诗卷长留天地间"（《送孔巢父谢病归游江东兼呈李白》）。原本怀有"致君尧舜上，再使风俗淳"（《奉赠韦左丞丈二十二韵》）的政治抱负，是社会现实改变了他的人生轨迹，可谓时代造就了他，事业选择了他，他也无愧于祖先，无愧于事业。

盛唐拥有孟浩然（689—740）、王维（701—761）、李白（701—762）、高适（704—765）、岑参（715—770）数位大师级诗人，唯杜甫最具诗体创新的敏感性与无上责任感。面对初唐出现的七律大好形势，孟重创作而对体式开拓投入不足，王虽曾热心体式惜未持之以恒，李有宏图而无意精雕细刻。而安史之乱又给他们安排了各自不同的命运。李白素有报国大志却长期避居江南，王维因扈从不及被叛军所获而走向空门，高适是诗人中的将军，岑参随军边塞。杜甫亲历战乱目睹国破民难，入蜀后才获得几年相对安稳的生活，"五十而知天命"，天赐重任落在杜甫双肩，无论诗歌的体式与数量，无论反映社会现实的广度与深度，均胜出王、李、高、岑一筹，领取"诗史""诗圣""集大成者"的桂冠当之无愧。日本学者加藤国安曰："杜甫笔耕不辍，这种永不停歇的创造精神，至死不衰。他触及了天地的伟大，也领会过无常的、羁旅的寂寞，这些艺术冲动，都来源于一个不得不立文字以赋其形的根源，因此才有了所谓'问法看诗妄'之说。"①

杜甫对语言律的超常领悟，使他领先他人完成了语言学积累，追求理据求律求体，为七律创新铺平了道路。叶嘉莹曰：杜甫"有着极清明周至的理性，足以脱出于一切事物的蒙蔽与局限之外，做到博观兼采而无所偏失"，具有天才的功力以及识见修养和感性与知性并美的资质"。② 理性体现在朴素的哲学观，坚信平与仄、律与拗同生并存的对立统一规律，坚持实践，构建句式、联式、诗体结构模式，形成由"语言律—诗律—诗体"共同构成的诗学理论，七律是在这个理论体系下得以茁壮成长的老大，诸多诗体的杰出代表。唯经理论的提升，七律创新才更显其文学意义与价值。

李白的信任与支持是杜甫创新成功的有利条件。李不反对近体诗律，而且很懂会用，所写五言律绝、七绝以及拗体七言律绝多有佳作就是明

① ［日］加藤国安文，张思茗译：《杜甫的"拗体七律"》，《杜甫研究学刊》2020 年第 3 期。

② 叶嘉莹：《论杜甫七律之演进及其承先启后之成就（代序）》，《杜甫秋兴八首集说》，石家庄：河北教育出版社，1997 年，第 4 页。

证，但他无多大耐心去写七律也是事实。古人谓李尝言："梁陈以来艳薄斯极，沈休文又尚以声律，将复古道，非我而谁"，"兴寄深微，五言不如四言，七言又其靡也，况使束于声调俳优哉，故戏杜曰'饭颗山头逢杜甫，头戴笠子日卓午。借问何来太瘦生，总为从前作诗苦'"。[①] 按郭沫若解，第三四句是李杜对话，李问杜答，体现李的深情关怀与善意开导，有论者作"嘲诮"解实为误读，"这样很亲切的诗，却完全被专家们讲反了"，"未免冤枉了李白，也唐突了杜甫"。[②] 李杜同游梁宋齐赵，畅快论诗相为契合，杜当从李处得到指引与启发，两人互为知音彼此尊重，走向共同的文学之路。杜746年长安所写《春日忆李白》"何时一樽酒，重与细论文"应是对这段诗意交往的美好回忆，他将与李白的深情厚谊视为创作与创新的动力，与自己的声名、事业连在一起。最令人设身处地、用心体味的是：759年，48岁的杜甫，在与李分别十几年后，在秦州、同谷奔命途中，孤立无援、消息不畅，对李思念愈甚，《梦李白二首》云"死别已吞声，生别常恻恻""千秋万岁名，寂寞身后事"；《天末怀李白》云"文章憎命达，魑魅喜人过"；761年在成都所写《不见》云"敏捷诗千首，飘零酒一杯"；762年闻李白在安徽当涂养病，在梓州写下《寄李十二白二十韵》，名句"笔落惊风雨，诗成泣鬼神"就出自该诗，李白也在这年去世，该诗当是杜甫写给李白的最后一首。杜甫将二人情谊与命运、与声名、与诗歌连为一体。李有诗赠杜，数量偏少，皆写于杜去长安之前，局外人从表象看来似乎是杜热李冷，有论者间有非议，有论者一笔宕开。唐元竑曰：杜甫亟称李白，"深爱其诗，思之不置，我用我法，亦正是杜高处，未可以俗见议之也"，"李眼空一世，虽与杜善，仍自落落，不妨是李高处"。杜甫《梦李白二首》"精妙殆胜招魂"，《天末怀李白》"格意句字具有无穷之妙"，诗题大都"曰怀曰忆曰梦曰不见，……此公厚处亦公高处，而李之不一一具答亦无讶矣"。[③] 仇兆鳌曰："至于天宝之后，间关秦

① （唐）孟棨撰：《本事诗·高逸三》，中国基本古籍库，明正德嘉靖间顾氏夷白斋刻阳山顾氏文房小说四十种本。

② 郭沫若：《李白与杜甫》，北京：人民文学出版社，1971年，第162—163页。

③ （明）唐元竑撰：《杜诗攟》卷一，瀚堂典藏古籍库，文渊阁四库全书本。

蜀，杜年愈多而诗学愈精，惜太白未之见耳。若使再有赠答，其推服少陵，不知当如何倾倒耶。”[①] 这些都是实情，一个被流放，一个漂泊中，相距万里、战乱阻隔，见面难、通信也难，最为遗憾的是李在生前没有看到杜创新诗体的辉煌，杜也无法与李交流其中甘苦。杜甫情理皆善，懂得李白理解李白赞美李白，视诗为两人的共同事业，为李的厄运而扼腕长叹；李懂得杜甫理解杜甫支持杜甫，相信杜甫必大有作为。杜甫肩荷李白的友谊与期待，走完从“别人发明”到“自己培育”、再最终“完成创新”的艰难之旅，不可不认为是两位伟大诗人之间“论诗”带来的必然结果，更彰显他们的伟大品格，也才使我们今天能够看到并立的两座唐诗高峰。

杜甫不是七律的发明者，但绝对是不可或缺的培育者、缔造者。钱良择曰：“其（唐人）自成一家者，实开千古未有之面目，此唐以后所无也。如不可捉摹是太白面目，无所不有是少陵面目”，“少陵崛起，集汉、魏、六朝之大成，而融为今体，实千古律诗之极则”，“上下百余年，止少陵一人独步而已”。[②] 杜甫之功在于创建从语言到诗律到诗体的系统诗学理论，造就七律二体，使其成为格律诗表现艺术最高级、最集中、最具代表性的形式，带领诗坛进入七律全境，达到实用化、常态化阶段。如果没有杜甫，初唐兴起的七律至少会延迟若干年才会发展起来。“他乡悦迟暮，不敢废诗篇”（《归》），“病减诗仍拙，吟多意有馀”（《复愁》），是杜甫珍惜生命的每一分钟抓紧创新创作的写照，宋元之所以尊杜为“一祖三宗”之祖，是因为他们真正认识了杜甫。

当然不可抹杀初盛唐其他诗人对七律创新所做的大量贡献，但没有谁具有杜甫那种勇于创新的精神与坚韧不拔的毅力，没有谁比他的意志更坚定、目标更明确，也没有谁能比得上他所作出的巨大贡献，更没有谁具有他对盛唐以下历朝历代格律诗发展的影响力，公认七律是杜甫创新实至名归。

---

① （清）仇兆鳌辑注：《杜诗详注》卷一，中国古籍基本库，清康熙五十二年刻本。

② （清）钱良择：《唐音审体》卷十五，台静农：《百种诗话类编》，台北：艺文印书馆，1974 年。

第三章　拗体七律的创新

王兆鹏编《唐诗排行榜》[①] 由崔颢拗体七律《黄鹤楼》荣摘桂冠，王维拗体七绝《送元二使安西》名列第二，杜甫仄韵拗体五律《望岳》（岱宗夫如何）居第53名。排名依据是史上论诗关注度的统计结果，似乎出乎预料，冠亚军居然不是被尊为正宗的近体诗。这表明拗体诗也有佳作、也有人缘。拗体诗算得上唐代五七言格律诗的第二大诗体，据笔者统计约有3500首，其中平仄两韵拗体七律有400余首，主要作者是杜甫、白居易、杜牧、韩偓等名家。

探索拗律、拗体（包括“吴体”），从宋开始一直没有间断，有一个带有共性的说法，即杜甫在夔州时期“破弃近体律”，拗体七律是“破（近体之）律”、“变（近体之）格”。此论与事实不符，从语言律讲，拗句不是“破弃”律句而生；从诗体进化讲，先有六朝五言拗体才有唐代近体，如果说“破”也只能是“破拗生近”才比较接近事实；初唐的七言律诗创作业已证实“破近”之说不能成立。

杜甫五律《登兖州城楼》与拗体五律《望岳》（岱宗夫如何）、七律《题张氏隐居二首》其一与拗体七律《郑驸马宅宴洞中》，皆写于第一时期，也没有理由能厘清是谁“破”了谁。通过总览杜甫拗体七律，剖解杜甫之前的拗体七律创作概况，运用拗体诗律建立拗体七律结构模式，集中展示拗体七律的兴起与发展过程，足以体现杜甫的培育与创新之功。

① 王兆鹏：《唐诗排行榜》，北京：中华书局，2011年。

第一节　当代学者论拗体七律创新

叶嘉莹曰：七律与拗体七律“似乎是迥然相异的二种风格，而其实这却正是一种成就之两面表现”，“于破坏于建树两方面，都做到了淋漓酣畅、尽致极工的地步”，“他所破坏的，只是外表的现实拘狭的形式，而却把握了更重要的一种声律与情意结合的重点，这正是深入于（近体）声律之中，又有摆脱于声律之外的一种可贵的成就”。[①] 郭绍虞曰：“必须指出：拗体对于律体，从表面上看，好似带有一些破坏性，实际上相反相成，有时反能使律诗增强它的生命力，使七言律体历久不敝。律体到唐代杜甫而成熟，而杜甫同时又是拗律的开创者，这更是文学史上（的）特殊现象，我们不能不就此特殊现象加以阐说”，“我们看到杜甫格律之细，同时又看到杜甫拗格之奇”，“杜甫的拗体，有时看去好似很随便，但同时必须看到他对拗体的煞费苦心处”。[②] 张忠纲曰：“杜诗，特别是律诗，可以说是从容于法度之中，而又变化于法度之外。他于法度中求变化，纵横变化中自有法度，使二者达到完美的统一。”[③]“杜甫之前，律诗中虽已有拗句出现，但拗体七律却是杜甫的新创，而且是有意为之。”[④]

近几十年来，该课题研究更加活跃，年轻学者热忱高涨。魏红星曰：杜甫“关心社会政治生活的同时，毕生致力于诗歌艺术的探索。他晚期的拗体诗，特别是七律拗体诗的创作，一改先前的诗风，正是他致力于这种

① 叶嘉莹：《论杜甫七律之演进及其承先启后之成就（代序）》，《杜甫秋兴八首集说》，石家庄：河北教育出版社，1997 年，第 40、48 页。

② 郭绍虞：《关于七言律诗的音节问题兼论杜律的拗体》，中国古代文学理论学会编：《古代文学理论研究》丛刊·第二辑，上海：上海古籍出版社，1980 年，第 38、88 页。

③ 张忠纲：《杜甫诗选》，北京：中华书局，2009 年，第 6 页。

④ 张忠纲：《杜甫集》，北京：国家图书馆出版社，2019 年，第 27 页。

探索所取得的硕果”[①]，他将七律拗体定义为一种艺术探索与诗风改进。杜华平曰：杜甫的“一些拗体七律”，“与七古类的一些七言八句体诗并无多大差别，当作拗律看是不合理的”，“拗律写作很难说是新格律的创新。辨析七古、拗体七律、正体七律时，传统诗律学方法存在缺陷，应引入节奏和语感等因素”，不认可拗体七律是“格律的创新”否定“传统诗律学”的根本作用，提出使用“节奏和语感等因素”。[②] 牛睿曰：拗体七律“在声律和创作上还是有一定的规律可寻，即有拗必救，有突兀必有平缓相对，整体音调浑融和谐”[③]。他认为有律可循，表现是“有拗必救”，前文已经论证，近体诗尚无“有拗必救”之规律，更遑论拗体。陈广忠和牛睿看法类似，认为拗体诗是“有‘拗’有‘救’的律诗，它在律诗规范的范围之内”[④]。刘明华曰：“由于对‘拗体’的界定不明确，即在一首诗中，究竟可以‘拗’多少？或人们可以容忍的限度有多大？并没有统一的认识”，“由于概念不明确，在诗歌体式的归属上，以及对‘拗’的确认上，均产生不同程度的分歧”，“当代诗词创作或许能从中得到启示，如果理论界多一些宽容，对格律话当作一些调整，律诗的创作或许会更活跃一些”。[⑤] 刘氏所言甚为高明，也是不少读者久有的心结，一旦解开它，拗体七律“之律”“之体”将迎刃而解。

加藤国安对杜甫拗体七律创新的理解相当深刻，并给出这样极高而切实的评价：七律是中国诗坛悠久文化发展的一个里程碑式标志，拗体七律正是杜甫“尝试着用更高阶更自由的形式来进行表达的产物”；拗体七律出现了众多追随者，如苏轼、黄庭坚、陆游，“拗体的创作与许多伟大的诗人有着密切的关系，这也是值得注意的地方”，“一直以来对于这位诗人

① 魏红星：《小议杜甫晚期的七律拗体诗》，《南京工业大学学报》（社会科学版）2003 年第 1 期。

② 杜华平：《杜甫拗体诗新议》，《江西财经大学学报》2008 年第 5 期。

③ 牛睿：《杜甫七律拗体诗的规律探究》，《杜甫研究学刊》2016 年第 2 期。

④ 陈广忠：《〈九家集注杜诗〉“吴体”考》，《商丘师范学院学报》2013 年第 4 期。

⑤ 刘明华：《完善与破弃——对杜甫“拗体”的思考》，《杜甫研究学刊》1997 年第 2 期。

(按：杜甫)，我们常常简单地将他视为一个正体律诗的完成者，我认为这种评价有必要再往前走一步，更加正确地重新加以审视”。加藤认为：杜甫在草堂时期完成精密的七律创新；独自提出拗体七律，夔州时期达到鼎盛状态；杜甫通晓近体之格与拗体之拗的道理，能够自在、强势运用七律禁忌的同声调连续句式；用古调打破近体的单调，表达曲折复杂的心情，通过内心忧愁、自然风光的适度描写与韵律相结合，实现比七律更高的一种均衡，技巧、技法达到律诗的极致。他剖解《题省中院壁》《白帝城最高楼》《暮归》《晓发公安数月憩息此县》，抓住二四字同声与拗对、拗黏的拗律本质，得出“单拗”多、“拗句”少、“双拗”极少的结论，提出六个拗体判断因素：用三平尾；第五字变声属乙种拗，要救；二四字同声，谓之单拗；四六字同声，谓之拗句；二四六字同声，谓之双拗；存在拗对、拗黏等其他拗调。拉入的“因素”过多，反而会对最核心的诗律部分造成干扰与冲击。①

产生认识分歧的主要原因，笔者以为和以下十个方面相关联：一是在广义的“拗”字概念里论“拗”，立足点不正不稳；二是忽略二四字恒定理论，未建立起拗律概念；三是诗律理解的片面性，重单句而非重联式；四是未摆脱“失对”“失黏”“拗救”的习惯性约束；五是将拗律与近体律相隔离，不承认拗体七律两律兼用的律质内涵；六是未将律句拗对模式的拗联纳入拗律范畴；七是未将律联拗黏模式纳入拗体范畴；八是对语言律与诗律功能认识有所混淆，将正常的第五字变声生硬地作为辨识诗体的因素；九是存在传统的意识偏见，对拗句、拗联、拗体有一种发自内心的不适感；十是陷入“破近立拗”的直觉里不能自拔，在近体的阴影里刻画拗体，而不能把它当作一个独立诗体尊重它、亲近它、认识它。

随着杜甫格律理论研究的深入，方向愈明道理愈清，使我们能够将语言律、诗律、诗体三者既相区别又相连通，通过总览杜甫拗体七律，达到理论认识与具体实践的统一，从而确认拗体七律是客观存在，是杜甫独创。

---

① 参见［日］加藤国安文，张思茗译：《杜甫的“拗体七律”》，《杜甫研究学刊》2020 年第 3 期。

第二节　杜甫拗体七律总览

杜甫拗体七律计 52 首，其中平韵 47 首、仄韵 5 首。于年湖认为“杜诗中广义的拗体七律共有 49 首，狭义的有 38 首”①，将其分为“有拗句无拗调”“无拗句有拗调”“既有拗句又有拗调”三式，错误地列入《恨别》《曲江对酒》《雨不绝》三首七律。本总览分列四个创新时期，可以发现，拗体七律以平韵为主、仄韵为辅；以律拗联混用模式为主、律联拗黏模式为辅，前者约占作品总量的 80%。从近体的角度看，拗体表面上是一种破坏，实质是对近体的纯洁与强化，是诗体大一统局面的完善化。七律与拗体七律彼此独立，本无偏正之分；拗体七律创新与七律创新，本属同一根源同一命题，失去任何一个体式，七言律诗就将变成一个阴阳不全的半拉子诗体。二者同具数学的严密性、哲学的逻辑性与文学的艺术性，是众多文学体裁中最能体现精密设计、精心推理科学价值的佼佼者。从所写题材而言，杜甫将拗体七律扩展到与七律相近的水平。张忠纲曰：杜甫用七律“写各种题材内容，议政、忧民、怀古、送别、山水、田园，以及个人漂泊流离的生涯，总之，无事不可写，无意不可入”②。拗体七律也基本如此，并非只用于书写悲情。

表 4-3-1 列出各期七律与拗体七律的篇数，二者之比相近，大约 2∶1；各期七律占 107 首总和的百分比，与各期拗体七律占 52 首总和的百分比十分相近，反映出杜甫的诗体主张，一手七律一手拗体七律，二体并举，创体在同一时段开始、同一时段完成。中唐以后，杜甫的这种体式分布主张被搁置冷放，致使拗律、拗体在唐后的长时期内未被充分认识。之所以夔州诗备受争议，个中缘由是拗的艺术手法多变。饶宗颐曰：“朱子持论之异，由于为诗之路数不同”，“是时环境甚安静，然（按：杜甫）诗心极为

① 于年湖：《论杜甫拗体的写作艺术》，《西南民族大学学报》（人文社科版）2005 年第 7 期。

② 张忠纲：《杜甫集》，南京：凤凰出版社，2006 年，第 7 页。

活泼，所作极尽变化之能事，而律句尤甚。《修辞鉴衡》引山谷语云‘以少陵渊蓄云萃，变态百出，虽数十百韵，格律盖严。盖操制诗家法度如此’，公诗大都纪实，即依所见所闻，加以炉吹，故警策之句，层见叠出。盖峡中景物，因多新奇瑰丽，予诗人以崭新之感觉。此则所谓得江山之助者”。[①] 引用《愁》中“盘涡鹭浴底心性，独树花发自分明”、《滟滪》中“江天漠漠鸟双去，风雨时时龙一吟”、《白帝》中“高江急峡雷霆斗，翠木苍藤日月昏”为例，表明需要从语言律－联式律认识拗体七律创新的观点。

表 4-3-1　七律与拗体七律的创新与创作分期比较

分期数量统计	第一时期		第二时期		第三时期		第四时期	
	篇数	占比（%）	篇数	占比（%）	篇数	占比（%）	篇数	占比（%）
七律	16	15.0	40	37.0	41	38.0	10	9.0
拗体七律	9	17.0	18	35.0	22	42.0	3	6.0

杜甫拗体七律总览

说明：数字“1.1.120”表示该诗序号是杜甫拗体七律第一篇，在《杜甫全集校注》第一册第 120 页。使用拗联是律拗联混用模式拗体七律的用律特征，故在诗题之后列出该诗使用的所有拗联；联后注明拗联的组成模式，“拗对”表示拗联由律句拗对组成，“律拗”表示由律句与拗句组成，“拗拗”表示由两个拗句组成；属于律联拗黏模式、不含拗联的均在诗题之后标出“拗黏模式”字样；仄韵拗体七律则另标“仄韵”字样。遵《杜甫全集校注》的编排次序，并分别归入各创作分期。

第一时期：

1.1.120《郑驸马宅宴洞中》

主家阴洞细烟雾，留客夏簟清琅玕。　律拗

① 饶宗颐：《饶宗颐二十世纪学术文集》卷十二，台北：新文丰出版公司，2003 年。

△○○△△○△，○△△△○○○

误疑茅堂过江麓，已入风磴霾云端　拗拗

△○○○○○△，△△○△○○○

2.1.434《城西陂泛舟》　拗黏模式

3.2.737《悲陈陶》仄韵

野旷天清无战声，四万义军同日死。　拗对

△△○○○△○，△△△○○△△

群胡归来血洗箭，仍唱胡歌饮都市。　律拗

○○○○△△△，○△○○△○△

4.2.1013《宣政殿退朝晚出左掖》　拗黏模式

5.2.1028《题省中院壁》

掖垣竹埤梧十寻，洞门对霤常阴阴。　律拗

△○△○○△○，△○△△○○○

落花游丝白日静，鸣鸠乳燕青春深。　律拗

△○○○△△△，○○△△○○○

6.3.1140《题郑县亭子》

郑县亭子涧之滨，户牖凭高发兴新。　律拗

△△○△△○△，△△△○△△○

7.3.1144《望岳》

安得仙人九节杖，拄到玉女洗头盆。　律拗

○△○○△△△，△△△△△○○

8.3.1151《早秋苦热堆案相仍》

七月六日苦炎蒸，对食暂餐还不能。　律拗

△△△△△○○，△△△○○△○

每愁夜中自足蝎，况乃秋后转多蝇。　拗拗

△○△○△△△，△△○△△○○

南望青松架短壑，安得赤脚踏层冰。　律拗

○△○○△△△，○△△△△○○

9.3.1184《崔氏东山草堂》

有时自发钟磬响，落日更见渔樵人。　律拗
△○△△○△△，△△△△○○○
盘剥白鸦谷口栗，饭煮青泥坊底芹。　拗对
○△△○△△△，△△○○○△○
第二时期：
10. 4. 1907《卜居》
浣花溪水水西头，主人为卜林塘幽。　拗对
△○○△△○○，△○△△○○○
11. 4. 1947《有客》　拗黏模式
12. 4. 2306《所思》　拗黏模式
13. 5. 2582《严公仲夏枉驾草堂兼携酒馔》　拗黏模式
14. 5. 2639《光禄坂行》　仄韵
马惊不忧深谷坠，草动只怕长弓射。　拗拗
△○△○○△△，△△△△○○△
安得更似开元中，道路即今多拥隔。　律拗
○△△△○○○，△△△○○○○
15. 5. 2694《野望》
金华山北涪水西，仲冬风日始凄凄。　律拗
○△○△○△○，△○○△△○○
16. 5. 2779《送路六侍御入朝》
更为后会知何地，忽漫相逢是别筵。　律拗
△△△△○○△，△△○○△△○
17. 5. 2870《送王十五判官扶侍还黔中》
大家东征逐子回，风生洲渚锦帆开。　律拗
△○○○△△○，○○○△△○○
18. 5. 2915《九日》
去年登高郪县北，今日重在涪江滨。　拗拗
△○○○○△△，○△○△○○○
世乱郁郁久为客，路难悠悠常傍人。　拗拗

△△△△△○△，△○○○○△○

19. 5. 2986《发阆中》仄韵

江风萧萧云拂地，山木惨惨天欲雨。　拗拗

○○○○○△△，○△△△○△△

20. 6. 3074《阆山歌》仄韵

阆州城东灵山白，阆州城北玉台碧。　律拗

△○○○○○△，△○○△△△△

那知根无鬼神会，已觉气与嵩华敌。　拗拗

△○○○△○△，△△△△○△△

21. 6. 3077《阆水歌》

嘉陵江色何所似？石黛碧玉相因依。　律拗

○○○△○△△，△△△△○○○

巴童荡桨欹侧过，水鸡衔鱼来去飞。　律拗

○○△△○△△，△○○○○△○

阆中胜事可肠断，阆州城南天下稀。　律拗

△○△△△○△，△○○○○△○

22. 6. 3110《奉寄章十侍御》　拗黏模式

23. 6. 3131《将赴成都草堂，途中有作，先寄严郑公五首》其五

锦官城西生事微，乌皮几在还思归。　律拗

△○○○○△○，○○△△○○○

24. 6. 3328《至后》

冬至至后日初长，远在剑南思洛阳。　律拗

○△△△△○○，△△△○○△○

梅花欲开不自觉，棣萼一别永相望。　拗拗

○○△○△△△，△△△△△○○

25. 6. 3408《拨闷》拗黏模式

26. 6. 3473《十二月一日三首》其一

今朝腊月春意动，云安县前江可怜。律拗

○○△△○△△，○○△○○△○

27. 6. 3473《十二月一日三首》其二

新亭举目风景切，茂陵著书消渴长。　律拗

○○△△○△△，△○△○○△○

春花不愁不烂漫，楚客唯听棹相将。　律拗

○○△○△△△，△△○○△○○

第三时期：

28. 6. 3564《白帝城最高楼》

城尖径仄旌旆愁，独立缥缈之飞楼。　律拗

○○△△○△○，△△△△○○○

扶桑西枝对断石，弱水东影随长流。　拗拗

○○○○△△△，△△○△○○○

29. 7. 3740《白帝》

白帝城中云出门，白帝城下雨翻盆。　律拗

△△○○○△○，△△○△△○○

30. 7. 3743《黄草》

黄草峡西船不归，赤甲山下行人稀。　律拗

○△△○○△○，△△○△○○○

31. 7. 3845《咏怀古迹五首》其二拗黏模式

32. 8. 4361《立春》

春日春盘细生菜，忽忆两京梅发时。　拗对

○△○○△○△，△△△○○△○

此身未知归定处，呼儿觅纸一题诗。　律拗

△○△○○△△，○○△△△○○

33. 8. 4387《愁》

江草日日唤愁生，巫峡泠泠非世情。　律拗

○△△△△○○，○△○○○△○

盘涡鹭浴底心性，独树花发自分明。　律拗

○○△△△○△，△△○△△○○

十年戎马暗万国，异域宾客老孤城。　律拗

△○○△△△△，△△○△△○○

34. 8. 4393《昼梦》

二月饶睡昏昏然，不独夜短昼分眠。　拗拗

△△○△○○○，△△△△△○○

桃花气暖眼自醉，春渚日落梦相牵。　律拗

○○△△△△△，○△△△△○○

故乡门巷荆棘底，中原君臣豺虎边。　律拗

○○○△○△△，○○○○○△○

35. 8. 4429《赤甲》

炙背可以献天子，美芹由来知野人。　拗拗

△△△△△○△，△○○○○△○

36. 8. 4433《暮春》

卧病拥塞在峡中，潇湘洞庭虚映空。　拗拗

△△△△△△○，○○△○○△○

沙上草阁柳新暗，城边野池莲欲红。拗拗

○△△△△○△，○○△○○△○

37. 8. 4438《即事》　拗黏模式

38. 8. 4463《江雨有怀郑典设》

春雨暗暗塞峡中，早晚来自楚王宫。　拗拗

○△△△△△○，△△○△△○○

乱波分披已打岸，弱云狼藉不禁风。　律拗

△○○○△△△，△○○△△○○

39. 8. 4614《季夏送乡弟韶陪黄门从叔朝谒》　拗黏模式

40. 8. 4621《滟滪》

滟滪既没孤根深，西来水多愁太阴。　拗拗

△△△△○○○，○○△○○△○

41. 8. 4639《七月一日题终明府水楼二首》其二　拗黏模式

42. 8. 4686《秋风二首》其一

秋风淅淅吹巫山，上牢下牢修水关。　律拗

○○△△○○○，△○△○○△○

要路何日罢长戟，战自青羌连百蛮。　律拗

△△○△△○△，△△○○○△○

中巴不曾消息好，暝传戍鼓长云间。　律拗

○○△○○△△，○○△△○○○

43. 8. 4686《秋风二首》其二

秋风淅淅吹我衣，东流之外西日微。　拗对

○○△△○△○，○○○△○△○

天清小城捣练急，石古细路行人稀。　拗拗

○○△○△△△，△△△△○○○

会将白发倚庭树，故园池台今是非。　律拗

△○△△△○△，△○○○○△○

44. 8. 4692《见萤火》

巫山秋夜萤火飞，帘疏巧入坐人衣。　拗对

○○○△○△○，○○△△△○○

45. 9. 5054《简吴郎司法》

有客乘舸自忠州，遗骑安置瀼西头。　拗拗

△△○△△○○，○△○△△○○

却为姻娅过逢地，许坐曾轩数散愁。　律拗

△△○△○○△，△△○○△△○

46. 9. 5098《覃山人隐居》

南极老人自有星，北山移文谁勒铭。　律拗

○△△○△△○，△○○○○△○

47. 9. 5102《柏学士茅屋》

碧山学士焚银鱼，白马却走深岩居。　律拗

△○△△○○○，△△△△○○○

48. 9. 5135《即事》

一双白鱼不受钓，三寸黄甘犹自青。　律拗

△○△○△△△，○△○○○△○

49. 9. 5357《夜归》仄韵

夜半归来冲虎过，山黑家中已眠卧。　拗对

△△○○△△△，○△○○△○△

傍见北斗向江低，仰看明星当空大。　拗拗

○△△△△○○，△○○○○○△

白头老罢舞复歌，杖藜不睡谁能那。　拗对

△○△△△△○，△○△△○○△

第四时期：

50. 10. 5571《暮归》

霜黄碧梧白鹤栖，城上击柝复乌啼。　拗拗

○○△○△△○，○△△△△○○

南渡桂水阙舟楫，北归秦川多鼓鼙。　律拗

○△△△△○△，△△○○○△○

51. 10. 5649《晓发公安数月憩息此县》

北城击柝复欲罢，东方明星亦不迟。　律拗

△○△△△△△，○○○○△△○

邻鸡野哭如昨日，物色生态能几时。　律拗

○○△△○△△，△△△△○△○

52. 10. 6090《长沙送李十一》

与子避地西康州，洞庭相逢十二秋。　拗拗

△△△△○○○，△○○○△△○

第三节　杜甫之前的拗体七律总览

一、初唐拗体七律

按《全唐诗》排序，注明诗人、诗题，属于律联拗黏模式的均于诗题之后标出；属于律拗联混用模式的，均于题下列出诗中拗联；联后注明拗联模式。

1. 李世民《饯中书侍郎来济》　拗黏模式

2. 李显《立春日游苑迎春》　拗黏模式

3. 李显《石淙》　拗黏模式

4. 李旦《石淙》　拗黏模式

5. 文德皇后《春游曲》

花中来去看蝶舞，树上长短听莺啼。　律拗

○○○△○△△，△△○△○○○

6. 武则天《石淙》　拗黏模式

7. 魏征《宿沃洲山寺》

何代沃洲今夜兴，倚栏来听赤城钟。　拗对

○△△○○△△，△○○○△○○

8. 何仲宣《七夕赋咏成篇》　拗黏模式

9. 许敬宗《奉和圣制送来济应制》

兴言共伤千里道，俯迹聊示五情同。　拗拗

△○△○○△△，△△○△△○○

良哉既深留帝念，沃化方有赞天聪。　拗拗

○○△○○△△，△△○△△△○

10. 许敬宗《七夕赋咏成篇》

所叹却随更漏尽，掩泣还弄昨宵机。　律拗

△△△○○△△，△△○△△○○

11. 王绩《过程处士饮率尔成咏》

莫道山中泉石好，莫畏人间行路难。　拗对

△△○○○△△，△△○○○△○

杯至定知悬怪晚，饮尽只应速唱看。　拗对

○△△○○△△，△△○○△△○

12. 王绩《解六合丞还》

我家沧海白云边，还将别业对林泉。　拗对

△○○△△○○，○○△△△○○

不用功名喧一世，直取烟霞送百年。　拗对

△△○○○△△，△△○○△△○

13. 陈子良《于塞北春日思归》

我家吴会青山远，他乡关塞白云深。　拗对

△○○△○○△，○○○△△○○

如何此日嗟迟暮，悲来还作白头吟。　拗对

○○△△○○△，○○○△△○○

14. 上官仪《咏画障》

芳晨丽日桃花浦，珠帘翠帐凤凰楼。　拗对

○○△△○○△，○○△△△○○

未减行雨荆台下，自比凌波洛浦游。　律拗

△△○△○○△，△△○○△△○

15. 陈元光《恩义操》其二

岭海物产知君臣，黑鲤朝北葵向暾。　拗拗

△△△△○○○，△△○△○△○

岭海物产知慈仁，寒獭祭鱼乌哺亲。　律拗

△△△△○○○，○△△○△△○

吴起学曾斯学荀，欺君害民丧不奔。　律拗

○△△○○△○，○○△○○△○

16. 狄仁杰《奉和圣制夏日游石淙山》

老臣预陪悬圃宴，馀年方共赤松游。　律拗

△○△○○△△，○○○△△○○

17. 崔日用《奉和圣制龙池篇》

操环昔闻迎夏启，发匣先来瑞有虞。　律拗

○○△○○△△，△△○○△△○

18. 宗楚客《奉和圣制喜雪应制》

影随明月团纨扇，声将流水杂鸣弦。　拗对

△○○△○○○，○○○△△○○

19. 苏瑰《兴庆池侍宴应制》　拗黏模式

20. 张九龄《奉和圣制龙池篇》

天启神龙生碧泉，泉水灵源浸迤延。　拗对

○△○○○△○，○△○○△△○

21. 宋之问〈三阳宫侍宴应制得幽字〉　拗黏模式

22. 崔湜《奉和春日幸望春宫》　拗黏模式

23. 杜审言《春日京中有怀》　拗黏模式

24. 姚崇《奉和圣制夏日游石淙山》　拗黏模式

25. 郭震《寄刘校书》　拗黏模式

26. 阎朝隐《奉和立春游苑迎春应制》　拗黏模式

27. 阎朝隐《奉和圣制夏日游石淙山》

五百里内贤人聚，愿陪阊阖侍天文。　律拗

△△△△○○△，△○○△△○○

28. 刘宪《奉和立春日内出彩花树应制》　拗黏模式

29. 刘宪《奉和春日幸望春宫应制》　拗黏模式

30. 刘宪《兴庆池侍宴应制》　拗黏模式

31. 刘宪《奉和幸安乐公主山庄应制》

主家别墅帝城隈，无劳海上觅蓬莱。　律拗

△○△△△○○，○△△△△○○

32. 姜晞《龙池篇》

灵沼萦回邸第前，浴日涵春写曙天。　拗对

○△○○△△○，△△○○△△○

33. 姜皎《龙池篇》

龙池初出此龙山，常经此地谒龙颜。　拗对

○○○△△○○，○○△△△○○

34. 蔡孚《奉和圣制龙池篇》

帝宅王家大道边，神马潜龙涌圣泉。　拗对

△△○○△△○，○△○○△△○

35. 徐彦伯《石淙》　拗黏模式

36. 武三思《奉和圣制夏日游石淙山》

此地岩壑数千重，吾君驾鹤□乘龙。　律拗

△△○△△○○，○○△△○○

37. 张易之《奉和圣制夏日游石淙山》

山中日暮幽岩下，泠然香吹落花深。　律拗

○○△△○○△，○○○○△○○

38. 张昌宗《奉和圣制夏日游石淙山》　拗黏模式

39. 杨敬述《奉和圣制夏日游石淙山》　拗黏模式

40. 于季子《奉和圣制夏日游石淙山》　拗黏模式

41. 张说《扈从温泉宫献诗》

不知远梦华胥国，何如亲奉帝尧君。　拗对

△○△△△○△，○○○△△○○

42. 张说《先天应令》

唯愿圣主南山寿，何愁不赏万年春。　律拗

○△△△○○△，○○△△△○○

43. 韦嗣立《奉和初春幸太平公主南庄应制》　拗黏模式

44. 卢藏用《奉和立春游苑迎春应制》　拗黏模式

45. 岑羲《奉和幸安乐公主山庄应制》　拗黏模式

46. 薛稷《奉和幸安乐公主山庄应制》

主家园囿极新规，帝郊游豫奉天仪。　拗对

△○○△△○○，△○○△△○○

欢宴瑶台镐京集，赏赐铜山蜀道移。　拗对

○△○○△○△，△△○○△△○

曲阁交映金精板，飞花乱下珊瑚枝。　律拗

△△○△○○△，○○△△○○○

47. 马怀素《奉和立春游苑迎春应制》　拗黏模式

48. 马怀素《奉和人日宴大明宫恩赐彩缕人胜应制》　拗黏模式

49. 沈佺期《守岁应制》　拗黏模式

50. 沈佺期《龙池篇》

龙池跃龙龙已飞，龙德先天天不违。　律拗

○○△○○△○，○△○○○△○

51. 赵彦昭《奉和初春幸太平公主南庄应制》　拗黏模式

52. 萧至忠《奉和幸安乐公主山庄应制》

微臣此时承宴乐，仿佛疑从星汉回。　律拗

○○△○○△△，△△○○○△○

53. 李迥秀《奉和幸安乐公主山庄应制》

手舞足蹈方无已，万年千岁奉薰琴。　律拗

△△△△○○△，△○○△△○○

54. 裴漼《奉和圣制龙池篇》　拗黏模式

55. 张谔《延平门高斋亭子应岐王教》　拗黏模式

56. 蔡希周《奉和扈从温泉宫承恩赐浴》　拗黏模式

二、由初入盛的拗体七律

按前“总览”标示方法，列出杜甫之前由初入盛的所有拗体七律，诗人仅有王维、崔颢、李白。

1. 王维《赠吴官》　仄韵

空摇白团其谛苦，欲向缥囊还归旅。　律拗

○○△○○△△，△△△○○○△

江乡鲭鲊不寄来，秦人汤饼那堪许。　拗对

○○○△△△○，○○○△△○△

不如侬家任挑达，草屩捞虾富春渚。　律拗

△○○○△○△，○△○○△○△

2. 王维《寒食城东即事》　仄韵　拗黏模式

3. 王维《和太常韦主簿五郎温汤寓目之作》　拗黏模式

4. 王维《苑舍人能书梵字兼达梵音皆曲尽其妙戏为之赠》　拗黏模式

5. 王维《重酬苑郎中》　拗黏模式

6. 王维《出塞》　拗黏模式

7. 王维《送方尊师归嵩山》　拗黏模式

8. 王维《过乘如禅师萧居士嵩丘兰若》　拗黏模式

9. 王维《春日与裴迪过新昌里访吕逸人不遇》　拗黏模式

10. 王维《酌酒与裴迪》　拗黏模式

11. 王维《积雨辋川庄作》　拗黏模式

12. 王维《辋川别业》

优娄比丘经论学，伛偻丈人乡里贤。　拗拗

○○△○○△○，△○△○○△○

披衣倒屣且相见，相欢语笑衡门前。　拗对

○○△△△○△，○○△△○○○

13. 王维《听百舌鸟》

上兰门外草萋萋，未央宫中花里栖。　律拗

△○○△△○○，△○○○○△○

14. 崔颢《雁门胡人歌》

高山代郡东接燕，雁门胡人家近边。　律拗

○○△△○△○，△○○○○△○

15. 崔颢《黄鹤楼》

昔人已乘黄鹤去，此地空余黄鹤楼。　律拗

△○△○○△△，△△○○○△○

黄鹤一去不复返，白云千载空悠悠。　律拗

○△△△△△△，△○△△○○○

16. 李白《赠郭将军》

将军少年出武威，入掌银台护紫微。　律拗

△○△○△△○，△△○○△△○

17. 李白《寄崔侍御》　拗黏模式

18. 李白《别中都明府兄》　拗黏模式

19. 李白《登金陵凤凰台》　拗黏模式

20. 李白《鹦鹉洲》

鹦鹉来过吴江水，江上洲传鹦鹉名。　律拗

○△○△○○△，○△○○○△○

21. 李白《题东谿公幽居》

杜陵贤人清且廉，东谿卜筑岁将淹。　律拗

△○○○○△○，○○△△△○○

22. 李白《代佳人寄翁参枢先辈》

南家风光当世少，西陵江浪过江难。　律拗

○○○○○△△，○○○△△○○

第四节　拗体七律的拗度分级

如本章第一节所述，刘明华所问：拗体七律对“拗”“容忍的限度有多大?”此当属理论范畴，为了做出合理的回答，特引入用诗中拗联数量表示的“拗度分级”概念，以拗度观察“拗”的容忍限度大小。原理是：律联与拗联相加之和恒等于4，七律拗联为0，“拗度”0级，不拗；七言古律拗联为4，拗度4级，超拗；介于它们之间的是拗体七律，拗联1—3个，拗度必为1—3级，简单明了。对于律联拗黏模式，因不含拗联，不适宜衡量拗度等级，如李世民《饯中书侍郎来济》、武则天《石淙》，王维《出塞》、李白《登金陵凤凰台》，杜甫《有客》《所思》。对律拗联混用模式，依拗联实用数量定级，1级如崔日用、张九龄《奉和圣制龙池篇》，崔颢《雁门胡人歌》、李白《鹦鹉洲》，杜甫《卜居》《白帝》；2级如许敬宗《奉和圣制送来济应制》、陈子良《于塞北春日思归》，崔颢《黄鹤楼》，杜甫《题省中院壁》《白帝城最高楼》；3级如薛稷《奉和幸安乐公主山庄应制》，王维的仄韵《赠吴官》，杜甫《愁》《昼梦》《夜归》。

拗度分级方法能够忠实反映诗律运用状态，从根本上纠正与消除那种纯以拗句数量衡量用拗程度的偏差。它告诉我们，拗体七律容许的最大拗度是3级，即最多只能使用3个拗联；当三个拗联全部由纯拗句组成时，拗句最大限量是6句，而不可能更多；由于拗联有三种组成模式，拗句与拗联数量并非总是对等的，如《九日》《暮春》皆用4个拗句组成2个拗联，拗度2级；《愁》用3个拗句组成3个拗联，拗度3级，影响拗度等级的是拗联而不是拗句；提高拗度的方法是重用拗联而不是单单重用拗句。

这种分级方法彻底改变了广义拗字概念带来的句式、联式定性偏差，使用第五六字变声以及古风尾的做法，与提高拗度等级无关。如《题省中院壁》《白帝城最高楼》《晓发公安数月憩息此县》，历来论者大都认为拗得最重，实际仅为拗度 2 级，表面原因是三首诗的第五字变声句多或古风尾多，分别为 7、7、5，有论者错将它们定为“拗句”、错当加重拗度的因素。

利用这种分级方法观察诗体从量变到质变的过程更为直观，由于“律联: 拗联”固定在 1:3 到 3:1 之间，任一联式的增减都会导致这种比例关系的改变，譬如一首七律，其中任何一个律句第二四字位用拗即质变为拗句，一个拗句即构成一个拗联，近体律质遂遭到破坏，诗体骤变为拗体七律，拗度 1 级；当拗联依次增加至 2 个、3 个，拗度随之升为 2 级、3 级，达到顶峰；如果再将剩下的最后一个律联也变成拗联，就突破 3 级限值，诗体发生骤变而成为七言古律。

这种分级方法适用于平韵拗体七律，也同样适用于仄韵拗体七律，对七言古律的创作具有一定应用价值。

第五节　杜甫的拗体七律创新

如前所述，初唐发明拗体七律，且有 56 篇作品，比较特殊的是陈元光《恩义操》其二句句用韵；由初入盛的王维、崔颢、李白共有拗体七律 22 篇，并首次出现仄韵体式。欲认识杜甫拗体七律创新，应该串联起来综合分析。

一、拗体七律创新毕功于夔州时期

杜甫继承前人律联拗黏与律拗联混用两个拗体七律结构模式，借鉴王维仄韵拗体七律，维护初唐形成的七律与拗体七律分布格局，着力培育拗体七律，使其得以定型。表 4-3-2 用“一二三四”标示创新分期，列出各时期拗体七律篇数及拗度等级，0 级（律联拗粘模式）11 首，占 21%；1，2，3 级分别为 17、16 与 7 首，各占 35%、31%、13%。这表明 1，2 级为主体，0 级次之，3 级最少；从创新分期观察，发展轨迹清晰，重心是渐增拗度，增拗联减律联，增用律拗与拗拗模式拗联，减用拗对模式拗联，夔州（第三）时期拗度 3 级作品增至 5 首，拗体七律总篇数达到四个时期的最高值。从数量看，拗体七律定型于草堂时期；从拗度等级看，毕功于夔州时期。

表 4-3-2　拗度等级划分及其在不同创新期的分布

创新分期	拗度 0 级	拗度 1 级	拗度 2 级	拗度 3 级	合计
一	2	2	4	1	9
二	5	8	5	1	19
三	4	7	5	5	21
四	0	1	2	0	3
合计	11	18	16	7	52

从表 4-3-3 中前列数字是篇数，后列是各级拗度所占比例，初唐律联拗黏模式（拗度 0 级）高达 54%，由初入盛不仅未减反有所增加；杜甫力扭这一趋势，将其降低至 21%；在增大律拗联混用模式占比的同时，拗度 2 级由初唐的 9% 提高至 31%，拗度 3 级由初唐的 4% 提高至 13%；尤为突出的是仄韵拗体七律占比提高至 10%。

表 4-3-3　杜甫与其前的拗体七律拗度对比表

时期	拗度 0 级		拗度 1 级		拗度 2 级		拗度 3 级		其中仄韵		合计篇数（首）
	篇数（首）	占比（%）	篇数（首）	占比（%）	篇数（首）	占比（%）	篇数（首）	占比（%）	篇数（首）	占比（%）	
杜甫	11	21	17	32	16	31	7	13	5	10	52
初唐	30	54	19	34	5	9	2	4	0	0	56
由初入盛	13	59	6	27	2	9	1	5	1	5	22

二、确立以“律拗”联式为拗联应用主体

在 36 首律拗联模式平韵拗体七律中，使用拗对模式的拗联标准格式 2 个、律拗模式的拗联标准格式 12 个、拗拗模式的拗联标准格式 5 个，占 28 个格式总量的 68%；5 首仄韵拗体七律使用 8 个律拗模式的拗联标准格

式，占28个格式总量的29%，确立了律拗联式作为拗体七律主体联式的地位，达到杜甫之前的唐人未曾达到的理论高度。杜甫52首拗体七律共用拗联72个，平均每首1.4个；初唐56首共用拗联35个，平均每首0.6个；由初入盛22首共用拗联13个，平均每首0.6个（见表4-3-4）。

表4-3-4　杜甫与其前的拗体七律三模式拗联数量对比

时期	拗对联		律拗联		拗拗联		合计
	数量（个）	占比（%）	数量（个）	占比（%）	数量（个）	占比（%）	
杜甫	8	9	43	62	21	29	72
初唐	16	46	16	46	3	8	35
由初入盛	2	15	9	69	2	15	13

三、建立与形成拗联联式组合格式理论

杜甫通过创作实践建立了律拗联混用模式拗体七律的拗联联式组合理论，存在19个组合格式，杜诗实用量达11个。由于诗中拗联最大用量只能是3个，而拗联本身的组成模式也只有3个，无论诗的拗度等级如何，各组成模式拗联之间必然存在确定的比例关系，是拗体七律律质的一种精华浓缩，从而构成拗体七律的一种理论阐释。这种格式定量、定位、可以准确预测。将“拗对:律拗:拗拗”三个模式的拗联数量用数字0—3表示，三数之和最大值为3，最小值为1。若拗度3级，同时使用3个模式的拗联，其比必为“1:1:1”，则用“111”代表这一格式。现推绎律拗联混用模式拗体七律所有的拗联组合格式，并标明该格式的杜诗实例。这种格式也可套用于七言古律，因为它由四个拗联构成，三项比值总和为4，单一联式的数值范围扩大到为0—4；对创作具有实际指导作用。

拗度	拗对:律拗:拗拗	格式	诗体模式	杜诗实例
无拗联	0:0:0	000	律联拗黏	《即事》
1级	0:1:0	010	律拗联混用	《题郑县亭子》

	0:0:1	001	同上	《赤甲》
	1:0:0	100	同上	《卜居》
2 级	0:1:1	011	同上	《白帝城最高楼》
	0:2:0	020	同上	《题省中院壁》
	0:0:2	002	同上	《暮春》
	1:1:0	110	同上	《立春》
	1:0:1	101	同上	
	2:0:0	200	同上	
3 级	0:3:0	030	同上	《愁》
	0:0:3	003	同上	
	0:1:2	012	同上	
	0:2:1	021	同上	《昼梦》
	1:1:1	111	同上	《秋风二首》其二
	1:0:2	102	同上	
	1:2:0	120	同上	
	2:0:1	201	同上	
	2:1:0	210	同上	
	3:0:0	300	同上	
无律联			七言古律	

从上述分析可知，拗度 2 级，初唐 5 首，使用 200、110、002 三个格式；由初入盛 2 首，王维《辋川别业》101 格式、崔颢《黄鹤楼》020 格式，李白无拗度 2 级以上作品；杜诗 16 首，使用 6 个格式，用得较多的是 011 与 020、002。拗度 3 级，初唐陈元光 030 格式、薛稷 210 格式；王维仄韵拗体七律《赠吴官》120 格式；杜甫 7 首，《愁》《阆水歌》《秋风二首》其一用 030 格式，《早秋苦热堆案相仍》《昼梦》用 021 格式，《夜归》《秋风二首》其二用 111 格式。杜甫拗联运用的构思是增加律拗与拗拗联式占比，拓宽组合格式使用范围。

四、拗联的语言律应用特征

杜甫拗体七律语言之活跃多姿、变化多端，比七律有过之而无不及，似胸有十万甲兵，以旁若无人、无可阻挡之势任情挥洒，彰显拗体的雄健杰出。杜甫拗体七律语言应用艺术多亮点，也是语言律内涵的充分体现与诠释。

（一）三仄尾、三平尾

杜甫11首律联拗黏模式拗体七律无一首使用三仄尾、三平尾。36首平韵律拗联混用模式有19首未用三仄尾，占53%，22首未用三平尾，占61%，12首既无三仄尾又无三平尾，占33%；一首诗最大用量各为3个，二者并非全是用于一联之内，也并非等量存在。5首仄韵拗体七律，一首诗中的三仄尾、三平尾用量为0—1。这表明三仄尾、三平尾可用可不用，用量亦无定数，二者的搭配形式不定，故不是界定拗体七律的必要因素。杜甫比较喜欢在拗联对句用三平尾，72个拗联中有15个，占20%；多为一首一句，有时两句，如《郑驸马宅宴洞中》的“清琅玕”“霾云端”，《题省中院壁》的“常阴阴”“青春深”，《白帝城最高楼》的“之飞楼”“随长流”。也许是一种巧合，72个拗联出句也有15个三仄尾，多为一首一句，用两个的只有《早秋苦热堆案相仍》；也有同联对称使用的，如《白帝城最高楼》、《秋风二首》其二。初唐56首拗体七律用35个拗联，对句只有两个三平尾，出句无三仄尾；由初入盛22首用13个拗联，对句只有两个三平尾，出句一个三仄尾。有意造成古色古香，增加韵味。

（二）第五字变声

古人论杜七律侧重第五字变声，而对第六字变格反倒不甚计较。拗体七律如何？统计表明，11首律联拗黏模式约有二分之一使用第五字变声句，一首用量一至五句；其余二分之一则一句未用；36首律拗联混用模式变化剧烈，平均每首有3.6句第五字变声，一句未用的有3首，只用一句的有2首，两句的5首，三句的4首；其余22首都在四句以上，如《愁》四句、《昼梦》五句、《阆水歌》六句、《题省中院壁》八句、《七月一日题终明府水楼二首》其二八句。这种跳动悬殊的分布状态恰恰表明，第五字变声既然能合法用于七律，就能更加合法用于拗体七律，且不拘用量，既不改变句子律质，也不影响拗度等级。

无论律句、拗句第五字变声，都应按照句子的标准格式判断。以拗联为观察对象，得到表 4-3-5。可以看出，杜诗第五字变声的拗联占比 92%，句数占比 58%，远高于初唐，稍高于由初入盛；初唐一联 2 句皆用的只有沈佺期的《龙池篇》；王维《赠吴官》《辋川别业》《听百舌鸟》共用 7 句。杜甫有自己的应用方式，以拗度 2 级名篇《题省中院壁》《白帝城最高楼》为例，同用 2 个拗联，其中 4 句皆第五字变声；拗度 3 级《早秋苦热堆案相仍》《阆水歌》《愁》《昼梦》《夜归》同用 3 个拗联，各诗第五字变声句数依次为 3，4，3，3，2，明显偏少；《秋风二首》其一、其二稍多，分别使用五句、六句。不禁令人猜想，当拗度等级偏低时，杜甫似有意增多第五字变声句数。

表 4-3-5　杜甫与其前的拗体七律第五字变声情况比较

时期	拗联联数	拗联句数	第五字变声		第五字变声	
			联数	占比（%）	句数	占比（%）
杜甫	73	146	68	92	85	58
初唐	35	70	13	37	15	43
由初入盛	13	26	10	77	14	54

（三）第六字变格

杜甫拗体七律诗中第六字变格句的用量明显少于第五字变声句，不分律联、拗联，一首诗一般只用 1—2 句，至多 3 句；有时用第五六字同时变声句，如《暮春》“卧病拥塞在峡中”，《昼梦》“桃花气暖眼自醉”；《晓发公安数月憩息此县》“物色生态能几时 ”。和第五字常规变声一样，第六字变格句使用与否与辨体无关。

第四章　拗体七绝的创新

古人论盛唐七绝推崇李白、王维、王昌龄，对杜甫七绝多有杂言，自宋至清一直没有停歇，褒扬有之，贬责有之，困惑有之，替杜扼腕叹息者亦有之。症结在于没有正确区分用律特征不同带来的七绝与拗体七绝体式之别。也正是由于历代学者的热情关注与研究，才揭开迷雾，得到杜甫独创拗体七绝的正确结论。

第一节　古人论杜甫七绝

南宋刘辰翁认为《江畔独步寻花七绝》《漫兴》“皆放荡自然，足洗凡陋，何必《竹枝》乐府哉”；其一“每诵数过，可歌可舞，能使老人复少”；《夔州歌》其九“惟此最得体，疏当磊落”。[①]《江畔独步寻花七绝》其一是拗体七绝，《绝句漫兴九首》其一与《夔州歌十绝句》其九是七言古绝，刘从欣赏角度赞美杜甫此两体七绝。

王世懋曰：“少陵诸作多有漫兴，时于篇中，取题意兴不局，岂非柏梁之馀材，创为别馆武昌之剩竹贮作船钉，英雄欺人颇窥伎俩，有识之士能无取裁。”[②] 胡应麟曰：“子美于绝句无所解，不必法也。”[③] 卢世漼曰，杜甫与李白、少伯不同，虽然同时，“乃恣其崛强之性，颓然自放，独成一家。宁为鸡口，勿为牛后，天宝生才不尽，才人用才又自不同。若子美

① 吴企明编纂：《刘辰翁诗话》，吴文治主编：《宋诗话全编》（拾），南京：江苏古籍出版社，1998 年，第 9870、9881 页。

② （明）王世懋撰：《艺圃撷余》，中国古籍基本库，明万历间绣水沈氏尚白斋刻宝颜堂秘笈本。

③ （明）胡应麟撰：《诗薮·内编六·近体下》，中国古籍基本库，明万历三十七年张养正刻本。

者，可谓巧于用拙，长于用短，精于用粗，婉于用憨者也”，“夫子美绝句之学，世置且不讲久矣”，“子美固已尽发光明之藏，出以示人矣。第望气者见有偏全，止知其一说，不知其又有一说”。[①] 徐师曾曰：“此体岂可易而为之哉。”[②] 王世贞曰：“太白之七言律、子美之七言绝皆变体间为之可耳，不足多法也。”[③] 明代学者已经触及诗体实处，一是将杜甫拗体七绝称为“变体”“绝句之学”“独成一家”“与李白、少伯不同”，二是指出认识有“偏全”，用语与写法“才人用才又自不同”，“有识之士能无取裁”。

明末清初申涵光认为，七言绝句“惟杜诗别为一种，能重而不能轻，有鄙俚者，有板涩者，有散漫潦倒者，虽老放不可一世，终是别派，不可效也”[④]。李因笃论《春水生二绝》曰：“杜绝句在三唐为别调，然所取者，亦正喜其别调，非诸家可及。”[⑤] 两人皆承认杜甫绝句是“别派”“别调”，申从近体七绝的正统观点言“不可效也”，李从创新的观点言“正喜其别调，非诸家可及”。沈德潜曰：“少陵绝句，直抒胸臆，自是大家气度，然以为正声则未也。”[⑥] 查慎行论《江畔独步寻花七绝句》曰：“先生七绝，有意别开蹊径，他人学之，非俗则涩矣。”[⑦] 潘德舆曰：“杜公天挺之才，横绝一世，无所不可。自率本怀，则为绝句创调；偶从时轨，则为绝句冠场。疑其不习者非，疑其弄巧者亦非。”[⑧] 李重华曰：“杜老七绝欲

---

① 卢世潅：《读杜私言》，周伟德集校：《全明诗话》（六），济南：齐鲁书社，2005 年，第 4392 页。

② 徐师曾著，罗根泽校点：《文体明辨序说》，北京：人民文学出版社，1962 年，第 108 页。

③ （明）王世贞撰：《弇州四部稿》卷一四七引李东阳语，中国古籍基本库，明万历五年王氏世经堂刻本。

④ （清）仇兆鳌辑注：《杜诗详注》卷九，中国古籍基本库，清康熙五十二年刻本。

⑤ （清）刘濬撰：《杜诗集评》卷十五，转引自郑庆笃主编：《全唐诗广选新注集评》第四卷，沈阳：辽宁人民出版社，1994 年，第 244 页。

⑥ （清）沈德潜辑：《唐诗别裁集》卷二十，中国古籍基本库，清乾隆二十八年教忠堂重订本。

⑦ （清）刘濬撰：《杜诗集评》卷十五，转引自郑庆笃主编：《全唐诗广选新注集评》第四卷，沈阳：辽宁人民出版社，1994 年，第 254 页。

⑧ （清）潘德舆撰：《养一斋李杜诗话》卷三，瀚堂典藏古籍库，清诗话续编本。

与诸家分道扬镳，故尔别开异径，独其情怀，最得诗人雅趣。”① 田雯曰：“少陵作手崛强，绝句一种，似避太白而别寻蹊径者，殆不易学。”② 叶燮曰：“杜七绝轮囷奇矫不可名状，在杜集中另是一格。”③ 许印芳曰：“老杜绝句另是一格。”他颇有眼光，将《三绝句》其二“二十一家同入蜀”列为仄韵七言古体（按：古绝），将《江畔独步寻花》其六“黄四娘家花满蹊”列入平韵律体拗调（按：拗体七绝）。④ 清代学者所论较明代又进一步，从诗律、诗体方面肯定杜甫拗体七绝的创新，“自是大家气度”“有意别开蹊径”“另是一格”，承认与李白、王昌龄七绝存在律质、体式的区别，批评“疑其不习者非，疑其弄巧者亦非”，摸索到三体七绝的辨识方法。

当代学者葛晓音针对古人所论指出：“即使是推崇杜诗的论者，也不敢过高评价其绝句的成就。因此这至今仍是一个热门的话题。”⑤ 表明杜甫拗体七绝的创新及其价值，需要加强研究，以求公论。

第二节　杜甫拗体七绝总览

说明：数字“1.4.1919”表示该诗的序号是杜甫拗体七绝第一篇，在《杜甫全集校注》第四册第1919页。诗题下面列出该诗的拗联，联后注明拗联模式。属于律联拗黏模式、不含拗联的则于诗题后标出“拗黏模式”字样，仄韵拗体七绝标出“仄韵”字样。遵《杜甫全集校注》的编排次序，并纳入各创新分期。

---

① （清）李重华撰：《贞一斋诗说》，丁福保辑：《清诗话》，瀚堂典藏古籍库，民国五年铅印本。

② （清）田雯撰：《古欢堂集·杂著》卷二，中国古籍基本库，清康熙乾隆间刻德州田氏丛书本。

③ （清）叶燮撰：《原诗·外篇》，中国古籍基本库，清道光吴江沈氏世楷堂刻昭代丛书合刻本。

④ （清）许印芳纂：《诗谱详说》卷四，一九一四年刊《云南丛书初编》本。

⑤ 葛晓音：《杜诗艺术与辨体》，北京：北京大学出版社，2018年，第44页。

杜甫拗体七绝总览

第一时期：无

第二时期：

1. 4. 1919《凭何十一少府邕觅桤木栽》

草堂堑西无树林，非子谁复见幽心。　拗拗

△○△○○△○，○△○△△○○

2. 4. 1925《诣徐卿觅果栽》

草堂少花今欲栽，不问绿李与黄梅。　拗拗

△○△○○△○，△△△△△○○

3. 4. 2161《春水生二绝》其一

二月六夜春水生，门前小滩浑欲平。　拗拗

△△△△○○○，○○△○○△○

4. 4. 2162《春水生二绝》其二

一夜水高二尺强，数日不可更禁当。　律拗

△△△○△△○，△△△△△○○

5. 4. 2219《江畔独步寻花七绝句》其一

江上被花恼不彻，无处告诉只颠狂。　律拗

○△△○△△△，○△△△△○○

6. 4. 2224《江畔独步寻花七绝句》其四

东望少城花满烟，百花高楼更可怜。　律拗

○△△○○△○，△○○○△△○

7. 4. 2225《江畔独步寻花七绝句》其五

黄师塔前江水东，春光懒困倚微风。　律拗

○○○○○△○，○○△△△○○

8. 4. 2227《江畔独步寻花七绝句》其六

黄四娘家花满蹊，千朵万朵压枝低。　律拗

○△○○○△○，○△△△△○○

9. 4. 2228《江畔独步寻花七绝句》其七

不是爱花即肯死，只恐花尽老相催。　律拗

△△△○△△△，△△○△△○○

10. 4. 2235《绝句漫兴九首》其二

手种桃李非无主，野老墙低还似家。　律拗

△△○△○○△，△△○○○△○

11. 4. 2236《绝句漫兴九首》其三

熟知茅斋绝低小，江上燕子故来频。　拗拗

△○○○△○△，○△△△△○○

12. 4. 2238《绝句漫兴九首》其四

二月一破三月来，渐老逢春能几回。　律拗

△△△△○△○，△△○○○△○

13. 4. 2247《绝句漫兴九首》其九

隔户杨柳若袅袅，恰似十五女儿腰。　拗拗

△△○△△△△，△△△△△○○

14. 4. 2453《李司马桥了，承高使君自成都回》　拗黏模式

15. 5. 2504《戏为六绝句》其二　拗黏模式

16. 5. 2569《谢严中丞送青城山道士乳酒一瓶》　拗黏模式

17. 5. 2835《答杨梓州》　拗黏模式

18. 6. 3198《黄河二首》其二　仄韵

黄河西岸是我蜀，欲须供给家无粟。　拗对

○○○△△△△，△○○△○○△

19. 6. 3263《奉和军城早秋》　拗黏模式

20. 6. 3466《三绝句》其一　仄韵

前年渝州杀刺史，今年开州杀刺史。　拗拗

○○○○△△△，○○○○△△△

第三时期：

21. 7. 3748《夔州歌十绝句》其一

中巴之东巴东山，江水开辟流其间。　拗拗

○○○○○○○，○△△△○○○

22. 7. 3751《夔州歌十绝句》其三

群雄竟起问前朝，王者无外见今朝。　律拗

○○△△△○○，○△○△△○○

23. 7. 3753《夔州歌十绝句》其五

瀼东瀼西一万家，江北江南春冬花。　律拗

△○△○△△○，○△○○○○○

24. 7. 3754《夔州歌十绝句》其六

东屯稻畦一百顷，北有涧水通青苗。　拗拗

○○△○△△△，△△△△○○○

25. 7. 3755《夔州歌十绝句》其七

蜀麻吴盐自古通，万斛之舟行若风。　律拗

△○○○△△○，△△○○○△○

26. 7. 3756《夔州歌十绝句》其八

忆昔咸阳都市合，山水之图张卖时。　拗对

△△○○○△△，○△○○○△○

27. 8. 4506《承闻河北诸道节度入朝欢喜口号绝句十二首》其一

汹汹人寰犹不定，时时战斗欲何须。　律拗

○○○○○△△，○○△△△○○

28. 8. 4523《承闻河北诸道节度入朝欢喜口号绝句十二首》其十

渔阳突骑邯郸儿，酒酣并辔金鞭垂。

○○△△○○△，△○△△○○○　拗对

29. 9. 4956《解闷十二首》其十一

翠瓜碧李沈玉甃，赤梨蒲萄寒露成。　拗拗

△△△△○△○，△○○○○△○

第四时期：无

第三节　拗体七绝的创新

杜甫拗体七绝现存 27 首，仄韵 2 首，计 29 首；其中律联拗黏模式 5 首，占比 17%，律拗联混用模式 24 首，占比 83%。律联拗黏模式全部作于草堂时期，夔州时期所作全部为律拗联混用模式。在第一、第四时期则无拗体七绝创作。拗体七绝创新当属于拗体七律创新的副产品，创新时间略迟于七律、拗体七律，始于草堂、成于草堂；夔州时期的重点是往增强拗质方向发展，成熟定型；它与七律、拗体七律共同构成杜甫诗体创新的总体愿景。杜甫之前，王维有律联拗黏模式拗体七绝《送元二使安西》，李白有律拗联混用模式拗体七绝《山中与幽人对酌》，杜甫当有所借鉴。《全唐诗》收平韵拗体七绝近600首、仄韵近200首，以律联拗黏模式为主体；杜甫在拗律运用方面使其得到根本性提升。杜甫一如既往，像对待七律与拗体七律的关系一样，重视七绝，但不歧视拗体七绝；且形成七言格律诗全部体式和谐相处的一种分布格局，七言律绝与拗体七言律绝之比为178∶81（约2∶1）；七律与拗体七律数量之比为107∶52（约2∶1）；拗体七律与拗体七绝之比为52∶29（约2∶1）；七绝与拗体七绝之比为71∶29（略大于2∶1）；基本维持接近2∶1的水平。

杜甫拗体七绝创作以组诗为主，全部写于草堂与夔州时期；写作环境、数量、题材与五绝类似；拗体七律多抒写国难家愁，拗体七绝题材则有所差异。就拗联标准格式的运用而论，41首律拗联混用模式拗体七律含72个拗联，实用19个标准格式；而24首律拗联混用模式拗体七绝含24个拗联，竟实用15个标准格式！由此表明杜甫拗体七律存在一个格式多次使用现象，拗体七绝更重视格式的使用广度，机巧灵便，贴近生活，奇妙瑰丽韵味不绝，释放内心醇美之人性，令人深为感触拗体七绝的文学感染力。

第五篇

杜诗的永恒价值

第一章 “吴体”辨析

767年春，杜甫在夔州作拗体七律《愁》，自注“强戏为吴体”，“吴体”二字遂落地而生。自晚唐至清，效法创作者接续而上，热烈议论者乐此不疲，近当代学者对“吴体”研究也兴趣不减，时见有新的见解发表。王力《汉语诗律学》引《愁》论体时曾经省略自注，也许有其不便明言的考量。笔者起初欲舍其而行，张忠纲教授尖锐指出：“拗体诗与吴体的关系如何？这一问题你未涉及。对吴体的认识，学界颇不一致，有的甚至认为吴体就是拗体，对杜诗吴体、拗体的数量，观点也不一致。对此问题，你应予以论述为宜”。“吴体”起于杜诗，一首“吴体”被称作千古之谜，居然能演变成为一场持久的诗学之争，试问中外著名文学家能有几人做到？唯有杜甫！这也足显杜甫的伟大、杜诗的价值。

首先需要了解古今论者论争的焦点何在，“焦点”具有强烈的导向作用；然后分析杜甫《愁》诗及其命为“吴体”的本意；再即遍览可以搜集到的历代“吴体”作品，以杜甫语言律、诗律理论为镜鉴，力求得到实事求是的结论。

第一节 “吴体”论争的焦点

有关“吴体”的论争文献众多，观点纷呈，今略作梳理，择其要者而录之。

一、“强戏为吴体”之解

宋蔡宽夫曰：“文章变态固亡穷尽，然高下工拙亦各系其人才。子美以‘盘涡鹭浴底心性，独树花发自分明’为吴体，以‘家家养乌鬼，顿顿食黄鱼’为俳谐体，以‘江上谁家桃树枝，春寒细雨出疏篱’为新句；虽若为戏，然不害其格力。”[①] 他将《愁》《戏作俳谐体遣闷二首》《风雨看舟前落花，戏为新句》三诗的“戏”字连带分析，认为“虽若为戏”，并不遮掩和损伤诗的格律与艺术力量。

明唐元竑曰：“《愁》诗公自注‘强戏为吴体’，今不知公所指吴体为何等，读之，但觉拗耳。宋方万里《瀛奎律髓》遂以拗为吴体。岂据此诗耶？强戏者偶一为之，拗体杜集中至多，宁独此也！当时北人以南音为鄙俚，公意似在半雅半俗间耳。”[②] 清黄生说到，“偶发例于此，曰戏者，明其非正律也。”见水无情花自赏，悲从中来，“则亦强戏言之而已矣”。[③] 杨伦曰：“强戏为吴体，戏者明其非正律也。”[④] 许印芳曰：“解杜诗者，一云拗体皆是吴体，老杜《愁》诗自注，所以发凡起例。然《愁》诗以前诸拗律，未有如《愁》诗之奇变者。吴体之名不注于前而注此诗之下，作者本自分明，解者何庸附会。故知吴体为拗体之变调，非拗律之总名耳。”[⑤] 大致认为“戏”者自有用意，黄、杨谓杜“明”言“吴体”不是近体律诗，许谓“吴体”并非拗律“总称”。

二、“吴均体”之说

因杜诗中从未出现过“吴均”字样，略作介绍。如第三篇第一章第二节所言，吴均是梁代卓有成就的诗人，在当时能获得“吴均体”之称当为殊荣，《梁书》卷十三、《诗纪》九十二载有纪少瑜《拟吴均体应教诗》，一首平韵拗体五绝，一首入声韵拗体五绝。吴均其人在唐广为人知，皎然《讲古文联句》云“吴均颇劲，失于典裁”，薛涛《棠梨花和李太尉》云

① 郭信和、蒋凡编纂：《蔡居厚诗话》，吴文治主编：《宋诗话全编》（壹），南京：江苏古籍出版社，1998 年，第 614 页。

② （明）唐元竑撰：《杜诗攟》卷三，瀚堂典藏古籍库，文渊阁四库全书本。

③ （清）仇兆鳌辑注：《杜诗详注》卷十八，中国古籍基本库，清康熙五十二年刻本。

④ （清）杨伦撰：《杜诗镜铨》卷十五，中国古籍基本库，清同治十一年重刻本。

⑤ （清）许印芳纂：《诗谱详说》卷四，一九一四年刊《云南丛书初编》本。

"吴均蕙圃移嘉木"，李绅《上家山》"因效吴均体"多用五言拗联，罗隐《上雪川裴郎中》有句"却垂双翅羡吴均"。宋《册府元龟》卷八三九载："（吴）均文体清拔，有古气，好事者或效之，谓为'吴（均）体'。"元陈绎《诗谱》称沈约与吴均是"律诗之源，而尤近古者"。明徐师曾《文体明辨》卷十四"五言律诗"栏收录吴均《入关》《迎柳吴兴道中》《宝剑》《有所思》；王世贞《弇州四部稿》卷九"汉魏晋齐梁唐五言古诗"栏收录吴均《春怨》。清沈德潜《古诗源》收录柳恽《赠吴均》、吴均《答柳恽》，柳恽与沈约曾共定新律，吴均应邀前往。翁方纲《复初斋文集》卷八《诗法论》云：王渔洋教诗首举刘长卿七律，"然则古诗第从何逊吴均以下为圭臬也。"王渔洋《池北偶谈》云："唐诗佳句多本六朝"，王维"还家剑锋尽，出塞马蹄穿"本吴均"野战剑锋尽，攻城才智贫"，郎士元"暮蝉不可听，落叶岂堪闻"本吴均"落叶思纷纷，蝉声犹可闻。"仇兆鳌《杜诗详注》为求句有出处，在杜诗题目及用句之后，引用吴均诗句达30余处，如卷一《夜宴左氏庄》"林风纤月落"，吴均"林疏风至少"；卷七《秦州杂诗二十首》其六"林疏鸟兽稀"，吴均"林疏风至少"；卷八《泛溪》"练练峰上雪"，吴均"练练波中白"；卷十七《月》"四更山吐月"，吴均"疏岑时吐月"。

最早将杜甫"吴体"与吴均明确联系起来的事情是在清代，桂馥曰："杜诗七言拗律题下自注云戏效吴体，案《梁书·吴均传》，均文体清拔有古气，好事者或敩之，谓为'吴均体'。杜所称吴体，盖谓均也。清拔言不拘声病。"①

邝健行曰：杜甫在《愁》诗题下加"吴体"二字，"与其说必有缘故，毋宁说是随机下笔。我想最多也只能这么补充考虑：'齐梁体'的概念可能刚在写《愁》诗前不久传来；或者'齐梁体'这念头恰巧在写《愁》诗时最明晰呈现"②，认为"吴体"是指"齐梁体"。葛景春曰："杜

① （清）桂馥撰：《札朴》卷六《览古》，中国古籍基本库，清光绪八年长洲蒋氏刻心矩斋丛书本。

② 邝健行：《吴体与齐梁体》，中国唐代文学学会等主编：《唐代文学研究》第五辑，桂林：广西师范大学出版社，1994年，第602页。

甫的吴体诗借鉴了吴均的形似五律的齐梁新体诗，从而创作出形似七律但不讲究平仄声律的拗体诗，应是对‘吴均体’的创造性的继承。”[①] 鲍恒曰：“杜甫之‘吴体’是经过杜甫加工改造过的‘吴均体’”，“借‘吴均体’之某些特点来表达自己的某种思想感情，可谓借‘吴均’之名而行‘杜甫’之实。换言之，这是一种带有杜甫个人和时代鲜明特征的‘吴均体’，或可称作‘杜体’”。[②] 三位学者观点相近，认为杜甫“吴体”指齐梁体、吴均体，但《愁》诗并不是原本意义上的吴均诗，“或可称作‘杜体’”之语蕴含深意。

三、“吴音”“吴歌”之说

“吴体”二字在杜诗中只出现过一次，《愁》诗不是近体七律，拗得如何，一时难解难分，论者追问“吴”字代表什么？努力寻求一种简单的解法，主张“吴”代表吴地、吴国、吴人，“吴体”代表吴语、吴音，吴地民歌、民谣。

清黄生曰：吴体诗“乃当时俚俗为此体耳，诗流不屑效之”[③]。许印芳曰：“七律拗体变格，本名吴体，见老杜《愁》诗小注。皮、陆两家集中亦有此体诗，盖当时吴中歌谣有此格调，诗流亦效用之也。今只作变格拗体论，不另标吴体名目。”[④]

当代有学者也曾持此论。夏承焘曰：“我以为杜作‘吴体’本是用民间歌谣声调，并没有什么字声上的规律。”[⑤] 郭绍虞以杜甫二十至二十四岁

① 葛景春：《吴体是杜甫所创的新体古诗》，《杜甫学刊研究》2018 年第 2 期。

② 鲍恒：《历史误读与范式确立——杜甫“吴体”新论》，周勋初等主编：《文学评论丛刊》第 6 卷第 1 期，南京：南京大学出版社，2003 年，第 93、94 页。

③ （清）仇兆鳌辑注：《杜诗详注》卷十八，中国古籍基本库，清康熙五十二年刻本。

④ （清）许印芳纂：《诗谱详说》卷四，一九一四年刊《云南丛书初编》本。

⑤ 夏承焘：《杜诗札记》，《杜甫研究论文集》第二辑，北京：中华书局，1963 年，第 24 页。

时曾游吴越、陆龟蒙原为吴地人作为论据，认为“吴体原出吴中民间诗”[①]。王辉斌持“吴音说”并有所发挥，借梁运昌“方言谐词说”，认为“既为我们解开了‘吴体’之‘吴’所指的谜案，又揭示了‘吴体’为什么在平仄上会出现‘拗句’：因为诗中‘杂以’吴地的‘方言谐词’，而使之构成了特点独具的‘吴声’，所以其不符合北方‘官话’之律”。[②]

也有反对吴音说者。任半塘曰：“唐人所谓‘吴体’，实近于文字修辞，不属于声乐歌唱”，“古民歌长至八句者亦少见，此说殆想象耳”。[③] 邝健行曰：“‘吴体’不源于民歌，当然也不源于吴中歌谣。”[④]

四、“吴体”之律

明胡应麟曰：“老杜七言拗体，亦当时意兴所到，盛唐三公绝少，黄陈偏欲法此，而不得其顿挫辟阖之妙，遂令轻薄子弟以学杜为大戒”[⑤]，“老杜吴体，但句格拗耳”[⑥]。李东阳曰：杜子美“独树花发自分明”“春渚日落梦相牵”，“乃律间出古要自不厌也”，“惟杜子美顿挫起伏，变化不测，可骇可愕，盖其音响与格律正相称”。[⑦] 王嗣奭曰：“愁起于心，真有一段郁戾不平之气，而因以拗语发之，公之拗体大都如此。”[⑧] 三人观点相近，一是“吴体”乃“意兴所到”，二是有“顿挫辟阖之妙”，三是使用

---

① 郭绍虞：《论吴体》，《古典文学论丛》[复旦学报（社会科学版）增刊]，上海：上海人民出版社，1980 年，第 83 页。

② 王辉斌：《杜诗“吴体”探论》，《太原师范学院学报》（社会科学版）2009 年第 5 期。

③ 任半塘：《任半塘文集·唐声诗》，上海：上海古籍出版社，2006 年，第 30—31 页。

④ 邝健行：《“吴体源于民歌说”新议》，《杜甫新议集》，台北：万卷楼，2004 年。

⑤ （明）胡应麟撰：《诗薮·内编五·近体中》，中国古籍基本库，明万历三十七年张养正刻本。

⑥ （明）胡应麟撰：《诗薮·外编五·宋》，中国古籍基本库，明万历三十七年张养正刻本。

⑦ （明）李东阳撰：《怀麓堂诗话》，中国古籍基本库，清乾隆三十七年至道光三年长塘鲍氏刻知不足斋丛书本。

⑧ （明）王嗣奭撰：《杜臆》卷七，中国古籍基本库，稿本。

拗句、“律间出古”，“音响（按：平仄）与格律正相称”。

清袁嘉谷曰：上元方俊（伯雄）著《声调谱拾遗》二卷，论老杜“扶桑西枝对断石，弱水东影随长流”与东坡“日高山蝉抱叶响，人静翠羽穿林飞”，“不惟属对，即声调亦皆对。所以吴体亦名俳体，言戏也，又排也”，又云：“‘所谓吴体者，殆缘齐梁间人由七古初变律时，平仄黏合，未能遽谐，别成一律风调，少陵偶戏仿之，遂衍成一体。’其论未尝不是。”① 王士禛以拗字字声解《愁》诗，曰：“凡吴体拗句，俱强使协于平仄。”② 许印芳认为：《愁》诗前三联皆用变格，第二句难是常调；首联由律句与拗句“变调为联”，尾联“由常调（律联）作收”，“此古人作变体诗一大法也”。③ 依此将拗体分为“全拗变格”“三联拗正格”“三联拗变格”“半拗格”等数个格式，初见拗联组成模式。

当代学者施蛰存、郭绍虞都曾论及“吴体”。施曰：“一篇非古非律、亦古亦律的七言诗，题目是《愁》，题下自己注道：‘强戏为吴体。’接着，他又陆续写了十七八首这样的诗，于是，唐诗中开始多了一种‘吴体诗’”，“《愁》这首诗全是拗句，这就是吴体”。④ 郭绍虞曰：“分析唐人的拗体律诗，应先注意拗格与拗体之别”，拗格不是拗体。⑤ 在此特别提示：需要注意区别郭所用的几个名词含义，将律句称“律调”，将拗句以及出句、对句第五字同时变声称“古调”“拗格”，如许浑“溪云初起日沉阁，山雨欲来风满楼”；将拗救发生的拗称为“拗调”，如本句自救、他句救；认为吴体运用或近于古调，“所以拗而不必救，后人读之，就觉其纵横变

---

① 参见袁嘉谷：《卧雪堂诗集》卷二，袁嘉谷著，袁丕厚编：《袁嘉谷文集》第二册，昆明：云南人民出版社，2001 年，第 517 页。

② （清）纪昀纂：《四库全书总目》卷九，中国古籍基本库，清乾隆五十四年武英殿刻本。

③ （清）许印芳纂：《诗谱详说》卷四，一九一四年刊《云南丛书初编》本。

④ 施蛰存：《唐诗百话》（上），上海：上海人民出版社，2019 年，第 264—265、268 页。

⑤ 郭绍虞：《论吴体》，《古典文学论丛》［复旦学报（社会科学版）增刊］，上海：上海人民出版社，1980 年，第 85 页。

化，不可端倪了”。[1] 所论内容主要是语言律内的句式变化。

近期的“吴体”用律讨论更趋热烈。葛景春曰：“以律入古”，“有律诗对仗的精致”，但其“破坏了律诗的根本法则——不遵守平仄声律”。[2] 王奎光基本沿袭方回观点，指出拗字多且位置多变，不同于常规拗律。[3] 张秋娥认为“吴体并非包括所有用拗字的七言诗，仅指有拗联或全拗的七言诗”[4]。陈广忠认为“‘吴体诗’的失对、失黏，并不需要用任何平仄来进行补救”，“从严谨的诗律角度来说，也可以认为‘吴体诗’是杜甫律诗创作的失误。随意改变诗的平仄和黏对规律，使律诗的核心发生了紊乱，势必造成律诗不‘律’的结果”。[5] 田劲松、王辉斌认定“‘吴体”“不仅出现了七律与七绝、失黏与失对、非失黏与非失对等多种形式，而且还定型了‘三平脚’与‘三仄脚’这一‘吴体’的必备条件”[6]。林桢认为“由合律的单句随意堆叠而成，声律上属宽泛的永明声律”[7]。魏红星曰：“从严格意义上讲，如果希望拗律像正格律诗那样从每个字的平仄到整篇的平仄都有规律可循，那无疑是不可能的。”[8] 这些论述多新鲜见解、非律见解，也有绝对化、随意化之论，如陈广忠批评杜甫“吴体”是随便“改”律、“创作失误”，王辉斌有“非失对、非失黏”的不规范提法。

五、“吴体”之体

“吴体”何体？如何求之？郭绍虞曰：“盖老杜所谓吴体，可以从声

---

① 郭绍虞：《论吴体》，《古典文学论丛》［复旦学报（社会科学版）增刊］，上海：上海人民出版社，1980 年，第 86 页。

② 葛景春：《吴体是杜甫所创的新体古诗》，《杜甫学刊研究》2018 年第 2 期。

③ 参见王奎光：《方回的“吴体”诗论及其诗学批评意义》，《文学遗产》2008 第 4 期。

④ 张秋娥：《方回〈瀛奎律髓〉中“吴体”之所指分析》，《殷都学刊》2007 年第 1 期。

⑤ 陈广忠：《〈九家集注杜诗〉“吴体”考》，《商丘师范学院学报》2013 年第 4 期。

⑥ 田劲松、王辉斌：《论宋代的“吴体”创作与特点》，《长江学术》2011 年第 2 期。

⑦ 林桢：《论吴体诗》，《重庆交通大学学报》（社会科学版）2015 年第 2 期。

⑧ 魏红星：《小议杜甫晚期的七律拗体诗》，《南京工业大学学报》（社会科学版）2013 年第 2 期。

律体制方面求之，也可以从风格方面求之。”①

元初方回曰：“拗字诗在老杜集七言律诗中谓之‘吴体’。”老杜七言律159首，而此体凡19出。“不止句中拗一字，往往神出鬼没，虽拗字甚多，而骨骼愈峻峭”。他首提“拗字诗”，确有远见卓识。②

清黄生曰：“皮、陆集中亦有吴体诗，大抵即拗律诗耳。”“独杜公篇什既众，时出变调，凡集中拗律皆属此体。”③ 意谓“吴体”大抵就是拗体律诗，而将拗体律诗归属“吴体”。梁运昌编诗只录《昼梦》代表“吴体”而不取《愁》，并云“是吴体之佳者。吴体独录此首，以备一格，他皆拗律也。说者以杜老作颓唐，不知皆是吴体也”，“吴体与拗律不同，凡篇中杂以方语谐词者皆是吴体”。既言《昼梦》之外“他皆拗律”，又言“老作颓唐”“皆是吴体”，更言“吴体”与拗律不同，大意与黄生类似。④ 施鸿保曰：“题下自注：强戏为吴体，今按此是拗体，后《昼梦》《江雨有怀郑典设》《暮春》《即事》四首，《赤甲》一首，皆同此体，或是同时所作，此注盖统言也。”⑤ 谓“今”看“吴体”就是拗体，是一种“统言”。

王力将《愁》归为“入律的古风”。施蛰存曰：“它（按：《愁》）不是正式的律诗”，“它们（按：吴体）是律诗的形貌与古诗的声调的混血儿”。⑥ 郭绍虞曰：“吴体，则是运用古调的拗律，而又深受民歌的影响者”，“吴体实是拗体中不用古调而又接近民歌风格之拗体”，“所以吴体是

① 郭绍虞：《论吴体》，《古典文学论丛》［复旦学报（社会科学版）增刊］，上海：上海人民出版社，1980年，第87—88页。

② （元）方回撰：《瀛奎律髓》卷二五，中国古籍基本库，清康熙五十一年吴宝芝黄叶村庄刻本。

③ （清）黄生撰，徐定祥点校：《杜诗说》卷九，合肥：黄山书社，2014年，第367页。

④ （清）梁运昌撰：《杜园说杜》卷十二，转引自鲍恒：《历史误读与范式确立——杜甫“吴体”新论》，周勋初等主编：《文学评论丛刊》第6卷第1期，南京：南京大学出版社，2003年，第93、94页。

⑤ （清）施鸿保撰：《读杜诗说》卷十八，参见鲍恒：《历史误读与范式确立——杜甫“吴体”新论》，周勋初等主编：《文学评论丛刊》第6卷第1期，南京：南京大学出版社，2003年，第93页。

⑥ 施蛰存：《唐诗百话》（上），上海：上海人民出版社，2019年，第265、268页。

民歌体的拗体，而还不是苍莽历落纯用古调的拗体”，“至于拗体，则是唐人拗律中运用古调的体式”，“吴体虽是拗体，然亦微有分别：拗体可该吴体，吴体不可该拗体：这全是义界大小的关系”①，不认同用“吴体”统领拗体。葛景春曰：“必须给吴体诗以正名，它是一种有别于七律的新体古诗，这样才能为大家所理解和接受。”② 蔡振念曰：“吴体”诗“只有七言绝句、七言律诗、七言排律，但不管哪一种体裁，都是古律相杂，其在七律及七排者，则必须带有两句以上之古调，并且有失黏失对之体拗者，方得为吴体”③。鲍恒认为将“吴体”当作拗体是一种历史的“误读”，并归咎于方回。④ 陈广忠认为“‘吴体诗’与‘拗体诗’无关”⑤，“‘吴体’诗指的是一种平仄相对自由、允许失黏、失对存在的律诗。‘吴体’诗的平仄、用韵、对仗、黏对、拗救、字句等，都与律诗相同。‘吴体’诗是对正统律诗规则的一种内部改革，突破了固定的平仄和黏对规律的限制，广受唐、宋诗人的追捧”⑥。王辉斌认为“‘吴体’是近体诗中的一种特殊诗体，一种有别于七言律诗平仄特点的‘新近体’”⑦。

张忠纲详察历代“吴体”作品，认为杜甫对“吴均体”加以改造变化，变五言为七言，“这是因袭，也是创变，故曰‘强戏为吴体’”，“故我以为，将‘吴体’称为‘七言拗律的一种特有形式’，较为近是”。⑧

也有将“吴体”归于“杂体”、“反七律体”的，亦有从语言峻峭、艺术风格、美学观点论体的。对于这种状态，鲍恒有一段话值得深思：

---

① 郭绍虞：《论吴体》，《古典文学论丛》［复旦学报（社会科学版）增刊］，上海：上海人民出版社，1980 年，第 86、87、86、82 页。

② 葛景春：《吴体是杜甫所创的新体古诗》，《杜甫学刊研究》2018 年第 2 期。

③ 蔡振念：《吴体诗探论》，《文与哲》（台北）2011 年第 18 期。

④ 参见鲍恒：《历史误读与范式确立——杜甫“吴体”新论》，周勋初等主编：《文学评论丛刊》第 6 卷第 1 期，南京：南京大学出版社，2003 年，第 97 页。

⑤ 陈广忠：《〈九家集注杜诗〉“吴体”考》，《商丘师范学院学报》2013 年第 4 期。

⑥ 陈广忠：《杜诗“吴体”与宋诗传承——胡应麟〈诗薮〉引诗考辨》，《中国韵文学刊》2013 年第 3 期。

⑦ 王辉斌：《宋金元诗通论》，合肥：黄山书社，2011 年，第 226 页。

⑧ 张忠纲：《皮日休、陆龟蒙学杜与“吴体”之谜》，《杜甫研究学刊》2022 年第 1 期。

“宋以后本来作为一种单纯诗体的‘吴体’却日趋复杂化，致使近千年来，杜之‘吴体’一再被误读，由纯粹的诗体形式逐渐演变为一种诗学批评的范畴和审美原则，进而转化为一种美学范式，成为一面张扬的诗学旗帜，而在此演变的过程中，‘吴体’也逐渐失去了真实面目。”“这种现象在中国古代诗歌史上不乏其例。如选体之于古质，齐梁体之于绮艳，骚体之于兴寄，这恐怕也是中国诗学特有的理论方式，而‘吴体’的演变过程或许能给我们一些有益的启示。”①

六、历代“吴体”作品的采证

《愁》诗乃“吴体”的“本体”，是孤例，单单以其为依据研究诗律、诗体，当然难以服众。论者扩充范围、开阔视野，毫无疑问是一种正确的研究方法，就大体有三种做法。

第一，杜甫的“吴体”。杜甫自己标明“吴体”的仅《愁》诗一首。在论者眼中，杜甫的其他20余首拗体七律也可以而且应当被看作“吴体”，并列入六韵《释闷》《寄岑嘉州》。赵次公谓《释闷》“诗六韵，谓之古诗；而中四韵尽对，谓之近体，而字眼不顺，句之平仄不拘，盖所谓吴体者乎”，谓《寄岑嘉州》“诗乃吴体，故不拘诗眼”，谓《晓发公安数月憩自（息）此县》“此篇盖吴体矣”。

方回从杜甫“七言律159首”中挑出“19首”当作“吴体”②，谓《七月一日题终明府水楼》其二“后诗谓之吴体，惟山谷能学而肖之，余人似难及也”③，谓《十二月一日三首》“张文潜集中多有似之者，气象大，语句熟，虽或拗字近吴体，然他人拘平仄者，凡不如也”④，谓《题省

① 鲍恒：《历史误读与范式确立——杜甫“吴体”新论》，周勋初等主编：《文学评论丛刊》第6卷第1期，南京：南京大学出版社，2003年，第96、100—101页。

② （宋）郭知达集注：《九家集注杜诗》卷十三、二十九、三十二，中国古籍基本库，宋宝庆元年广东漕司刻本。

③ （元）方回撰：《瀛奎律髓》卷十二，中国古籍基本库，清康熙五十一年吴宝芝黄叶村庄刻本。

④ （元）方回撰：《瀛奎律髓》卷十三，中国古籍基本库，清康熙五十一年吴宝芝黄叶村庄刻本。

中院壁》“此篇八句俱拗，而律吕铿锵，试以微吟，或以长歌，其实文从字顺也。以下吴体皆然”。“以下”包括《愁》《昼梦》《暮归》《早秋苦热堆案相仍》《郑驸马宅宴洞中》《九日》《至后》《崔氏草堂》《晓发公安数月憩息此县》以及《释闷》等篇。①

何焯谓“《赤甲》，吴体”，“《昼梦》，亦吴体”。② 梁运昌独认《昼梦》“是吴体之佳者”。施鸿保《愁》诗注云：“后《昼梦》《江雨有怀郑典设》《暮春》《即事》四首，《赤甲》一首，皆同此体，或是同时所作，此注盖统言也。”

第二，其他诗人创作的“吴体”。晚唐至清，历代诗人皆有“吴体”创作问世，且在诗题标明“吴体”“效吴体”字样。葛景春统计史上“吴体”共有四十多篇。笔者多方检索，结果与其相近。王世懋曰：“欲作老杜，便应全用其体第，不可羊质虎皮，虎头蛇尾。”③“吴体”诗人有自己心中的标准，必然反映到创作中来，须作具体的诗律分析、诗体鉴别。值得注意的是，方回“吴体”例诗未取皮、陆。

第三，方回将宋代诗人未署“吴体”的大约20首七言诗当作“吴体”，将范成大七律《重午》、黄庭坚七言古律《汴岸置酒赠黄十七》也纳入其中。集中体现是《瀛奎律髓》一书。卷十六谓梅尧臣《依韵和李舍人旅中寒食感事》“此乃吴体”。卷二十五谓黄庭坚《题落星寺》其二“此学老杜所谓拗字吴体格”，《汴岸置酒赠黄十七》“此见山谷外集，亦吴体学老杜者”，《题胡逸老致虚庵》“亦近吴体。又山谷《永州题淡山巖》前诗，亦全是此体”；谓张耒《寒食》《晓意》“宛丘吴体二首，皆顿挫有味，穷而不怨”；谓谢逸《闻徐师川自京师归豫章》“此吴体”；谓谢薖《饮酒示坐客》“此学山谷，亦老杜吴体”；谓汪藻《次韵向君受感秋》“此效吴体”；谓曾几《张公子召

① （元）方回撰：《瀛奎律髓》卷二五，中国古籍基本库，清康熙五十一年吴宝芝黄叶村庄刻本。

② （清）何焯撰：《义门读书记·杜工部集卷五、卷六》，中国古籍基本库，清乾隆三十四年长洲何云龙刻本。

③ （明）王世懋撰：《艺圃撷余》，中国古籍基本库，明万历间绣水沈氏尚白斋刻宝颜堂秘笈本。

饮灵感院》“此其生逼山谷，然亦所谓老杜吴体也。此体不独用之八句律，用为绝句尤佳。山谷《荆江亭病起十绝》是矣”，《南山除夜》“合入时序诗中，以其为拗字吴体，近追山谷，上拟老杜，故列诸此”。卷十九谓曾几《郡中禁私酿严甚戏作》“此吴体，三四绝佳”；《家酿红酒美甚戏作》“此诗三四，不甚入律，然终篇发明红酒之妙，前此未有，当时时玩味之。乃老杜吴体、山谷诗法也”。卷二十谓曾几《瓶中梅》“此诗吴体也，可谓神清萧散”。卷四谓范成大《人鲊翁》“此吴体”。卷十六谓范成大《重午》“后四句有用吴体”。卷十四谓王质《东流道中》“此诗乃吴体而遒美”。卷十六谓赵蕃《上巳》“老杜集此等诗谓之吴体，昌父乾道中诗，犹少作也”。卷十七谓赵蕃《晚晴》“聱牙细润，吴体也”。

第二节　杜甫“强戏为吴体”的本意

解铃还须系铃人，欲解“吴体”之谜，最好的办法就是以杜证杜。从表面看“吴体”确系孤篇，但不可忽略，它是整个拗体七律的一部分，将它置于创新与创作的大背景下，置于拗律拗体大主题下，贯穿其前其后，就不再“孤”。杜甫从流落异域孤城、罢病为客的角度，联系历经十年戎马仍虎狼纵横的时局，抒发有家难归之心境，写出《愁》一诗，原文如录：

愁强戏为吴体

江草日日唤愁生，巫峡泠泠非世情。○△△△△○●，○△○○○△● W1

盘涡鹭浴底心性，独树花发自分明。○○△△△○△，△△○△△○● W2

十年戎马暗万国，异域宾客老孤城。△○○△△△△，△△○△△○● W3

渭水秦山得见否，人今罢病虎纵横。△△○○△△△，○○○△△○● W4

本无意识的自然景物，或许因巴蜀色彩，在他笔下活灵活现，读来流畅上口，毫无拗涩之感，和历代拗体诗人相比，还是他运用拗律最为娴熟，艺术特色突出。四句铺陈过后，便进入思想主题，论者对此少有异议，其谜在于“强戏为吴体”所传达的隐秘信息是什么？关键在四个联式，文中称为“吴联”，依次用符号 W1—W4 代表，意即原始“吴体”所使用的律联与拗联标准格式。

一、《愁》诗之律与体

（一）诗律运用

兼用近拗两律，拗律表现在第一四六句是拗句，组成 W1、W2、W3 三个律拗模式拗联，拗联联式的组合格式为 030；近体律表现在尾联为律联，首二联对仗，第三联大体对仗，符合律诗要求；第二联堪为佳联。

（二）诗体界定

由三个拗联一个律联组成，属律拗联混用模式拗体七律，拗度 3 级。

（三）语言律运用

除第一四六句三个拗句外，其余 5 句为律句。两个三仄尾，无三平尾。第二三七句第五字常规变声，第五句第五六字同时变声。

二、《愁》是拗体七律的代表性作品

《愁》写于夔州，写作背景是拗体七律创新进入收官阶段，与草堂时期相比，对拗度轻重有明显的思路变化与调整。参见表 4-3-2，第一时期拗体七律 9 首，3 级一首占 11%；草堂时期 19 首，3 级一首占 5%；夔州时期 21 首，3 级增至 5 首占比约 24%，呈现加重拗度的倾向。拗度 3 级共有 7 首，《愁》《阆水歌》《秋风二首》其一使用 030 拗联组合格式，各含 3 个拗句；《早秋苦热堆案相仍》《昼梦》使用 021 格式，各含 4 个拗句；表明《愁》虽将拗度提到最高等级，但拗句用量适中；三仄尾与第五字变声句用量居中上水平；总体衡量，它在拗体七律中具有较强的代表性，是最高拗度等级的代表作，对诗体定型化具有标志性意义。选用《愁》诗推出此体自有道理。

三、“吴体”之“吴”无疑确指吴均

第二篇第四章第一节叙述杜甫对六朝拗联的继承，第三篇第一章第二节叙述杜甫对六朝诗体结构原理的借鉴，其中包括吴均的例诗与例联。如果说那种叙述还比较笼统，《愁》诗则直接、确凿地告诉人们：之所以命该诗为“吴体”，是因为使用了吴均首用过的拗联格式，而且以其为主，“吴体”的“吴”字显然是指吴均姓氏。且看：

W1：江草日日唤愁生，巫峡泠泠非世情。

○△△△△○○，○△○○○△○　表达式△△○，△○○

鲍照：中有一鸟名杜鹃，言是古时蜀帝魂。　《拟行路难十八首》其七

○△△△○△○，○△△○△△○

W2：盘涡鹭浴底心性，独树花发自分明。

○○△△△○△，△△○△△○○　表达式○△△，△△○

W3：十年戎马暗万国，异域宾客老孤城。

△○○△△△△，△△○△△○○　表达式○△△，△△○

吴均：大才大辩尚如此，何况我辈轻薄人。　《行路难五首》其二

△○△△△○△，○△△△○○○

W4：渭水秦山得见否，人今罢病虎纵横。

△△○○△△△，○○○△△○○　表达式△○△，○△○

吴均：白壁规心学明月，珊瑚映面作风花。　《行路难五首》其一

△△○○△△△，○○△△△○○

显然，杜诗W1是拗联，出自鲍照；W2、W3是拗联；W4是律联，出自吴均。杜诗实用联式与鲍、吴原用联式的区别仅仅在于第一三五字变声与否。四个联式自然会成为后人创作“吴体”仿效的样板。

拗联W2，初唐文德皇后始用于《春游曲》“花中来去看舞蝶，树上长短听啼莺”；杜甫则相当喜用，如《郑驸马宅宴洞中》“主家阴洞细烟雾，留客夏簟清琅玕”，《阆水歌》“嘉陵江色何所似，石黛碧玉相因依”，《昼梦》“桃花气暖眼自醉，春渚日落梦相牵”，《晓发公安数月憩息此县》“邻鸡野哭如昨日，物色生态能几时”。但《愁》诗全部使用六朝诗人联式，且有三联集中使用吴均一人的联式，实乃惊人之举！如果说《愁》诗是杜甫特意安排的六朝联式的一种排布形式也不为过，但一经杜甫之手就发生了神奇的、本质性的变化，得到了拗体七律最重要的一个诗体结构模式，即律拗联混用模式，诞生了一个新的诗体。杜甫《戏为六绝句》其二云：“王杨卢骆当时体”，《逼仄行，赠毕四曜》云：“流传江鲍体，相顾

免无儿”，皆以诗人姓氏称“体”，杜甫命《愁》为“吴体”符合他的用语习惯。如果当时杜甫将其直称“吴均体”，恐怕这桩公案早已了结；恰因杜诗中从未提过曾向“吴”姓诗人学习，才令论者疑惑不决，凭想象将“吴”作“吴国”“吴地”，而走了弯路。

吴均没有写过七言格律诗，杜甫真正的用意都隐藏在“强戏为”里。“吴”字是留给后人查证的真实线索，“体”字却要人用心去悟。

四、“强戏为吴体”的苦衷

“强戏为吴体”的落脚点是“体”，核心是用“吴体”代表一种诗律、一个体式，找到一个个最终会被人理解、被人接受的诗体称呼。杜甫自然明白，那时候叫什么名称都可能不尽如人意，都可能会留下遗憾，“强”表勉强，“戏”表委婉，“强”字出真意味，“戏”字派真用场，只要能让人知晓推出拗体七律的本意就满足了。他临时启用“吴体”作为拗体七律的代名词，却不希望大家永远那样叫下去。这种做法符合杜甫斯文实诚的人格，“吾宗老孙子，质朴古人风”（《吾宗》），“有求常百虑，斯文亦吾病”（《早发》），折射出杜甫宣扬诗律、创新诗体的一片文学赤子之心，他相信自己的初衷必将得到后人理解，自己的拗体七律终会得到认可。我们不得不为杜甫的心智之高与用意之深所折服。

如此，杜甫自注便可得到比较合理的解释，承认《愁》诗借鉴“吴均体”或“齐梁体”，主用吴均首用过的拗联格式，辅用吴均用过的律联格式，用吴均的声律语言表达自己的思想感情，表明杜甫与吴均感喟愤世的作意及风格特征有相近之处，杜甫求新求奇的艺术追求与吴均“清拔有古气”灵犀相通。有论者将“吴体”扩大到《昼梦》《题省中院壁》，正是将“吴体”置于拗体七律中综合观察的结果。

第三节　“吴体”与“吴歌”没有依存关系

“吴体”与“吴音”“吴歌”虽然没有依存关系，但“吴音”说起源早、历时长、影响大，一度造成拗律理论的认识混乱，是学杜重其皮、轻其骨的典型表现，为接受教训故，不得不再多说几句。

一、吴歌未必都用拗句

“吴音说”的直观理由是吴地人发音不标准，民歌多用入声、多有拗语，《愁》诗用拗且明标“吴”字，便有意识地往吴歌方面靠拢。古代的吴歌是什么样子？如何将律读拗且可入诗？是需要实证的。

宋郭茂倩收集的作品最早是东晋《子夜四时歌》①，通过声韵分析，可看出吴歌如诗、有体有式，完全可以按韵书标准分出律拗，如五绝《冬歌》“昔别春草绿，今还墀雪盈。谁知相思苦，玄鬓白发生”；仄韵拗体五绝《春歌》“光风流月初，新林锦花舒。情人戏春月，窈窕曳罗裾”。

明徐师曾收集的吴歌与郭基本一致，如拗体五绝《春歌》“碧楼冥初月，罗绮垂新风。含春未及歌，桂酒发清容”；仄韵拗体五绝《子夜歌》“年少当及时，蹉跎日就老。若不信依语，但看霜下草”。徐是吴江人，熟悉吴音，曾言吴歌楚声，“文帝善其节奏，曰：‘此华夏正声也。’乃微更损益，以新定律吕”。② 他没说吴歌是按吴音写作的，反主张要“新定律吕”。有意思的是，他编的诗集回避“吴体”，《愁》诗既未列入“吴声”，也未列入七言律或拗体。

唐诗里也有“吴歌”，如李白《子夜吴歌》四首，每首6句、全用律联，与吴音、与拗句毫不沾边儿。“吴歌”主指五言，七言极少，但也有人写。如江苏江都人宗元鼎七绝《吴音曲》“璧月庭花夜夜重”，浙江青田人刘基七言《吴歌》六首中含七绝四首、拗体七绝一首、七言古绝一首。同样表明，他们写作的“吴歌”并非都拗。吴歌、吴曲虽然曰歌曰曲，但落成文字后一样是诗，都表明一个道理，有律句也有拗句，有律联也有拗联，有近体也有拗体，并非一个“拗”字可以了得，用它去套杜甫“吴体”路径不通。

---

① （宋）郭茂倩撰：《乐府诗集》卷四十四《吴声歌曲》，中国古籍基本库，民国八年上海商务印书馆四部丛刊景明末汲古阁刻本。

② （明）吴讷著，于北山校点：《文章辨体序说》，北京：人民文学出版社，1962年，第29页。

二、吴歌的听与视

施蛰存曰："按中州音吟诵这些诗，平仄是拗的；但用吴音来吟诵，也许并不拗。"[①] 如《愁》第一句"草、日"同仄，第四句"树、发"同仄，第六句"域、客"同仄，纵然用吴音把这些仄声字都读成平声，也依然还是拗句；再者，既然会将仄读成平，也必然会将平读成仄，文章将不成其文章。"也许"二字大体也是一种猜想，恐怕是无法举证的。

明李东阳曰："今之歌诗者，其声调有轻重清浊高下长短缓急之异，听之者不问而知其为吴为越也。汉以上古诗弗论。所谓律者，非独字数之同，而凡声之平仄亦无不同也。" "大匠能与人以规矩，不能使人巧律者。"[②] 许威汉论方言俗语时，引用王力《中国语言学史》中的一段话："秦始皇统一天下以后，'书同文字'（《史记·秦始皇本纪》），这表现了书面语言的统一，同时也有利于民族共同语的形成"，"王力这些话是符合历史实际情况的。孔子平日说话用鲁国的方言，而读《诗》《书》与执礼时，则用雅言"，"所以不至于有语言的隔阂"。[③] 说清了视（写作、阅看）听（诵读、吟唱）关系，自孔子、秦始皇那时候就用时行的音韵语言写诗著文，与方音歌之"为吴为越"是两码事。

吴音软语有其好听的一面，中晚唐时期在长安是流行曲，唐诗时有记载，如韩愈"撑舟昆明度云锦，脚敲两舷叫吴歌"（《奉酬卢给事云夫四兄曲江荷花行见寄并呈上钱七兄阁老张十八助教》），罗隐"一曲吴歌齐拍手，十年尘眼未曾开"（《春日叶秀才曲江》）。正如《苏州评弹》演唱毛泽东《蝶恋花》，歌者改变不了《蝶恋花》的语言律质，但能唱出吴腔吴调。诗人不可能也无法按原生态的地方腔调作诗，原生态歌手把诗唱成什么腔调诗人自己也无力主宰。

也有人自称能读出杜诗的吴地风味，非吴地人无以体验，真假难断；

① 施蛰存：《唐诗百话》（上），上海：上海人民出版社，2019 年，第 265 页。

② （明）李东阳撰：《怀麓堂诗话》，中国古籍基本库，清乾隆三十七年至道光三年长塘鲍氏刻知不足斋丛书本。

③ 许威汉：《训诂学教程》，北京：北京大学出版社，2013 年，第 107 页 。

但要人们承认其说也很困难。仇兆鳌《杜诗详注》载，杜甫《送王十五判官扶侍还黔中得开字》“青青竹笋迎船出，白白江鱼入馔来”，朱瀚谓“竟是吴歌”；杜甫《清明二首》其二“春去（水）春来（风）洞庭阔，白蘋愁杀白头翁”，朱瀚谓“风水句亦是吴歌结句”。显然，用这种说法、这种感觉去界定诗体不具可行性。

三、不排斥方言入诗

蔡宽夫曰：“诗人用事，有乘语意到处，辄从其方言为之者，亦自一体，但不可为常耳”，“取方言为戏，至今观点为之发笑”。[①] 他说吴人称“桥”为“船”，“桥”字亦可读成“船”；又以关右人将“忙”称“磨”为例，诗句“县官伐木入烟萝，匠石须材尽日磨”，“磨”按声用作韵字，但应知其意是说砍树筑城工作繁忙。这种字多为名词，用量极少，非指全诗字句，应训诂、义解，它不妨害字声、句式，不导致诗律、诗体的改变。

王辉斌力主“吴音说”，认为“以吴地的方言谐词入诗，才导致了‘吴体’中不同于正格‘平仄谱式’的平仄句式的产生”[②]，“底”字“是《愁》诗中唯一可以肯定为吴地方言的一个单音词”[③]，将此引为理论依据。其论偷换概念，将《愁》诗拗句的“产生”归结于“吴地方言谐词入诗”，是对语言律的误解，结果是低估杜甫、高抬“吴音”，如果真的这样推行下去，不知会钻出多少个以此地彼地为名的“体”来，诗坛岂不变成一团乱麻?!

四、萧云从考究古音解拗

与“吴音说”异曲同工，明萧云从引经据典、广征博引，必欲用训诂

---

① 郭信和、蒋凡编纂：《蔡居厚诗话》，吴文治主编：《宋诗话全编》（壹），南京：江苏古籍出版社，1998 年，第 620 页。

② 王辉斌：《宋金元诗通论》，合肥：黄山书社，2011 年，第 240 页。

③ 王辉斌：《杜诗“吴体”探论》，《太原师范学院学报》（社会科学版）2009 年第 5 期。

法求证仄声拗字以及第五字变声后的仄声字能够读作平声，并书成《杜律细》一卷，且举其例：

> 江草日日唤愁生，将“草”作“骚”，平声，使拗句变成律句；
> 盘涡鹭浴底心性，将“底”作“低”，平声，改律句第五字变声；
> 独树花发自分明，将“发”作“飞”，平声，使拗句变成律句；
> 十年戎马暗万国，将“暗”作“庵”，平声，改律句第五字变声；
> 异域宾客老孤城，将“客”读平，使拗句变成律句；
> 渭水秦川得见否，将“得”作登，改律句第五字变声。

王嗣奭论《晓发公安》，曰：“唐人作拗体律诗，平仄多有失黏处。明季萧云从作《杜律细》，平仄用转音，改拗从顺，虽考证详洽，但恐多此转折耳。”① 不赞成这种追逐一时潮流而失去已见穿凿附会的做法。孙微曰：“整个杜诗学史的发展就一直是穿凿与反穿凿，刻意求深与简明通达之间不断辩证的过程。”②

五、王辉斌模糊字声硬套三平尾

王辉斌为力证三仄尾、三平尾是“吴体”必要性征的结论，使用模糊字声的研究方法，与萧云从颇有所似。他说：《愁》诗第七句的最后三字均为仄声，因为这三字属于典型的“三仄脚”，“既然出句是‘三仄脚’，那么对句也就可能是‘三平脚’”，但《愁》的第八句最后三字却为“△○○”，“如果以‘一三五不论，二四六分明’进行审视”，则“△○○”就理所当然变成了对句的“三平脚”，“第四联的出句‘三仄脚’与对句‘三平脚’，应是杜甫‘强戏为吴体’时有意而为”，“对此，‘晚节渐于诗律细’的杜甫，自然是十分知晓的。既知晓而又有意为之，

---

① （清）仇兆鳌辑注：《杜诗详注》卷二二，中国古籍基本库，清康熙五十二年刻本。

② 孙微：《萧云从〈杜律细〉研究》，《古籍整理研究学刊》2005 年第 3 期。

这一事实所反映的，即是‘吴体’表现在平仄方面的一种特殊性。而这种特殊性，即为‘吴体’的核心点，也即为其本质特征之所在”。[①] 请注意，他以“一三五不论”为由判定“虎纵横”的“虎”字可以读平，先将“△○○”硬套成“理所当然”的“○○○”，进而当作“强戏为”的真谛，再说“诗律细”的杜甫“自然是十分知晓的”，最后得出是“吴体”“核心”“本质特征”的结论。手法奇绝，难说科学、可靠，值得推敲。

第四节 晚唐皮陆的“吴体”

陆龟蒙（？—881）字鲁望，皮日休（834？—902？）字袭美，皆为著名的晚唐诗人，杜甫“吴体”仅有的唐代响应者，冠名“吴体”为诗的先行者。用“吴体”唱和陆是发起者、皮是应和者，（1）（3）（5）是陆写给皮的，（2）（4）（6）是皮的和诗，（7）（8）是陆写给不知名友人的，未见和诗。夏承焘曰：“皮、陆承律体作法大备之后，于打破律体一部分格律之外，又严守拗句相救的格律，而亦以‘吴体’命名，实非老杜本体。”[②] “本体”之说，对辨析“吴体”非常有用，值得重视。与“本体”相符程度究竟如何，须看皮陆“吴体”原作，全文如录节后。特别提示，本节所录历代“吴体”含有“吴联”时，均于联后加标符号W1—W4。诗律分析着重拗联组合格式，语言律分析着重三仄尾、三平尾及第五字变声句数，然后定体，与本体逐项比较，得到律质分析表5-1-1。

数据表明，皮陆能够把握杜甫“吴体”的样板作用，核心表现是：一首诗至少用2个拗联；效法本体的拗联组合格式，如皮（4）030格式；陆3首诗使用“吴联”W2；把握住“吴体”代表的拗体意义，8首中有7首属拗体七律。与本体的差别是：首句不用韵；使用了本体未用的拗对与拗拗联式，接近拗联总数的一半；有效法《题省中院壁》的主观意图，第五字变声句数激增，平均每首7句，远高于本体，而杜甫拗体七律的均值为

---

① 王辉斌：《宋金元诗通论》，合肥：黄山书社，2011年，第241页。

② 夏承焘：《杜诗札记》，《杜甫研究论文集》二辑，北京：中华书局，1963年，第225页。

3.6句；有效法《白帝城最高楼》的主观意图，普遍使用三仄尾、三平尾，突破本体未用三平尾的底线，达杜甫拗体七律的最高值。从这些语言律运用特征看，夏承焘的判断确有一定道理，皮陆“吴体”在一些表象上“实非老杜本体（按：吴体）”，表明皮陆一开始就不是完全以《愁》为标准样本而创作的。

表5-1-1 皮陆“吴体”律质分析表

	拗对联（个）	律拗联（个）	拗拗联（个）	拗度等级	三仄尾（句）	三平尾（句）	第五字变声（句）	诗体
《愁》	0	3	0	3	2	0	4	拗体七律
陆（1）	2	0	0	2	4	2	8	拗体七律
皮（2）	1	2	1		4	3	7	七言古律
陆（3）	1	2	0	3	1	2	6	拗体七律
皮（4）	0	3	0	3	1	2	5	拗体七律
陆（5）	0	1	1	2	2	2	7	拗体七律
皮（6）	1	1	0	2	1	3	7	拗体七律
陆（7）	0	2	1	3	3	3	8	拗体七律
陆（8）	1	2	0	3	2	3	8	拗体七律

在这一现象的背后传达出的其他信息是：皮陆在用“吴体”创作阐释杜甫“强戏为吴体”的本愿，在“吴体”百年沉寂之后举旗重振其声，既是对杜甫创新拗体七律的反思，也是对初盛唐七言体式分布格局的怀念，意在继承杜甫遗志，以“吴体”名义复兴拗体七律。皮陆对拗体的理解具有深度与广度，体现在：第一，按诗律判断，陆（1）拗度2级使用200拗联组合格式，陆（3）、陆（8）拗度3级使用120格式，敢用杜甫之未用，当为一种突破；第二，按诗体判断，7首属律拗联混用模式拗体七律，拗度3级4首，占比高达57%，以高拗度为着眼点，与杜甫夔州创新思路暗相符合。皮陆的“吴体”观已经超越了本体自身，杜甫拗体七律整个体系的用律方式、语言艺术已经渗入皮陆“吴体”，犹如掀起一场风暴，“吴

体”只是一个名号，不仅号召后人提笔创作“吴体”，更重要的是将拗体七律引向复兴之路。陆（5）《早秋吴体寄袭美》学杜以诗论诗，犹如发起“吴体”创作的宣言书，暗喻晚唐诗坛的荒凉状况，表达自己“诗胆大如斗”，怀有改变诗坛现状的气魄与壮志。

皮陆比较偏重让拗体七律散发古色古香，乃至延伸出七言古律，重用三仄尾、三平尾；具有强力提高第五字变声句占有分量、加重拗度的倾向。皮陆也有未署“吴体”之名的拗体七律，如陆《和袭美怀南阳润卿》、皮《习池晨起》，皆为拗度1级，表明他们似有意将“吴体”与低拗度七律保持距离。造句有时显单调生涩，不及杜通畅明亮，如陆（1）“山炉瘿节万状火，墨突干衰孤穗烟”，皮（2）“竹根乍烧玉节快，酒面新泼金膏寒”。

皮陆吴体

（1）陆龟蒙《早春雪中作吴体寄袭美》

迎春避腊不肯下，欺花冻草还飘然。○○△△△△△，○○△△○○●　拗对
光填马窟盖塞外，势压鹤巢偏殿巅。○○△△△△△，△△△○○△●
山炉瘿节万状火，墨突乾衰孤穗烟。○○△△△△△，△△○○○△●
君披鹤氅独自立，何人解道真神仙。○○△△△△△，○○△△○○●　拗对

（2）皮日休《奉和鲁望早春雪中作吴体见寄》

威仰噤死不敢语，琼花云魄清珊珊。○△△△△△△，○○○△○○●　律拗
溪光冷射觿鸕瑪，柳带冻脆攒栏杆。○○△△△△△，△△△△△○●　律拗
竹根乍烧玉节快，酒面新泼金膏寒。△○△○△△△，△△○△○○●　拗拗
全吴缥瓦十万户，惟君与我如袁安。○○△△△△△，○○△△○○●　拗对

（3）陆龟蒙《独夜有怀因作吴体寄袭美》

人吟侧景抱冻竹，鹤梦缺月沉枯梧。○○△△△△△，△△△△○○●　W2
清涧无波鹿无魄，白云有根虬有须。○△○○△○△，△○△○○△●　律拗
云虬涧鹿真逸调，刀名锥利非良图。○○△△○△△，○○○△○○●　拗对
不然快做燕市饮，笑抚肉枅眠酒垆。△○△△○△△，△△△○○△●

（4）皮日休《奉和鲁望独夜有怀吴体见寄》

病鹤带雾傍独屋，破巢含雪倾孤梧。△△△△△△△，△○○△○○●　律拗

濯足将加汉光腹，抵掌欲捋梁武须。△△○○△○△，△△△△○△● 律拗
隐几清吟谁敢敌，枕琴高卧真堪图。△△○○○△△，△○○△○○●
此时枉欠高散物，楠瘤作樽石作垆。△○△△○△△，○○△○△△● 律拗

(5) 陆龟蒙《早秋吴体寄袭美》

荒庭古村只独倚，败蝉残蛩苦相仍。○○△○△△△，△○○○△○● 拗拗
虽然诗胆大如斗，争奈愁肠牵似绳。○○○△△○△，○△○○○△●
短烛初添蕙幌影，微风渐折蕉衣稜。△△○○△△△，○○△△○○●
安得弯弓似明月，快箭拂下西飞鹏。○△○○△○△，△△△△○○● 律拗

(6) 皮日休《奉和鲁望早秋吴体次韵》

书淫传癖穷欲死，谚谚何必频相仍。○○○△○△△，○○○△○○● 拗对
日干阴藓厚堪剥，藤把欹松牢似绳。△○○△△○△，○△○○○△●
捣药香侵白袷袖，穿云润破乌纱稜。△△○○△△△，○○△△○○●
安得瑶池饮残酒，半醉骑下垂天鹏。○△○○△○△，△△△△○○● 律拗

(7) 陆龟蒙《新秋月夕，客有自远相寻者，作吴体二首以赠》其一

风初寥寥月乍满，杉篁左右供馀清。○○○○△△△，○○△△○○● 律拗
因君一话故山事，忆鹤互应深溪声。○○△△△○△，△△△△○○● W2
云门老僧定未起，白阁道士遥相迎。○○△○△△△，△△△△○○● 拗拗
日闻羽檄日夜急，掉臂欲归岩下行。△○△△△△△，△△△○○△●

(8) 陆龟蒙《新秋月夕，客有自远相寻者，作吴体二首以赠》其二

惊闻远客访良夜，扶病起坐纶巾欹。○○△△△○△，○△△△○○● W2
清谈白纻思悄悄，玉绳银汉光离离。○○△△△△△，△○○△○○● 拗对
三吴烟雾且如此，百越琛赆来何时。○○○△△○△，△△○△○○● W2
林端片月落未落，强慰别情言后期。○○△△△△△，△△△○○△●

第五节　宋代的“吴体”

宋朝是尊杜宗杜的时代，开始出现“吴体”的理论探讨，拗体七律创作取得迅猛进展。南宋刘克庄（1187—1269）曰：“苏子美（舜钦）歌行

雄放于圣俞，轩昂不羁如其为人，及蟠屈为吴体，则极平夷妥帖。”① 苏舜钦学杜甫歌行，所用拗联非常出色，但并无标注“吴体”的作品问世；他写过不止一首拗体七律，如《沧浪亭怀贯之》拗度1级，《越州云门寺》拗度3级；也写过不止一首七言古律，如《对酒》《寄王几道同年》。刘引用的例诗是《夏意》《淮中晚泊犊头》两首七绝，不含拗句、拗联，前首“树阴满地日卓午”第五六字变声，“梦觉流莺时一声”第五字变声；后首“晚泊孤舟古祠下”与“满川风雨看潮生”第五字变声，表明刘以第五字是否变声看待“吴体”。当代学者王辉斌演绎刘的说法，云“苏舜钦还曾专学杜甫诗中的吴体”②，未免言过其实。

宋代有9首“吴体”，我们列出表5-1-2作律质分析。数据分析表明：主用律拗模式拗联，5首拗体七律拗度2级3首，比重较高；3级2首。汪言昶所用拗联组合格式012是杜甫、皮陆未曾用过的，当为新的突破。按诗体数量而论，较皮陆有所扩展，最显眼的是史浩七言古律使用040拗联组合格式，且含3个“吴联”；黄庭坚将近体七律作“吴体”；胡铨将律联拗黏模式拗体七绝作“吴体”。语言律运用方面，依稀可见皮陆三平尾、第五字变声句的影响，汪言昶诗拗句用量达到五句，超过杜甫拗体七律最多四句的水平。

与皮陆“吴体”以拗度3级为主的豪壮气势相比，可以感觉到宋代“吴体”与拗体七律初现走向融合的趋势。有五个现象值得深思：其一，宋代始终没有出现像皮陆那样拥有两首以上“吴体”的诗人；其二，黄庭坚“吴体”以三平尾及第五字变声为语言律特征，以效法本体律联格式W4为倾向，也许这就是他当时心目中的“吴体”，但与本体的拗律律质格格不入；其三，五首拗体七律中，无一首使用“吴联”，无一首使用030拗联组合格式，距本体尚远；其四，陆游算是“吴体”最多的宋代诗人，但“吴体”写作并未坚持到底，他的《泊公安县》用020拗联组合格式，

① 顾明编纂：《刘克庄诗话》，吴文治主编：《宋诗话全编》（捌），南京：江苏古籍出版社，1998年，第8369页。

② 王辉斌：《宋金元诗通论》，合肥：黄山书社，2011年，第5页。

且含“吴联”：“船窗帘卷萤火闹，沙渚露下蘋花开”，与其《夜闻大风感怀赋吴体 》用律一致，更靠近本体，却未冠名“吴体”，表明在他看来无必要非得将拗体七律与“吴体”分开不可；其五，大诗人苏轼、王安石、陈与义、陈师道皆不为“吴体”，但皆有拗体七律出手，如苏轼《出颍口，初见淮山，是日至寿州》，拗度 3 级；王安石《独山梅花》，拗度 2 级；陈与义《登岳阳楼二首》其一 ，拗度 1 级；陈师道《虎蝇》，拗度 2 级。

胡铨《王司业龟龄口占绝句奇甚铨辄用韵和呈效吴体》引人注目，首开将拗体七绝纳入“吴体”之先河。方回赞胡平生所作“效吴体者甚多”，表明胡对整个拗体诗体系具有比较清醒的轮廓性认识。王十朋依胡铨拗体七绝韵和诗，两个律联，联间正黏，属近体七绝；尾联与 W4 相符，第一二句第五字变声，第三句五六字变声；显然受到黄庭坚“吴体”写法的影响。

宋代“吴体”也有耀眼之处，如张方平一诗使用三个模式的 4 个拗联；史浩一诗使用一个模式的 4 个拗联，且含有三个“吴联”，表明他们对“吴体”所用诗律皆有自己独特的理解。

表 5-1-2　宋代“吴体”律质分析

	拗对联（个）	律拗联（个）	拗拗联（个）	拗度等级	三仄尾（句）	三平尾（句）	第五字变声句	诗体
《愁》	0	3	0	3	2	0	4	拗体七律
（1）张	2	1	1		1	2	7	七言古律
（2）黄	0	0	0		0	2	4	七律
（3）史浩	0	4	0		2	4	8	七言古律
（4）胡铨	1	1	0	2	2	1	6	拗体七律
（5）胡铨	0	0	0		0	0	2	拗体七绝
（6）王十朋	0	0	0		0	0	3	近体七绝
（7）陆游	0	2	1	3	1	3	7	拗体七律
（8）陆游	0	2	0	2	1	0	7	拗体七律
（9）李洪	0	2	0	2	1	0	3	拗体七律
（10）汪	0	1	2	3	1	4	4	拗体七律

宋代的“吴体”

(1) 张方平《柳吴体》

翠眉含愁展新叶，长袖善舞拖旧条。△○○○△○△，○△△△○△●　拗拗

黄莺初啭一何喜，红桃相映不胜娇。○○○△△○△，○○○△△○●　拗对

行人歇马近驿路，渔叟系舟临溪桥。○○△△△△△，○○△○○○●　律拗

斜风细雨与残照，不妨意气常飘飘。○○△△△○△，△○△△○○●　拗对

(2) 黄庭坚《二月丁卯喜雨吴体为北门留守文潞公作》

乘舆斋祭甘泉宫，遣使骏奔河岳中。○○○△○○●，△△△○○○●

谁与至尊分旰食，北门卧镇司徒公。○△△○○△△，△○△△○○●　W4

微风不动天如醉，润物无声春有功。○○△△○○△，△△○○○△●

三十余年霖雨手，淹留河外作时丰。○△○○○△△，○○○△△○●　W4

(3) 史浩《次韵鲍以道天童育王道中吴体》

逆云佛塔金千寻，傍耸滴翠玲珑岑。△○△△○○●，△△△△○○●　律拗

春供万象富远目，响答两地纷啼禽。○○△△△△△，△△△△○○●　W2

风摇野帻去复去，露浥乳窦深尤深。○○△△△△△，△△△△○○●　W2

奇声俊逸鲍夫子，蓬社不挂渊明心。○○△△△○△，○△△△○○●　W2

(4) 胡铨《过三衢呈刘共父》①

别离如许每引领，邂逅几何还着鞭。△○○△△△△，△△△○○△●

微服过宋我何敢，大国赐秦公不然。○△△△△○△，△△△○○△●　律拗

衰鬓凋零已子后，高名崒嵂方丁年。○△○○△△△，○○△△○○●

即看手握天下砥，山中宰相从云眠。△△△△○△△，○○△△△○●　拗对

(5) 胡铨《王司业龟龄口占绝句奇甚用韵和呈效吴体》

南山旧说王隐者，北斗今看韩退之。○○△△○△△，△△○○○△●　拗黏

不须觅句花照眼，行见调羹酸着枝。△○△△○△△，○△○○○△●

(6) 王十朋《依韵奉酬胡秘监》

平生恨未识刚者，今日岂期亲见之。○○△△△○△，○△△○○△●　律联

---

① 自注“予自兵侍罢归，从三衢城外遵陆，以两夫肩篮舆，太守刘共父谓予云：‘两夫肩舆，甚似微服过宋。’因作此戏简，效吴体。”

欲把江梅比孤洁，江梅无此岁寒枝。△△○○△○△，○○○△△○● W4

(7) 陆游《吴体寄张季长》

九月十月天雨霜，江南剑南途路长。△△△△○△●，○○△○○△● 拗拗

平生故人阻携手，万里一书空断肠。○○△○△○△，△△△○○△● 律拗

人生强健已难恃，世事变迁那可常？○○○△△○△，△△△○○△●

两家子孙各长大，他年穷达毋相忘。△○△○△△△，○○○△△○● 律拗

(8) 陆游《夜闻大风感怀赋吴体》

故都宫阙污膻腥，原野久稽陈大刑。△○○△△○●，○△△○○△●

未须校尉戍西域，先要将军空朔庭。△○△△△○△，○△△○○△●

意言挥戈可退日，身乃读书方聚萤。△○○○△△△，○△△○○△● 律拗

病起窗前发如雪，夜闻风声孤涕零。△△○○△○△，△○○○○△● 律拗

(9) 李洪《隐岩吴体》

屋头日日闯云山，簿领沉迷肯放闲。△○△△△○●，△△○○△△●

一行作吏遽如许，三径就荒那得还。△○△△△○△，○△△○△△●

绿阴留丁后人憩，丛桂时招好客攀。△○○○△○△，○△○○△△● 律拗

邂逅清泉与白石，岸巾时得洗衰颜。△△○○△△△，△○○△△○●

(10) 汪言昶《俞伯初见访，示吴体诗既去。而江和叔至，甚恨相后先也，是夕用韵寄二君子》

一日二子各两屐，踏碎一径松花黄。△△△△△△△，△△△△○○● 拗拗

人好禽鱼亦光耀，山空水石逾荒凉。○△○○△○△，○○△△○○● W4

胸次似涤冰雪莹，笑语欲染烟霞香。○△△△○△△，△△△△○○● 拗拗

痴绝犹嫌不联袂，此已天幸宽愁肠。○△○○△○△，△△○△○○● 律拗

第六节 苏轼弃“吴体”之名而独得其骨

如果说皮陆以“吴体”之名拉开了复兴拗体七律的大幕，那么，宋代诗人更有谋略、有思想，变换身段亮相舞台，发掘拗联更加广阔的应用前景，大张旗鼓地创作拗体七律，一改初盛唐七言古律日渐式微的疏落景象，用不同方式响应皮陆，从不同角度积极营造复兴拗体七律的有利环境

与积极因素。张方平是苏轼的老师，有《读杜诗》《杜工部诗》著作，曾言“读罢还看有余味，令人心服是吾师”。他的《柳吴体》应是宋代的第一首“吴体”，属七言古律；黄庭坚是苏轼的门生，他的《二月丁卯喜雨吴体为北门留守文潞公作》应是宋代的第二首“吴体”，属近体七律。从他们实际写成的“吴体”体式而言，两炮都没打响，苏轼对此定了然于胸，不应该没有态度、没有作为，令人疑惑，意欲证之。从目前所见文献来看，确未发现苏轼写过标明“吴体”的诗，也未发现其对“吴体”有明文论述，但种种现象表明，苏轼没有缺席“吴体”，而是弃其之名独得其骨的高手。讨论“吴体”，重显也应求隐，如果漏掉苏轼，恐会留下历史的疏忽与遗憾。

苏轼曰：“李太白、杜子美以英玮绝世之姿，凌跨百代，古今诗人尽废。”赞杜甫《阁夜》为“七言之律丽者”，自言常梦中作诗见到杜甫，二人似可神会。苏解杜《八阵图》，托故“仆尝梦见一人，云是杜子美，谓仆‘世多误解予诗’”。《记董传论诗》载：“予尝云：杜子美不免有凡语，‘已知仙客意相亲，更觉良工心独苦’，岂非凡语耶！传笑曰‘此句殆为君发。’凡人用意深处，人罕能识，此所以为独苦，岂独画哉。”① 苏悟性极高，知读杜不易、懂杜更难，他追求真懂杜甫的至高境界。董传是苏轼的朋友，名联“粗缯大布裹生涯，腹有诗书气自华”就是对董说的（苏轼《和董传留别》），才华不宜显摆外露，只要真正达到那个水平，气质和风度自然而然就会表现出来。这句诗用来表示他对待“吴体”的态度与做法，大概也是相符的。

苏轼《次韵孔毅父集古人句见赠五首》，是他阐释的经典读杜方法，也是给杜甫“吴体”做出的活注解，透露出他超人的诗学思想。且来层层分解：其一，抓住拗律的核心——拗联，五诗共 20 联，其中拗联 18 个，平仄韵皆备，占比 90%；其二，抓住“吴联”，连用 4 次，如“天边鸿鹄不易得，便令作对随家鸡”“世间好句世人共，明月自满千家墀”，学到好

---

① 徐中玉、朱桦编纂：《苏轼诗话》，吴文治主编：《宋诗话全编》（壹），南京：江苏古籍出版社，1998 年，第 803 页。

处自然“前生子美只君是，信手拈得俱天成”“何当一醉百不问，我欲眠矣君归休”；其三，效杜甫《戏为韦偃双松图歌》“天下几人画古松，毕宏已老韦偃少”，发出“天下几人学杜甫，谁得其皮与其骨”的呼号。

苏乃有感而发，非无的放矢。天下人都争说“读杜”，惜多人只“得其皮”，少有几人能“得其骨”，“皮”当指形式、外象，“骨”当指语言律、诗律与诗体理论。苏黄孔三人是要好的诗友，一句“前生子美只君是”明夸孔是“得其骨者”，暗将黄画到圈外；批评“鸿鹄易得”之论，指出功夫到了才会“明月自满”。对此，后世论者谓苏在不点名地批评黄庭坚。黄生曰：“山谷学杜，得其皮毛，不得其神髓。”[①] 沈德潜曰：“西江派黄鲁直太生”，“学杜而未哜”。[②] 贺裳曰：“吴体诗，子美时或作之，其音节和平温丽者，不徒八九而已。东坡曰：‘今人学杜甫诗，得其粗俗而已。’诚然诚然。”黄白山评“‘此语岂非为山谷而发?’”[③] 胡应麟曰：“天下几人学杜甫”，“其鲁直谓哉”。[④] 余以为，北宋读杜势如潮涌，苏轼此论旨在引导、培育杜学的兴起与发展，也包括对张、黄“吴体”的个人见解，从这个角度观察苏为什么反复用心宣传“吴联”也就参透了其中玄机。时人所写“吴体”是否和老杜一致，不在于作者贴什么标签，而在于实际的律质表现。据笔者不完全统计，苏诗使用“吴联”W2 达 200 个以上，远超杜甫，也远超吴均本人，大概率说是中国诗坛使用“吴联”最多的诗人；尤为令人敬佩的是他学习杜甫，言传身教，用诗详解“吴联”格式，将诗当成宣传“吴联”、普及拗律的活教材。

例 1：《登州海市》共 12 联，中有 7 个 W2：

荡摇浮世生万象，岂有贝阙藏珠宫。

---

① （清）黄生撰：《杜诗说・杜诗概说》，诸伟奇主编：《黄生全集》（贰），合肥：安徽大学出版社，2009 年，第 22 页。

② （清）沈德潜撰：《说诗晬语》卷下，中国古籍基本库，清光绪二至七年仁和葛氏刻啸园丛书本。

③ （清）贺裳：《载酒园诗话・评卷上》，（宋）朱弁等撰，贾文昭主编：《皖人诗话八种》，合肥：黄山书社，2014 年，第 119 页。

④ （明）胡应麟撰：《诗薮・外编五・宋》，中国古籍基本库，明万历三十七年张养正刻本。

心知所见皆幻影，敢以耳目烦神工。
岁寒水冷天地闭，为我起蛰鞭鱼龙。
重楼翠阜出霜晓，异事惊倒百岁翁。
人间所得容力取，世外无物谁为雄。
斜阳万里孤鸟没，但见碧海磨青铜。
新诗绮语亦安用，相与变灭随东风。

例2：《百步洪二首》其一共12联，中有8个W2：

水师绝叫凫雁起，乱石一线争磋磨。
有如兔走鹰隼落，骏马下注千丈坡。
断弦离柱箭脱手，飞电过隙珠翻荷。
四山眩转风掠耳，但见流沫生千涡。
崄中得乐虽一快，何意水伯夸秋河。
我生乘化日夜逝，坐觉一念逾新罗。
纷纷争夺醉梦里，岂信荆棘埋铜驼。
觉来俯仰失千劫，回视此水殊委蛇。

例3：《司竹监烧苇园》共20联，使用W2达11个：

枯槎烧尽有根在，春雨一洗皆萌芽。
黄狐老兔最狡捷，卖侮百兽常矜夸。
年年此厄竟不悟，但爱蒙密争来家。
风回焰卷毛尾热，欲出已被苍鹰遮。
雄心欲搏南涧虎，阵势颇学常山蛇。
霜干火烈声爆野，飞走无路号且呀。
击鲜走马殊未厌，但恐落日催栖鸦。
弊旗仆鼓坐数获，鞍挂雉兔肩分麚。
燎毛燔肉不暇割，饮啖直欲追羲娲。
青丘云梦古所咤，与此何啻百倍加。
农工已毕岁云暮，车骑虽少宾殊嘉。

至于一次使用3—6个“吴联”的还有不少，如《和蒋夔寄茶》《自金山放船至焦山》《答吕梁仲田书》。苏不动声色，只用事实表明：他知晓吴均，熟悉杜甫“吴体”，明白“吴联”是本体的主体拗联格式，屡屡为“吴联”张目，实际是为“吴体”助势，绝非一时之兴。他比张、黄更能洞察“强戏为吴体”的本意，自知“吴体”不过是杜甫为拗体七律暂时启用的一个代名词，故敢于弃“吴体”之名，而独得拗体之“骨”，其创作实践寓有真知灼见。如此，苏轼写拗体而不叫“吴体”，黄庭坚一首“吴体”之后即转身拗体七律，便有了比较合情合理的解释。

以苏诗为证，取拗体七律 3 首、仄韵拗体七律 3 首、七言古律 2 首，计三组；拗体七律后附狄遵度《佳城篇》，苏《书狄遵度诗》云：狄十五六岁时，“梦子美诵平生所为诗，皆（按：杜）集中所无者，觉而记两句，后遂续之云耳”①。此说与苏《洞仙歌》小序如出一辙，隐语是：狄诗是“吴体”而不叫“吴体”，正好借来一用。另取黄庭坚拗体七律 3 首、七言古律 2 首。一起进行律质比较，得到表 5-1-3。

表 5-1-3　苏轼、黄庭坚的拗体七律与七言古律律质比较

	拗对联（个）	律拗联（个）	拗拗联（个）	拗度等级	三仄尾（句）	三平尾（句）	第五字变声（句）	诗体
《愁》	0	3	0	3	2	0	4	拗体七律
苏 1－1	0	2	0	2	1	2	5	拗体七律
苏 1－2	1	2	0	3	2	3	7	拗体七律
苏 1－3	1	1	1	3	2	1	4	拗体七律
附狄	1	1	1	3	1	3	6	拗体七律
黄 1－1	0	1	0	1	2	1	3	拗体七绝
黄 1－2	0	2	0	2	1	0	3	拗体七律
黄 1－3	0	3	0	3	2	2	8	拗体七律
苏 2－1	1	2	0	3	1	0	2	仄拗七律
苏 2－2	1	1	0	2	0	0	3	仄拗七律
苏 2－3	0	0	0	拗黏	0	0	4	仄拗七律

① 徐中玉、朱桦编纂：《苏轼诗话》，吴文治主编：《宋诗话全编》（壹），南京：江苏古籍出版社，1998 年，第 807 页。

续表

	拗对联（个）	律拗联（个）	拗拗联（个）	拗度等级	三仄尾（句）	三平尾（句）	第五字变声（句）	诗体
苏3－1	1	2	1		2	3	7	七言古律
苏3－2	0	4	0		2	3	6	七言古律
黄3－1	0	2	2		2	1	5	七言古律
黄3－2	0	3	1		1	3	6	七言古律

苏轼拗体七律体的特征是：站在“吴体”诗人没有到达的高度，追随杜甫，且写出仄韵拗体七律；不单求拗度等级，不偏重模仿，意在宣扬杜甫诗律、诗体理论。在拗联组合格式方面，苏1－1与黄1－2皆为020，同杜甫《题省中院壁》，同陆游、李洪“吴体”；苏1－3以及狄诗皆用111格式，同杜甫《秋风二首》其二；苏1－2《出颍口，初见淮山，是日至寿州》120格式，杜诗无此先例，系从陆龟蒙“吴体”（见表5-1-1）；黄1－1的010格式同杜甫《题郑县亭子》；黄1－3《次韵和台源诸篇九首》其四用030格式，甚至拗联联位排序，和本体完全一致，实属标准的“吴体”；但苏黄却不称它们为“吴体”，表明他们的拗体七律已经完全脱下“吴体”外衣。苏轼三首仄韵拗体七律，分明就是一篇讲义，其一020格式杜诗无此先例，拗度3级；其二110格式，拗度2级；其三律联拗黏模式，是将平韵律联拗黏模式移植到仄韵拗体七律中来，杜诗无此先例。还应看到，苏黄狄拗体七律皆使用“吴联”，苏拗体七律带有本体的烙印；使用较多的第五字变声句，带有皮陆“吴体”痕迹；但他始终不取“吴体”之名，表明他不赞成在拗体七律之内另立“吴体”名目，在二者之间不另设界限；致力于将“吴体”融汇于拗体七律大体系中。黄与苏同向而行，共同带动拗体七律创作在北宋繁荣复兴，迎来了拗体七律的春天。苏轼有更加清醒的杜甫诗学思想，发挥了黄庭坚难以取代的重要作用，无形中主导着北宋拗体七律的发展方向，主导着北宋的“吴体”创作局面。

皮日休与张方平曾将七言古律当作“吴体”去写，苏轼、黄庭坚当从中受到有益启示，他们直接将“吴联”引入七言古律并开发新的拗联组合格式，如黄庭坚《汴岸置酒赠黄十七》使用7个拗句，有电闪雷鸣之效，写作艺术日趋成熟，也是拗体七律复兴带来的红利，使北宋同时进入七言古律创作的黄金时代。苏黄除使用皮日休121格式外，另行推出040、022.031三个格式，南宋史浩（1101—1194）《次韵鲍以道天童育王道中吴体》所用040格式极有可能是对苏黄的效法。黄庭坚不仅在拗体七律、七言古律中使用“吴联”，也效法苏轼进行宣传，如《送范德孺知庆州》9联，全拗，含3个“吴联”；也用于绝句，如七言古绝《杨凝式行书》“俗书只识兰亭面，欲换凡骨无金丹”，拗体七绝《题子瞻枯木》“胸中元自有丘壑，故作老木蟠风霜”。

（一）苏轼、狄遵度、黄庭坚拗体七律

苏1-1　二十六日五更起行至磻溪未明

夜入磻溪如入峡，照山炬火落惊猿。△△○○○△△，△○△△△○●

山头孤月耿犹在，石上寒波晓更喧。○○○△△○△，△△○○△△●

至人旧隐白云合，神物已化遗踪蜿。△○△△△○△，○△△△○○●　W2

安得梦随霹雳驾，马上倾倒天瓢翻。○△△○△△△，△△○△○○●　律拗

苏1-2　出颍口，初见淮山，是日至寿州

我行日夜向江海，枫叶芦花秋兴长。△○△△△○△，○△○○○△●

长淮忽迷天远近，青山久与船低昂。○○△○○△△，○○△△○○●　律拗

寿州已见白石塔，短棹未转黄茅冈。△○△△△△△，△△△△○○●　W2

波平风软望不到，故人久立烟苍茫。○○○△△△△，△○△△○○●　拗对

苏1-3　郭纶

河西猛士无人识，日暮津亭阅过船。○○△△○○△，△△○○△△●

路人但觉骢马瘦，不知铁槊大如椽。△△△△○△△，△○△△△○●　律拗

因言西方久不战，截发愿作万骑先。○○○○△△△，○△△△△○●　拗拗

我当凭轼与寓目，看君飞矢集蛮毡。△○△△△△△，○○○△△○●　拗对

附：狄遵度佳城篇

佳城郁郁颓寒烟，孤雏乳兔号荒阡。○○△△○○●，○○△△○○●　拗对

夜卧北斗寒挂枕，木落霜拱雁连天。△△△△○△△，△△○△○○●　拗拗

浮云西去伴落日，行客东尽随长川。○○○△△△△，○△○△○○● W2

乾坤未死吾尚在，肯与蟪蛄论大年。○○△△○△△，△△△○○△●

黄 1-1 题落星寺四首·其一

落星开士深结屋，龙阁老翁来赋诗。△○○△○△△，○△△○○△●

小雨藏山客坐久，长江接天帆到迟。△△○○△△△，○○△○○△● 律拗

燕寝清香与世隔，画图妙绝无人知。△△○○△△△，△○△△○○●

蜂房各自开户牖，处处煮茶藤一枝。○○△△○△△，△△△○○△●

黄 1-2 次韵谢子高读渊明传

枯木嵌空微暗淡，古器虽在无古弦。○△○○○△△，△△○△○△● 律拗

袖中正有南风手，谁为听之谁为传。△○△△○○△，○△△○○△●

风流岂落正始后，甲子不数义熙前。○○△△△△△，△△△△△○● W2

一轩黄菊平生事，无酒令人意缺然。△○○△○△△，○△○○△△●

黄 1-3 次韵和台源诸篇九首·其四

篁竹参天无人行，来游者多蹊自成。○△○○○○●，○○△○○△● 律拗

石屏重叠翡翠玉，莲荡宛转芙蓉城。△○○△△△△，○△△△○○● W2

世缘遮尽不到眼，幽事相引颇关情。△○○△△△△，○△△△○○● W2

一炉沈水坐终日，唤梦鹁鸪相应鸣。△○○△△○△，△△△○○△●

（二）苏轼仄韵拗体七律

苏 2-1 别子由三首（兼别迟）·其一

知君念我欲别难，我今此别非他日。○○△△△△○，△○△△○○▼ 拗对

风里杨花虽未定，雨中荷叶终不湿。○△○○○△△，△○○△○△▼

三年磨我费百书，一见何止得双璧。○○○△△△△，△△○△△○▼ 律拗

愿君亦莫叹留滞，六十小劫风雨疾。△○△△△○△，△△△△○△▼ 律拗

苏 2-2 别子由三首（兼别迟）·其二

先君昔爱洛城居，我今亦过嵩山麓。○○△△△○○，△○△△○○▼ 拗对

水南卜宅吾岂敢，试向伊川买修竹。△○△△○△△，△△○○△○▼

又闻缑山好泉眼，傍市穿林泻冰玉。△○○○△○△，△△○○△○▼ 律拗

遥想茅轩照水开，两翁相对清如鹄。○△○○△△○，△○○△○○▼

苏 2-3　别子由三首（兼别迟）·其三

两翁归隐非难事，惟要传家好儿子。△○○△○○△，○△○○△○▲

忆昔汝翁如汝长，笔头一落三千字。△△△○○△○，△○△△○○▲

世人闻此皆大笑，慎勿生儿两翁似。△○○△○△△，△△○○△○▲　拗黏

不知樗栎荐明堂，何似盐车压千里。△○○△△○○，○△○○△○▲

（三）苏轼、黄庭坚七言古律

苏 3-1　寿星院寒碧轩

清风肃肃摇窗扉，窗前修竹一尺围。○○△△○○●，○○○△△△●　拗对

纷纷苍雪落夏簟，冉冉绿雾沾人衣。○○○△△△△，△△△△○○●　W2

日高山蝉抱叶响，人静翠羽穿林飞。△○○○△△△，△△△△○○●　拗拗

道人绝粒对寒碧，为问鹤骨何缘肥。△○△△△○△，△△△△○○●　W2

苏 3-2　戏和正辅一字韵

故居剑阁隔锦官，柑果姜蕨交荆菅。△○△△△△●，○△○△○○●　律拗

奇孤甘挂汲古绠，侥觊敢揭钩金竿。○○○△△△△，△△△△○○●　W2

已归耕稼供藁秸，公贵干蛊高巾冠。△○○△○△△，○△○△○○●　W2

改更句格各蹇吃，姑因狡狯加间关。△△△△△△△，○○△△○△●　律拗

黄 3-1　汴岸置酒赠黄十七

吾宗端居丛百忧，长歌劝之肯出游。○○○○○△●，○○△○△△●　拗拗

黄流不解涴明月，碧树为我生凉秋。○○△△△○△，△△△△○○●　W2

初平群羊置莫问，叔度千顷醉即休。○○○○△△△，△△○△△△●　拗拗

谁倚柁楼吹玉笛，斗杓寒挂屋山头。○△○○△△△，△△○△△○●　律拗

黄 3-2　秋怀二首·其一

秋阴细细压茅堂，吟虫啾啾昨夜凉。○○△△△○●，○○○○△△●　律拗

雨开芭蕉新闲旧，风撼筼筜宫应商。△○○○○○△，○△○○○○●　律拗

砧声已急不可缓，檐景既短难为长。○○△△△△△，○△△△○○●　W2

狐裘断缝弃墙角，岂念晏岁多繁霜。○○△○△○△，△△△△○○●　拗拗

第七节　方回"吴体"及其全拗理论

方回的《瀛奎律髓》是一部价值较高的诗论诗话，至今仍被学者不断引用。其序云："律者何？五七言之近体也。髓者何？非得皮得骨之谓也"，"文之精者为诗，诗之精者为律，所选诗格也，所注诗话也，学者求之髓，由是可得也"。[①] 又曰："拗字诗在老杜集七言律诗中谓之吴体"，"不止句中拗一字，往往神出鬼没，虽拗字甚多，而骨骼愈峻峭"。[②] 他立足诗学理论，视格律诗为文章精华，视诗律为诗之精髓，倡导"近体"、首提"拗字"，但不提拗救。他学杜有方，求律求体，亦善以诗论诗，若"毫厘俗事不留情，诗律峥嵘骨骼清"，"世情落落全相背，诗律平平略放宽"，"终古不朽语言在，以诗教人人不识"。[③] 他对"吴体"情有独钟，表现出乘皮陆雄风独立"吴体"的强烈愿望。对方回的"吴体"理论，史上论者毁誉参半，评价不一。谢榛曰："《瀛奎律髓》不可读。"[④] 沈德潜曰：《瀛奎律髓》"去取评点，多近凡庸"，"学者以此等为始基，汩没灵台，后难洗涤"。[⑤] 话虽如此，方回粉丝却历代不断，欲辨"吴体"须先读懂方回。方回所论铺陈较广，文字分散，对"吴体"点评往往一笔带过，需仔细研判。

---

① （元）方回撰：《瀛奎律髓·序》，中国古籍基本库，清康熙五十一年吴宝芝黄叶村庄刻本。

② （元）方回撰：《瀛奎律髓》卷二五，中国古籍基本库，清康熙五十一年吴宝芝黄叶村庄刻本。

③ （元）方回撰：《桐江续集》卷十八、十一、十八，中国古籍基本库，清乾隆钞本。

④ （明）谢榛撰：《诗家直说》卷二，中国古籍基本库，清道光二十五年番禺潘氏刻光绪十一年增刻海山仙馆丛书本。

⑤ （清）沈德潜：《说诗晬语》卷下，中国古籍基本库，清光绪二至七年仁和葛氏刻啸园丛书本。

一、方回的“吴体”视野

方回的“吴体”视野开阔，采证方法是以“吴体”该拗体七律，将杜甫未署“吴体”的拗体七律、七排，与未署“吴体”的宋代拗体七律甚至七言古律，均纳入“吴体”的范围。方回云：“五言律亦有拗者，止为语句要浑成，气势要顿挫，则换易一两字，平仄无害也，但不如七言‘吴体’全拗尔。”[①] 意谓五言也有“吴体”。将五七言拗体律绝并轨认识，皆视为拗体的一个格式，是高明之举。目的是为自己的“吴体”理论服务，自然会出现一定偏差。

二、方回的吴体“全拗理论”

方回对杜诗点评方式相近，言简意赅。谓杜甫《题省中院壁》“此篇八句俱拗，而律吕铿锵，试以微吟，或以长歌，其实文从字顺也”；《昼梦》《暮归》“吴体皆然”。[②] 核心是“八句俱拗”！那样的七言律诗才是“吴体”，本书权称其为“全拗理论”。他继承并跨越皮陆，以《题省中院壁》而非杜甫“吴体”的本体为标杆，自有用意。《题省中院壁》拗度2级，拗联组合格式020，从诗律而言并无特殊之处，突出之处是语言律运用特色，八句皆第五字变声，远多于本体。方回理论的立足点是第五字变声，纵然原为律句，也要定义为“拗句”，成为全拗理论的事实支撑。同理，将五言第三字常规变声也定为“拗字”，如杜甫五律《巳上人茅斋》“枕簟入林僻，茶瓜留客迟”的“入”“留”，“空忝许询辈，难酬支遁词”的“许”“支”。并将这种“全拗”立为衡量“吴体”的硬性指标。由此可以看到，赵执信、王渔洋的语言观很可能接受了方回的影响。

① （元）方回撰：《瀛奎律髓》卷二五，中国古籍基本库，清康熙五十一年吴宝芝黄叶村庄刻本。

② （元）方回撰：《瀛奎律髓》卷二五，中国古籍基本库，清康熙五十一年吴宝芝黄叶村庄刻本。

三、方回的“吴体”与“近吴体”

方回创作“吴体”5首，认定他人“近吴体”5首，原文如录，与杜甫《愁》、《题省中院壁》（表中记为《题》）做律质比较，得到表5-1-4。由表可知：方“吴体”皆属律拗联混用模式拗体七律，拗度1级2首，拗联组合格式分别为001，010；2级2首，拗联组合格式为020；3级1首，拗联组合格式为111。从语言律运用来讲，第五字变声句数5—8个，只有方（3）一首“八句全拗”；三仄尾1—2个，三平尾1—3个，无突出性表现。

表5-1-4 方回“吴体”“近吴体”律质分析

	拗对联（个）	律拗联（个）	拗拗联（个）	拗度等级	三仄尾（句）	三平尾（句）	第五字变声句	诗体
《愁》	0	3	0	3	2	0	4	拗体七律
《题》	0	2	0	2	2	2	8	拗体七律
方（1）	0	1	1	2	1	1	5	拗体七律
方（2）	0	2	0	2	1	2	6	拗体七律
方（3）	0	0	1	1	2	2	8	拗体七律
方（4）	0	1	0	1	1	3	7	拗体七绝
方（5）	0	2	0	2	1	2	7	拗体七律
近A	0	1	0	1	0	0	3	拗体七律
近B	0	2	0	2	1	0	5	拗体七律
近C	1	2	0	3	0	1	6	拗体七律
近D	1	2	0	3	3	1	5	拗体七律
近E	1	2	1		1	0	4	七言古律

“近吴体”中有4首拗体七律，属律拗联混用模式，拗度1级1首，拗联组合格式为010；2级1首，拗联组合格式为020；三级2首，拗联组合格式为120。从语言律运用来讲，三平尾0—1个，明显低于方回本人“吴体”；第五字变声句3—6个，多低于方回“吴体”。黄庭坚《永州题淡

山岩二首》其二属七言古律，拗联组合格式为121，同苏轼《寿星院寒碧轩》，属方回误判。

结果表明，方回的“吴体”实践与“全拗理论”自身之间就存在较大偏差；“近吴体”与“吴体”诗律原理相同，第五字变声句数也无悬殊差距，皆处于拗体七律的正常范围之中；如此划分非但不能自圆其说，反导致阵脚自乱。

四、“全拗理论”的得与失

“吴体”有理论比无理论总算是文学的一种进步体现，从积极层面讲，方回的初衷是以“吴体”代表拗体七律，响应皮陆为“吴体”造势，以扭转宋代“吴体”与拗体七律弥合的倾向，是拗体七律复兴运动中泛起的一朵较大且绮丽的浪花，鼓吹和助力“吴体”创作进入一个新阶段。该理论有得有失、得大于失。

方回和陆龟蒙一样，同为史上“吴体”的最高产诗人；和汪言昶比肩，也是一首诗中使用拗句达到5句高值的诗人。他公开声明比皮陆还重用第五字变声句，但不像皮陆那样借重三仄尾与三平尾，也不似皮陆那样偏重高拗度等级。他可能在实践中自我意识到“全拗理论”的缺陷，自己并未完全执行，而坚持拗句、拗联的律质，重视“吴联”的应用，使自己的“吴体”与拗体七律用律保持一致，体式纯正而未掺杂它体，与晚唐、两宋“吴体”相比有显著进步。方回勤于实践，格律诗总数比杜甫还多，拗体诗中律绝格式无一不备，如拗体七律《喜雨》属律联拗黏模式，《用夹谷子括吴山晚眺韵十首》其二属律拗联混用模式；拗体七绝《听航船歌十首》其三、其四、其六属律联拗黏模式，《武林书事九首》其二、其三、其五、其六属律拗联混用模式；拗体五绝《秋晚杂书三十首》其七属律联拗黏模式，《秋晚杂书三十首》其二属律拗联混用模式；拗体五律《李寅之招饮同登九江城》属律联拗黏模式，《以读书破万卷下笔如有神为韵赋十诗送赵然然》其一、其二、其三属律拗联混用模式。据实而论，方回对拗律的把握水平较高，无论标与未标“吴体”，他的拗体律绝皆中规中矩，对复兴拗体诗卓有贡献。

"全拗理论"失于原生性错误，即采用广义的拗字概念，将五言第三字、七言第五字常规变声句子定义为"拗句"，缺乏拗律的整体表述，混淆语言律质，以语言律取代诗律，以句代联，淡化和削弱诗律作用，增加辨体复杂性，甚而波及七律。譬如，方回极其推崇杜甫七律《江村》《南邻》《狂夫》，云："格高律熟，意奇句妥，若造化生成为此等诗者，非真积力久不能到也。学诗者以此为准，为吴体拗字变格亦不可不知。"① 他的本意是警示创作七律千万莫用第五字变声那样的"拗句"，与杜甫格律理论明显不符。《江村》《狂夫》的确如此，但《南邻》"锦里先生乌角巾""秋水才深四五尺"却实实在在属于他说的那种"拗句"，如果真的照此论办理，杜甫七律大约将有半数会被判为"吴体"。

有论者从方回理论演绎出"拗救"的主张，系误读方回，强加之词；有论者将《瀛奎律髓》贬得一无是处，也着实过分了。

（一）方回的"吴体"

(1)《宾旸来饮秀山予醉小跌次韵为吴体》

无冰为水柘为浆，深入醉乡心自凉。○○○△△○●，○△△○○△●

微官误身鱼中饵，俗士缚礼龟搘床。○○△○○○△，△△△△○○●　拗拗

未妨卖书笑杜甫，宁能食乳羡张苍。△○△○△△△，△○△△△○●　律拗

颠崖仆树幸无损，当复与君浮万觞。○○△△△○△，○△△○○△●

(2)《冰崖杨明府德藻携红酒榖果来饮归舟独坐熊皮索笔作字且出示箧中书为赋吴体》

有美一人升秋堂，木犀花中清言香。△△△○○○●，△○○○○○●　律拗

熊皮端坐雪衣洁，兔颖疾挥葱指长。○○○△△○△，△△△○○△●

琥珀味浓酒溢□，□□价重书盈箱。△△△○△△□，□□△△○○●

忽羔剪韭儿辈问，此岂拜石米元章。○○△△○△△，△△△△△○●　吴

(3)《约端午到家复不果赋吴体》

略无一点南来风，日日褰裳泥雨中。△○△△○○●，△△○○○△●

① （元）方回撰：《瀛奎律髓》卷二五，中国古籍基本库，清康熙五十一年吴宝芝黄叶村庄刻本。

端午到家复失约，良辰缺酒非真穷。○△△○△△△，○○△△○○●
世情故宜俗眼白，时事不改戎葵红。△○△○△△△，○△△△○○●　拗拗
三年为客可归矣，亦念儿曹思乃翁。○○○△△○△，△△○○○△●

(4)《寄还程道益直谅道大直方昆季诗卷》

山水吾州称绝奇，间生杰出当如之。○△○○○△●，△○△△○○●
不行天上五岭路，焉识人间二程诗。△○○△△△△，○△○○△○●
无逸幼桀金华似，才翁子美欧阳知。○△△○○○△，○○△△○○●
怒流汹涌各分派，万折到海夫奚疑。△○○△△○△，△△△△○○●　吴

(5)《饮天庆观即席赋吴体》

寂静日月白云乡，漂摇湖海厖眉郎。△△△△△○●，○○○△○○●　律拗
壁间犹见画龙在，柱表不闻归鹤翔。△○○△△○△，△△△○○△●
杯酒新竹与同色，炉熏异花无此香。○△○△△○△，○○△○○△●　拗拗
索茗浇渴上马去，绿树含雨山苍凉。△△○△△△△，△△△△○○●　拗拗

（二）方回认定的“近吴体”

(1) 杜甫《十二月一日三首》其一

今朝腊月春意动，云安县前江可怜。○○△△○△△，○○△○○△●　律拗
一声何处送书雁，百丈谁家上水船。△○○△△○△，△△○○△△●
未将梅蕊惊愁眼，更取楸花媚远天。△○○△○○△，△△○○△△●
明光起草人所羡，肺病几时朝日边。○○△△○△△，△△△○○△●

(2) 杜甫《十二月一日三首》其二

寒轻市上山烟碧，日满楼前江雾黄。○○△△○○△，△△○○○△●
负盐出井此溪女，打鼓发船何郡郎。△○△△△○△，△△△○○△●
新亭举目风景切，茂陵著书消渴长。○○△△○△△，△○△○○△●　律拗
春花不愁不烂漫，楚客唯听棹相将。○○△○△△△，△△○○△○●　律拗

(3) 黄庭坚《题胡逸老致虚庵》

藏书万卷可教子，遗金满籝常作灾。○○△△△○△，○○△○○△●　律拗
能与贫人共年谷，必有明月生蚌胎。○△○○△○△，△△○△○△●　律拗
山随宴坐图画出，水作夜窗风雨来。○○△△○△△，△△△△○○△●

观山观水皆得妙，更将何物污灵台。○○○△○△△，△○○△○○● 拗对

（4）黄庭坚《永州题淡山岩二首》其一

去城二十五里近，天与隔心俗子尘。△○△△△△△，○△△○△△●

青蛙秋虫不到耳，夏凉冬暖总宜人。○○○○△△△，△○○△△○● 律拗

岩中清磬僧定起，洞中绿树千家春。○○○△○△△，△○△△○○● 拗对

惜哉此山世未显，不得雄文镵翠珉。△○△○△△△，△△○○○△● 律拗

（5）黄庭坚《永州题淡山岩二首》其二

淡山淡姓人安在，征君避秦亦不归。△○△△○○△，○○△○△△● 律拗

石门竹径几时有，琼台瑶室至今疑。△○△△△○△，○○○△△○● 拗对

回中明洁坐十客，亦可呼乐醉舞衣。○○○△△△△，△△○△△△● 吴

阆州城南果何似，永州淡岩天下稀。○○○○△○△，△○△○○△● 拗拗

第八节　元明清代的“吴体”

现查得元（不含方回）明清三代“吴体”20首，原文如录，律质分析如表5-1-5所列。主要有三个共象，即每代都有诗使用“吴联”，都有030拗联组合格式，比前代更主动、更有意识地靠近本体，且都有七言古律伴随。

表5-1-5　元明清代的“吴体”律质分析

		拗对联（个）	律拗联（个）	拗拗联（个）	拗度等级	三仄尾（句）	三平尾（句）	第五字变声（句）	诗体
《愁》		0	3	0	3	2	0	4	拗体七律
元	（1）王	2	1	0	3	1	0	3	拗体七律
	（2）王	0	3	0	3	0	3	5	拗体七律
	（3）洪	1	1	0	2	2	2	8	拗体七律
	（4）唐	1	1	1	3	2	3	8	拗体七律
	（5）唐	1	3	0		3	2	8	七言古律

续表

		拗对联（个）	律拗联（个）	拗拗联（个）	拗度等级	三仄尾（句）	三平尾（句）	第五字变声（句）	诗体
明	（6）黄	0	2	1	3	0	0	4	拗体七律
	（7）黄	1	2	1		1	3	6	七言古律
	（8）黄	0	2	2		1	3	5	七言古律
	（9）黄	2	1	1		1	1	7	七言古律
	（10）桑	0	2	0	2	1	1	6	拗体七律
	（11）李	0	3	0	3	1	2	8	拗体七律
	（12）符	1	1	1	3	1	4	6	拗体七律
清	（13）查	0	1	0	1	1	1	5	拗体七律
	（14）查	1	1	1	3	1	1	5	拗体七律
	（15）查	0	3	0	3	0	0	6	拗体七律
	（16）查	0	0	0		1	0	4	七律
	（17）全	0	3	0	3	3	2	6	拗体七律
	（18）全	0	3	1		0	1	4	七言古律
	（19）边	0	0	1	1	1	1	2	拗体七律
	（20）惜	1	2	0	3	0	4	6	拗体七律

元代5首，其中4首拗体七律，拗度3级3首、2级1首，律拗联混用模式；以高拗度为重，可见皮陆影响。第五字变声句数量居高，可见方回“全拗理论”影响。拗度3级的3首分别使用三个拗联组合格式：王恽《复作一诗以继前韵》030，唐元《拟吴体》其一111，王恽《托陶晋卿借郑氏所藏刘房山行草效吴体出入格》210属填补杜甫空白。

明代7首，其中拗体七律四首，朝鲜诗人李达（荪谷）运用030格式，第五字变声句多达8句，表明既遵本体拗联组合格式，又遵方回全拗理论。黄仲昭《致仕归言怀效吴体四首》中有3首七言古律，每首独用一个拗联组合格式，其三的四联对句皆用三平尾，达到拗古两体三平尾数量的峰值，显然受到宋代七言古律的影响，成为史上以“吴体”名义创作七言古律的代表性诗人。

清代8首，其中有拗体七律6首，查慎行的《宿迁关》、全祖望《薄暮过愚亭，见其少子五郎读罢灌园，甚有古意，为赋吴体二律》其一，皆使用030拗联组合格式，惜钦保"吴体"有初唐应制诗风味。清代具有一定代表性的"吴体"诗人是查慎行（1650—1728），他曾言"及记云蓝咏旧联，近从吴体得新篇"（《徐荼坪题拙集见寄四绝书来索和戏次原韵》其二），作"吴体"4首，是仅次于陆龟蒙、方回的"吴体"高产诗人，他的"吴体观"和创作方法比较典型，其"吴体"不近皮陆，三仄尾、三平尾用量一首诗最多一个；不近方回，第五字变声句皆为5个，不多不少；偏重仿效杜甫与先贤，查（13）效杜甫《题郑县亭子》；查（14）效杜甫《秋风二首》其二；查（15）效"吴体"本体；查（16）效黄庭坚"吴体"，爱用律联W4，实为近体七律；不太注重"吴体"与拗体七律用律的一致性，好像只要照前人的样子去写就是了。

元明清三代的"吴体"

（1）元·王恽《托陶晋卿借郑氏所藏刘房山行草效吴体出入格》

房山一字三过笔，此帖挥洒何其殊。○○△△○○△，△△○△○○● W2

临池亲睹长史作，透绡又是涪翁书。○○○△△△△，△○△△△○● 拗对

春葩舞女多姿态，远韵高风见步趋。○○△△○○△，△△○○△△●

手追心慕情正切，托君为借今何如。△○○△○△△，△○△△○○● 拗对

（2）元·王恽《复作一诗以继前韵》

郑家数幅房山书，自笑伎痒须临摹。△○△△○○●，△△△△○○● 律拗

五陵裘马见年少，两汉剑履多文儒。△○○△△○△，△△△△○○● W2

游谈得叙真可壮，破冢求法何其愚。○○△△○△△，△△○△○○● W3

烦君更击冯夷鼓，未信骊龙不吐珠。○○△△○○△，△△○○△△●

（3）元·洪焱祖《初冬晴暖历永康、武义、金华三县境赋吴体以纪之》

我行婺女爱平陛，远胜括山多涧冈。△○△△△○△，△△△○○△●

千林柏子冻的皪，数点梅萼春微茫。○○△△△△△，△△○△○○● W2

穷檐炙背傲行客，新店当垆多艳妆。○○△△△○△，○△○○○△●

姜畴蔗垄不足算，木棉轧轧霜机张。○○△△△△△，△○△△○○● 拗对

(4) 元·唐元《拟吴体》其一

黄牛三峡厌朝暮，瀼溪归爱清涟漪。○○○△△○△，△○○△○○● 拗对

非宫非商调自古，兼风兼雨常如斯。○○○○△△△，○○○△○○● 律拗

绕纱小女足屡滑，角力篙师声更悲。△○△△△△△，△△○○○△●

武夷山前棹歌发，头白老父思吾儿。△○○○△○△，○△△△○○● 拗拗

(5) 元·唐元《拟吴体》其二

神仙变幻事已古，桃杏妖娆春正迟。○○△△△△△，○△○△○△● W2

楼高自可摘星斗，句好何用求毛皮。○○△△△○△，△△○△○○● W2

暖融迸地笋满尺，坐久煮茶藤一枝。△○△△△△△，△△△○○△● 律拗

参同契好不易读，邹䜣谈笑真吾师。○○△△△△△，○○○△○○● 拗对

(6) 明·黄仲昭《致仕归言怀效吴体四首》其一

失脚一下苍苔矶，顿觉世途多险巇。△△△△○○○，△△△○○△● W1

圣代敢言轻去就，时评或恐迷是非。△△△○○△△，○○△△○△● W4

混雌与雄乌莫辩，隔形吠声厖曷知。○○△○○△△，△○△○○△● 拗拗

归来稳坐茅檐下，闲看白云生翠微。○○△△○○△，○○△○△△● 律拗

(7) 明·黄仲昭《致仕归言怀效吴体四首》其二

婞阿媚世吾所惭，便寻旧隐南山南。○○△△○△●，△○△△○○● 拗对

寸心静观元了了，众口可笑犹喃喃。△○△○○△△，△△△△○○● 拗拗

秋风世途双眼冷，夜雨吟窝孤梦酣。○○△○○△△，△△○○○△● 律拗

羹有溪鱼饭有粟，一饱岂必求肥甘。○△○○△△△，△△△△○○● 律拗

(8) 明·黄仲昭《致仕归言怀效吴体四首》其三

白日不照吾肺肝，曲学阿世诚何颜。△△△△△△●，△△○△○○● 拗拗

诗书聊堪遗孙子，杞菊亦足供盘餐。○○○○○○△，△△△△○○● 拗拗

铜山铸钱彼为得，瓦瓮灌畦吾所安。○○△○△△△，△△△○○△● 律拗

自笑无能成巧宦，只合归伴沙鸥间。△△○○○△△，△△○△○○● 律拗

(9) 明·黄仲昭《致仕归言怀效吴体四首》其四

违心徇禄非吾情，春田夜雨思归耕。○○△△○○●，○○△△○○● 拗对

经纶谁能赞化育，出处我岂关重轻。○○○○△△△，△△△△○△● 拗拗

王侯只如槐蚁梦，诗酒聊寻花鸟盟。○○△○○△△，○△○○○△● 律拗

勋烈无阶上钟鼎，且免青史遗臭名。○△○○△○△，△△○○○△● 拗对

(10) 明·桑悦《题凤洲草堂效吴体》

江水四面围高丘，草堂结在丘山头。○△△△○○●，△○△△○○● 律拗

频经春雨打不漏，苦耐秋风吹未休。○○○△△△△，△△○○○△●

枕边惊闻橹声过，槛外俯看云影浮。△○○○△○△，△△△○○△● 律拗

我约吴郎来借住，并吞沙草占溪鸥。△△○○○△△，○○○△△○● W4

(11) 明·李达（荪谷）《立春吴体》

江东客里逢立春，节物风光愁杀人。○○△△○△●，△△○○○△●

盘中生菜不可食，门前柳条还欲嚬。○○○△△△△，○○△○○△● 律拗

悠悠西塞独身远，杳杳南国多兵尘。○○○△△○△，△△○△○○● W2

中兴宗社大臣在，怅望涕泪沾衣巾。○○○△△○△，△△△△○○● W2

(12) 明·符锡《舟中月夜有怀偶效吴体》

北风遥遥吹客舟，凉月下瞰疏帏秋。△○○○○△●，○△△△○○● 拗拗

迟回莎岸虫唧唧，顾盼玉宇鸿悠悠。○○○△○△△，△△△△○○● W2

日暮晴云敛海色，天南宿草连芳洲。△△○○△△△，○○△△○○●

美人若为成远别，含情一上江之楼。△○△△○△△，○○△△○○● 拗对

(13) 清·查慎行《雨中牡丹戏作吴体》

锦帷锦幢贫家无，风雨故来侵汝肤。△○△△○○●，○△△△○△●

半黏半落袖上唾，一泻一斛怀中珠。△○△△△△△，△△△△○○● W2

为谁含笑忽成泣，向我低垂可要扶。△○○△△○△，△△○○△△●

安得南唐名画手，调丹与写没骨图。○△○○○△△，○○△△△△● W4

(14) 清·查慎行《连遇逆风舟行迟滞戏作吴体遣怀》

云峰突兀天溟濛，打窗猛雨三日同。○○△△○△●，△○△△○△● 拗对

满槽浑浑西北水，劈岸浩浩东南风。△○○○○△△，△△△△○○● 拗拗

得句偶然从意外，转头宛尔堕梦中。△△△○○△△，△○△△△△● W4

长年年长健可羡，弟作篙师兄柁工。△○△○△△△，△△○○○△● 律拗

(15) 清·查慎行《宿迁关（吴体）》

旧输两石今不然，鳞跳羽萃愁满川。△○△△○△●，○△△△○△● 律拗

重船纳货轻纳料，醉客禁酒醒禁烟。△○△△○△△，△△△△○△● W2

严关正尔指淮岸，密网行且张河壖。○○△△△○△，△△○△○○● W3

空囊倾倒能几许，大笑不容留一钱。○○○△○△△，△△△○○△●

(16) 清·查慎行《清明日再同诸弟西阡看玉兰戏作吴体》

清明之候天气回，林下水边节物催。○○○△○△●，○△△○△△●

今日韶光异昨日，半开花意胜全开。○△○○△△△，△○○△△○● W4

木莲木笔取形似，玉蕊玉兰从客猜。△○△△△○△，△△△○○△●

赢得村童齐拍手，白头五老又重来。○△○○○△△，△○△△△○● W4

(17) 清·全祖望《薄暮过愚亭，见其少子五郎读罢灌园，甚有古意，为赋吴体二律》其一

郎君说经长兀兀，聊尔荷锄道则通。○○△○○△△，○△△○△△● 律拗

采兰佳句本束氏，剥枣新说嗤荆公。△○○△△△△，△△○△○○● W2

夏苴冬葵在曲礼，早菘晚韭饶清风。△○○○△△△，△○△△○○● 律拗

阿翁有子致足乐，且莫落箕荒厥功。△○△△△△△，△△△○○△●

(18) 清·全祖望《薄暮过愚亭，见其少子五郎读罢灌园，甚有古意，为赋吴体二律》其二

高门群从半纨绔，那得清况供清吟。○○○△△○△，△△○△○○● W2

种橐驼树悟王道，卖青门瓜识天心。△△○△△○△，△○○○△○● 拗拗

谁言孺仲儿寒素，为笑南郡家慆淫。○○○△○○△，△△○△○△● W3

春园春草多生意，与尔观物一披襟。○○○△○○△，△△○△△○● W2

(19) 清·边连宝《戏仿吴体》

一枝两枝野菊芳，三点五点晚鸿翔。△○△○△△●，○△△△△○● 拗拗

落叶相追响刺桐，孤云不动高苍凉。△△○○△△○，○○△△○○●

鬓边白发苦不放，日里赤乌有底忙。△○△△△△△，△△△○△△●

筋力如何聊小试，枯藜茫屏好扶将。○△○○○△△，○○○△△○●

(20) 清·惜钦保《吴体诗》

韶开六琯恩庞鸿，衢歌巷舞熙春风。○○△△○○●，○○△△○○● 拗对

曰耋曰期古斯尚，以引以翼今尤隆。△△△○△○△，△△△△○○● 律拗

酺欢高列千叟集，嵩祝齐听三呼同。△○○△○○△，○△○△○○● W2

五老游河长生宇，飞星入昴尧天崇。△△○○○○△，○○△△○○● W4

第九节 近当代的"吴体"

近现代之"吴体"研究，乃明清之继续；近当代之"吴体"创作面貌也几与宋元明清相近，经多方查询，发现作品7篇，颇有疏疏落落之感。其中，《题陈小舟望云图仿吴体》与《《立冬效吴体四首》其三属七言古律。寇梦碧《秋兴效吴体》四个律联，联间全部正黏，属近体七律；语言律特征是：八句皆第五字变声；三仄尾、三平尾各三个；三联用吴联；证明诗人执行方回的"全拗"标准，又追随黄庭坚不用拗联而重用本体律联的"吴体"，与黄查一起成为历代"吴体"作品中仅存的三首近体七律。网载猫捻须《立冬效吴体四首》，其一属拗体七律，二律联、二拗联，三联用吴联；其二属拗体七律，一律联、三拗联，尾联"诗吟半阙犹未尽，孤坐何似面壁参"用吴联；其四属拗体七律，一律联，三拗联，二联"一生滴露醒早鸟，万丈崖谷深藏花"用吴联。4首拗体七律均为律拗联混用模式，拗度1级、2级各1首，3级2首。《步韵杜甫〈愁〉》诗，标志是"步韵"，但并未使用本体的律拗句混用模式拗联，而是使用2个拗对模式拗联，属拗体七律。7首"吴体"含拗古近三式，反映诗人创作除效法杜甫外，也效法皮陆黄方，还没有从历史的"吴体"认识局限中跳出来，没有建立起正确的诗律、诗体观。

近当代"吴体"

(1)《题陈小舟望云图仿吴体》张鸿（1867—1941）

四大和合着尘世，一朝解散成飞灰。○○○△△○△，△○△△○○● 拗对

虚空难觅泡影点，忆想翻作烦恼媒。○○○△△△△，△△○△○△● W2

独有孝子恩必报，不辞爱网佛所哈。△△△△○△△，△○△△△△● 律拗

白云苒苒在山顶，一片停处歌南陔。△○△△△○△，△△○△○○● W2

(2)《秋兴效吴体》寇梦碧（1917—1990）

唐月宋风依旧留，胸中万卷排无由。○△△○○△●，○○△△○○● 律联

老蛟千岁与论古，太白一杯来煮秋。△○○△△○△，△△△○○△● 律联

只见阳乌煺热阪，尚余君火燃萧邱。△△○○△△△，△○○△○○●　W4

金银眩眼障夜气，芦白菊黄谁咏讴。○○△△△△△，○△△○○△●　律联

(3)《步韵杜甫〈愁〉》湖边小镇

他乡援教度余生，梦里家山不了情。○○△△△○●，△△○○△△●　律联

祁连风韵层云外，龙江瘦影眼前明。○○○△○○△，○○△△△○●　拗对

妻儿时发询归信，幼孙常问到何城。○○○△○○△，△○○△△○●　拗对

清泪盈眸流不得，凄然笑对视频横。○△○○○△△，○○△△△○●　律联

(4)《立冬效吴体四首》其一　网名：猫捻须，2020. 11. 20

时序入冬似穷秋，岭上红叶尚枝头。○△△○△○●，△△○△△○●　律拗

夕阳与我长对望，往事成殇不堪留。△○△△○△△，△△○○△○●　律联

莫道花无百日好，应知人有千般愁。△△○○△△△，○○○△○○●　W4

归来独作鬓添雪，有诗有酒万事休。○○△△△○△，△○△△△△●　拗对

(5)《立冬效吴体四首》其二　猫捻须

东来岁已四减三，天逐寒流过江南。○○△△△△●，○△○○△○●　律联

向晚露下衣添暖，推杯席上意正酣。△△△△○○△，○○△△△△●　律拗

竹叶菊茗松郁郁，鹤发云絮雪毵毵。△△△△○△△，△△○△△○●　拗拗

诗吟半阕犹未尽，孤坐何似面壁参。○○△△○△△，○△○△△△●　W2

(6)《立冬效吴体四首》其三　猫捻须

一年最是立冬时，去岁疫起防患迟。△○△△△○●，△△△△○○●　律拗

幸得山河终无恙，却看西洋难自持。△△○○○○△，△△○○○△●　拗对

寒怕老病身强暖，雪侵梅岭香满枝。○△△△○○△，△○○△○△●　律拗

人间何处蓬莱地，只缘身在故问之。○○○△○○△，△○○△△△●　拗对

(7)《立冬效吴体四首》其四　猫捻须

岭南依旧秋色浓，碧野苍烟绮霞峰。△○○△○△●，△△○○△○●　律联

一声滴露醒早鸟，万丈崖谷深藏龙。△○△△○△△，△△○△○○●　W2

休叹天道难逆转，漫将世事看从容。○△○△○△△，○○△△△○●　律拗

忽闻北方风雪暴，我处自若未见冬。△○△○○△△，△△△△△△●　拗拗

第十节 “吴体”论争的历史意义

史上论者纷纷争为“吴体”立义，必欲求出究竟，现在似已具备据实结论的各项条件，杜甫当时“吴体”的具体所指是使用030拗联组合格式的一首拗体七律。自注“吴体”的直接理由是因为使用三个“吴联”。它不是“齐梁体”，也不是“吴均体”，而是改天换地自成新体，只是暂用“吴体”之名代表而已。各代诗人所作“吴体”，是对杜甫“吴体”各自认识的反映，如汇总表5-1-6所列（方回列入元代）。总体看来，“吴体”的主流诗体为拗体七律，次生诗体为七言古律，而且夹杂有拗体七绝与近体七言律绝。各代“吴体”作品的体式轮廓惊人地相似，因此，若将“吴体”定位为某一个诗体是困难的，也不现实。无可改变的事实是：“吴体”51首含拗体七律36首，占71%，皆为律拗联混用模式，无一首律联拗黏模式；按拗度统计，1、2、3级分别为5、11、20首，三级占56%，反映出杜甫拗体七律的拗度走向，达到了拗体七律复兴与壮大的目标；同时赐予七言古律自初盛唐以来极其难得的发展良机，占比达到20%。皮陆以“吴体”为口号，以高拗度为特点，突出语言律第五字变声句式的应用；苏轼高瞻远瞩，倡导读杜应得“其骨”，促使“吴体”回归拗体七律，促进二者的融合；方回继承皮陆，挟“吴体”之名从正面打开杜甫的拗体世界，提出“全拗理论”；陆龟蒙、陆游、汪言昶、王恽勇于探索，填补拗度3级拗体七律的3个拗联组合格式。杜甫诗学理论得到明确化、实用化，并有所发展与完善，“吴体”之争已经跨出单纯的辨体性质，而密接诗学理论与文学的历史传承，有清晰可辨的发展轨迹，构成杜学有机组成的一部分，具有深远的历史意义与文学意义。

表 5-1-6　历代“吴体”体式与拗度 3 级作品所用拗联组合格式分析

	吴体篇数	拗体七律	七言古律	拗体七绝	七律/七绝	030格式	111格式	021格式
杜甫	1	1	—	—	—	1	—	—
晚唐	8	7	1	—	—	1	—	1
宋	10	5	2	1	1/1	—	—	1
元	10	9	1	—	—	1	2	—
明	7	4	3	—	—	1	—	1
清	8	6	1	—	1	2	2	—
近当代	7	4	2		1	—	—	1
合计	51	36	10	1	3/1	6	4	4

可以认为，“吴体”之争已经发展成为一场事实上的拗体七律复兴运动，历经四个阶段，各阶段都有自己的目标与业绩，呈波浪形发展，虽无一呼百应、波涛汹涌之势，但也涟漪处处、闪光不断。将皮陆发起视为第一阶段，“吴体”名义产生较强且深远的震动力、号召力，特别是对于宗杜的宋代影响更大；皮陆从一开始就没打算将《愁》诗立为“吴体”唯一的标准，而是扩展到《题省中院壁》《白帝城最高楼》，重用第五字变声与三平尾，探讨新的拗联组合格式，立足点是重振拗体七律；皮日休一首名曰“吴体”的七言古律，似撒下一粒种子，待萌芽生长；皮陆“吴体”起到了举旗成军的作用。宋代“吴体”为第二阶段，苏轼极其沉着、清醒、冷静地看待皮陆与张、黄“吴体”，提出放之四海而皆准的读杜“皮骨”理论，不厌其详地宣讲“吴联”，力推并创作拗体七律却不用“吴体”之名，稳控运动的发展方向，与黄联手，绕开皮陆路线，意在实现“吴体”与拗体七律的融合，同时隆重推出七言古律。元代“吴体”为第三阶段，以方回为代表，他郑重再举皮陆旗帜，提出八句都用第五字变声句的“全拗理论”，把皮陆明用而未明言的潜理论意识正式拿到台面；方回自言全拗理论的事实依据并非来自“吴体”的本体，而是来自杜甫的其他多篇拗体七律，从外象看是企图扭转宋代二者融合的趋势，结果却是殊途同归，使杜甫拗体七律光明正大地进入“吴体”诗人的视野，也许这是他所始料

未及的；方回理论直接影响元后的明清两代诗人，元代“吴体”作品数量增多，七言古律相应受到压缩；方回具有多个格式的拗体创作实践，客观上起到继承皮陆、巩固宋代复兴拗体七律成果的重要作用。明清“吴体”为第四阶段，“吴体”创作手法更趋成熟，以查慎行为代表，形式上愈加向本体靠拢，重用“吴联”与杜甫用过的拗联组合格式；七言古律则以黄仲昭为代表，再现发展势头；更重要的是运动形式发生了质的转变，出现并形成了明清两代诗论家队伍，如明徐师曾、胡应麟、王嗣奭、王世贞、王世懋，清黄生、赵执信、王士禛、许印芳，所论范围不仅针对“吴体”，而且涵括七律、拗体七律、齐梁体、吴均体、民歌、古风，涵括语言律、诗律、艺术风格，涉及诗人评价、作品鉴赏、文献考据，等等。近百年来的“吴体”与拗体研究，当视为第四阶段的继续，王力、启功、夏承焘、施蛰存、郭绍虞、叶嘉莹、张忠纲多有宏论，已自然而然地汇入振兴中华优秀传统文化的洪流之中。

回顾这场运动的前前后后，让我们明白了许多道理。首先是不得不承认这场运动是对杜甫诗学理论最透彻、最艰难也是最完美的一次全面探究与宣扬，然而学者们却迟迟不能求得一个公认的结论，致使当今的某些诗学认知还落后于千年以前杜甫的实际水平，至少表明在研究方法上还存在一些问题，给历史留下了沉重的思考。比较典型的表现是黄生、许印芳、梁运昌等关于“吴体”源于吴地俚俗歌语的观点，影响诗坛数百年、数代人，连当代大师夏承焘以及郭绍虞、施蛰存等也不同程度地受其影响，有的年轻学者至今还坚持此见。其次是对诗坛的一些代表性人物欠缺深层次的考察，譬如，作为“吴体”倡导者的皮陆为什么一开始就面向《题省中院壁》《白帝城最高楼》？为什么无人敢于公开批评黄庭坚用七律代为“吴体”？为什么不去研究苏轼对“吴体”的态度？方回尊杜甫为始祖，为什么不以“吴体”本体为样本而竭力挺黄？最后，是在强大的近体诗阵势面前，有的学者表现失态，不问根源而盲目尊近体律，将律句、律联、近体诗作视为不可冒犯的正宗，而从思想上拒绝拗句、拗联、拗律、拗体，既缺乏而又不去进行艰苦而系统的研究，怀疑置评说杜甫不讲诗律规矩、拗律无力等等。

郭绍虞先生多有高见，用他对的话作为本章结束语比较适宜。他说：“杜甫的拗体，有时看去好似很随便，但同时必须看到他对拗体的煞费苦心处”，“必须指出，拗体对于律体，从表面上看，好似带有一些破坏性；实际上相反相成，有时反能使律诗增强它的生命力，使七言律体历久不敝。律体到唐代杜甫而成熟，而杜甫同时又是拗律的开创者，这更是文学史上（的）特殊现象，我们不能不就此特殊现象加以阐说”。[①] 他又说：“吴体虽是拗体，然亦微有分别：拗体可该吴体，吴体不可该拗体，这全是义界大小的关系。”[②] 如今的结局表明，杜甫“强戏为吴体”的初衷终于揭晓，杜甫推行拗体七律的宏大愿景终于得以实现，“强戏为”似一锦囊妙计，“吴体”之名已经完成了它临时性的历史使命，体现了它的时代价值，今后再无必要用“吴体”去代表拗体七律，应该让拗体七律与七言古律各归其位，继续向前。

为杜甫圆梦，再现盛唐诗貌，重振盛唐诗风，是带有永恒意义的诗坛大事。文学的海洋无限广阔，无须担心拗律会对近体律造成冲击，无须担心拗体诗会对近体诗地位构成威胁；不同诗体共存共荣，才是文学颠扑不破的真理。

① 郭绍虞：《关于七言律诗的音节问题兼论杜律的拗体》，中国古代文学理论学会编：《古代文学理论研究》丛刊·第2辑，上海：上海古籍出版社，1980年，第38、88页。

② 郭绍虞：《论吴体》，《古典文学论丛》［复旦学报（社会科学版）增刊］，上海：上海人民出版社，1980年，第82页。

第二章　杜诗对后世的影响

本章简要阐述杜甫七律、拗体七律对中晚唐诗人的影响，分析杜甫诗体创新精神对宋词创体的启示作用，小议对当今格律诗创作与创新的初步看法。

第一节　杜甫七律对中晚唐诗人的影响

杜甫是伟大的现实主义诗人，其诗学理念、诗歌艺术以及忧国情怀、人格魅力，足为后世之师。从白居易、聂夷中的现实主义，韩愈、李商隐的诗歌艺术，北宋的江西诗派，以及唐后各代的名家诗歌中，总会发现杜甫的存在。叶嘉莹曰："自晚唐以来，两宋以迄明清诸家诗集中，七律一体所占的分量之重，所得的成就之大，就可以知道杜甫对于七律一体的境界之扩展，价值之提高，以及他所提供于我们的表现之技巧，句法之变化，这一切对于后世的影响，是如何深远而值得注意了。"① 杜甫七律对中晚唐诗人具有强烈的引导、规范作用，出现了竞相创作的热烈局面，在这种大浪大潮下，拗体七律受到冷落，使初盛唐七言律诗分布格局有所改变，呈现向七律高度倾斜之势。

中唐有一个成熟的诗人群体，属于杜甫之后的新生一代。就用律之专、创作之巨以及广涉诸体而言，当推白居易（772—846）为代表。就七律一体而论，白居易创作达 500 余首，居唐代诗人之首；刘禹锡（772—842）约 170 首，元稹（779—831）约 80 首，刘长卿（709？—785）、钱起（722？—780）、李嘉佑（生卒年不详）、韩愈（768—824）、张籍

① 叶嘉莹：《论杜甫七律之演进及其承先启后之成就（代序）》，《杜甫秋兴八首集说》，石家庄：河北教育出版社，1997 年，第 24 页。

(767? —830?)、李绅（772—846）、柳宗元（773—819）皆为高手。就七律的诗律把握、联式运用及语言艺术来看，尽管杜甫夔州所作《诸将五首》《咏怀古迹五首》《秋兴八首》被视为经典，但中唐与杜相比仍显拘谨，较少使用第五字变声及第六字变格句式，“孤平句”更是极为罕见，不敢放开手脚，缺乏杜甫左右逢源、纵横驰骋的气派；在格式上也存在比较单调的现象，有的诗人几十首七律，首联几乎只用一个律联标准格式。

晚唐亦有一个成熟的诗人群体，属于公元 800 年后出生的一代，就属意诗体创新、把握诗律水准而言，当推杜牧（803—852）为代表，“杜诗韩集愁来读，似倩麻姑痒处抓”（《读韩杜集》）是他研习杜诗的体会。就七律而言，杜牧超过百首，许浑（891? —858?）、李商隐（813? —858?）均达 200 首以上，罗隐（833—909）、韩偓（812—923）各有百首以上，其他如温庭筠（? —866）、皮日休（834? —902?）、陆龟蒙（? —881），创作数量也相当可观。宋吴可评曰：“老杜句语稳顺而奇特，至唐末人，虽稳顺而奇特处甚少，盖有衰陋之气，今人才平稳，则多压塌矣。”① 盛唐气度已失，时代使然。与中唐相比，晚唐诗人思想较为复杂，有的思旧怀念盛唐，有的思变期冀出新，新的气象也时有出现，如许浑喜用第五字变声句，温庭筠带头由近体诗走向令词，皮陆勇敢举起“吴体”大旗走上复兴拗体七律之路。

叶嘉莹曰：“杜甫的拗律，确曾为后人开了一条门径，使后人得了一个避免流于平弱庸俗的写七律的法门。这一点就杜甫之七律对后世之影响而言，已是极可注意的一件事。”② 中晚唐著名诗人，以钱起、白居易、杜牧、韩偓、罗隐较为突出，在七律具有压倒性优势的情况下，仍有勇气、有兴致创作拗体七律，反映出对杜甫诗学理论的认可，对盛唐景象的眷恋，大体而言，中唐的拗体律绝以律联拗黏模式为主，至晚唐律拗联混用模式数量有所回升，仄韵拗体七律也比较抢眼。杜甫七言拗律的用律特色

① 张连第、王继涛编纂：《吴可诗话》，吴文治主编：《宋诗话全编》（陆），南京：江苏古籍出版社，1998 年，第 5538 页。

② 叶嘉莹：《论杜甫七律之演进及其承先启后之成就（代序）》，《杜甫秋兴八首集说》，石家庄：河北教育出版社，1997 年，第 44 页。

鲜明，拗联运用水平主要体现在拗联组合格式方面，体式运用水平主要体现是律拗联混用模式，中晚唐诗人并非无人使用，足显可贵，如中唐韩愈《感春五首》其三“辛夷高花最先开，青天露坐始此回”；白居易《二月五日花下作》“二月五日花如雪，一百五夜月明天”，仄韵拗体七律《喜山石榴花开》“忠州州里今日花，庐山山头去时树”；刘禹锡仄韵拗体七律《龙阳县歌》“鹧鸪惊鸣绕篱落，橘柚垂芳照窗户”。晚唐杜牧《润州二首》其一“句吴亭东千里秋，放歌曾作昔年游”；李商隐《二月二日》“二月二日江上行，东风日暖闻吹笙”；罗隐《皇陂》“垂杨风轻弄翠带，鲤鱼日暖跳黄金”，《莲塘驿》“莲塘馆东初日明，莲塘馆西行人行”，《金陵思古》“杜秋在时花解言，杜秋死后花更繁”。

晚唐韩偓对平仄两韵拗体七律均有建树，如《太平谷中玩水上花》“山头水从云外落，水面花自山中来”，《伤春》“穷途得志反惆怅，饮席话旧多阑珊”，《春阴独酌寄同年虞部李郎中（在湖南）》“春阴漠漠土脉润，春寒微微风意和”，仄韵拗体七律《三月二十七日自抚州往南城县舟行见拂水蔷薇因有是作》“枝低波高如有情，浪去枝留如力斗”；他仿《饮中八仙歌》之作《寄远，在岐日作》值得一提，有新的创意，七言八句、句句用韵，四联皆拗，单句用骚体“兮”字，中有佳联“孤灯亭亭公署寒，微霜凄凄客衣单”“想美人兮云一端，梦回悠悠关山难”。

中唐李贺（790—816）特立独行，人称“鬼才”，一生未写过一首七律。但从对拗句、拗联以及杜甫七言转韵诗的理解深度来看，他颇得杜诗要领，却不走杜甫铺就的七律熟路，而是天马行空、独来独往，大量使用拗联创作七言转韵诗，并获连连喝彩，反映出唐人对语言艺术以及诗体创新的渴求，兹举三例。《秋来》，前半首是律拗联混用模式仄韵拗体七绝，后半首是律联拗黏模式入声韵拗体七绝；《雁门太守行》四个拗联，首联平韵，自第二联起转为仄韵，后三联如一首六行古诗；《残丝曲》四个拗联，用韵状态更为特殊，首联平韵、二联入声韵，后半首是仄韵七言古绝，韵字“去、舞、数、路”与《词林正韵》四鱼虞韵部上去通押相符。

秋　来

桐风惊心壮士苦，衰灯络纬啼寒素。○○○○△△▲，○○△△○○▲

谁看青简一编书，不遣花虫粉空蠹。○○○△△○○，△△○○△○▲
思牵今夜肠应直，雨冷香魂吊书客。○○○△○○▼，△△○○△○▼
秋坟鬼唱鲍家诗，恨血千年土中碧。○○△△△○○，△△○○△○▼

雁门太守行

黑云压城城欲摧，甲光向日金鳞开。△○△○○△●，△○△△○○●
角声满天秋色里，塞上燕脂凝夜紫。△○△○○△▲，△△○○○△▲
半卷红旗临易水，霜重鼓寒声不起。△△○○○△▲，○△△○○△▲
报君黄金台上意，提携玉龙为君死。△○○○○△▲，○○△○△○▲

残丝曲

垂杨叶老莺哺儿，残丝欲断黄蜂归。○○△△○△●，○○△△○○●
绿鬓年少金钗客，漂粉湖中沉琥珀。△△○△○○▼，△△○○○△▼
花台欲暮春辞去，落花起作回风舞。○○△△○○▲，△○△△○○▲
榆荚相催不知数，沈郎青钱夹城路。○△○○△○▲，○○○○△○▲

第二节　杜诗对宋词创新的影响

张忠纲曰：杜诗“肇示了诗歌由‘唐韵’向‘宋调’的转变，所以说，杜甫又是处在中国历史转折时期的一位继往开来的伟大诗人”①。宋代是继承与发扬杜甫事业极富作为的时代，诗体发展出现根本性转折，诗与词开始两体分立，有了“诗言志”“词言情”的分工，词体创新尤为光彩夺目。

杜诗是一面分外明亮的镜子，正如杜甫对齐梁体（或称吴均体）的借鉴与继承那样，宋人创词当然不会错过良机。什么是词律？可以这样简单表述：宋词摒弃诗律，独取语言律，几乎可称为杜甫语言律的翻版，语言艺术得到淋漓尽致的发挥与运用，包括四五六七言律句、拗句两大体系，以及短句、长句在内，如大海浪涛齐涌，成为中国汉语诗歌语言的总汇。语言在词中的排遣方式是单句运行，不受联式约束，由格式定位；即使接

① 张忠纲：《杜甫诗选》，北京：中华书局，2009 年，第 5 页。

连使用两个等言句，形貌似组成联式，也不必在意对仗与否，按规定句式择字组句即可。至于韵律，杜诗影响更为明显，杜喜仄韵、转韵，北宋早期之“词”多有诗的克隆成分，如钱惟演《木兰花·城上风光莺语乱》实属仄韵拗体七律，欧阳修《生查子·去年元夜时》实属仄韵拗体五律。早期令词带有明显的近体诗烙印，多用律句；后期以周邦彦为最，力求由诗体到词体的彻底变革：增慢词、减令词；拗句浓度加大、减用律句；增用四六言句、减用七言句；五言第四字变格句回归拗句本位，间用三字句；惯用一字逗与领句；减平韵、增仄韵尤其是入声韵，以及多种形式的转韵。

杜诗对宋词的影响，上述只是有形的物象，更重要的是无形的创新思想，宋人学杜真得其骨，深谙近拗两律、两体律质，精准继承杜诗遗产，既发扬杜甫敢于创新的精神而又敢于拒绝杜诗的既定模式。细察宋词，可以看作是对四八句格律诗的革命，有四大亮点可书可陈：其一，拆格律诗旧房、垒宋词之新庙，表现在弃用既有诗体结构模式，弃用等言句、改用长短句，不定句数，分上下两片或更多。其二，破除以联式为独立语言单位之诗律基础，强力拆联而恢复单句的形式作用。其三，废除联间正黏的律质核心，成为近体律的对立与反动。其四，词原属于配乐的歌词，而当其只作为一种文学体裁时，又能体现用韵的改革，保留平韵与一韵到底的方式，建立仄韵与转韵机制，合并韵部、扩大择韵范围；吟诵效果与四八句格律诗截然不同，节奏感不再是比较单调的循环往复、抑扬顿挫，注入了间歇休止、高昂低沉、急缓跳跃的新鲜元素。不得不叹服，宋人的制谱做法与杜甫创新拗体七律、七绝何其相似，但宋人行动更为果敢利落，经过引进、吸收之后，便大刀阔斧地对诗律、诗体劈削改造，力使诗词分家，力使词律远离诗律，从而形成足以与唐诗并驾齐驱、壮观千古的词体文学。

盛唐之前尚无词体一说，有时也能从杜诗品出一点词味，如《苏端薛复筵简薛华醉歌》末三句与《浣溪沙》下片完全相同，“忽忆雨时秋井塌，古人白骨生青苔。如何不饮令心哀。△△△○○△△，△○△△○○●。○○△△○○●”。王安石善为杜诗集句词，林正大善为杜诗檃栝词，词中大量化用杜甫诗句或引为典故，几乎处处可见杜甫身影。有感于此，效先贤集杜句成令词三首，无需细究其思想性、艺术性，只为感受杜诗生命力的永恒，感受杜诗与宋词的语言联系。《浣溪沙》纯用七言律句，两片，每片三句；其他二首用五七言句，按《词林正韵》用韵。

浣溪沙

关塞萧条行路难。愁看直北是长安。高寻白帝问真源。

永夜角声悲自语，暮年诗赋动江关。谁家数去酒杯宽。

注：各句依次取自《宿府》、《小寒食舟中作》、《望岳三首》其二、《宿府》、《咏怀古迹五首》其一与《遣闷戏呈路十九曹长》。

卜算子

昨夜月同行，牛女年年渡。怀抱何时得好开，近泪无干土。

恨别鸟惊心，茅屋还堪赋。恶竹应须斩万竿，怅望苍梧暮。

注：各句依次取自《奉济驿重送严公四韵》、《天河》、《秋尽》、《别房太尉墓》、《春望》、《春日江村五首》其一、《将赴成都草堂，途中有作，先寄严郑公五首》其四与《咏怀二首》其二。

巫山一段云

细草微风岸，婆娑一院香。百花潭水即沧浪。沙暖睡鸳鸯。

白水鱼竿客，明年共我长。青春作伴好还乡。回首一茫茫。

注：各句依次取自《旅夜书怀》、《树间》、《狂夫》、《绝句》、《遣闷奉呈严公二十韵》、《又示宗武》、《闻官军收河南河北》、《怀锦水居止二首》其二。

第三节　当今格律诗创作与诗体创新小议

杜诗是永恒而巨大的文化财富，站在杜甫肩膀上，看当今格律诗创作与诗体创新，当会产生新的灵感与力量。本节所言仅出于个人观察与体会，或有错觉，或有谬论，权作一种意见交流而已。

一、循序渐进学杜

如何学杜？先学什么？怎样才能较快掌握语言律与诗律要领？不少学

者曾给出过数种答案，实话实说，任何一种答案都不具唯一正确性。参考杜甫创作实践，笔者以为似从五绝学起为宜，熟读杜甫，兼读李白，先效法模仿，再悟理问道，必有长进。直接理由是：五绝句短、字少，可写身边眼前的小事情、小物件、小感受，便于选材；造句快、下笔快、纠错也快，自然进步就快。然后再七绝、五律。透过其皮，渐感其骨，从实践求理论真知，层层跟进，扎扎实实步入语言律与诗律之门。知律是求意境、出佳品的基础和必要条件，不可奢望多少时日内一定要达到唐诗水平。在没有一定的语言积累之前，最好缓动七律。切莫以为杜甫七律写得好，就一定要把它当作首攻目标，那样，反而会多走弯路、事倍功半。

先学近体还是先学拗体？依文化环境与时尚风气而定，当然是近体！不知近体莫谈拗体，不善律联就不懂拗联，不知正对、正黏就不知拗对、拗黏。偶尔见到当下互相唱酬，本意是写近体律绝，却浑然不觉成了“四不像”。杜甫有大才、大学问、大理想，常常近体、拗体一块儿写，我们是他相隔数十代的后生，无幸当面受教，只能细嚼慢咽才可能理解与把握杜诗用律之道。初学之时出现错讹十分正常，只要认真对待就是了，改错过程是熟悉与掌握诗律的过程，结果必定是学习与创作双丰收。在明白近体律的同时自会遇到和明白拗律，诗律基础就更加牢固。学近体诗之初，万万不可自己原谅自己，得过且过，以为错一句也没什么。因浮躁畏难而止于半途，因自律不严而前功尽弃，是不少学诗失败者的共同教训。诌顺口溜易，写格律诗难。杜诗光被诗坛，像杜甫那样多学别人诗、自家多写诗，才有可能练就成为诗人。

二、格律诗创作展望

当今诗坛曾提出过一个极其响亮的口号，叫“超唐越宋”，发出再创中华传统文化辉煌最强音，表现出积极进取的良好愿望，合乎社会发展规律。但它又是一个十分严肃的课题，更深层次的是怎么去实现它，有什么条件与基础，用什么指标去衡量，万万不能以为人多势众，一人一首就盖过唐宋了。杜诗在前，讲究用律、讲究体式、讲究艺术、讲究质量，永远是照耀格律诗继续前进的明灯。

杜甫是诗词语言的集大成者，需要掌握他的句式观、联式观，以积攒实力；杜甫又是格律诗体的创新者与力行者，需要认真研究诗词理论，明了当今诗律、诗体认识与唐与宋的差距。有些认识缺陷在当今表现得还比较明显、比较顽强，都是阻碍前进的不利因素，例如，语言律远未得到拓展，变化句式应用面狭窄，不敢变声、变格，固守数量有限的句式、联式。应该纠正那种不愿承认、不愿面对拗律、拗句、拗联、拗体的现象，纠正那种局限于广义拗字概念与失对、失黏的传统说教；不再固守拗救、孤平、古风尾等似是而非的理论。今人应有今人的新锐姿态，不应比古人还古人，崇尚和学习杜甫的胆识、智慧和勇气，才可能营造出灵动飞扬、新鲜活泼的诗词创作新局面。一个时代有一个时代之诗词，在这块永固无失的格律诗阵地上，必有佳作代出。不妨改变对拗体诗的不公平待遇，使其更加完善完美；不妨给转韵诗提供机会；不妨给七言古律、歌行留一些发展空间；不妨给杜诗的弱项或缺项诗体以较大关切，比如仄韵近体诗、奇数行诗、连章诗、六言诗。杜甫为我们已经备好养料，句式齐全、联式充足，“于无声处听惊雷”，我们这个时代应该是有所作为的时代。如果教育部门规定，从中小学语文教学开始，重视语言律基础教育，增设声韵内容，普及律拗平仄知识，对于后继有人、延续格律诗的持久生命力，必定具有积极作用。

三、诗体创新刍议

另一个话题是格律诗的诗体创新，一些报章杂志时出新作及其评论。欲真正创体成功，重要的是首先要看到现实的不利方面，实事求是地说，其中不乏误谈、空谈，较具代表性的是七言四句的所谓“新诗体”，实际就是杜甫拗体七绝，只是语言更通俗、更时兴、更直白一些。杜甫几乎把4—8句的七言诗体式都试验遍了，在此范围内创新倍加艰难，弄不好就是重复古人劳动。

杜甫与宋人的创新精神与创新思维值得借鉴，拗体律绝、宋词是旧诗体创新的样板，新诗是现代诗体创新的样板。新诗的成功除社会进步这一基本条件外，有三点值得深思：一是革命，宣布与格律诗（含词）决裂，从外形到诗（词）律全部作废；二是改革，吸收词曲单句运行方式，允加衬字、允用白话，拉大用韵间距甚至不用韵，句数减至一二句亦可为诗；三是语言更接地气，实现了语言律自然状态的回归，将句式从有律有形化为散乱无形。需要提醒一句，在新诗语言究竟有律无律方面，如果能有一个更为清醒的认识将会更加有益。时听人言“新诗无律，用语自由”“不讲平仄，不受任何律的约束”，非然也！切莫“身在律中不识律”，诗律可以不讲，也毋必追求律句、拗句，但语言生而有之的律质是怎么也不可能抹掉的。如果给新诗句子去掉不必要的主语、代词、修饰用字、衬字，辅以句读断句，便可证明这一点。例如鲁迅《好东西歌》“还有你骂我来我骂你”，后七字和毛泽东《送瘟神》“坐地日行八万里”同属△△△○△△△律句句式；郭沫若《星空》“惠爱无涯的目语哟”，去掉“的、哟”和秦观《满庭芳·山抹微云》“此去何时见也”同属六言△△○○△△律句句式；艾青《我爱这土地》“这永远汹涌着我们的悲愤的河流”，可以断句为“永远汹涌、悲愤河流”，和柳永《迷仙引·才过笄年》“便学歌舞、初绾云鬟”同属一拗一律的四言句式△△○△、○△○○。语言律与汉语同在，只是使用者有觉与不觉、主动与被动的区别而已。如此之说，绝非是主张将新诗用语改回到四五六七言律拗句式，也绝非主张将格律诗改用白话，只是表明任何诗体都离不开语言律，这是一个共性，值得在语言上下力发掘，为诗体创新提供有利条件。

闻一多曰“研究中国诗者若不着手于律诗，直等于没有研究中国诗”，他呼吁借西法改革诗体者，“当改者则改之，其当存之中国艺术之特质则不可没”，“无论如何，律诗之艺术的价值，历万代而不泯也。创作家纵畏难却步，不敢尝试；律诗之当永为鉴赏家之至宝，则万无疑义”。[①] 诗体出现时期有先有后，但后者不会灭绝前者，也难以相互取代。格律诗创新，既应坚守律诗之质地，最好做到不忘新诗、借鉴新诗，让格律诗与新诗更亲近一些，而不是隔绝对立，也许会拓宽诗体创新的思路，给诗词创作带来新的变化。

---

① 闻一多：《古诗神韵》，北京：中国青年出版社，2008 年，第 246、247 页。

代 后 记

2022年，吾弟乃珍，精雕细刻地写完了他最看重的一部书稿——《杜甫语言律与诗律、诗体》，但在联系书稿出版期间，不幸因病离世，令人惋惜、痛心。现在，此书将要出版，看完清样之后，我深有所感，愿代珍弟作此后记。

珍弟原本是搞理工的，文学研究是他的业余爱好。但退休之后，这种爱好却成了专业，而且集中于诗词理论研究，用功尤勤，著述良多。

他认为，唐代诗坛群星璀璨，最光辉的一颗当是诗圣杜甫。为了证实这一认知，他深入阅读杜甫的作品，且旁及其同代诗家，广泛收集有关资料。在写作过程中，耗费大量时间和精力，查阅、核对各种信息，如此，呕心沥血、精益求精，历时四年终于完成此书。

此书得以成功出版，我们感谢杜甫研究专家张忠纲教授，他给了珍弟长久热心、极其细致的指导和帮助。感谢出版社领导和王桂琴、刘森文等诸位编辑老师，他们在审校书稿，特别是在查阅、核对大量诗句、引语和繁多注释的过程中，极其刻苦认真，付出了艰辛的劳动。也感谢珍弟生前所有关心和支持该书撰写的朋友们。

《杜甫语言律与诗律、诗体》是一部内容精彩、富有特色的著作，希望它能为读者提供有价值的见解和思考。书中但有不尽之处，还望读者批评指正。

李乃坤

2024年10月26日